何典
斬鬼傳
唐鍾馗平鬼傳（合刊）

張南莊等　著
鄔國平　校注
繆天華　校閱

三民書局

何典

張南莊 著
鄔國平校注
繆天華校閱

總目

引言

鄔國平

張南莊給自己的作品取名何典，由此書名讀者幾乎不會聯想到它是一部小說，自然更難以揣測它是怎樣的一部小說了。然而，它恰好反映了作者對小說特徵的理解。他在署名「過路人」的序裡說：「無中生有，萃來海外奇談；忙裡偷閒，架就空中樓閣。……豈是造言生事，偶然口說無憑；任從掇冊查考，方信出於何典。」書末表示創作旨趣的一首詩中又云：「文章自古無憑據，花樣重新做出來。」表明小說的內容產生於虛構，小說的語言來自於現實，作者從事創作毋需受故紙典冊的束縛，而應當體現自我作古的創新的勇氣。太平客人序用「何必引經據典」和「務以街談巷語，記其道聽塗說，名之曰何典。……此不典而典者也」來為這部小說的書名釋義，可以說是探得了作者創作本書之初衷。如果我們再將視野適當擴大一點，結合作者所處乾嘉時代的學術研究和文學創作風氣，便不難體味「何典」這兩個字所透露出的反詰語氣，包含著作者對落筆必求數典徵實的學風，以及小說創作和小說批評中一定程度上存在著的學究式傾向的懷疑，乃至某種否定。當然，這已經屬於此部小說本身的文學意義之外的一種意義了。

何典敘述的是鬼域世界中的故事。在這裡，大鬼欺小鬼，強鬼欺弱鬼，惡鬼欺善鬼，比比皆是，司空見慣。讀者通過小說人物的悲歡禍福遭際，看到在鬼界裡居支配地位的，依然是權勢、金錢和潛含於鬼軀中的胡作非為、行歹作惡的劣性，而善良、孱弱、誠實、本分者則是惡勢力爭相凌辱和魚肉之對象。

本來，世上並不存在鬼神，所謂的鬼魅異類不過都是人們想像的產物，心理的投影。作者在小說中幻構了一個鬼魔世界，其實它只是人間的變相，除了鬼名、鬼地之外，你看到的許多無非是世俗人寰日常的現象，所以從本質上說，何典仍然是一部寫實的小說。由於作者對人物、場景乃至人物展開活動的整個環境都作了幻化處理，從而賦予小說一種逸出於現實之外的感知形式，這使作者在嘲諷、揭露、抨擊人境世相的種種醜惡、庸俗時，獲得了藝術上的絕大自由。同時，藝術幻化也為他自己安全處世設立了一道較為可靠的屏障，在文網嚴密、諱言世事，實施封建高壓的年代，這其實是甚易理解的。

作者將暴露和諷刺之筆首先投向黑暗的官場。下至地保縣吏，上至朝廷太師；無論勢焰方熾的新貴，抑或致仕鄉居的舊臣，無不揭露其兇殘、貪婪之本性，顯現其愚劣、無能之原貌，而投以鄙夷和憎惡。我們倘若撩去作者加予這部小說的一層藝術帷紗——虛幻的鬼界，便可以發現，在它幽默、滑稽的筆墨風致中所包含的對封建官場的嚴厲申斥，與後來著名的譴責小說官場現形記實有異曲同工之妙。

小說中的活鬼憑藉自己勤勞、智慧和儉約，「一錢弗使，兩錢弗用，喫辛喫苦」，成為當地一個「暴發頭財主」，殊不知，在他家庭財富不斷增加的同時，自己已經暗中成了衙府官吏們做「大生意」的對象。一次，他因晚年得子，心中高興，加上受鄉鄰慫恿，造廟演戲，進行慶賀。演戲時場上發生鬥毆，鬧出了人命。兇手是霸稱一方的「大夥強盜」，地保奈何他不得，便「算計」「捉豬墊狗」，讓活鬼來頂扛。被害人的兄弟催命鬼是衙門「第一個得用差人」，「平日拿本官做了大靠背，專一在地黨上紮火囤，拿訛頭，喫白食詐人的」，是一位地地道道的惡吏。他在知道兇手的身分後，嚇得「冷了下半段」，偏又不肯息事，於是在「肚裡」打起了「草稿」，設法嫁禍活鬼，趁機敲一筆竹槓。他與地保一拍即合，便寫了一紙謊狀，告到縣衙。縣令名叫餓殺鬼，「又貪又酷，是個要財不要命的主兒」，平日早就在動活鬼家財的腦筋，只是苦於沒有合適的藉口，現在遇到這樣的機會，豈肯放過？他下令將活鬼痛打了一頓，投進大牢，之後就穩穩地坐在家中，等待活鬼家人捧著銀子前來求情通融。作者用漫畫式的筆墨，簡略、清晰而又富有特徵地勾勒出了官吏們貪婪的靈魂和兇惡的嘴臉。正是在這批「贓官墨吏」的欺詐、逼迫之下，無辜的活鬼飲恨而亡，好端端一個家庭也為之毀滅。

縣令鄉吏一個個如虎似狼，朝廷內外的權要又何嘗不是貪贓枉法，奢侈無度？識寶太師是「閻羅王殿下第一個權臣，平日靠托了閻王勢，作威作福，賣官鬻爵，無所不為的」。他在收納了餓殺鬼的賄賂後，便拿城隍的美缺去做了人情。又如曾經當過布政使的輕腳鬼，退居林泉後，仍然過著十分奢靡的生活，「家裡翻轉屋來座銀子，坑缸板（糞坑踏腳板）都是金子打的」，自然這些炫富的財物都是他搜括而來的民脂民膏。在老子的縱容下，衙內們驕淫兇殘，無惡不作，或串通尼姑，奸淫信女；或妒心發作，濫殺美人。他們作惡殺人後，照樣逍遙自在，官吏不會來查究，即使立案，也不過胡亂尋一個替死鬼，將案子打發了事。作者藉小說中人物的嘴說：「雖說是王法無私，不過是紙上空言，口頭言語罷了。……就使告到當官，少不得官則為官，吏則為吏，也打不出甚麼興（聲勢大且能令人滿意）官司來。」一針見血地道出了封建「王法」在「無私」口號掩蓋下庇護執政者利益、以小民為草芥的虛偽本質。

小說刻畫的白<ruby>蠓<rt></rt></ruby>鬼形象反映了官場上另一類痼疾。白蠓鬼知書識禮，為官「一清如水」，也知道敬重才士，感念友情，總之，是小說中難得的還算有幾分好處的官員。然而他是一位無能之輩，平時被猾吏欺誑得暈頭轉向，遇事難斷是非曲直，全靠老婆調度周旋。後來聘用了一位頗有才德的老同學來做佐僚，他便更是「一味裡吃食弗管事，只曉得吹歌彈曲，飲酒作樂」，「把那軍情重事」全都推到老同學身上，「自己倒像是個閒下裡人」，唯知支領「大俸大祿」，享受清福。在太平時代，他還可以混跡度日，遇到戰禍蠭起，兵臨城下，便只好陪著老婆，挾裹「真珠寶貝，細軟衣裳」，逃進人煙稀少的曠野山林去過隱居生活了。像這樣一類吃白食的官員，其問題主要不在於個人品格，這一點與貪官贓吏有所不同，但是他們「文不能測字，武不能打米」，卻能夠今日做文官，明日做武將，這只能表示國家的病態，人民的不幸。時代稍後的龔自珍在明良論二一文中憤怒批判官宦庸庸碌碌，不圖作為，「政要之官，知車馬、服飾、言詞捷給而已，外此非所知也；清暇之官，知作書法、賡詩而已，外此非所問也」。何典則以文學的語言，藝術的形象，撻伐了官場的弊端，與龔自珍之議論同樣痛憤，同樣深切。

除對官場的黑暗進行揭露和抨擊外，小說還將諷刺的筆觸廣泛伸入世俗生活其它方面。作者大概是一位懷有憤世傾向的文人，他嫉恨世人的庸俗、勢利，感慨於炎涼莫定的世態人情，而加以調侃、譏刺。即使對他寄予同情的一些人物，在哀其不幸的同時，也往往不忘對他們的弱點嘲弄、挖苦幾句。這固然有其增強諧謔，提高娛樂的藝術效果方面的考慮，但也反映出他希望讀者在感受作品的藝術快悅的同時，能夠正視人性中的劣跡和病態。

作者圍繞財、勢、情欲三個方面來描寫市井日常生活，摹畫人物心態，對世俗習尚提出諷譏和規誡。劉娘娘、劉打鬼母子皆以色相取悅縣令餓殺鬼，是喪盡廉恥之徒，又都十分貪財。兩人利用與縣令那層骯髒關係，趁活鬼家人前來託情之際，漫天要價，中飽私囊。活鬼之死雖係官府迫害，其實與劉氏母子從中大撈不義之財甚有關係，說他們是官府之幫兇並不過分。小說暴露和鞭撻這類不良之民致人於死地的惡欲貪念，比之單純地譴責狎妓賣淫頹風更加觸及人類靈魂的蝕鏽，也更加具有批判的力量。醋八姐是屬於那種認錢不認親的勢利小人。她丈夫在姐夫、姐姐先後去世以後，受囑託將幼小的外甥領回家來撫養。醋八姐先是滿臉不高興，後來得知給了金子，不是白養，便轉怒為喜，但是沒過幾時，又變了心腸，把外甥「當作眼裡釘肉裡瘡一般」，剝奪了他念書資格，如同奴僕似的在家裡供使喚，而待她自己兒子卻勝似寶貝。通過這前前後後的變化，將圖利棄義、缺乏良知的小人情態展露無遺。如果說醋八姐的勢利令人可氣，那麼豆腐羹飯鬼夫妻的庸俗則令人感到可悲了。他們的女兒被色鬼手下人搶去，不過是供其主子滿足淫欲而已。然而豆腐羹飯鬼則由此做起了美夢，他心裡尋思道：「那色鬼潑天的富貴，專心致志尋了女兒去，自然千中萬意，少不得把他做個少奶奶，住著高堂大廈，錦衣玉食的享用不了，也是他前世修來的。」他的妻子雖然對此事持有一定警覺，心裡不怎麼踏實，但是女兒如果真的被搶去做了少奶奶，自己能與色鬼這種財勢之家攀上「親眷」，她也為此而深感「榮耀」。夢想趨貴致富，改換門庭，竟至於無視女兒的痛苦，以恥為榮，真是喪盡了人性！他們的美夢最後換來的是女兒慘遭殺害的結局，這無疑是作者對澆薄的世風當頭棒喝。雌鬼改嫁這段情節展現了當時婚姻觀念的一個方面。雌鬼在丈夫亡後，難耐寂寞和情欲的誘惑，決意坐產招夫。由於她擇夫不重人品而重性情風流，再嫁後不久便不堪後夫欺凌，羞憤而死。具有諷刺意義的是，雌鬼的後夫正是參與害死她前夫的劉打鬼，雖然雌鬼並不知道這一層內幕，但是小說以事實對雌鬼的選擇和這場婚姻作了無情嘲弄。寡婦改嫁，別求幸福，與擇夫不慎，反落火炕本來是兩碼事情，兩者並不存在必然聯繫。小說在對待寡婦再嫁問題上，顯然受到了正統的節操觀念的限制，以人物淒慘的結局來證明其初始追求的荒唐，顯出的反倒是作者自身的迂腐。

但是，再嫁與初嫁均存在一個擇偶標準的問題，標準有頗，擇人不當，寡婦意欲通過再嫁重新獲得幸福的願望，只能成為泡影。小說通過雌鬼的教訓，嘲諷了世俗重容貌輕人品的擇偶傾向，也不失為誨世的益言。

張南莊在小說中還對當時文人亦步亦趨的讀書——應試——及第這樣一條實現自身價值的道路表示了幾許懷疑。他寫到，臭鬼起初曾為了心中的科舉之夢而讀書，但是屢考失利，前程渺茫，心情因此變得很糟，終於痛下決心「把那章書捲起」，開始了經商生涯，並從中感受到成功的喜悅，「比那窮念書人反有天壤之隔」。這表明，文人施展才能和獲得成功的途徑原是多方面的，並非只有科舉一條道路可行，功名不足以代表一切。作者在此流露出一種移離科舉的心理，同時也表現出對荷載著沉重的功名負擔的文人善意的同情。更為甚者，他直言不諱地對科舉制度造就文人只會「寫些紙上空言」，不知「講究實際工夫」的弊害進行了批評。文人通常以為自己「有過目不忘的資質，博古通今的學問」，便十分了得，可是在作者看來，這些都相當淺薄，不足掛齒。他藉一位道士之口教誨有以上優越感的文人說：「你只曉得讀了幾句死書，會齩文嚼字，弄弄筆頭，靠托那『之乎者也矣焉哉』幾個虛字眼搬來搬去，寫些紙上空言，就道是絕世聰明了。若講究實際工夫，只怕就文不能安邦，武不能定國，倒算做棄物了。」又稱這樣的文人只是一些「尋章摘句的書訛頭」。傳統文人引以為自豪的那一套看家本領被一筆掃抹，他們畢生在書齋苦苦追求，結果只是使自己加速成為一個無甚價值可言的廢物，這真是莫大的悲哀。作者為療治文人這種通病，設想出一種叫「益智仁」的藥丸讓他們服用，洗肚滌腸，啟瀹靈府，將一切無用之空言統統拋開，代之以安邦定國、經世濟民的實際本領。這種思想與稍後的近代務實思潮有其相通之處。

以上是就何典的思想涵蘊所作的一些分析。在語言形式方面，由於作者在整體上運用方言進行創作，從而使它在古代眾多小說中別具一格。

汲取方言入文學作品中在我國古代屢有所見，尤其是在一些通俗文體中出現得更多一些，如馮夢龍編述的掛枝兒、山歌，又如明清話本和長篇通俗小說，以及戲曲作品中的道白部分，人們從這些作品中往往可以讀到摻雜其間的各地方言詞彙。文學作品中的方言成分具有增強地方色彩，提高人物形象的鮮明性等優點，但是，過多運用方言在客觀上又會妨礙異方言區的讀者對作品的接受。所以古代作家一般對方言採取比較慎重的態度，如李漁就提出：「凡作傳奇，不宜頻用方言，令人不解。」（閒情偶寄詞曲部）而古代文學作品中出現的方言，絕大多數也僅僅是起到一種點綴的作用。

何典則完全不同。在這部作品中，方言不再是一種調味的佐料，而是承擔起思想和形象主要表述和描寫功能的載體。人物語言、敘述語言，寫景、言事、議論，主要是由方言來進行，比喻、形容、誇張、渲染氣氛、營構境象，也是主要借助方言而予以完成。這是一部比較純粹的方言小說。作者是上海人，作品採用的是吳語系方言，具體則包括申城及其周圍城鄉如松江、常熟、蘇州、寧波一帶的俚語土音。小說大量吸取了這些地方活潑鮮活的談吐用語，借鑒其別致新穎的陳述習慣，充分展現出方言所具有的生動性和表現力。作品的口語性特徵非常突出，這使它不僅是一部付諸視覺的閱讀性小說，更是一部付諸聽覺的講述性小說。作者創作之初衷，主要是為了娛悅吳語系方言區的讀者，不過他也還是考慮到了其它讀者的接受可能，所以在作品中也同時運用了許多具有普遍交流功能的官話。對於吳語方言區的讀者來說，它會使你產生心會意解的親近感，而對於異方言區的讀者來說，雖然不免會存在不少隔閡，但大致還是能夠感受出它諷刺和詼諧的風格來。

小說充滿滑稽的色彩，涉筆成趣，顯示出作者諷刺的才智。對於那些為作者所憎恨的貪官贓吏、刁男惡婦，如餓殺鬼、催命鬼、劉娘娘、劉打鬼、色鬼夫婦、醋八姐等，小說用漫畫的筆調，凸露他們貪婪、陰暗、醜陋的心態，而加以無情撻伐。這構成了本書基本的諷刺格調。如劉娘娘母子對前來求情的活鬼家人稱，至少也得上萬銀子才能說動縣官放人，等收到銀子後，「娘兒們商議將銀子落起（扣下）大一半，拿小一半來送與餓殺鬼，催他就將活鬼放出」。一經點出，母子倆假借行善，實施詎詐之陰謀昭然大白。又如寫醋八姐先是拒絕收養外甥，她的丈夫摸出一塊金子，說不想收養就把金子退還回去。小說接著是這樣來描摹醋八姐見到金子後的反應：

醋八姐看見那塊金子火赤欻欻的擺在面前，眼裡放出火來，怎捨得送還？便改口道：「既然他以心相托，個把小囝多裡掏攏（大家一起過日子），所費也有限。況且古老上人說的：『外甥弗出舅家門。』想必無爺娘收管的外甥，原該住在娘舅家裡，不出門的。你既拿了來家，再若送去，顯見得是我之過了。」說罷，便搶去下了壁虎袋（此指袋子），再也不肯出現。

先是「眼裡放出火來」，再是「改口」，接著便將金子一把「搶去」，通過對這一系列神態和動作變化的描寫，一個唯圖金錢、薄情寡義的貪劣婆娘形象躍然紙上。無需再多加一言半語的議論，字縫間無處不充溢著作者對她的諷刺和鄙夷。

即使對筆下只具有一般性缺點，甚至是作者明顯寄予同情或肯定的人物，小說在描敘他們的時候，也往往採用調侃的語調，以增加閱讀的趣味。這又構成了本書詼諧的風格。破面鬼仗著自己人高馬大，在觀戲場上耀武揚威，結果被人打死。小說講述他遇害的經過：

可笑這破面鬼枉自長則金剛大則佛，又出名的大氣力，好拳棒，誰知撞了黑漆大頭鬼，也就經不起三拳兩腳，一樣跌倒地下，想拳經不起來了。

摹畫破面鬼外強中乾入木三分，又將一場嚴重的鬥毆、兇殺講得非常輕鬆、可笑，化莊為諧，尤其是最後一句話十分調皮，這與當時可怖、混亂的兇鬥場面不相協調，而小說正由此而取得了幽默的效果。

活死人是作者正面刻畫的人物，小說在讚他相正貌美之後，接著寫道：

更兼把些無巧不成書都讀得熟滔滔在肚裡。若教他做篇把放屁文章，便也不假思索，懸筆揮揮的就寫，倒像是抄別人的舊卷一般。隨你前輩老先生見了，無不十人九讚，甘拜下風。豈不是天聰天明，前世帶來的？

作者原本在此是稱讚活死人稟賦出眾，文思敏捷，但又將他揮筆而就的文字訕笑為「放屁文章」，亦讚亦貶，揚而復抑，用同時具有正負值的遣語對人物表示既愛惜又惋嘆，對當時社會生活中「唯有讀書高」的價值觀念不露聲色地作了嘲弄，行文中流露出令人發笑的諧謔之趣。

大量生動的鄉諺俚語和新奇的偏正詞語的組合運用，也是何典形成詼諧滑稽風格的重要原因。引用諺語的例子在書中俯拾皆是，這裡不再作分析。作者構造偏正詞語相當隨意自由，語意往往別出心裁，從而使讀者獲得既陌生又滑稽的閱讀感受。形容鬼得知姐姐生下小孩後，前去送禮道賀，賀禮中有「一對昏頭雞」、「幾條放生鹹魚」，他自己穿著則是「戴了高帽子，穿件萬年衣」。「雞」、「鹹魚」、「帽子」、「衣」是主詞，前面各冠以「昏頭」、「放生」、「高」、「萬年」等修飾、限定之詞，便變成了戲謔語，可賀之事也就變為可笑之事。作者有時喜歡在陳述句中引錄民諺、成語，通過它們在句子中不同的修飾作用，來增添文字的風趣。如前面引到的「更兼把些無巧不成書都讀得熟滔滔在肚裡」中的「無巧不成書」，其它如「身上掛幾個依樣畫葫蘆」、「只得拿了一把班門弄斧」、「化陣人來風，就不見了」、「便拿了一把兩面三刀」、「即使要再嫁，也該揀個梁上君子」等等。在這些例子中，民諺、成語原來的整體含義已被解析為偏、正兩個部分，有的甚至反義正用（如「梁上君子」）。作者借助於這種修飾手法，使表述的趣味性得以提高。下面一例則不能單純從滑稽的語言風格來作理解：醋八姐自從丈夫出遠門後，對待外甥更加刻薄，外甥被迫悄悄逃離舅家，而醋八姐誤以為他是在上山砍柴時被餓虎吞噬的，就由兒子向她丈夫「寫了一封平安家信」，「報告外甥死訊」，草草了事。「平安家信」在此處被用來指稱傳遞一個人死訊的函信，語含反諷，醋八姐以外甥為累贅，視其生命如同浮塵草芥的冷酷、殘忍之心得以真實表現，措辭看似調皮，寓意其實嚴肅。

綜上所述，何典以幻想的鬼界，來折射人世實相，嘻笑怒罵，曝醜懲惡，是一部社會諷刺小說。書中大量運用方言俚語，具有鮮明的地方色彩和通俗入俚的特點，這不僅與雅正語體之作風姿迥異，即使在眾多通俗小說中，它也自成一體，別為創調。詼諧、滑稽、富有趣味性，這些藝術特色使它今天依然能為讀者帶來審美的愉快，而在小說史上占有一定地位。

何典考證

鄔國平

何典作者張南莊，上海人，生活在清乾隆、嘉慶年間。擅長書法，善詩，「書法歐陽，詩宗范、陸」。尤其喜愛藏書，歲收入盡用以購買善本，有「藏書甲於時」之稱。他大概是屬於懷才而失志的一類人物。當時上海有「十布衣」，「皆高才不遇者」，張南莊是其中之一，且為他們的冠冕。他勤於著述，著作等身，但因生前人微，死後又不名一錢，無力使自己著作付梓，多已散佚。其中編年詩稿手錄本十餘冊，毀於咸豐間兵燹。從他同鄉楊城書蒔古齋吟稿所載題張南莊詩卷詩及張南莊詩序中，尚可窺見他創作詩歌的一些情況，以及別人對他詩歌的評價意見。有關張南莊生平的資料至今發現甚少，我們對他還不甚了解。以上所述多見於海上餐霞客何典跋。

何典是張南莊倖存的一部方言小說，全書共十回。最初有清光緒四年戊寅（一八七八）上海申報館仿聚珍版本，編入申報館叢書。署「纏夾二先生評，過路人編定」。前面有太平客人序及過路人自序各一篇，書後有海上餐霞客跋。

光緒二十年甲午（一八九四）又有上海晉記書莊石印本出版，這是此部小說的第二種本子。此本與申報館排印本不同處是：它編為十卷，不分回，題作第十一才子書鬼話連篇錄，署名則為「上海張南莊先生編，茂苑陳得仁小舫評」。證以海上餐霞客跋「何典一書，上邑張南莊先生作也」之語，知此本署名不謬，作者籍貫也得以明確，申報館排印本署「過路人」，則為張南莊的字號或化名。以此推知，石印本署評者之名為「茂苑陳得仁小舫」也必有其根據。

何典雖經以上兩次印行，在當時流傳皆不廣，這可能與作者用方言寫作從而影響了相當一部分讀者對它的接受有關係。後來吳稚暉曾談到他寫文章得益於一本小書叫豈有此理（實即何典），這引起了錢玄同、劉復搜尋此書的興趣（見劉復重印何典序）。大約在一九二三或次年，魯迅偶然從光緒五年（一八七九）印的申報館書目續集上看見何典題要，介紹該小說別致的內容和行文風格，便開始留心訪求，並委託友人常維鈞也幫助尋找，但均無收穫（見魯迅為半農題記何典後，作）。一九二六年劉復偶然在廠甸購得此書（申報館排印本），於是將它重新整理並於同年六月由北新書局排印出版。劉復的整理主要是：用符號標出書中俚語，對其中少量俚語作校注，將全書重新標點，此外他又手繪「鬼臉一斑」，置於全書之前一起刊印。該書還錄有魯迅題記及劉復重印何典序二文。一九二六年十二月，北新書局再版。而在同年約十一月下旬，劉復又在小書攤購得半部晉記書莊石印本。此次再版，增收了魯迅為半農題記何典後，作、林守莊序及劉復關於何典的再版，劉復在標點、校釋方面也作了些修正。至一九三三年九月，北新書局先後共版五次。

一九三二年日本人增田涉要編一套世界幽默全集，魯迅寄給他幾種書，何典是其中一種。魯迅在信中談到：「何典一本。近來當作滑稽本，頗有名聲，其實是『江南名士』式的滑稽，甚為淺薄。全書幾乎均以方言、俗語寫成，連中國北方人也費解。僅為了讓你看一看，知道中國還有這類書。」後來這套世界幽默全集的編輯計劃是否實施，何典是否為該叢書所收錄，皆不得而知。雖然，何典以其獨特的風格緣此而獲得了一次向異國文人交流的機會。

一九八一年人民文學出版社重新排印出版何典，作為該社中國小說史料叢書之一種。它採用上海北新書局一九三三年九月第五版為底本，由潘慎對方言詳作注釋，為閱讀者提供了較多方便。

本書整理以申報館排印本為底本，附上舊版插圖二十二幅，並收入劉繪「鬼臉一斑」。我們還將以下文章附錄於書後：劉復重印何典序、魯迅題記和為半農題記何典後，作、林守莊序、劉復關於何典的再版。相信這些文章會有助於讀者對何典這部小說更多的了解。另外，為了克服讀者可能遇到的語言障礙，我們盡可能詳細地對書中方言土語作了注釋，儘管要做好這工作相當困難。

原序一

昔坡公❶嘗強人說鬼，辭曰無有，則曰：「姑妄言之。」漢藝文志云：「小說家者流，蓋出於稗官，街談巷語，道聽塗說者之所為也。」由是言之，何必引經據典而自詡為鬼之董狐❷哉？吾聞諸：天有鬼星，地有鬼國；南海小虞山中有鬼母，盧充❸有鬼妻，生鬼子；呂覽載黎邱奇鬼，漢書記藜亭冤鬼；而尺郭❹之朝吞惡鬼三千，夜吞八百，以鬼為飯，則較鍾進士之啖鬼尤甚。然或者造無為有，典而不典。若乃「三年伐鬼」，則見於書；「一車載鬼」，則詳於易；「新鬼大，故鬼小」，則著於春秋。豈知韓昌黎❺之送窮鬼，羅友❻之路見揶揄鬼，借題發揮，一味搗鬼而已哉？今過路人務以街談巷語，記其道聽塗說，名之曰何典。其言則鬼話也，其人則鬼名也，其事實則不離乎開鬼心，扮鬼臉，懷鬼胎，釣鬼火，搶鬼

❶ 坡公：蘇軾。

❷ 董狐：春秋時晉國史官。直筆記事，時譽「良史」。

❸ 盧充：范陽人盧充，與亡女子崔某結婚三日，生有一子。事見搜神記卷十六。

❹ 尺郭：又作「尺廓」。傳說中的神鬼名。

❺ 韓昌黎：韓愈。

❻ 羅友：晉襄陽人。博學能文，曾任襄陽太守。

飯，釘鬼門，做鬼戲，搭鬼棚，上鬼黨，登鬼錄，真可稱一步一個鬼矣。此不典而典者也。吾衹恐讀是編者疑心生鬼，或入於鬼窠路云。太平客人題。

原序二

無中生有，萃來海外奇談；忙裡偷閒，架就空中樓閣。全憑插科打諢，用不著子曰詩云；詎能嚼字齩❶文，又何須之乎者也。不過逢場作戲，隨口噴蛆；何妨見景生情，憑空搗鬼。一路順手牽羊，恰似拾蒲鞋配對；到處搜鬚捉蝨，賽過搲迷露做餅❷。總屬有口無心，安用設身處地；盡是小頭關目，何嫌脫嘴落鬚❸。新翻騰使出花斧頭❹，老話頭箍成舊馬桶❺。陰空撮撮❻，一相情願；口輕唐唐❼，半句不通。引得人笑斷肚腸根，歡天喜地；且由我落開黃牙牀❽，指東話西。天殼海蓋，講來七纏八丫叉；

---

❶ 齩：即「咬」。

❷ 搲迷露做餅：意思為胡思亂想。搲音ㄨㄚ。用手捉物。迷露，霧。

❸ 脫嘴落鬚：信口開河。

❹ 花斧頭：花樣；手法。

❺ 老話頭箍成舊馬桶：意思是用從前通行的話講敘往事。

❻ 陰空撮撮：想當然。

❼ 口輕唐唐：說話輕巧隨便。

❽ 落開黃牙牀：張嘴。

神出鬼沒，鬧得六缸水弗渾❾。豈是造言生事，偶然口說無憑；任從掇冊查考，方信出於何典。新年新歲，過路人題於罨頭軒❿。

❾ 渾：劉復云：「渾，疑當作淨。」

❿ 罨頭軒：罨音ㄧㄢˇ。覆蓋。罨頭軒，極言軒的屋頂之低。

雌鬼
活鬼

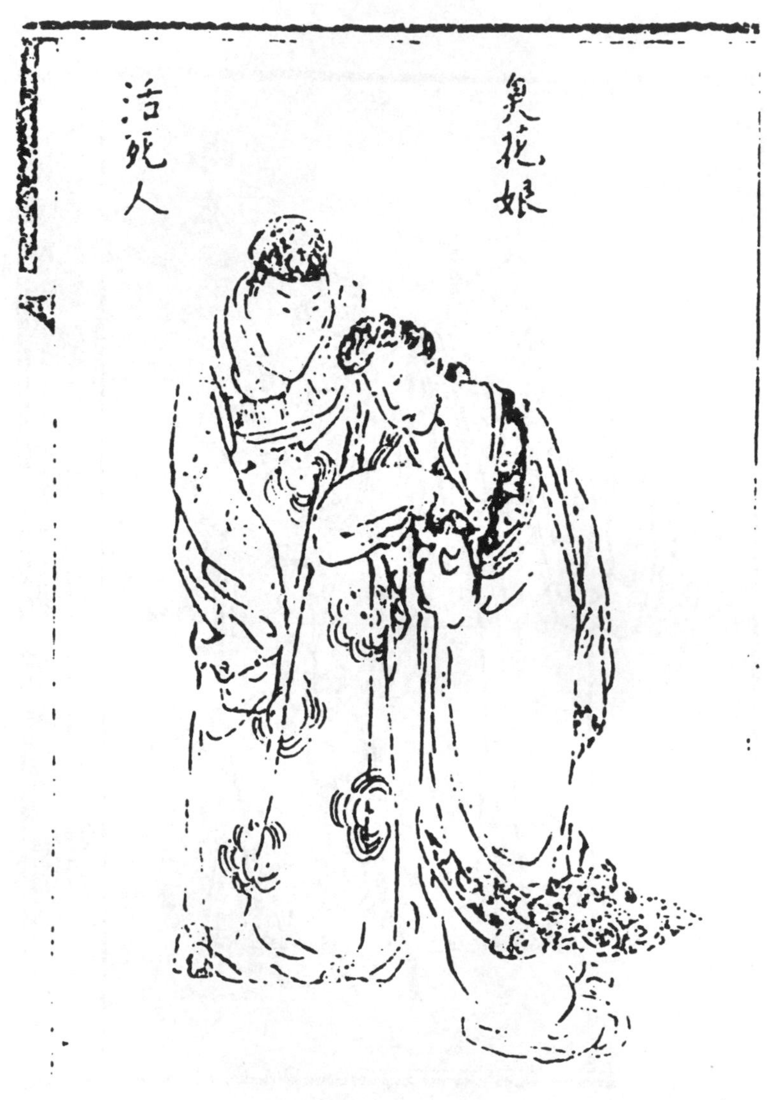
臭花娘
活死人

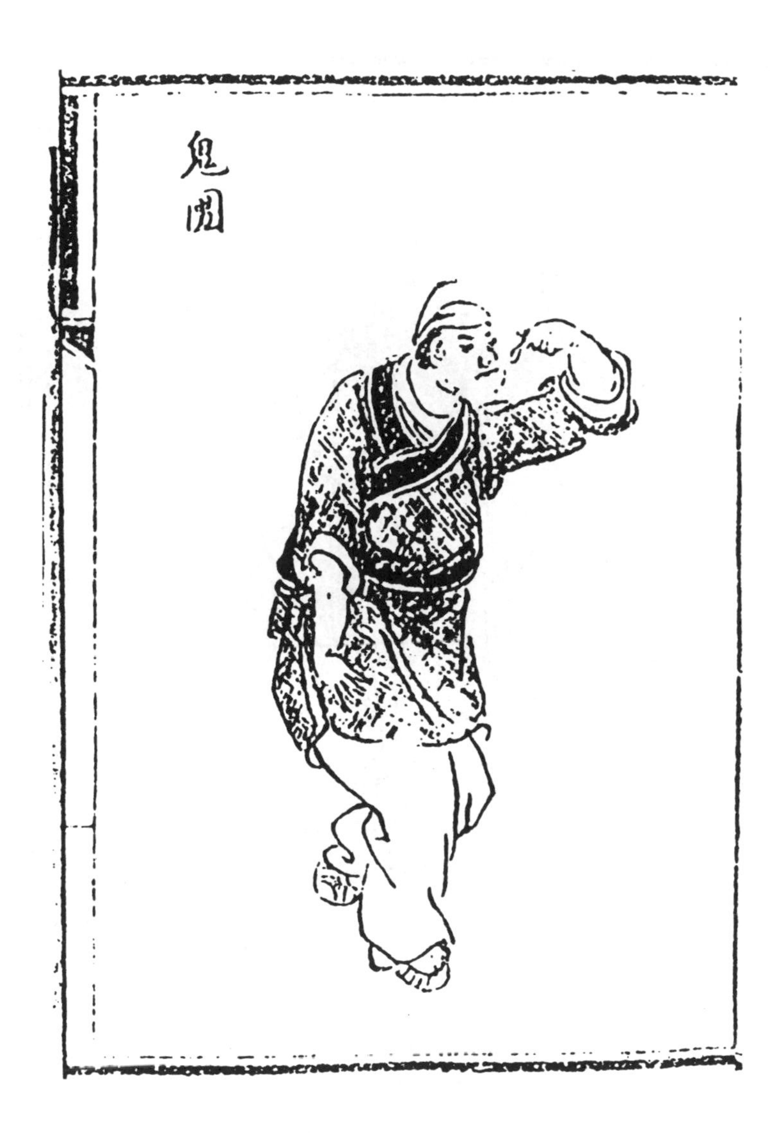

形容鬼

劉打鬼
色鬼

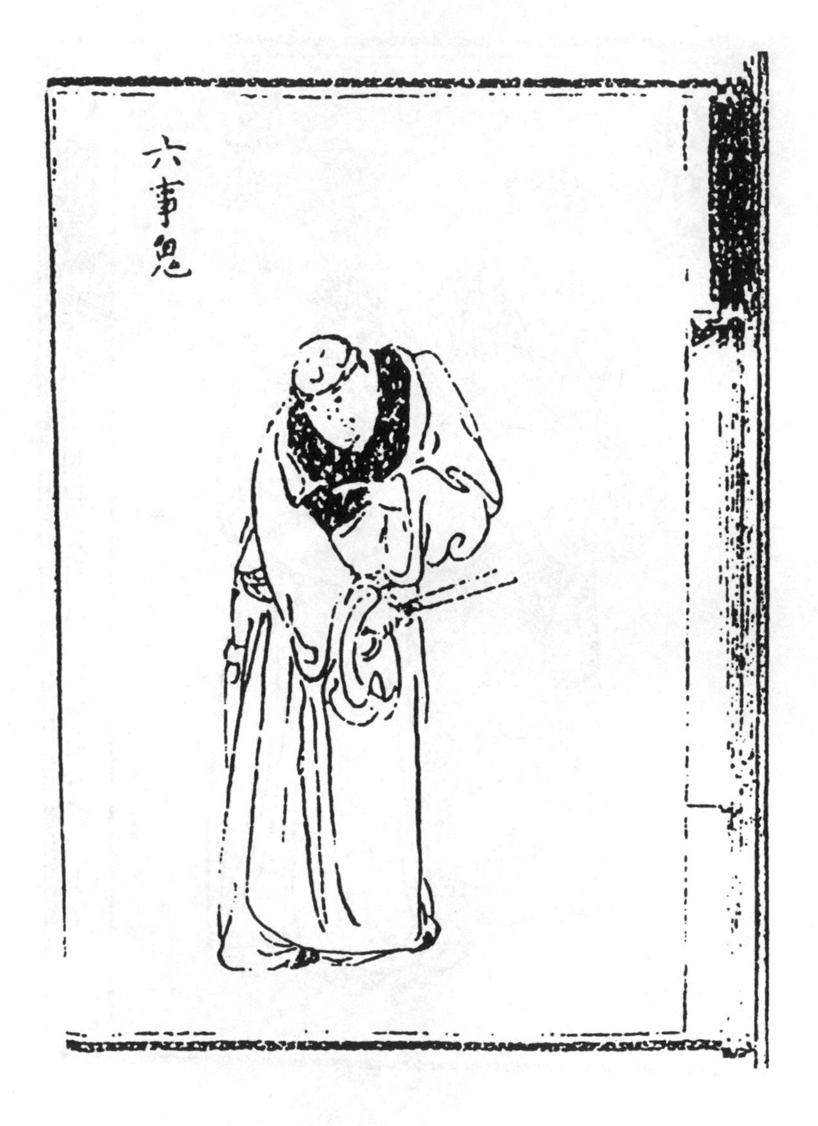
六事鬼

閻羅王
識寶太師

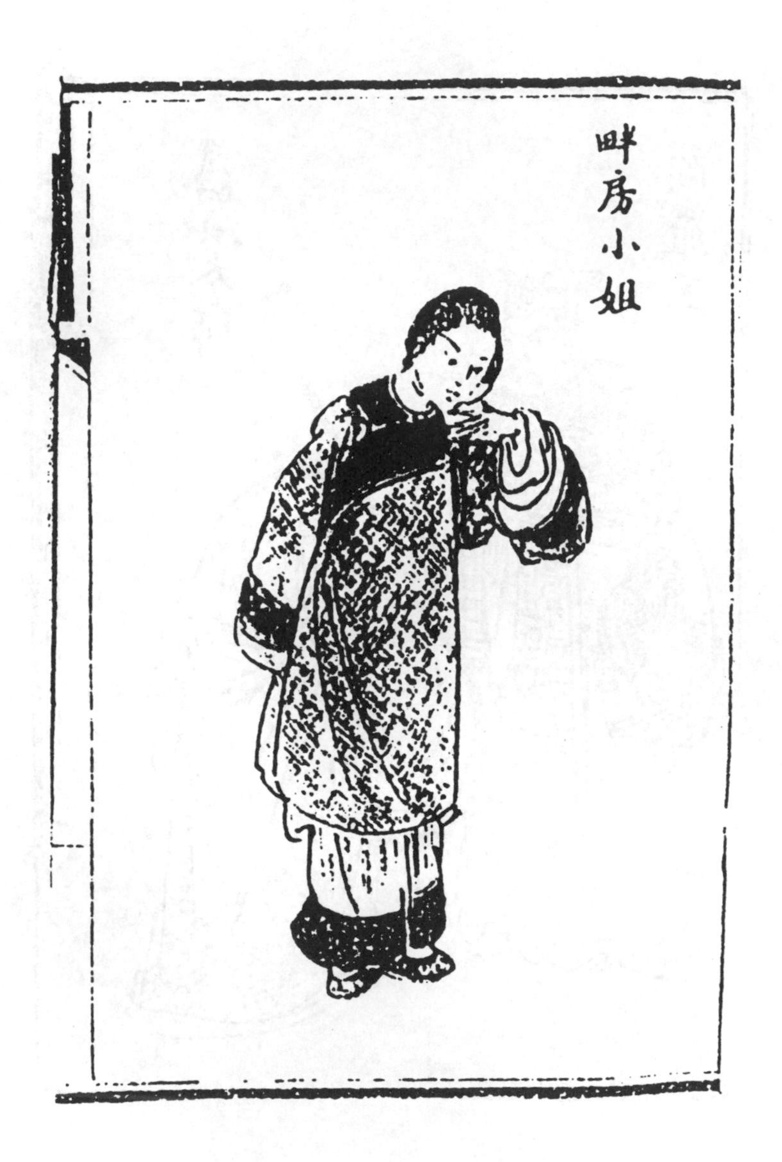
畔房小姐

蟹殼裏仙人

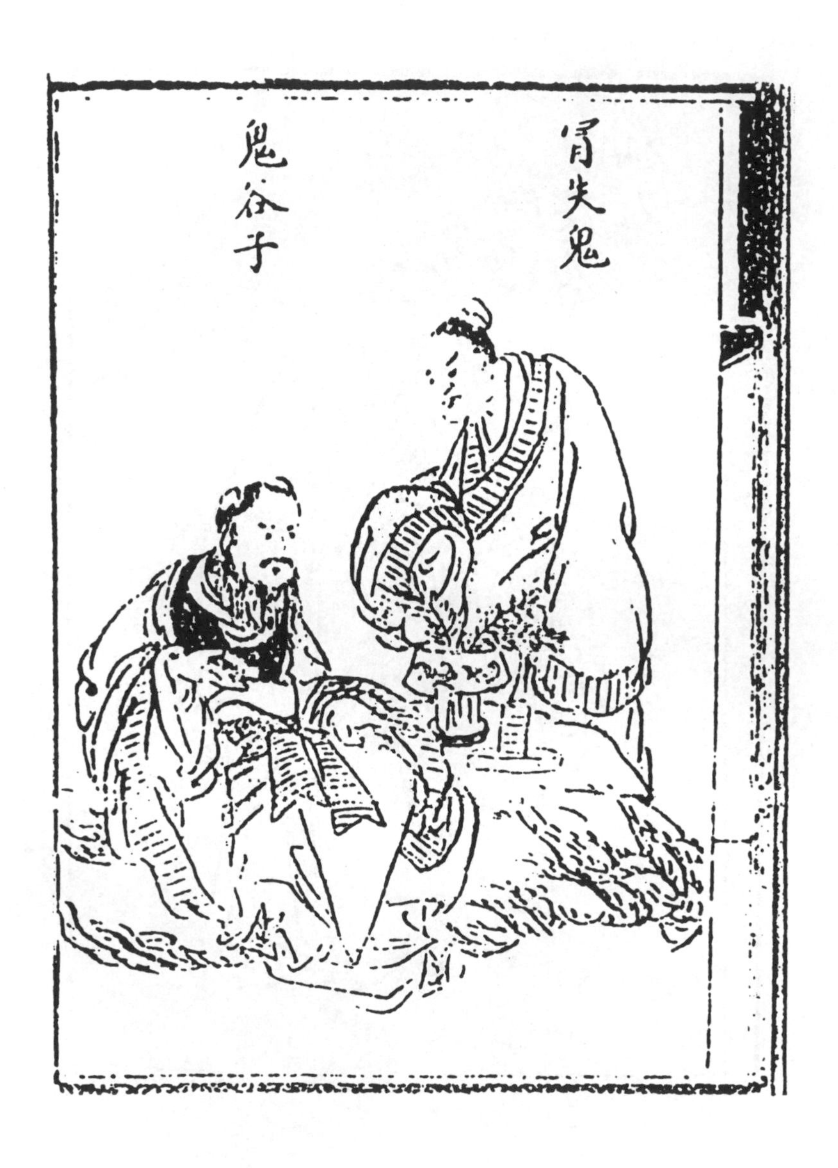
冐失鬼
鬼谷子

羅刹女

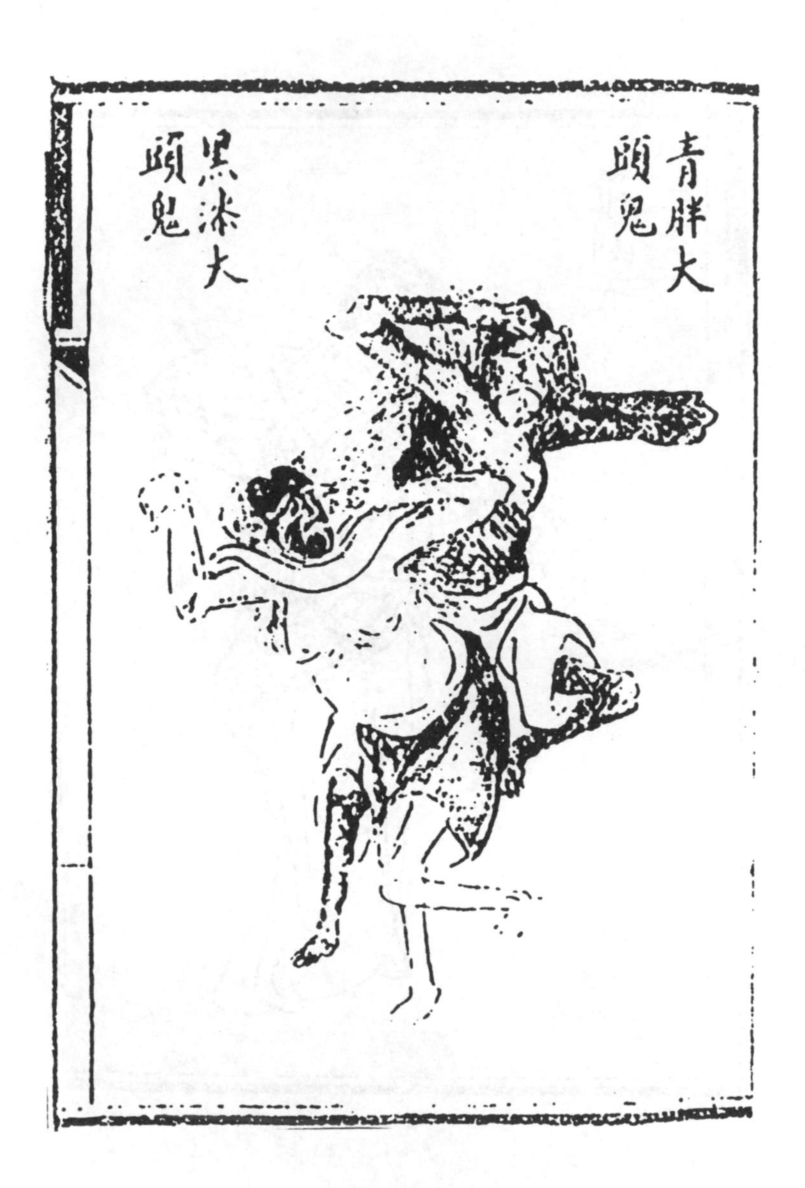
青胖大頭鬼
黑漆大頭鬼

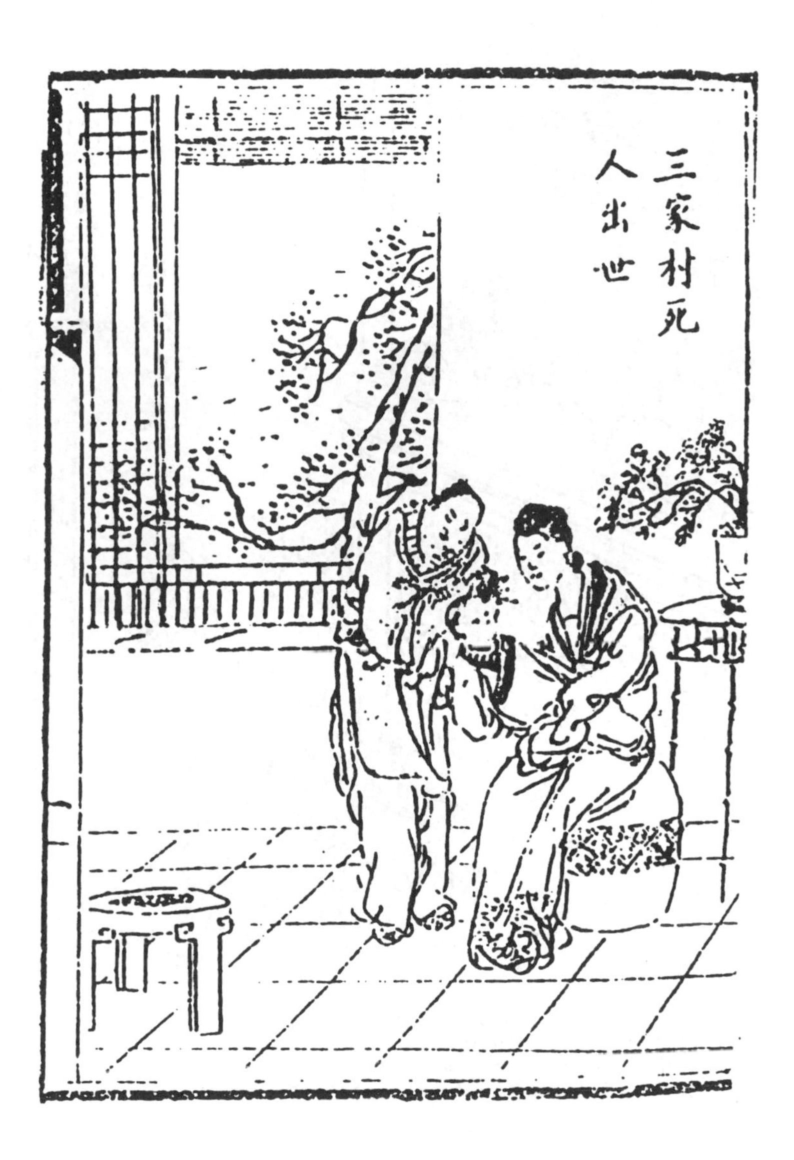
三家村死
人出世

做新戲惹出飛
來禍

搖小
船陽溝
裏失風

假烧香賠
錢養漢

彩客
見領
回閒
口貨

活死人討飯
遇仙人

活死人結髮聘花娘

鬼谷先生白日升天

貪城隍激反大頭鬼

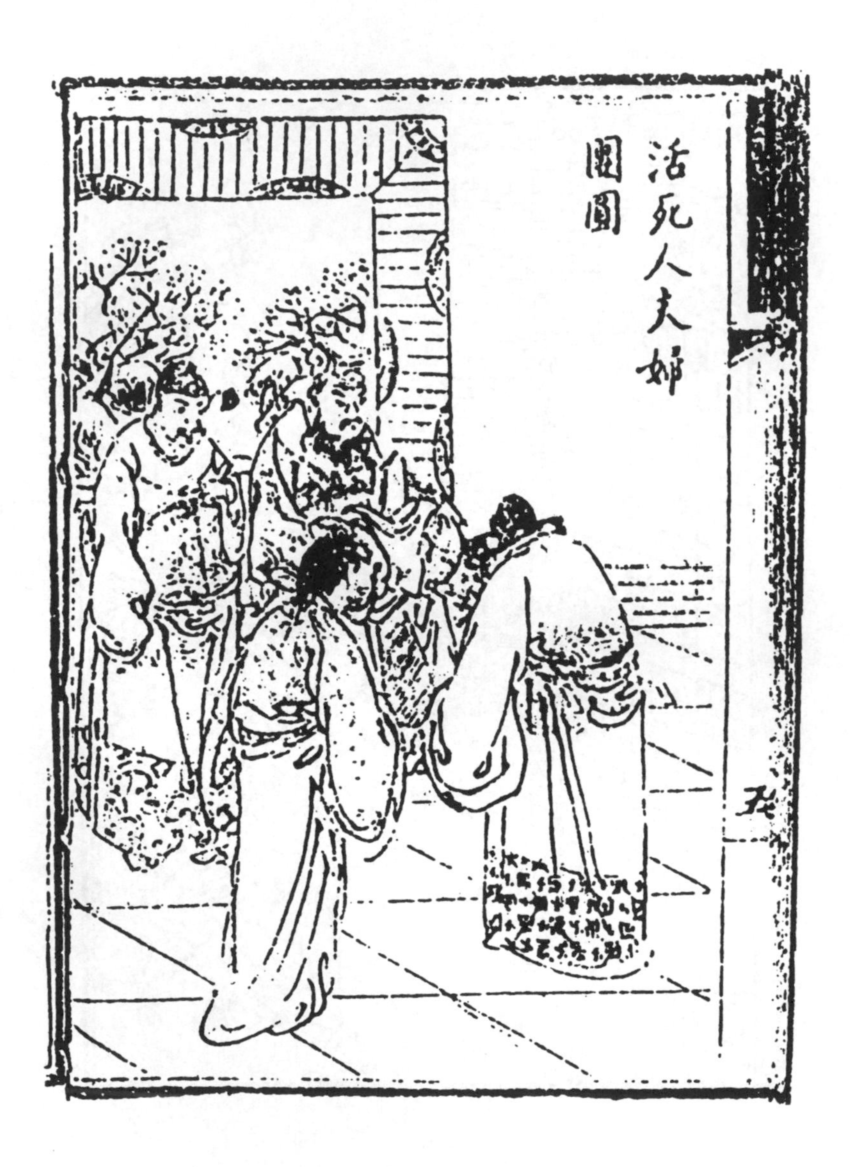
活死人夫婦
團圓

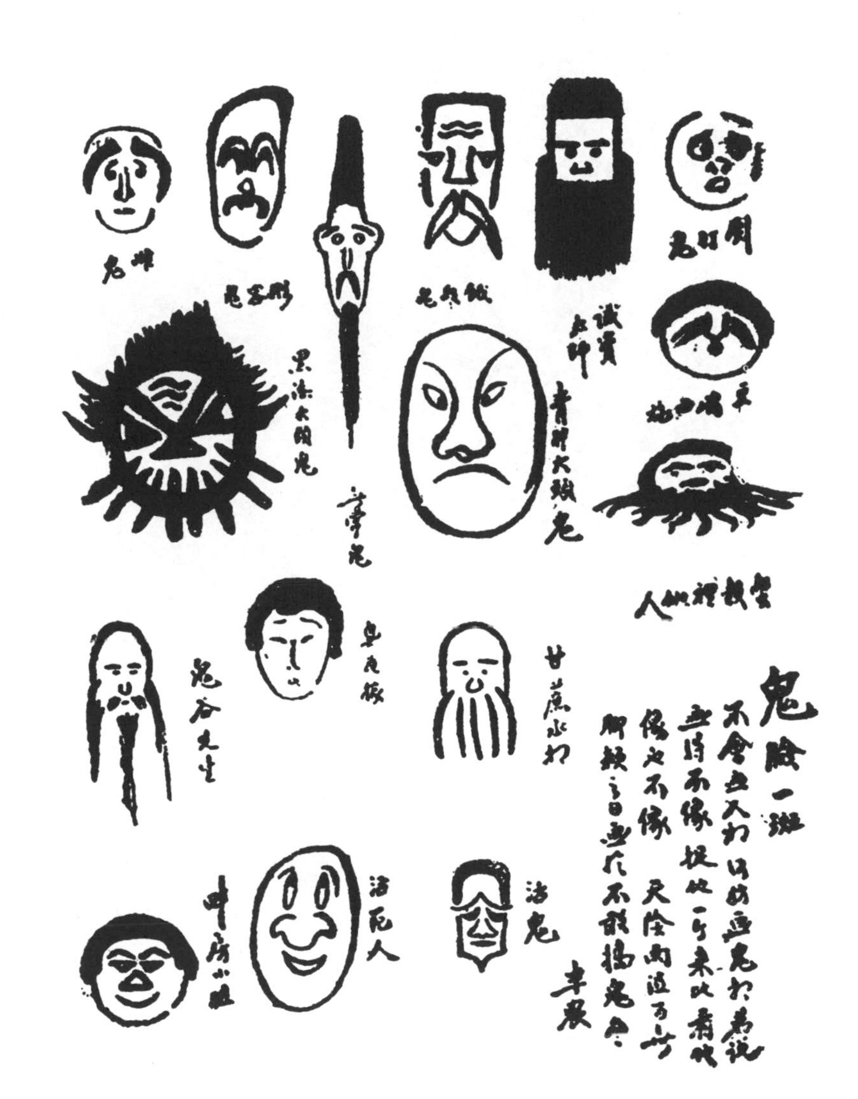
鬼臉一斑
活死人
活鬼

何典回目

第一回　五臟廟活鬼求兒　三家村死人出世

詞曰：

不會談天說地，不喜咬文嚼字。一味臭噴蛆❶，且向人前搗鬼。放屁，放屁，真正豈有此理！

右調如夢令

自從盤古皇手裡開天闢地以來，便分定了上中下三個太平世界。上界是玉皇大帝領著些天神天將，向那虛無縹渺之中，造下無數空中樓閣，住在裡頭，被孫行者大鬧之後，一向無事，且不必說他。中界便是今日大眾所住的花花世界，那些古往今來忠孝節義，悲歡離合，以及奸詐盜偽，一切可喜可驚可笑可恨之事，也說不盡許多。下界是閻羅王同著妖魔鬼怪所住。那閻羅王也不過是鬼做的，手下也有一班牛頭馬面，判官小鬼，相幫著築個酆都城❷，在陰山背後做了國都，住在裡頭，稱孤道寡，不在話下。

且說這陰山乃下界第一個名山，其大無外，其高無比。一面正臨著苦海，真個是上徹重霄，下臨無地。山腳根頭有個大谷，四面峰巒圍繞，中間一望平陽❸，叫做鬼谷。谷中所住的野鬼，也有念書的，

❶ 臭噴蛆：胡說八道。

❷ 酆都城：傳說中的陰間地獄。酆音ㄈㄥ。

也有種田的，也有做手藝、做生意的。東一村，西一落，也不計其數。

其中單表有一處，名曰三家村。村中有一財主，叫做活鬼。他祖上原是窮鬼出身，到這活鬼手裡，發了橫財，做了暴發頭財主，造起三埭院堂四埭廳❹的古老宅基❺來，呼奴使婢，甚是受用❻。家婆❼雌鬼，是打狗灣陰間秀才形容鬼的姐姐。夫妻兩個都已半中年紀，卻從未生育。

一日，因活鬼的散生日❽，雌鬼便端正❾幾樣小小菜❿，沽了一壺淡水白酒，要替老公慶陰壽⓫。恰好形容鬼也到來拜壽，便大家團團一桌坐下，搬出菜來：一樣是血灌豬頭，一樣是鬥昏雞，一樣是醃瘪雌狗卵，還有無洞蹲蟹、筆管裡煨鰍、捩弗殺鴨。大碗小盞，擺了一檯，歡呼暢飲。

正在吃得高興，活鬼道：「我們夫妻兩個，一錢弗使，兩錢弗用，喫辛喫苦，做下這點牢人家⓬。

---

❸ 平陽：平坦寬暢，光明亮堂。

❹ 三埭院堂四埭廳：房屋多的意思。埭音ㄉㄞˋ。間，量詞。院堂，廂房。

❺ 古老宅基：具有傳統風格、堅實而又值錢的房屋。

❻ 受用：安適；享受。

❼ 家婆：妻子，「家主婆」的略稱。

❽ 散生日：除逢五、十之外的生日。

❾ 端正：準備。也作「端整」。

❿ 小小菜：菜肴。也作「小菜」。

⓫ 替老公慶陰壽：老公，丈夫。慶陰壽，為死人祝壽。

⓬ 牢人家：家產。

如今年紀一把⑬，兒女全無，倒要大呼小叫的吃甚壽酒，豈不是買鹹魚放生，死活弗得知的！」形容鬼便道：「雖說是要養好兒三十前，你們兩個尚不至七老八十，要兒子也養得及，愁他則甚？前日我們那裡來了一個新死亡人，他說陽間有什麼求子之法：倘然沒有兒子，只消到養家神道⑭面前燒炷香，捨個數⑮，便即生子，真是如應如響的。姐夫何不去試他一試？」

活鬼道：「那裡有這話？神道豈是來替人養兒子的？」雌鬼道：「莫道無神卻有神。既有這個老法則⑯，我們去試試也不落脫⑰啥官銜。倘得一男半女，也不枉為鬼一世。」活鬼道：「試試誠然不妨。但到那裡去求好？」形容鬼道：「我聞得孟婆莊⑱那裡有座五臟廟，廟裡有三個天尊，極是有靈有聖。姐夫要求，須到那裡纔是。」活鬼道：「這裡到孟婆莊，路程遙遠的，那裡便當？」形容鬼道：「路程雖遠，都是些水路。坐在船裡，與遊春白相⑲一般，有甚不便當？」活鬼道：「既是這般說，老舅可一同去走走，覺得鬧熱些。」形容鬼道：「且待你逢好日出門時，我來奉陪不遲。」活鬼道：「揀日不如

---

⑬ 年紀一把：年事已高的意思。

⑭ 養家神道：護家的神靈。

⑮ 捨個數：許個願。

⑯ 老法則：過去傳下來的規矩。法則，即法子，方法。

⑰ 落脫：丟失。

⑱ 孟婆莊：傳說陰間有一位開茶館的孟婆，鬼在她那裡喝了孟婆湯，就能將生前死後的事情忘記，茶館所在地便被稱為孟婆莊。

⑲ 白相：玩。

撞日，就是明日便了。」形容鬼道：「這也極通。只是明日就要起身，今日須當預先端正，省得臨時上橋馬撒尿⑳，手忙腳亂的。我也要回家說聲，方好同去。」活鬼道：「這個自然。」一面說，又喫了幾鍾罰酒㉑，用過矮麵㉒，形容鬼作別回去。

活鬼便到鬼店裡買了些香燭之類，又叫了一隻兩來船㉓回來，千端百整。到了次日，活鬼便教鬼囡㉔先把行李搬在船上，一面端整早飯。湊巧形容鬼也到船頭了，便大家喫飽了清水白米飯，喊鬼囡跟了，一同來到。形容鬼伸著後腳㉕，跨上船去，只見那隻船直滉轉來，幾乎做了踏沉船，連忙拔起腳道：「姐夫怎麼叫這隻船？如此滉法！」活鬼笑道：「虧你做了陰間秀才，難道連孟子的說話都忘記了！」形容鬼道：「有甚說話？我卻不記得。」活鬼道：「孟子上說的：然而不王者，未之有也㉖。一隻兩來船，你用了大腳力踏上去，教他怎麼不滉？」形容鬼也笑道：「我雖做了秀才，那些四書、五經，都已嘔還先生，那裡還有記得？」

兩個說說笑笑，上了船。艄公便把船撐開，搖著乾櫓，慢慢的一路行去。活鬼道：「這裡到孟婆莊

---

⑳ 臨時上橋馬撒尿：意謂匆匆忙忙，準備不周。

㉑ 罰酒：懲罰性的飲酒，如宴間遲到者先罰飲三杯。

㉒ 用過矮麵：「用」意為喫。短的麵條稱為「矮麵」，喫剩供施捨之用。此指麵條。

㉓ 兩來船：快船。

㉔ 囡：音ㄋㄢ。同「囝」，男小孩。

㉕ 伸著後腳：兩腿前後分開，作躍身狀。

㉖ 然而不王者二句：見孟子梁惠王上。以「然」諧「船」，以「王」諧「滉」。

有許多路，若這般初一一櫓，初二一櫓的，幾時纔到！為甚不使起篷來？」艄公道：「使篷須看風色㉗。如今尚在陰溝裡，七彎八曲的，一路風頭弗順，怎麼使法？相公既然要緊，待我們夥計上去背㉘起水縴來，就快了。直等到了奈河㉙裡，纔好使篷。」活鬼道：「既如此，快上去背。」

艄公便把船停住，船上夥計注好㉚縴繩，跳上乾岸。活鬼便教鬼囲替他把船撐一撐。鬼囲拿起撐篙，用盡平生之力，望㉛岸上一撐，不道趂㉜水推落，船便望著對岸直摜轉去。艄公道：「你這小弟弟真是個笨賊！又弗是撐弗開的船頭，何消用這瞎氣力。撐船也要捉順絲縷，望前撐去，怎倒這般橫撐船起來！你可坐下，如今不用撐了。」

鬼囲便放下篙子，蹺起半爿卵子㉝，坐在船頭上，一路看那岸上過路人鑽縴。到得陰溝口頭，只見經岸㉞旁邊蹲著一隻憤氣癩團㉟，抬頭望著天上一群天鵝，正在那裡想喫天鵝肉，看見他們船過，便望

㉗ 風色：風勢；風向。
㉘ 背：用背拉。
㉙ 奈河：傳說地獄裡的河名。
㉚ 注好：繫上。
㉛ 望：朝；往。
㉜ 趂：「趁」的異體字。
㉝ 蹺起半爿卵子：一條腿擱在另一條腿上。
㉞ 經岸：指河岸。
㉟ 癩團：癩蛤蟆。

清白河水裡一跳，卻被一條倒拔蛇㊱啣住不放。鬼囤忙拿起洗屌拖紛㊲，卻待打去。活鬼喝道：「蛇自過，犬自行，你去打他則甚？」喝聲未絕，鬼囤已將拖紛打下，恰正打蛇打在七寸裡，早已命盡祿絕，浮在水面上，癲團也隨風逐浪去了。

船已出了陰溝，到得奈河裡，湊巧遇著極順的鬼陣頭風。但見來往船隻，也有隨風轉舵的，也有趂水推船的，盡在那裡顛篷掉搶㊳。活鬼大喜，忙教艄公也快使起篷來。艄公便把十二葉篷扯足了，那隻船便雲飛射箭一般望前行去。

形容鬼道：「姐夫悶了幾時，如今這樣順風順水，難道還不開心？」兩個說說笑笑，正在高興，只見艄公手忙腳亂的落下篷來。活鬼道：「難得這樣兜艄順風㊴，怎麼就要落他？」艄公道：「前面奈河橋㊵來了。」活鬼向前一望，只見那橋還遠遠的，看去不甚分明。便道：「橋還遠著多哩，怎就這般要緊？」艄公道：「我們行船的老秘訣，須要遠橋三里就落篷，方能船到橋，直苗苗。」活鬼無奈，只得由他落下，仍把乾櫓搖著。

看看來到橋邊，只見一個老鬼，頸上掛串數珠㊶，腰裡束條黃布，雙手捧了卵子，跨著大步，慢慢

㊱ 倒拔蛇：蛇從洞口往外退縮掙扎。此指水蛇。

㊲ 洗屌拖紛：男性生殖器。拖紛，即拖把。

㊳ 掉搶：轉動風帆，變換喫風角度。

㊴ 兜艄順風：正順風。兜艄，正對著船尾。

㊵ 奈河橋：傳說架在陰間奈河上的獨木橋，橋前有毒蛇，橋後有惡狗，惡人死後須從奈河橋通過。

㊶ 數珠：佛珠。

的跑過橋去。活鬼笑道：「你看這老鬼，怎不把緊㊷橋欄杆，倒捧好了個張㊸騷硬卵？難道怕人鮻了去不成？」艄公道：「相公們不知，近來奈河橋上出了一個屁精，專好把人的卵當笛吹。遇有過橋的善人老卵常拖㊹，他便鑽出來驀卵脬一戴㊺，把卵鮻住不放，多有被他鮻落的。饒是這等捧好，還常常鮻卵弗著鮻了脬去。所以那些奈河橋上善人，都是這般捧卵子過橋的。」形容鬼道：「真是山山出老虎，處處有強人。我們打狗灣裡近日也出了一件怪物，叫做甚麼蛐蟺哥㊻，有時伸長倘腳㊼，輥在路頭路腦㊽。倘然路上行人看了野眼㊾，不小心踏著了他，便兩頭一齊蹺起，吹出一口斜氣㊿來，把人呵得卵脬大如腿，連走路都是不便當的。」說話之間，不覺船已過橋，仍舊扯足滿篷，往前行去。

到了孟婆莊上，艄公把船歇定。兩個上了岸，鬼囲拿著香籃，一路去尋那五臟廟。不題。

且說那孟婆莊當初不過一個小小村落，甚是荒涼。自從孟婆開了茶館，那些閒神野鬼，都來吃清茶

㊷ 把緊：握緊。

㊸ 個張：那（這）只。

㊹ 常拖：垂著。

㊺ 驀卵脬一戴：突然朝陽具張大口。卵脬，男性生殖器。脬，陰囊。戴，指張口咬。

㊻ 蛐蟺哥：蚯蚓。

㊼ 倘腳：腿放鬆狀態。

㊽ 輥在路頭路腦：睡在路上，身體首尾橫亙道路兩邊。輥音ㄎㄨㄣˋ。意為睡覺。

㊾ 看了野眼：眼睛看了別處，注意力分散。

㊿ 斜氣：邪氣。

頑耍，登時熱鬧起來。這些左鄰右舍，見了眼熱51不過，也不顧開店容易守店難，大家想吃起生意飯來，也有開鬼酒店的，也有開鬼豆腐店的，也有開鬼南貨店的，漸漸的只管多起來。這家起屋，那家造房，日積月累，不覺成了個大鬼市。真個是鬼烟湊集，鬧熱不過的。

這裡活鬼同著形容鬼一路行來，到了孟婆茶館門首，看他門面上掛個回報招牌52，寫著「來搧舘」三個白字。那些吃茶的清趣朋友，蛇頭接尾妑53的前門進，後門出，幾乎連階沿磚都踏烊易54了。形容鬼便道：「出名的孟婆湯，從不曾吃著滋味。我們難得到此，不可錯過，進去吃他一碗嘗新。」

三個走進店堂裡，揀個好坐場55，爬抬擱腳的坐定。走堂的看見，便滂56了三碗孟婆湯，放在桌上，問道：「客人可用小點心麼？」形容鬼道：「有什麼好點心？也用得著些。」走堂道：「這裡有丟頭蒸捲、瀝乾糰子、酥迷糖、搲57迷露做餅，都是出名的。」活鬼道：「我倒還要去燒香捨數，有素的纔好。」走堂道：「迷露餅、酥迷糖俱是素的。」活鬼道：「酥迷糖是要饞唾58去拌的，反弄得饞唾拌乾，倒是

51 眼熱：眼紅；羨慕。
52 回報招牌：店裡拒絕收納客人的字牌。此指茶館名牌。
53 妑：「巴」的異體字。
54 烊易：熔化。此指磨損。
55 坐場：座位。
56 滂：音ㄆㄠˋ。用水浸物，同「泡」。
57 搲：音ㄨㄚ。用手捉物。
58 饞唾：唾液。

餅罷了。」走堂去頂了一泛供[59]餅來，擺在面前。三個狼飧虎嚥吃了一陣，會過茶錢[60]，起身問道：「這裡有座五臟廟在那裡？」走堂把手指著道：「你們跨出大門，一直望前跑去，碰鼻頭轉彎，到了市梢頭[61]，就看得見了。」

兩個依言走去，到了廟前，只見兩扇廟門半開半掩，闍[62]著一條夾漆縫。形容鬼便踏上堦沿去，推開廟門，看是甚麼神道。只見中間塑著個齾糟[63]彌陀佛，落開那張頤死嘴[64]，凸出了寬急肚皮[65]，眉花眼笑的坐在上面，兩旁塑著四個杉木金剛。轉入後面，來到大殿上，但見中間塑著三尊拜靈的泥菩薩：當中是窮極無量天尊，張開一雙無眉眼，落開一個黃牙牀，露出那個大喉嚨，喉嚨裡伸出一隻手來，左手揑著入門訣，右手搲個送死拳頭；上首是逍遙快樂天尊，緋紅一個狗獾面孔，兩隻軟耳朵，頤下七五根鑿孔注牙鬚[66]；下首是苦惱天尊，信准那個冷粥面孔[67]，兩道火燒眉毛上打著幾個捉狗結，一個線香

---

[59] 泛供：端送菜肴、點心的長方形木盤。
[60] 會過茶錢：付清餐費。
[61] 市梢頭：集市鎮盡頭。
[62] 闍：音ㄒㄧ。微微露出。
[63] 齾糟：骯髒的諧音。
[64] 落開那張頤死嘴：「落開」意為張開。硬爭道理不改口謂「頤死嘴」，此指嘴。頤音ㄍㄣˋ。
[65] 寬急肚皮：飲食無規律，時飽時饑。
[66] 鑿孔注牙鬚：粗硬的鬍鬚。
[67] 信准那個冷粥面孔：「信准」意為果真是。「冷粥面孔」形容臉部表情冷漠。

鼻頭[68]，鼻頭管裡打個椿子[69]。東邊掛一口木鐘，西邊架一面邊鼓。側首坐著幾個歪嘴和尚，把棒槌敲著木魚，正在那裡念那夾和[70]金剛經。看見他們入來，曉得是燒香的，慌忙起身相迎。一個向鬼囝手裡接了香籃，取出那對倒澆蠟燭[71]來點著，又把斷頭香燒在爐裡，一面撞起木鐘，打著邊鼓，伺候拜佛。活鬼朝上跪下，通陳[72]了心事，磕了一頓響頭，方纔起來與和尚施禮。

說了幾句死話[73]，正要坐地，形容鬼道：「好佛在後殿，我們再到後面去看看。」和尚便陪了他們，來到後面。看時，卻正是那新修好的五臟殿，當中坐個癟嘴那謨[74]佛，兩旁排列著十八尊木羅漢。活鬼忙磕下頭去。形容鬼道：「姐夫果然一念誠心，見了大佛磕磕拜[75]。」活鬼道：「既到這裡，豈可揀佛燒香？」形容鬼等他拜完了，便道：「姐夫可要數數羅漢去？」活鬼道：「怎麼數法？」形容鬼道：「挨順了逐尊數去，數著好的便好，數著歹的就歹。」活鬼道：「你先數。」形容鬼便逐一數去，恰數著了鴨蛋頭菩薩。活鬼也照樣數去，卻是大耳朵菩薩。和尚道：「兩位相公真是有福氣，數著的都是好菩薩。」

---

[68] 線香鼻頭：俗語形容烏龜是「線香鼻頭胡椒眼」。鼻頭，鼻子。

[69] 鼻頭管裡打個椿子：意思是鼻孔裡流著粗髒的鼻涕。

[70] 夾和：隨意夾雜，指任意添減或顛倒內容。

[71] 倒澆蠟燭：性交姿勢，女在上蹲下。此指蠟燭。

[72] 通陳：將心願和盤說出。

[73] 死話：幽默、滑稽的話。

[74] 那謨：即南無。

[75] 見了大佛磕磕拜：俗語，下句是「見了小佛繞街賣」，用於譏嘲諂上欺下。

鬼團便道：「待我也來數數，看是甚麼菩薩？」一路數去，只見那尊神道鬼眉鬼眼，甚覺難看，便問道：「這可是救命王菩薩麼？」和尚道：「不是。這叫做摩化偈煞(76)神君。」

正在說笑，形容鬼忽覺一陣肚腸痛，放出一個熱屁來，連忙揞住(77)屁股道：「撒屁常防屎出。這裡可有應急屎坑的麼？」和尚把手指著道：「相公從這條肉衖堂(78)裡進去，抄過了衖堂(79)便是。」形容鬼依言走去，果有一隻牢墳坑(80)，上面鋪著石屎坑板(81)。一群臭老鼠，簇(82)在坑缸板上偷屎吃，看見形容鬼到來，一鬨走散。形容鬼恐怕爬坑缸弗上，做了一個大勢頭(83)跨上板去。往下一看，坑裡都是夾弗斷屎連頭(84)，無萬大千(85)的大頭蛆在內擁來擁去。形容鬼也不管三七念一，撩開尖屁股，顯出那個無框檔的碗大屎孔，蹲在上面，一連放了十七八個臀後屁，隨後屙出一大堆軟屎來，幾乎連那條蔥管肚腸(86)都

(76) 摩化偈煞：疑梵語摩呼洛迦的音變。摩呼洛迦是大蟒神，釋迦如來的眷屬。
(77) 揞住：捂住。
(78) 肉衖堂：一男二女同臥稱「肉衖堂」。此指兩排房子中間的小道。
(79) 抄過了衖堂：未婚夫妻（童養媳）發生性行為稱「抄衖堂」。此指走過夾道。抄，趕路。
(80) 牢墳坑：廁所。
(81) 石屎坑板：歇後語謂：「青石屎坑板——又硬又臭。」
(82) 簇：堆；擠。
(83) 做了一個大勢頭：高高抬起一隻腳跨過去，這個動作叫「做大勢頭」。
(84) 夾弗斷屎連頭：長條的大便。
(85) 無萬大千：成千上萬。
(86) 蔥管肚腸：形容心胸狹窄。此指腸子。

屙落了。

出空了肚皮起來，束好褲子，正要走動，忽聞坑裡有嗚咂之聲，仔細一看，原來是一隻落坑狗在裡頭嚼蛆。形容鬼見旁邊豎著根青竹頭，便拿起來望狗身上戳去，那隻狗看見便喤的一聲，噴出一口臭蛆來。形容鬼大怒，把青竹帶戳帶擂的掏了一陣，攪得希臭膨天[87]。那隻狗打急了，便湧身望上跳將起來。形容鬼恐被搨累[88]，忙把身讓開，被他投穿屎坑門[89]逃了去，遂把竹頭放下，走到五臟殿裡。

活鬼正與和尚坐在嬾凳[90]上說話，看見形容鬼走到，便向身邊挖出肉裡錢[91]來，送與和尚做香儀[92]。和尚也向佛面上刮了些金子，送與活鬼道：「相公拿回去，倘有小舍人[93]急驚風撞著了慢郎中[94]，來不及，湌湯吃了就好的。」活鬼接在手中，千謝萬咶噪的辭別起身。和尚直送出了山門，方纔進去。

兩個一路回來，到得船上，已經有天無日頭哉，連忙扳轉船頭就搖。誰知這陣鬼陣頭風還沒有住，一路都是頂頭大逆風，搖了幾日方能到得三家村裡。兩個起岸回家，艄公隨同鬼囡搬了行李起來，算清

---

[87] 希臭膨天：臭氣熏天。
[88] 搨累：沾污。
[89] 投穿屎坑門：「投」謂奔。「穿屎坑門」即廁所門。
[90] 嬾凳：從前官僚財主宅門前擺放的、供看門人休息的長條凳。
[91] 肉裡錢：辛苦掙來的錢，也稱「血本」。
[92] 香儀：燒香供佛的儀式。
[93] 小舍人：小孩子。
[94] 急驚風撞著了慢郎中：患急病偏偏遇到慢性醫生，比喻緩不濟急。

船錢去了。活鬼自與雌鬼說了一回燒香的話，形容鬼也辭別回去。不題。

可煞作怪：是夜雌鬼便捏鼻頭做起夢來[95]。夢見一家神道，領著一個行當[96]小夥子，走進房中，對著雌鬼道：「感汝夫妻求子虔誠，今特賜汝一子，乃陽間白面書生下降，將來後福非凡。汝可用心保護。」只見那小夥子走至牀前，揭開雌鬼被頭，望著雌鬼髈罅襠[97]裡亂鑽。雌鬼著急，忙把手去推，那裡推得住？已被他鑽入肚裡去了。嚇出一身冷汗，醒來告訴活鬼。活鬼道：「既是天尊顯聖，將來生子是十拿十穩的了。但不知這尊神道是甚麼模樣的？」雌鬼道：「我也看不仔細，只見他眉毛打得結著[98]。」活鬼道：「不消說，這是苦惱天尊了。」

從此雌鬼便懷著鬼胎。到得十月滿足，生下一個小鬼來。夫妻大喜，如獲至寶。形容鬼曉得生了外甥，又是他攛掇[99]去求來的，如何不喜。便即買了一對昏頭雞，一塊擐腿肉[100]，幾條放生鹹魚，一盤切只箍賣鴨蛋[101]，教個毛頭囝[102]挑了，自己戴了高帽子[103]，穿件萬年衣[104]，來到姐夫家正值活鬼在家裡燒

---

[95] 捏鼻頭做起夢來：意為癡心妄想。此指做夢。
[96] 行當：英俊瀟灑。
[97] 髈罅襠：胯下；腿縫間。
[98] 結著：結頭。
[99] 攛掇：勸說。
[100] 擐腿肉：男性生殖器。此指肉。擐音ㄍㄨㄢ。
[101] 切只箍賣鴨蛋：把鴨蛋放在箍桶裡拿出去賣，意為多此一舉。此指鴨蛋。
[102] 毛頭囝：十歲左右的男孩子。

三朝[105]，就唱個喏，道了喜。坐了一回，隨到房中來問姐姐的安。雌鬼道：「兄弟來得正好。你是讀書人，可替外甥題個鬼名。」形容鬼想了一想，道：「就叫做活死人何如？」活鬼大喜道：「極好！正是這等便了。」只見鬼囡走來說道：「吃三朝酒的太平客人[106]都請到了。」活鬼便與形容鬼出來接人待物，一面就擺出酒來，大家坐下。正是酒落歡腸，猜拳豁指頭的吃了一陣。

內中一個對門鄉鄰，叫做扛喪鬼，問道：「前日聞得活大哥曾到五臟廟去求子，因此得了令郎，不知那裡學來這個妙法？卻是怎樣求的？乞指示一二，也讓我們見識見識。」活鬼道：「我本也不知就裡，是個新死亡人說起，陽間有此法，因此亦去試試。也不過燒炷香，許個願罷了，不料果有靈驗。」

又一個隔壁鄉鄰叫做六事鬼，便接口道：「許了甚麼願，就這等感應的快？」活鬼道：「那時也不曾殼賬[107]這般靈驗，不過趂嘴造了幾句道：『倘然生了兒子，便把天尊來做家堂菩薩，就在三家村裡起座鬼廟來供養。』說便這般說，只是太許大了，一歇晨光[108]還弗起。料想口說無憑，天尊也不計較的。」扛喪鬼道：「這使不得！老話頭[109]：寧許人，莫許神。既然許出了口，也是縮弗轉的，難道好拔短梯[110]

[103] 戴了高帽子：愛聽恭維話。此指戴帽。
[104] 萬年衣：死者大殮時穿的衣服。此指衣。
[105] 燒三朝：人死後下葬第三天上墳祭奠。此指孩子出生第三天請客慶賀。
[106] 太平客人：無所事事的客人。
[107] 殼賬：料想到；打算。
[108] 一歇晨光：短時間內。
[109] 老話頭：前人流傳下來的格言。

不成？將來怎好再見天尊面！你橫豎銅錢堆出大門外，也不必像孟婆莊那裡造這大廟，正叫鄉下獅子鄉下跳[111]，將就[112]起隻三進四院堂[113]的小廟來供養著，就是了。」活鬼道：「諸事也還容易，只是尋那塊屋基地，又要好風水，又要無關礙，卻倒千難萬難。」扛喪鬼道：「村西頭那片勢利場，青草沒人頭的精空在那裡，何不就起在上面？大家燒香便當，豈不好麼？」六事鬼不覺拍手拍腳大笑起來，道：「極通，極通！活大哥快些起起廟來，我們都來燒香。」活鬼道：「忙不在一時。且待小兒滿了月，那時揀個吉日良時動手不遲。」眾鬼俱道：「說得是。」遂都起身謝別回去。

活鬼送眾鬼出門，回來告訴雌鬼，雌鬼也甚歡喜。

日子易過，不覺已是滿月。隨又齋了別過老壽星，抱出活死人來。剃頭人便把他兜頭[114]一杓冷水，拿起缸爿來就剃。真是冷水剃得頭髮落，頃刻剃了光光頭。又做下許多椿柄糍糰[115]，各處蟠籐親眷[116]都送過了。然後揀個好日，端正木石磚瓦，到勢利場上來起造鬼廟。不題。

只因這隻廟一起，有分教：非惟賠飯折工夫，還要擔錢買憔悴。要知究竟如何，且聽下回分解。

---

[110] 拔短梯：意思是出爾反爾，言而無信。

[111] 鄉下獅子鄉下跳：意思是因地制宜，量力而行。

[112] 將就：隨便；馬虎。

[113] 三進四院堂：縱向有三間正屋，旁邊有四間廂房的大宅院。

[114] 兜頭：正對著頭。

[115] 椿柄糍糰：人死後入殮前供設的祭品，也是男性生殖器的隱語。

[116] 蟠籐親眷：關係非常疏遠的親戚。

纏夾二先生[117]曰：無官一身輕，有子萬事足。活鬼既做了財主家邊，豈不望養兒待老？無如力不從心，只好付之天命。一旦得新死亡人傳聞之言，方知天底世下，除了死法，更有活法。于是不顧路程遙遠，乘船駕櫓，一念誠心，燒香捨數。雖不免「閒時不燒香，急來抱佛腳」之誚，然早已感動神明，夢中送子，遂能懷著鬼胎，生出小鬼，將來靠老終身，傳宗接代，不怕無鬼頂扛[118]。豈非神聖有靈，佛天保佑乎？雌鬼云：「莫道無神卻有神。」誠然哉！

[117] 纏夾二先生：喜歡爭辯而又容易誤解別人意思的人。

[118] 頂扛：頂替；依靠。

第二回　造鬼廟為酬夢裡緣　做新戲惹出飛來禍

詞曰：

自家下種妻懷胎，反說天尊引送來。只道生兒萬事足，那知倒是禍根荄。　做鬼戲，惹飛災。贓官墨吏盡貪財。銀錢詐去猶還可，性命交關❶實可哀。

右調思佳客

話說活鬼因求著了兒子活死人，要在這三家村勢利場上起座鬼廟來還那願心。辦齊了磚頭石塊，揵下無數木梢❷，叫了五色匠人❸，那消半年六個月，早已把座鬼廟造得齊齊整整。中間大殿上，也塑三位天尊。因夢中送子來的是苦惱天尊，故把他塑在劈居中❹。上首塑了窮極無量天尊，下首塑了逍遙快樂天尊。那些相貌裝束，都照依孟婆莊那裡一樣。山門裡塑個遮眼神道，一隻眼開一隻眼閉的，代替了

❶ 性命交關：關係一個人生死的大事。

❷ 揵下無數木梢：揵音ㄑㄧㄢˊ。用肩扛，通「掮」。「揵木梢」意思是輕易承擔責任。此指準備木料。

❸ 五色匠人：指木匠、鐵匠、石匠、泥瓦匠、剃頭匠。

❹ 劈居中：正中間，也稱「劈當中」。

懊躁❺彌陀佛。後面也換了一尊半截觀音❻。又請一個怕屄和尚❼住在廟中，侍奉香火，收拾得金光燦爛。

村中那些大男小女，曉得廟已起好，都成群結隊的到來燒香白相。正是燒香望和尚，一事兩勾當❽。見了後殿半截觀音，盡皆歡天喜地道：「向常❾村裡娘娘❿們要燒炷香，都要趕到惡狗村火燒觀音堂裡去，路程遙遠的，甚覺不便。如今這裡也有了觀音，豈不便當?」大家感激活鬼不了。扛喪鬼便搭了一起鬼朋友，對了枝枝分⓫，直到酆都城裡，叫了有名的不搭班⓬戲子，來替活鬼敬神賀喜。就在新廟前搭起一座大鬼棚來，掛了許多招架羊角燈，排下無數冷板凳，那四面八方到來看戲的野鬼，無千無萬，幾乎把一片勢利場都擠滿了。

活鬼也辦了祭禮，同著雌鬼到來齋獻。把三牲抬入廟中，擺在金鎗架子上。眾鬼看時，當中是一頭豬圈裡黃牛，上首是一隻觸呆豬婆⓭，下首是一腔舔刀羊嘪嘪⓮，還有許多供果、素菜、鬼饅頭⓯，堆

---

❺ 懊躁：骯髒的諧音。第一回作「鏖糟」。

❻ 半截觀音：從前稱未纏足的美女為「半截觀音」。此指觀音菩薩。

❼ 怕屄和尚：怕老婆的男子。此指和尚。

❽ 一事兩勾當：一舉兩得。

❾ 向常：過去。

❿ 娘娘：已婚婦女。

⓫ 對了枝枝分：湊錢合股。

⓬ 不搭班：不合群。

滿了一供桌。活鬼到了神前，把松香摻在爐裡，敬了三杯滴血酒。夫妻都磕了頭，起來謝了眾鬼，一齊到棚中坐定。

只見班中那個老戲頭，把戲單送來，請活鬼點戲。活鬼道：「我是真外行，點不來的，隨你們揀好看的做便了。」形容鬼伸長頸骨，把戲單一望，便道：「這些老戲目，都是大王爺串的。今日我們求子還願，是陰間創見的事，須做幾齣新戲，纔覺相稱。」老戲頭道：「要新戲易如反掌。我們班中新編的幾齣話把戲⑯，卻都熱鬧好看。」眾鬼都道：「如此甚妙。」戲頭便向眾腳色說了，打起鬧場鑼鼓，舌頭上跳過加官⑰，後面一齣一齣的只管做出來。眾鬼看時，卻是些鬼鬧張天師、鍾馗嫁姊妹、觀音抽肚腸⑱、金剛箍鐵尺、六賊戲彌陀、賭神收徒弟、壽星遊虎邱⑲、小鬼跌金剛許多新戲，果真熱鬧好看。眾鬼喝采不迭。

正在看得高興，忽然戲場上鴉飛鵲亂起來。那些看戲的都一斜眠⑳望著鬧處擁將去，口中說道：「去

---

⑬ 觸呆豬婆：「觸呆」意為愚笨。豬婆即母豬。

⑭ 羊咩咩：即羊。咩音ㄇㄚ。

⑮ 鬼饅頭：供奉死者的饅頭。一說是一種黑褐色的果實，形如饅頭，在清明節前後結實。

⑯ 話把戲：笑話；鬧劇。

⑰ 舌頭上跳過加官：天花亂墜地說了一通。此指正式演戲之前的開場白。

⑱ 觀音抽肚腸：雜技節目，演員從嘴裡抽出很長的彩色紙條。

⑲ 虎邱：山名。在江蘇蘇州西北閶門外，為當地名勝。通作「虎丘」。

⑳ 一斜眠：一齊。

看酒鬼相打。」原來扛喪鬼是這三家村裡的鬼地方㉑，聽得有鬼相打，忙隨眾鬼軋㉒去。看時，已經打過。但見一個死鬼打得血破狼籍，直僵僵躺在地下。扛喪鬼看見，嚇得面如土色，忙問道：「這是甚麼鬼？為著何事？被誰打死的？」有認得的說道：「這是前村催命鬼的酒肉兄弟，叫做破面鬼，正詐酒三分醉的在戲場上耀武揚威，橫衝直撞的罵海罵山，不知撞了荒山裡的黑漆大頭鬼，恰正釘頭碰著鐵頭，兩個牛頭高馬頭高，長洲弗讓吳縣㉓的就打起來了。可笑這破面鬼枉自長則金剛大則佛，又出名的大氣力，好拳棒，誰知撞了黑漆大頭鬼，也就經不起三拳兩腳，一樣跌倒地下，想拳經不起來了。」扛喪鬼道：「既是黑漆大頭鬼打死的，如今兇身那裡去了？」眾鬼道：「逃去長遠㉔了。」扛喪鬼道：「你們既然親知目覩，怎不攔住了他，卻放他逃了去？」眾鬼道：「你這地方老爹又來了！那黑漆大頭鬼是要在餓鬼道上做大夥強盜㉕的，饒得破面鬼這等氣力，尚不夠他三拳兩腳就送了終，我們都是手無縛雞之力的，那個攔得他住？難道性命是鹽換來的㉖麼？」

扛喪鬼聽了無可如何，只得回到棚中，對眾鬼說知。眾鬼曉得催命鬼是當方土地㉗手下第一個得用

㉑ 地方：地保，負責一鄉治安諸事。
㉒ 軋：擠。
㉓ 長洲弗讓吳縣：在清代，長洲、吳縣皆屬蘇州府，兩縣縣署在同一城裡，都不把對方放在眼中。
㉔ 長遠：指時間久。
㉕ 大夥強盜：強盜首領。
㉖ 性命是鹽換來的：意思是人的生命不值錢。
㉗ 當方土地：指縣令。

差人，平日拿本官做了大靠背，專一在地黨上㉘紮火囤㉙，拿訛頭㉚，喫白食詐人的，如今他的兄弟被人打死，怎肯干休？少弗得要經官動府㉛，恐怕纏在八斗糟裡㉜，盡皆著急。也等不得完戲，忙把戲子打發起身；一面拆棚，一面去報催命鬼得知。那些看戲的野鬼見戲子已去，大家盡怕糾纏，頃刻跑得乾乾淨淨。活鬼隨同眾鬼，將許多家私什物忙忙的搬回家去。幸虧人多手雜，一霎時都已七停八當。扛喪鬼自在廟前照應，等這催命鬼到來。

不一時，催命鬼領了幾個弟男子姪來到廟前。扛喪鬼接著，先告訴了一通，領他看過屍靈橫骨㉝，然後說起，「兇身逃去，如今作何計較？」催命鬼原弗想替兄弟伸冤理枉，只殼賬趕來打個撒花開頂㉞，殺殺勝會，再詐些銀錢用用。不料到得廟前，卻早靜悄悄地，已是敗興；又聽得兇身是荒山裡黑漆大頭鬼，不覺冷了下半段㉟，免不得也做起屍親面孔來，說：「道戲場上人千人萬的所在，青天白日，由強盜到來把平民百姓打死，又放他自由自在的跑了去，倒說作何計較！虧你做了鬼地方，說出這樣風涼話㊱

㉘地黨上：地方上。
㉙紮火囤：設計謀財。
㉚拿訛頭：敲詐勒索。
㉛經官動府：驚動官府。「經」當作「驚」。
㉜纏在八斗糟裡：陷入是非中。「八斗糟」是裝吃剩倒掉的飯菜的缸桶。
㉝屍靈橫骨：屍體。
㉞撒花開頂：意為頭破血流。
㉟冷了下半段：害怕。「下半段」即下半身。

來！如今也不用千言萬語，只要交還我兇身，萬事全休。若交代弗出，只怕你地方變了地圓地扁，還不得乾淨哩！」說罷，就要回去。扛喪鬼著急，連忙一把拖住道：「你也不必性急。凡百事體，也須有話熟商量。我們且到廟裡去，斟酌一團道理出來。」把催命鬼引入鬼廟裡坐下，說道：「這個兇身，莫說我交代弗出，就是官府，只怕也不敢輕易去拿他的。依我算計，倒不如捉豬塾狗，上了活鬼的船㊲罷。」

催命鬼道：「怎麼上他的船？」扛喪鬼道：「這節事，皆因為活鬼養了嫡頭大兒子㊳，說是甚麼天尊送來的，因此白地上開花㊴，造這鬼廟，又做甚麼還願戲，以致令弟遭此一劫。那活鬼是個暴發頭財主，還不曾見過食面㊵，只消說他造言生事，頂名告他一狀，不怕不拿大錠大帛出來買靜求安，連土地老爺也好作成他發注大財㊶。你道如何？」催命鬼笑道：「我正肚裡打這草稿，不料你的算計卻倒與我暗合道妙㊷，可稱英雄所見略同。自古道：無謊不成狀。正是這等幹去便了。」就在廟裡寫好狀詞，把些惡水盡澆在活鬼身上，趕到當方土地那裡告了陰狀。

原來那土地叫做餓殺鬼，又貪又酷，是個要財不要命的主兒；平素日間㊸也曉得活鬼是個財主，只

㊱ 風涼話：不負責任的風言風語。

㊲ 上了活鬼的船：「上船」指把責任推給。

㊳ 嫡頭大兒子：嫡長子。

㊴ 白地上開花：好端端地生出是非。

㊵ 食面：世面。

㊶ 作成他發注大財：「作成」意為促成，成全。注，一筆。

㊷ 暗合道妙：不謀而合。道妙，指心思。

因螞蟻弗叮無縫磚堦，不便去發想。忽見催命鬼來告他，知道大生意上門，即便准了狀詞。因催命鬼是原告，不便就差他，另簽了令死鬼立時立刻去拿活鬼。自己一面坐了狗絡轎，許多仵作㊹皂隸簇擁著，來到鬼廟前。令死鬼已將活鬼及隔壁鄉鄰六事鬼都已拿到。扛喪鬼這日做了屍場上地方，好不忙亂。土地到了屍場上，相過了屍，又將鬼廟周圍看了一回，即便坐在廟中，先叫扛喪鬼上去，責他做了鬼地方，不曾預先舉報，打了幾十迎風板子㊺。再叫六事鬼去，也要捺住㊻兩頭打當中。幸虧六事鬼口舌利便，再四央求，方纔饒了。然後叫活鬼上去，不問情由就是一頓風流屁股，打得活鬼上天無路，入地無門，「爺娘皇天」的亂喊。及至打完了，問他「為甚造言生事？」活鬼已經嚇昏，那裡回報得出？就說三言兩語，也是牛頭弗對馬嘴的。土地也不再問，把他上了全副刑具，帶去下在黑暗地獄裡，說要辦他個妖言惑眾的罪名。

雌鬼在家裡得知這個消息，嚇得兩耳朵圿白㊼，忙與形容鬼相商。形容鬼也不懂打官司經絡㊽，茫茫無定見的，只得請六事鬼來與他斟酌。六事鬼道：「我曉得這餓殺鬼是要向銅錢眼裡翻觔斗的。今日把活大哥這等打法，便是個下馬威，使活大哥怕他打，不敢不送銀子與他的意思。如今也沒別法，老話

㊸ 平素日間：平日。「日間」即日子。

㊹ 仵作：檢驗死傷的小吏。仵音ㄨˇ。

㊺ 迎風板子：高高舉起板子，輕輕打下稱「打迎風板子」。

㊻ 捺住：按住。捺音ㄑㄧㄣˋ。

㊼ 兩耳朵圿白：形容人因受驚恐而臉色蒼白。圿音ㄐㄧㄚˊ。

㊽ 經絡：竅門；規矩。

頭：不怕官，只怕管。在他簷下過，不敢不低頭。只得要將銅錢銀子出去打點。倘然准了妖言惑眾，是殺了頭還要問充軍的，怎麼當得起？」雌鬼見說，愈加著忙，只得央他們去尋門路打點。

兩個來到衙門前，尋鬼打話，都說「活鬼是個百萬貫財主，土地老爺要想在他身上起家發福的。若要摸耳朵㊾，也須送他九籃八蒲簍銀子，少也開弗出嘴。」問來問去，都是這般說，只得瘪了屁股回來㊿。

行到半路頭上，六事鬼忽然想起：那土地餓殺鬼非但貪財，又極好色。他手下有個門子，叫做劉打鬼，當官名字又叫做劉莽賊，年紀不多，生得頭端面正。他的母親劉娘娘，也生來細腰長頸，甚是標緻。娘兒兩個都是這餓殺鬼的婊子。劉打鬼有個好娘舅，曾與六事鬼有一面之識，遂同形容鬼先去尋著好娘舅，央他領到劉家。那好娘舅是個爛好人51，便與他一同跑到劉娘娘家去。

劉打鬼見是娘舅領來的，不敢怠慢，連忙接進客位。敘了些寒溫，兩個說起來意，要求他娘兒們在餓殺鬼面前話個人情。劉打鬼道：「與土地老爺講話，卻是非錢不行的。若沒錢時，憑你親爺娘活老子話出靈天表52來，他也只當耳邊風。我們亦不好空口白牙牙53去說什麼。」形容鬼道：「舍親雖說是個財主，其實外頭嚇殺裡頭空，卻是有名無實的。如今既遭了這般飛來橫禍，也說不得自然要把銀子出來

㊾摸耳朵：私下說情。

㊿瘪了屁股回來：灰溜溜地回來。

51爛好人：有求必應的人。

52話出靈天表：將好話說盡。「靈天表」是打醮的奏事表，上面寫著醮主種種善舉。

53空口白牙牙：空口說白話。

做買命錢了。只要老弟在老爺面前周旋其事，求他只好看瓜刊皮[54]，不要扳只壺盧樞子[55]就夠了。」劉打鬼道：「老話頭：有錢使得鬼推磨。你們既有銀錢送他，他烏眼睛見了白銅錢，少不得歡天喜地，把令親從輕發落的，愁他則甚？」劉娘娘道：「十個人十樣性。你又不是老爺肚皮裡蛔蟲，就這等拿得穩！老爺雖說見錢眼開，只怕少了也就要看弗上眼的。你且去探探他的口氣，方好講脣[56]。」劉打鬼道：「阿媽說得是。待我去討個尺寸[57]出來。」遂起身出門。

不一時，回來說道：「老爺起初做腔做勢，當不得我花言巧語說去，他滅弗得情，方纔許了論萬[58]銀子，再少也不好說。在令親身上，也不過似牯牛身上拔根毛，無甚大不了的。只是那個屄親催命鬼，與這地方扛喪鬼，都是殺人弗怕血腥氣的朋友，你們也要與他講通徹了。若未曾明白[59]，要防他趕上司，土地老爺也未便杜做主張[60]，就將令親輕饒放赦。」六事鬼道：「那個鬼地方是我們的好鄉鄰，我們自與他打話便了。那屄親與老弟同衙門吃飯，自然衙門情熟，就借重老弟與他講一講，不知可使得麼？」劉打鬼道：「有甚使不得！你們再坐一坐，待我去尋他講講看。」

[54] 看瓜刊皮：從實際出發。刊，削。
[55] 扳只壺盧樞子：抓住把柄不放，誇大事實。
[56] 講脣：講話；商談。
[57] 討個尺寸：問個數目。
[58] 論萬：整萬。
[59] 明白：安排停當。
[60] 杜做主張：擅自處理。

去不多時，同了催命鬼到來，說起這事。催命鬼起初大只收弗小，越話越離經的，那裡講得明白？劉娘娘勸道：「老爺已經許了，你只管執之一見，枉苦空做閒冤家。我這裡粗斷一句：送你千把銀子，我也不要你二八提攬[61]，你可看我面上，差不多點罷了。」催命鬼怕他要在土地枕頭邊告狀，不敢不依；況與活鬼本來無甚深讎闊恨，也就得巧便回頭，應承了。劉娘娘道：「如今事已千停百妥，你們去端正銀子來便了。」

兩個謝別回來，說與雌鬼得知。事出無奈，只得措置銀子。活鬼雖說是個財主，前日造廟時已將現銀子用來七打八[62]，今又猝不及備，要拿出准千准萬[63]銀子來，甚覺費力，雖不至賣家掘產，也未免挪衣剝當[64]。湊足了數目，送到劉家，交代明白，囑他早早完結。劉打鬼道：「這個不必費心，難道我們坑在屋裡護出小銀子來[65]不成！自然就送去的。大都非明即後，便把令親發放，也未可知。你們放心托膽便了。」

打發兩個起了身，娘兒們商議將銀子落起[66]大一半，拿小一半來送與餓殺鬼，催他就將活鬼放出。果然錢可通神，次日餓殺鬼坐堂，便將活鬼弔出獄來，開了刑具，把前日事情解釋了幾句，放他回家。

---

[61] 二八提攬：按二八比例分成。
[62] 用來七打八：用去七八成。
[63] 准千准萬：整千整萬。
[64] 剝當：典當家物。
[65] 坑在屋裡護出小銀子來：坑，埋藏。護，方言與「孵」諧音。
[66] 落起：扣下。

正是：

得錢弗揀主，錢多那怕𦘦生[67]人。

不知活鬼回去可有別說，且聽下回分解。

纏夾二先生曰：活鬼只為有了幾個臭銅錢，纔生得一個小鬼。遽爾有事為榮，賣弄手中有物，向白地上開花，造起甚麼鬼廟來。緣此而聚集人眾，搭鬼棚，做鬼戲，引得酒鬼相打，攪出人性命來。歸根結柢，把一場著水人命一盤擔歸去[68]。還虧有錢使得鬼推磨，不曾問成切卵頭罪[69]。然已不免下監下鋪，喫打罰贖，弄得了家了命，反不若前頭一張卵，後頭一個屎孔，窮出狗而極出屁的人，儘管苦中作樂，不怕人齷脫卵脬柄[70]也。或曰：活鬼之遭此飛來橫禍，蓋係墳上風水應當破財耳，若謂其算計弗通，自作自受，豈非冤哉枉也！

---

[67] 𦘦生：陌生。

[68] 把一場著水人命一盤擔歸去：「著水人命」指找不到兇手的人命案子。「一盤擔歸去」意為全部承當。擔，承擔。

[69] 切卵頭罪：殺頭之罪。

[70] 卵脬柄：陰莖。

第三回　搖小船陽溝裡失風❶　出老材❷死路上遠轉

詞曰：

行船走馬三分命，古人說話原該聽。何必海洋中，陽溝也失風。　受多寒溼氣，病倒真難治。空有安心丸，焉能免下棺？

右調重疊金

話說活鬼自被土地捉去，下在暗地獄裡，伸手不見五指頭的，已覺昏悶；再加一班牢頭禁子，個個如狼似虎，把他擺佈得三分像人，七分像鬼，要死弗得活，真是度日如年。忽然土地來弔他出獄，正不知是禍是福，心裡賊忒嬉嬉❸的到了土地面前。只見餓殺鬼坐在上面，聲色不動，反好說好話❹的放了他，真似死裡逃生，連忙磕個響頭謝了，走出衙門。湊巧形容鬼與六事鬼兩個到來早打聽❺，恰好接著。

❶ 陽溝裡失風：比喻在安全的環境中發生災禍。
❷ 老材：棺材。
❸ 賊忒嬉嬉：惶惶不安；不自然。
❹ 好說好話：講話客氣、親切。

大家歡喜，擁著便走。

形容鬼見活鬼行作動步，甚覺不便，問道：「姐夫身上有甚痛刺？怎麼這般搭搭腳手❻的？」活鬼道：「就是前日被瘟官打的棒瘡，在暗地獄裡討個爛膏藥搨❼了，倒變成爛屁股，好不疼痛！」六事鬼道：「既如此，不可跑傷了。我們且到前面陽溝裡，看有什麼搖小船，叫他一隻，坐了回去。」

三個來到陽溝頭，湊巧一隻小船傍在大船邊，歇在那裡。六事鬼便喊道：「這隻小船可是搖生意的麼？」只見船艙裡鑽出一個赤腳漢來，答道：「正是。客人要那裡去？可到船上來坐，也好待我下櫓就搖。」形容鬼道：「我們要到三家村去，你可認得麼？」艄公道：「這裡搖去，見港就扳頭，隨彎倒彎，行去便是，怎麼不認得？」形容鬼便扶攙活鬼，一同下了船，開船回去。

活鬼還只道土地自己想著放了他，倒也安心樂意。只見六事鬼說起他被土地捉去時，家中如何著急，如何尋門路不著；直等尋著好娘舅領到劉家，催命鬼又怎麼作難，連扛喪鬼也不曾打他白客❽，用了許多銀子，纔得安然無事，放了出來。前前後後，一本直說。活鬼聽得用去許多銀子，不覺怒氣填胸，一口氣接不上來，登時白沫直出，倒在船中。兩個嚇得魂不附體，連忙扶他起來，一頭❾拍胸脯，一頭叫

---

❺ 旱打聽：雖然在打聽消息，但是沒有把握能否打聽得到。

❻ 搭搭腳手：當作「搭腳搭手」。意為手腳舉動不方便。

❼ 搨：敷；貼。

❽ 打他白客：讓人辦事而不付錢稱「打白客」。

❾ 一頭：一邊。

名叫姓的呼喚，弄了好一回，漸漸喉嚨頭轉氣，甦醒轉來。

誰知福無雙至，禍不單行。這裡活鬼纔得甦醒，忽然昏天黑地，起來一陣勃來風⑩，吹得那陽溝河水漲三分，霎時間船橫蘆篚囂⑪起來。那艄公把舵弗定，一個鷂子翻身⑫，撲通的跌下水去。形容鬼著急，連忙拿起篙子，要想撐傍岸邊。誰知逆水裡撐篙，有如撐了硬頭船⑬，那裡做得半分主張？那艄公游到船傍，扳著船要想爬起來。形容鬼看見，忙傴⑭去將他一把拿住，思量拉他上船。大家狠命一扯，不料那隻小船早已捋牐下水⑮，合⑯了轉來，連這活鬼、六事鬼一齊提⑰在渾水裡。幸虧六事鬼慣做媒人，是落水弗沉的，被他撲開水面，把活鬼背上乾岸，旱⑱已腳立硬地。這艄公被形容鬼拖住，越盤⑲水越深的，只顧點弗彀深淺⑳起來，弄得頭浸只水㉑，你扯我拽，吃了一肚皮淀清陽溝水，方能爬到岸

---

⑩ 勃來風：突然而來的狂風。

⑪ 船橫蘆篚囂：形容狂風吹得船頭轉向，篷帆亂擺。蘆篚，指船上遮風雨的蘆席。囂，掀起。

⑫ 鷂子翻身：身體朝後翻落。鷂子，風箏。

⑬ 硬頭船：船首載物很重，難以撐動。

⑭ 傴：彎腰。

⑮ 捋牐下水：船吃水深，表示負載很重。牐音ㄓㄚˊ。閘門，同「閘」。捋牐，船的吃水線。

⑯ 合：翻覆。

⑰ 提：掉進。

⑱ 旱：當是「早」的形誤。

⑲ 盤：蹚水；過河。

⑳ 點弗彀深淺：在河裡不知深淺地亂蹚。彀音ㄍㄡˋ。足用，通「夠」。

上。大家鶻㉒得眼白，坐著喘息。

待了好一回，那陣風也痿了，依舊平和水港。艄公再盤入水中，將船拖到岸邊。大家用力幫他翻了轉來，仍到船上坐定，重新開船。搖到三家村裡，打發了船去，三個像雨淋雞一般，跑到家中。雌鬼看見，吃了一驚，忙問道：「你們可是在奈河橋上失足墮河，弄得這等拖水夾漿，著㉓了溼布衫回來？」活鬼道：「閒話少說，快拿衣裳出來，大家換了再相商。」六事鬼道：「我就在貼隔壁，歸去換甚便。」一頭說，就作別回去。雌鬼拿出一大掰㉔替換衣裳來，兩個把溼衣換下。

大家坐定，活鬼方告訴雌鬼：「因前日被瘟官打痛了腿，跑不動，叫船回來，在陽溝裡失風，翻了船。又在船上曉得你們把銀子像撒㉕灰一般用去，把我氣得死去還魂，險些兒與你不相見了。你向常用一個錢要掂掂厚薄，也算是一錢如命的，幾時屙落了肚子，就這般大手指椏㉖起來！」雌鬼道：「你被土地捉去時，嚇得我頭昏耳朵熱。正在無法擺張㉗，幸虧兄弟去尋著這條踏熟門路，又立馬造橋㉘要許

㉑ 浸只水：浸在水裡。

㉒ 鶻：音ㄏㄨˊ。指糊裡糊塗被水淹了一會。

㉓ 著：穿。

㉔ 一大掰：一大堆。掰音ㄍㄜˊ。用臂膀挾持東西。

㉕ 撒：當是「撒」的形誤。

㉖ 大手指椏：「手指椏」是手指間的指縫。俗謂指縫大，錢容易漏出去。此指亂花錢。

㉗ 擺張：安排；解決。

㉘ 立馬造橋：意為催促得很急，立刻。

多銀子。那時連肚腸根幾乎急斷。千算萬計，連我的壁挺如意㉙、頭肯簪、趙珠花俱上了鬼當裡，當出銀子，方能湊足數目送去，弄你出來。倒要這等怪㉚東怪西的，真是弗得相謝，反得吐瀉了！」形容鬼道：「你們也不必相埋怨。這是姐夫破財星進了命，撞著這般無頭禍。在牢獄底頭，真是日頂充軍，夜頂徒罪，一個弗招架，連吃飯家生㉛都要搬場。如今雖然吃打罰贖，仍得安然無事，好好回來，已是一天之喜㉜了。老話頭：銅錢銀子是人身上的垢，鴨背上的水，去了又來。只要留得青山在，那怕無柴燒？若只管這等落水要命，上岸要錢的鬼咯碌相罵㉝，連我也跼蹐不安了。」說罷，也要作別回去。活鬼那裡肯放，說道：「明日還要把小炒肉燒燒路頭㉞，多時費心，怎好不喫頓路頭酒㉟回去？」形容鬼也就托老實㊱住下。

只見那活死人已經未學爬，先學走，一路撫墻摸壁的行來，巴㊲在活鬼身邊。活鬼便把他抱在膝饅

㉙ 壁挺如意：男性生殖器。此指如意。壁挺，筆直。
㉚ 怪：指責。
㉛ 吃飯家生：頭。家生，器具。
㉜ 一天之喜：歡天喜地。
㉝ 鬼咯碌相罵：互相指責；吵架。
㉞ 燒燒路頭：為消災弭禍而祭鬼神稱「燒路頭」。
㉟ 路頭酒：因「燒路頭」而設的酒席稱「路頭酒」。
㊱ 托老實：聽從主人，不再客氣。
㊲ 巴：趴。

頭㊳上，說道：「真是只愁弗養，弗愁弗長。人說求來子，養弗大，看他這等花白蓬蓬的，怎得養弗大起來？」形容鬼見那小鬼頭㊴眉花眼笑，嘴裡咿咿啞啞，便道：「我最喜抱弗哭囝，待我也來抱抱。」便向活鬼手裡接去抱著，說笑了一回，大家收拾困覺㊵。

誰知不到一忽覺轉㊶，活鬼忽然大寒大熱起來，口裡不住的浮說㊷亂話。雌鬼還只道他魘弗蘇醒，叫了幾聲弗應，點起鬼火來看時，只見他面孔脹得緋紅，身上火發火燒，嘴裡嘈閒白夾㊸，指手畫腳的亂話，不由的不慌，只得喊起形容鬼來。形容鬼看了，也覺著急，說道：「這是一場瘟瘽㊹大病，不知這裡可有好郎中麼？」雌鬼道：「村東頭有個試藥郎中，他自己誇口說手到病除的，但只怕說嘴郎中無好藥。」形容鬼道：「不要管他好歹，待我去請他來看看，纔得放心。只是不認得他家裡，半夜三更，人生路弗熟的，倘然摸大門弗著起來，便怎麼處？」雌鬼道：「鬼囝認得的，教他跟你去便了。」形容鬼便喊了鬼囝，擕著黑漆皮燈籠，三腳兩步跑到郎中門前，碰門進去，催得那郎中衣裳都穿弗及，散披散囤㊺的跟了他們就走。

㊳ 膝饅頭：膝蓋。
㊴ 小鬼頭：小孩子。
㊵ 困覺：睡覺。
㊶ 一忽覺轉：「一忽」意為一會兒。醒來謂「覺轉」。
㊷ 浮說：胡說。
㊸ 嘈閒白夾：胡言亂語。
㊹ 瘟瘽：瘟疫。瘽音ㄏㄨㄤˊ。病。

形容鬼一路將病源述與他聽了。到得家裡，方過了脈，那郎中道：「這不過是嚇碎了膽，又受了寒溼氣，不妨事的。」一面說，一面就在身邊挖出眼眵㊻大三五粒丸藥來，遞與形容鬼道：「這是一服安心丸，用元寶湯送下，三兩日就好的。」說罷，便欲起身。形容鬼忙將一個乾癟頭封袋㊼塞他袖中，叫鬼囡點燈相送。

雌鬼已將元寶湯端正，形容鬼幫他將藥灌下。這丸藥是殺渴充飢弗惹禍的，有什麼用？直至次日半上日晝，仍舊弗推扳㊽，只得叫鬼囡再去候㊾那郎中來。那郎中看了，依舊換湯弗換藥的拿出兩個紙包來，道：「這是兩服仙人弗識的丸散在內，一服用軟口湯送下，明日再將亂話湯送下一服，包你活龍鮮健便了。」形容鬼收了藥，送過封袋，打發郎中起了身，照依他說話，把藥吃下去，猶如倒在狗启(50)裡，一些也沒用。正叫做藥醫不死病，死病無藥醫。果然犯實了症候，莫說試藥郎中醫弗好你，就請到了狗齩呂洞賓，把他的九轉還魂丹像炒鹽豆一般吃在肚裡，只怕也是不中用的。

那活鬼躺在牀上，只管一絲無兩氣(51)的半死半活。雌鬼見他死在頭上轉，好不著急，就像熱煎盤上

㊺ 散披散囤：衣冠不整、鬆帶懈扣的樣子。

㊻ 眼眵：眼屎。眵音ㄔ。

㊼ 乾癟頭封袋：裝錢的紙袋，薄禮。

㊽ 推扳：減退；好轉。

㊾ 候：等著後接來。

(50) 启：同「屄」。

(51) 一絲無兩氣：奄奄一息。

螞蟻一般，忙忙的到鬼廟裡去請香頭52，做野糰子謝竈53，講只流年算命，又替他發喪送鬼，叫魂待城隍，忙得頭臭54。看這活鬼時，漸漸的一面弗是一面，眼睛插了骷髗頭裡去，牙齒齩得鏽釘斷。到得臨死還撒了一個狗臭屁，把後腳一伸，已去做鬼裡鬼了。

雌鬼那時一把鼻涕一把眼淚，號腸拍肚的哭嘮叨。形容鬼等他哭暢了，方纔勸道：「他已叫聲弗應問聲弗聽的困到長忽裡55去了，你就登時哭死，與他同死合棺材，也無濟于事。且商量辦後事要緊。」雌鬼只得揩乾眼淚，與形容鬼把屍靈扛來躺在板門上，腳板頭上煨起帛紙。一面又請六事鬼過來二相幫，就托他買辦東西。六事鬼拿著些卵串錢56，出去先買了一口老古板的豎頭棺材，其餘用得著的物，一一置辦停當。形容鬼在家中也主值57得七端八正。那活死人雖然還是個小鬼，也未便爺死弗丁憂，一樣的披麻執杖，束了爛草繩，著雙鐵草鞋。雌鬼也戴了沒頭大孝58。

等個好時辰，把屍靈搡在破棺材裡，道士搖著鈴注卵子59，念了幾句生意經，胳60了材蓋。棺材頭

52 請香頭：燒香拜佛。

53 做野糰子謝竈：將糰子、飯撒在野外送鬼稱「做野糰子」。「謝竈」謂祭祀竈神。

54 忙得頭臭：忙得暈頭轉向。

55 困到長忽裡：耳眠不醒。困，睡。

56 卵串錢：賣淫所得錢。

57 主值：操持。

58 沒頭大孝：從頭到腳穿戴孝服。

59 鈴注卵子：鈴舌。

邊放下一張搒座檯61，供好活牌位，擺上老八樣頭素菜來，不過是弔長絲瓜、丫叉蘿蔔、老茄子、拖根蔥、香菜頭、無皮果子、悶壺盧、大碗教62酸虀之類。做過了倒頭羹飯63，請送入殮的朋友親眷吃了喪家飯，大家散場。

到得頭七64裡，大前頭65豎起棒槌接旛竿，請了一班火居道士、酒肉和尚，在螺螄殼裡做道場。從此老和尚念苦經，小道士打十番，七七做八八敲的鬧了四五十日。那形容鬼雖說至親莫若郎舅，到底遠了一步，來三去四的不甚便當。全虧六事鬼早起夜眠，盡心竭力的照應，真是遠親不如近鄰。雌鬼也感激不盡。

只是那口爛頭棺材停在屋裡，恐防爛斷座檯腳，一到斷過七，形容鬼攛掇著，就在陰山腳下尋塊壞心地，做了鬼墳壇，在太歲頭上動了土，把棺材生好66牛頭扛，八抬八綽的扛出門去。和尚、道士碰起領喪鐃鈸，一大起67送殯的鄉鄰親眷隨在後面，抄著近路就跑。

---

60 ⿰月召：方言讀若ㄇㄧㄥˊ。蓋上。

61 搒座檯：打坐的桌子。搒音ㄆㄥ。打。

62 教：音ㄅㄛˊ。醃。

63 倒頭羹飯：供在死人靈前的飯菜。

64 頭七：人死後第七天稱「頭七」。以後每逢七天做祭奠儀式，直至第七個七天後結束，稱「斷七」。

65 大前頭：房屋的正廳。

66 生好：裝上。

67 一大起：許多。

行不到一條長田岸，只見一個老鬼，撐著一根燈草拐賴棒68，攔住說道：「你們真是少不經事，只想抄近路，可曉得前面轉彎頭上的爬棺黃鼠狼麼？」眾鬼道：「爬棺材黃鼠狼便怎麼？」老鬼道：「原來你們還沒知道。那黃鼠狼專好齦69死人，倘有棺材過去，一大群蜂擁上前爬住，把死人骷髏頭都齦得乾乾淨淨。所以當日謝家出棺材遠轉過去的。你們也該小心為主。」眾鬼都道：「到底老輩裡說話，不可不聽。我們就打死路上轉過去便了。」大家掇轉腳板頭望死路上跑去。那雌鬼小腳伶仃，如何跟得上？落在後頭，一步一哭，只顧趕棺材弗著起來。只得喊個練熟鬼弔了，也不顧快行無好步，亂跌亂撞的巴到墳上，跑得骻酸腳軟，坐著喘息。

那棺材已歇在棚中，形容鬼處分把羹飯擺好。這番不用素鼓榔槌70，都是大魚大肉。眾鬼仔細看時，一樣是牯牛卵脬，一樣是顯湯狗頭，一樣是綿羊頸骨，一樣是豬婆耳朵，一樣是猢猻臀疓71，一樣是狐狸尾巴，一樣是鑊裡鴿鷹，一樣是擐折驢卵；還有兩色水果，卻是翻花石榴，掇皮酸橘子；兩色點心，是碗裡扤72春餅，宿蛀大麥糰；三杯寡酒，一碗爛飯。點起兩枝風中之燭。

眾鬼都說：「這活鬼枉做了財主家邊，一生一世苦喫苦熬，就是小葷腥也不捨得買來吃。直到今日

68 拐賴棒：拐棍。

69 齦：同「啃」。

70 素鼓榔槌：指各種素菜。

71 臀疓：屁股。疓音ㄋㄞˇ。

72 扤：音ㄨˋ。捏。

之下，方能拽長檯子擺這一頓富勝酒席，他已喫不下肚了，豈不是枉活鬼世！」三叢叢四簇簇的談論不了。

等到落地時辰，拜過離別，收開羹飯，把棺材下了泥潭，罨[73]好在爛泥心肝裡，這方是入土為安。大家收拾回家。

正是憑你會鑽銅錢眼[74]，到頭終壅茅柴根。要知後事如何，且聽下回分解。

纏夾二先生曰：活鬼命裡既能白手成家，置田買地，造船起屋，掙做百萬貫財主，也算是茄子大一個星宿了。就使他擁著三妻四妾，兒女成群，活到壽長千百歲，也該消受得起。誰知纔生得一個小鬼，便就船横蘆篚囂起來，一場著水人命，幾乎弄得頭弗拉[75]頸上。還虧錢可通神，方能泥補光鮮。尚不能財去身安樂，接連又是一場瘟瘽大病，就免不得拋妻棄子，一雙空手見閻王矣。古老上人所云「七合升羅八合命，滿只八升羅就生病[76]」者，正活鬼之謂也。

---

[73] 罨：覆蓋。

[74] 會鑽銅錢眼：會掙錢。

[75] 弗拉：不在。

[76] 七合升羅八合命二句：意思是說，福分是命中注定的，超過命定之福即會遭災。合音ㄍㄜˇ。一斗的百分之一。升羅，量具，容量為一斗的十分之一。

第四回　假燒香賠錢養漢　左嫁人坐產招夫❶

詞曰：

淚如泉，怨皇天。偏生拆著好姻緣，強教半路捐。　花未蔫，貌尚妍。活人怎肯伴長眠？紅絲別處牽。

右調雙紅豆

話說雌鬼自從嫁了活鬼，一對好夫好妻，同起同眠的過了半生半世，真是鄉下夫妻一步弗撒離的。後來生了活死人，愈加夫全子足，快活不了，誰知樂極生悲，把個頂天立地的大男兒家，跳起來❷就死了。初時還有些和尚、道士在家中鬧弗清楚，到也不甚覺著。及至斷了七，出過棺材，諸事停當，弄得家裡冰清水冷。

那個鬼囤，自從主人死過，沒了管頭，吃飽了宕空箽箕裡飯❸，日日在外閒遊浪蕩，雌鬼也管他不

❶ 左嫁人坐產招夫：「左嫁」意為再嫁。「坐產招夫」指女子倚仗家中財產，招婿入門。

❷ 跳起來：突然；一會功夫。

❸ 吃飽了宕空箽箕裡飯：吃飽飯的意思。宕空，懸空。箽箕，盛飯的竹器。

下。一個搭腳阿媽❹，只曉得燒茶煮飯，踏殺竈堂泥，連大前頭都不到的。一個委尿丫頭，抱了活死人終日趕鄉鄰白相，弗到夜也弗肯歸槽。雌鬼住在家中，弄得走了前頭沒了後面，叫呼弗荅應的，愈覺冷靜。倒還虧六事鬼三日兩頭走過來照應照應。

一日，雌鬼正在家中扯些綿絮，要想翻條脫殼被頭。忽然膀罅襠裡肉骨肉髓的痒起來，好像蛆蟲螞蟻在上面爬的一般。心裡著急，連忙脫開褲子，看時，只見一群叮屄蟲認真在屄爿沿上翻觔斗。忙用手去捉時，被他一口叮住，痛得渾身都肉麻起來。只得放了手，一眼弗閃的看他。

三不知❺六事鬼走來，看見雌鬼綳開兩隻軟腿，只管低著頭看，心中疑惑，輕輕走到跟前一看，不覺失驚道：「怎的活大嫂也生起這件東西來？」雌鬼喫了一驚，急忙束好褲子，說道：「你幾時到來？偷看我是何道理？」六事鬼道：「這個蟲是老屄裡疥蟲考❻的，其惡無比。身上有了他，將來還要生蝨簇瘡，直等爛見骨還不肯好。當時我們的鬼外婆，也為生了此物爛斷了皮包骨，幾乎死了，直等弄著卵毛裡跳虱放上，把蟲齩乾淨了，方能漸漸好起來的。」雌鬼忙問道：「你身上可有這跳虱麼？」六事鬼道：「在家人那裡來？這須是和尚卵毛裡纔有兩個。」正話得頭來，只聽得隔壁喊應❼六事鬼，說有個野鬼尋他。六事鬼慌忙跑歸。

---

❹ 搭腳阿媽：年大的女佣人。

❺ 三不知：沒有想到。

❻ 考：蛻變。

❼ 喊應：叫喚。

這裡雌鬼痒一陣，痛一陣，弄得無法擺張。肚裡千思百量，忽然想起活鬼生病時，曾在鬼廟裡請過香頭，何不借著還願做個因由頭❽，到廟裡去與那怕屄和尚相商，諒必有畫策的。算計已定，重新梳光了直擄頭❾，換了一身茄花色素服，家裡有用存❿的香燭拿了一副，叮囑搭腳阿媽看好屋裡，開了後門出去。

那雌鬼原有幾分姿色，戴著孝，更覺俏麗。正是若要俏，須戴三分風流孝。雖然年紀大些，還是個半老佳人。

一路行來，到得鬼廟前，只見兩扇廟門關緊，把手去推時，原來是關門弗落閂的，一推就開。走進裡面，依舊把門關好。那和尚聽得門響，走出來看時，見是雌鬼，連忙接進裡面，替他點上香燭。雌鬼拜了幾拜，應過故事，起來各處遊玩。走到和尚房裡，只見朝外鋪張嵌牙牀，掛頂打皮帳，牀前靠壁擺一張天然几，一頭一盆跌櫐香櫞，一頭穩瓶裡養一枝鼻涕花，中間掛一幅步步起花頭的小單條，旁邊擺著幾條背板凳，牀下安個倒急尿瓶，鋪設得甚是齊整。心裡想道：人說三世修來難得搭⓫和尚眠，原來和尚的靜房是這般精緻的。坐在凳上東張西望，只見和尚托著一椀棗兒湯，送到面前。雌鬼是喫慣的，接來呷了幾口，放在桌上，熬不住便道：「我無事不登三寶殿。要問你可有一件東西麼？」和尚道：「施

❽ 因由頭：藉口。

❾ 直擄頭：豎直的頭。擄音ㄌㄨˊ。

❿ 用存：用剩。

⓫ 搭：與。

主要什麼？小僧若有，自當奉上。」雌鬼一時問出了口，回味思量，又覺開口告人難；欲要不言，卻又話不說不明，弄得千難萬難，紅著鬼臉，不言不語。

那和尚是色中餓鬼，早已心裡明白，便笑嬉嬉挨近身來，道：「到底要什麼？卻這般又吞又吐的。」雌鬼只得老著面皮說道：「你身上可有虱的麼？」和尚道：「小僧身上餓皮虱、角虱、卵毛裡跳虱，一應俱全。不知要那一種？」雌鬼道：「有了這許多，難道虱多弗癢的麼？」和尚道：「小和尚⑫硬如鐵，是虱叮弗動的，那裡會癢。」雌鬼道：「實不相瞞：因為生了叮屄蟲，聞得要卵毛裡跳虱醫的，所以來與你相商。」和尚道：「這個其容且易。施主且脫開來，待小僧放上便了。」雌鬼只得脫開褲子，露出屄爿沿上兩個笑靨來。那和尚平素日間還要無屄乾卵硬，何況親眼看見？便也脫去褲子，說道：「省得搜鬚捉虱，等他自己爬上去罷。」一頭說，一頭便將身湊上。那跳虱聞著腥氣，都跳上屄爿來。真是一物治一物，那叮屄蟲見了，便嚇得走頭無路，盡望屄裡鑽了進去，鑽不及的，都被齩殺。雌鬼道：「這被他逃進去的，畔⑬在裡頭鑽筋透骨的作起怪來，便怎麼處？」和尚道：「不妨。待我打發徒弟進去，連末考的疥蟲替你一齊觸殺便了。」雌鬼沒奈何，只得由他扳屄弄屌孔的觸了一陣，方纔歇手。

大家束好褲子，雌鬼便欲起身。和尚攔住，說道：「小僧替施主醫好了大毛病，怎麼相謝都弗送就想回去？和尚喫十方，施主倒喫起廿四方來了！」雌鬼道：「今日沒有身邊錢，改日謝你便了。」和尚道：「現鐘弗打倒去鍊銅！又不是正明交易，到是現消開割的好。正叫做賒三千弗如現八百。」雌鬼道：

---

⑫ 小和尚：隱語，指陰莖。

⑬ 畔：藏匿。

「真正若要欺心人，吃素隊裡尋。不要說我是老施主，就是個面熟驀生人，像方纔這等適心適意的被你鬼開心，難道肯替你白弄卵的麼？我倒肚裡存見，譬如割屄齋僧，弗做聲弗做氣罷了，你倒拔出卵袋便無情起來！」和尚道：「方纔施主眼對眼，看小僧用盡平生之力，弄得熱氣換冷氣的，替你觸疥蟲，倒要一毛弗拔的綽我白水⑭，也意得過⑮麼？」雌鬼被他纏住，只得在荷包裡挖出一隻鏍頭錠來送與他。和尚雙手接了，忙陪笑臉道：「這是生意之道，不得不如此。後日裡間⑯倘然用著小和尚時，決不計論的。」雌鬼也笑道：「今日出來燒香，倒變做買卵觸屄了，與賠錢養漢何異？真乃意想不到。」說罷，起身便走。和尚直送至山門口方纔進去。

雌鬼一路回來，到自家門首，已經日頭擱山。正要進門，只聽得活死人在後吱譁百叫。回頭看時，見他手裡拿一把亂擂芝蔴糖，委屄丫頭抱著，從鄉鄰人家出來。雌鬼便立定腳頭等他。不防六事鬼家送出一個光頭小夥子來，正與雌鬼打個照面。雌鬼忙避入門中，那小夥子走過幾步，還三轉四回頭的只顧看他。雌鬼便抱了活死人，叫丫頭關上大門，走到裡面坐下，覺得滿身鬆爽，時煩迷迷⑰的好困起來。便收拾夜飯喫了，困到牀上，卻又翻來覆去的困弗著。正是引動了春心，那無明火升起來，如何按捺得下？肚裡胡思亂想，又不便常到廟裡去；倘教和尚來家，又怕寡婦之門，被鄉鄰市舍話長說短；若另尋

⑭ 綽我白水：稱佔便宜、揩油為「綽白水」。
⑮ 意得過：好意思。
⑯ 後日裡間：今後。
⑰ 時煩迷迷：身體困乏。

主客，也終非長久之計。倒不如嫁個晚老公，可以朝歡暮樂，靠老終身，倒覺名正言順。況這六事鬼又慣做兩腳居間⑱，與他商量，也甚便當。

主意定了，巴⑲到大天白亮。曉得六事鬼歡喜吃口老白酒的，便教鬼囡去買端正幾樣下酒小菜，好待六事鬼來澆澆媒根⑳，以便與他講心事。鬼囡去不多時，買了些割碎肉、雌鳥頭、夾肝捉死蟹、一瓶酸酒，都拿到屋裡。雌鬼收拾齊整，等到吃飯過後，六事鬼果然到來。雌鬼喜之不勝，連忙掇凳弗及的請他坐下。

六事鬼坐著說了幾句閒話，雌鬼便去搬出酒來。六事鬼也不推辭，老老實實的篩來就吃。雌鬼坐在旁邊，將想的心事告訴了他。六事鬼道：「主意倒也不差。老話頭：臭寡婦不如香嫁人。但是人家花燭夫妻，還常常千揀萬揀揀著了頭珠瞎眼，若是晚轉身㉑，越發不好揀精揀肥，只得依便就便，尋著個好性格，吃得溫暾耐得熱㉒的精胖小夥子，已算是造化了。」雌鬼道：「這個自然。只是一樁：我卻不肯轉嫁出去，是要坐產招夫的。」

六事鬼道：「有卻有一頭，只不知你們前生前世緣法如何。昨日我在這裡時，家裡喊應，說有個野

---

⑱ 兩腳居間：中介人。

⑲ 巴：眼巴巴地盼望。

⑳ 澆澆媒根：請媒人飲酒稱「澆媒根」。

㉑ 晚轉身：指寡婦或離婚女子改嫁。

㉒ 吃得溫暾耐得熱：性格溫順，容易相處。溫暾，湯水不冷不熱，溫度適中。

鬼尋我，原來是替活大哥在土地面前討情的那個劉打鬼。我送他出門時，你也在門口，親眼見過的。他也曉得我慣做媒人，特地來托我覓頭親事。他說不論年紀、窮富、細娘㉓、堂客㉔，只要生得標緻。我看你雖覺年紀大些，還面上吹彈得破㉕，白裡泛出紅來，像活觀音一般。昨日他一頭走路，只管十步九回頭的看你，諒必配眼㉖的。若再肯做入舍布袋㉗，豈不是有緣千里來相會？」雌鬼道：「聞說這劉打鬼是土地老爺的湯罐弟弟㉘，自身顧弗周全，還做別人的老婆，我去做那老婆的老婆，豈不是小老婆了！」六事鬼道：「方纔說好性格的難得碰著。他既肯做這捋卵皮生意，自然生副搓得團欒㉙捍得扁的糯米心腸。況兼㉚這些偷寒送煖，迎奸賣俏，各式各樣許多方法，都學得熟滔滔在肚裡，不比嫁著個鄉下土老兒，只曉得一條蠻秤十八兩㉛的。不要說別樣，就是這副標緻面孔，與他肉面對肉面的睡在一處，也覺風光搖曳，比眾不同。」

㉓ 細娘：閨女。
㉔ 堂客：婦人。
㉕ 面上吹彈得破：喻臉上皮膚細嫩。
㉖ 配眼：中意；看得上。
㉗ 入舍布袋：招女婿。
㉘ 湯罐弟弟：男妓。
㉙ 團欒：圓貌。
㉚ 況兼：即「況且」。
㉛ 一條蠻秤十八兩：死心眼；傻乎乎。

雌鬼被六事鬼一席話，說得肺葉丟丟掀㉜，便道：「既如此，你且去說看。倘然肯時，不煩他一草一木，也用不著六禮三端，揀個總好日到來做親便了。」六事鬼道：「說便去說，只不知令弟主意若何？」雌鬼道：「這個不必費心。老話頭：頭嫁由親，二嫁由身。我既定了老主意，他也不能阻擋我。」六事鬼吃完酒，謝別起身。

轉背不多時，恰好形容鬼到來。說了些家長裡短，雌鬼便將要嫁劉打鬼的話告訴他。形容鬼道：「你是個好人家囡大細㉝，家裡又弗愁吃，弗愁著，如何想起這條硬肚腸來？即使要再嫁，也該揀個梁上君子，怎麼想嫁那劉莽賊？他是個小風臀，千人騎，萬人壓的，有甚好處？老話頭：嫁雞屬雞，嫁狗屬狗；嫁著張大卵，死活熬一卵。雖然晚嫁人，若嫁老公弗著起來，也是一世之事，將來弗要懊惱嫌遲。」雌鬼道：「世間掉老婆左嫁人的也太多甚廣，那裡都揀著了梁上君子？這是我自己情願，不要你管閒賬㉞。」形容鬼道：「我是正門道路說話，你不肯聽，也只得由你便了。正是狗要喫屎，沙糖換弗轉的。」說罷便起身，一直去了。

且說六事鬼出了活寡婦大門，一口氣跑到劉娘娘家去尋著劉打鬼，將活寡婦要嫁人，央他來做白媒人㉟的話述了一遍。劉打鬼曉得活鬼是個財主，去做他替身，便是個現成財主，正是吃他飯，著他衣，

㉜ 肺葉丟丟掀：呼吸加快，形容高興、激動。

㉝ 囡大細：子女。

㉞ 閒賬：閒事。

㉟ 白媒人：替寡婦做媒的人。

住他房子，肏他屄，再沒有再薦便宜㊱的了，如何不肯？一諾無辭，就同六事鬼去揀了一個黃道好日。六事鬼歸來，回音了雌鬼。雌鬼喜之不勝，預先將家中收拾齊整。到得好日，凡屬喜事喜日應用的事件，盡皆千端百正。自己穿了包拍大紅衫，打扮得一沰胭脂一沰粉㊲的。守到一深黃昏㊳，六事鬼領著劉打鬼跑上大門來。那些抱牌做親㊴，坐牀沿，做花燭許多俗套，是大槩曉得的，不必說他。雌鬼又教活死人拜了晚老子，諸事周遍，方纔收拾上牀。正是春宵一刻值千金，那些翻雲覆雨的勾當，果然被六事鬼料著，與活鬼大不相同。雌鬼心裡快活，自不必說。劉打鬼也是心滿意足，要想領娘來同住。那劉娘娘戀著餓殺鬼，不肯行程，也不好強他。夫妻兩個情投意合的過日子。

正是易求無價寶，難得有情郎。不知他夫妻兩個可能一竹竿到底否，且聽下回分解。

纏夾二先生曰：常聽人說，燒香望和尚，一事兩勾當。每思燒香是為佛天面上，望他救苦救難，自宜一念誠心。至于和尚，不過播光了頭毛，既不能多雙拳頭多張嘴，又未曾缺隻鼻頭瞎隻眼，一樣一個人身，著甚來由，要掉忙工夫㊵去望他？原來他有蝨多弗痒的本事，所以娘娘們都掉他不落㊶。但雌鬼是有可屄蟲為患，故此不得不望。

㊱ 薦便宜：即「揀便宜」。

㊲ 一沰胭脂一沰粉：東塗一點西抹一點稱「一沰……一沰」。沰音ㄊㄨㄛˋ。搽得不勻。

㊳ 一深黃昏：剛入黃昏時分。

㊴ 抱牌做親：端持靈牌行婚禮。指已有婚約尚未成婚的一方，在對方死後與其靈牌舉行婚禮的儀式。此指婚禮。

㊵ 掉忙工夫：繁忙中抽出時間。

豈大槩燒香娘娘亦盡有是蟲作祟，要請和尚觸殺乎？然雖鬼一觸之後，恐怕鄉鄰市舍話長說短，隨即擺定老主意，嫁個晚老公，不肯學三嬸嬸嫁人心弗定。可知凡屬男子漢大丈夫，盡都會觸，何眾女眷之執而不化，只想望和尚哉？

㊶ 掉他不落：捨不得他。掉不落亦作「掉勿落」。

第五回　劉莽賊使盡老婆錢　形容鬼領回開口貨❶

詞曰：

誤認好姻緣，甘把終身托。自古紅顏薄命多，浪子心情惡。　家當弄精光，打罵還頻數。不是冤家不聚頭，悔殺從前錯。

右調百尺橋

話說劉打鬼自從入舍到活家，做了財主婆的老公，思衣得衣，思食得食，安居樂業的，豈非一朝發跡？若是有正性眫❷在家裡，關門喫飯，真是上弗欠官糧，下弗欠私債，風弗搖，水弗動的，也夠他吃著受用了。

誰知他喫飽了現成飯，一無事事，不免又到外面攀朋搭友起來。那些老朋友知他做了活鬼的替身，是個新上名字的財主了，個個掇臀捧屁來奉承他，也有陪他賭心錢的，也有請他吃白酒的，也有領他去闖花門闖小娘❸的。那劉打鬼本係浪子心性，正是投其所好，終日搭陶搭隊❹的四處八路去尋快活。起

❶ 開口貨：只會張嘴吃飯不會做事的人。

❷ 眫：此指留、守。

初還恐怕雌鬼要話長說短，遮遮掩掩的瞞著他。後來漸漸手滑❺，把雌鬼積蓄的許多臭銅錢，日逐間❻偷出去浪費落了。及至雌鬼得知，向他話賬，卻又鈍皮老臉的殺他無得血，剝他無得皮，真是無可如何。過了幾時，愈加老眉老眼向雌鬼要起錢來。沒得與他，反要做面做嘴的尋孔討氣。雌鬼也不甚理他。

一日，又出去賭夜錢輸極了，回家向雌鬼要錢去還賭賬。雌鬼不肯，便拍檯拍凳的硬要。雌鬼只得發極道：「老話頭：要吃要著嫁老公。我雖不為喫著兩字招你歸來，也巴望擋一爿風水，誰知你枉做了漢子家，只曉得吃死飯，又不會賺些活路銅錢歸來養老婆囝大細，反要挖出肉裡錢去大擲大賭的輸落，盡要向我一隻釘上討力。我又不是看財童子，會屙金子嘔銀子的，那裡有許多閒空銅錢來接濟你？難道天上有得落下來的麼？」劉打鬼聽了，不覺惱羞變怒，跳得八丈高，把雌鬼「觸千搗萬」亂罵起來。雌鬼怎肯讓他？大家鬧得家反宅亂，打起竈拳❼來，弄得鹽瓶倒醋瓶翻，一隻碗弗響，兩隻碗砯砰❽。幸虧六事鬼在隔壁聽不過，跑來強解勸開了。雌鬼真是有苦無話處，「爺娘皇天」哭了一場，也只得罷了。

誰知那劉打鬼打開了手，愈加膽大，三不常❾向雌鬼要長要短，好便罵，不好便打。雌鬼始初也不

---

❸ 闖花門闞小娘：嫖妓宿娼。花門，妓院。小娘，妓女。
❹ 搭陶搭隊：聚合在一起。陶，群。
❺ 手滑：大量化錢，不加節制。
❻ 日逐間：日復一日；不斷。
❼ 打起竈拳：夫妻打架稱「打竈拳」。
❽ 一隻碗弗響二句：俗語，意謂吵架雙方皆有責任。此處形容砸碗的聲音。
❾ 三不常：隔二三天；經常。也稱「三不時」。

肯讓他，打了幾次竈拳，到底女流之輩，如何鬥得他過，漸漸被他降服下來，只得百依百順了，倒還圖個耐靜。日復一日，把家中弄得空空如也，漸至賣家掘產，將活鬼吃辛吃苦掙起來的家當，不消幾年早已寫了清字。他還沒肯歇手，尚在外面百孔千瘡做下一屁股兩脅肋的債，常常弄得前門討債後門畔。

雌鬼是做過財主婆的，向常錢在手頭，食在口頭，穿軟著軟，呼奴使婢慣的，如今弄得喫著朝頓無夜頓，怎受得這等淒涼？肚裡氣氣悶悶，不覺成了臌病。曉得自己老死快了，恐怕活死人將來沒個結果，只得央六事鬼寄信教形容鬼來。

那形容鬼自從雌鬼不聽他好說話⑩，嫁了劉打鬼，便腳指頭弗戳到他大門上。直等六事鬼寄到信，方纔曉得雌鬼成了臌病。有數說的：「瘋癆臌隔，是閻羅王請到的上客。」知道他死在眼前，不免看同胞姊妹面上，到來睃睃⑪他。誰知已經弄得赤白地皮光，家裡風掃地，月點燈的。劉打鬼也不在家裡。

雌鬼見了形容鬼，自覺慚愧，一話一哭的家長裡短告訴不了。形容鬼不好揭他舊書⑫，只得因個頭來荅個腦，勸解了幾句。那活死人已有七八歲，見了娘舅已經不認得。形容鬼見他生得眉清目秀，便道：「多時不見外甥，已這等長成了。可惜一個好相貌，如何倒這般命硬的？」雌鬼道：「我是自作自受，已是死數裡算賬的了。只可惜他頭青白面一個孩子，將來落在劉打鬼手裡，終無了局。我正望你來，要與你相商，也看當時他老子與你一同去求來的，我死之後，你千萬帶隻眼睛⑬，收留他回去，撫養成人，

---

⑩ 好說話：善意的勸告。

⑪ 睃睃：看望。睃音ㄙㄨㄛ。

⑫ 揭他舊書：揭人家老底稱「揭舊書」。

也是救人一命，勝造七級浮屠。」一面又向牀下摸出一塊金子來，遞與形容鬼，道：「這是你前起⑭姐夫的鎮家之寶，叫做喫弗了烏金，還沒被劉打鬼曉得，未曾弄落，你可拿回去做個紀念。」形容鬼正要推辭，雌鬼道：「你不拿去，終歸化為烏有，豈不可惜？」形容鬼方纔拿了，告別回家。

卻說那形容鬼的家婆叫做醋八姐，是個小人家出身，嘴花捩撇⑮的專喜嚼舌頭根，不甚賢惠。幸虧形容鬼凡事自聽自為准，大著耳朵管不甚理他的。那日回家，把雌鬼要將活死人托他的話說起，醋八姐道：「他做財主婆的時候，一把抓了兩頭弗露⑯，從無一絲紗線破費在窮親眷面上。今日倒要把個開口貨擐⑰在別人身上，只怕情理上也講不去。」形容鬼曉得他是貪財的，便向身邊摸出那塊金子來，放在面前，道：「他有這件海寶貝⑱與我們，也不是白效勞的。你若推出手，如何可白手拿財，只得送還他便了。」醋八姐看見那塊金子火赤餤餤的擺在面前，眼裡放出火來，怎捨得送還？便改口道：「既然他以心相托，個把小囝多裡掏攏⑲，所費也有限。況且古老上人說的：『外甥弗出舅家門。』想必無爺娘收管的外甥，原該住在娘舅家裡，不出門的。你既拿了來家，再若送去，顯見得是我之過了。」說罷，

⑬ 帶隻眼睛：留意；照顧。
⑭ 前起：從前。
⑮ 嘴花捩撇：口無遮攔，說話滔滔不絕。
⑯ 一把抓了兩頭弗露：意為不與人分享好處。
⑰ 擐：音ㄍㄨㄢ。摔；推到。
⑱ 海寶貝：海，價值高；重要。
⑲ 多裡掏攏：意為與大家一起相處。

便搶去下了壁虎袋⑳，再也不肯出現。

過了幾日，形容鬼掉弗落㉑，買了些下屄果子，拿到雌鬼家裡來。那雌鬼起初還半眠半坐，後來脹得四直六直，像打氣豬一般，困在牀上等死。劉打鬼還只道他有甚私房坑在那裡，要逼他說出來，那日正在牀前絮絮叨叨的盤問。不防形容鬼跑進房來，迴避不及，只得相見了，被形容鬼上數頭下數腳的罵了一頓，他也沒敢回嘴。雌鬼見了形容鬼，一包眼淚說道：「兄弟，托人如托山。倘我死了，你務必領了外甥回去。若不依我，就死了也是口眼弗閉的。」說罷便透了幾口陽氣㉒，齩緊牙牀骨，伸直後腳，死割絕了。劉打鬼只得極地爬天㉓，弄一口薄皮棺材來裝裹了，就扛去葬在活鬼墳餘地上。

形容鬼也不等斷七，就將活死人領了回去。醋八姐看見，也未免新箍馬桶三日香，「弟弟寶寶」的甚是親熱。過了幾時，形容鬼便教他跟了兒子牽鑽鬼，同到角先生開的子曰店㉔裡去讀書。原來形容鬼也有一個兒子，叫做牽鑽鬼，已有十幾歲，生得凹面陗嘴，甚是難看。若論他攢屍靈㉕本事，真個刁鑽促掐㉖，千伶百俐。誰知見了幾句死書，卻就目瞪口呆，前念後忘記的不甚聰明。幸虧角先生手裡那些學

---

⑳ 壁虎袋：貪財之人的口袋。壁虎，蜥蜴。

㉑ 掉弗落：不放心。

㉒ 透了幾口陽氣：吸氣又稱「透氣」。

㉓ 極地爬天：想盡各種辦法；好不容易。

㉔ 子曰店：私塾。

㉕ 攢屍靈：搗蛋；惡作劇。

㉖ 促掐：歹毒。

生子，一個個都是鈍豬鈍狗，短中抽長，還算他做個蚱蜢淘裡將軍。讀了幾年書，也就識了許多狗屄字。及至活死人進了學堂門，卻是出調㉗的聰明，不消幾時，把牽鑽鬼讀了數年還半生半熟的書，他都讀得爛熟須菩提㉘，顛倒也背得出。牽鑽鬼不想自己原是個鈍貨，反倒妬忌他起來，千方百計的暗損他，三不時在娘面前添枝換葉裝點他短處。

那醋八姐起初也不過一時高興，看金子面上假面光鮮的愛他。過了幾時，已是意懶心灰了，怎當得兒子又時常在身邊攛掇，就變了心腸，漸漸把這活死人當作眼裡釘肉裡瘡一般惹厭起來。幸虧形容鬼卻是真心實意，凡事拉緊裡半爿㉙的不許欺瞞㉚他，因此還不曾吃足苦頭。

不知不覺早又過了數年。那活死人已有十幾歲，出落的脣紅齒白，粉玉㉛琢的一般，好不標緻，更兼把些無巧不成書都讀得熟滔滔在肚裡。若教他做篇把㉜放屁文章，便也不假思索，懸筆揮揮的就寫，倒像是抄別人的舊卷一般。隨你前輩老先生見了，無不十人九讚，甘拜下風。豈不是天聰天明，前世帶來的？

一日，同著牽鑽鬼兩個要到學堂裡去。走出門來，只見一個硬頭㉝叫化子，背上擐個長袋，手裡牽

㉗ 出調：特別。
㉘ 爛熟須菩提：滾瓜爛熟。須菩提，佛教對年老德高僧者的尊稱。
㉙ 拉緊裡半爿：庇護。
㉚ 欺瞞：欺侮。
㉛ 粉玉：白玉。
㉜ 篇把：一二篇。

隻青肚皮猢猻，後頭跟一隻急屎狗，在門前走過。牽鑽鬼不識，問道：「你牽的是甚麼東西？」叫化子荅道：「這是教熟猢猻，領他出來做戲與人看的。」牽鑽鬼只道是白看的，便道：「做我們看看。」那叫化子便向長袋裡拿出一個石臼來，戴在猢猻頭上，敲著破鑼，那猢猻就戴了石臼撮把戲㉞，把平日教熟的那些當當頭種樹、弄卵入布袋、戴帽子跳圈許多戲法，都撮出來。形容鬼聽得鑼響，走出來看時，見是猢猻撮把戲，便挖幾個看肚兜銅錢㉟來捨他。那叫化子接了錢，又拿出一隻金飯碗㊱來討飯吃。形容鬼道：「你怎麼這般無知饜足？又不曾教你在這裡做，賞你幾個死銅錢也夠了，還要多誺詛㊲。」叫化子道：「若不是這位官官㊳要看，我已走過多時了，怎說不曾教我做？」牽鑽鬼誠恐老子要怪他，便把那叫化子夾背一記㊴，罵道：「你這叫化料語言不一，怎麼是我教你做的？」誰知把那叫化子身邊冷飯團都打出來，滾在地下，被急屎狗一口吃去了。那叫化子便和身㊵滾在地下，詐死賴活的鬧將起來。形容鬼無奈，便喝牽鑽鬼賠還他。牽鑽鬼只得進去拿飯來做，怎奈是老米飯捏殺不成團的，只得畚了一

㉝ 硬頭：倔頭倔腦，會歪纏。
㉞ 撮把戲：表演節目。撮，玩耍。
㉟ 看肚兜銅錢：僅有的幾個錢。
㊱ 金飯碗：不會歇業、有保障的工作。此指討飯的飯碗。
㊲ 誺詛：胡攪蠻纏。誺音ㄐㄧㄚˊ。妄語；多言。
㊳ 官官：指小孩。
㊴ 夾背一記：朝背上猛擊一巴掌。
㊵ 和身：整個身子。

麵糊盆硬米糝㊶出來賠他。叫化子道：「我不是吃硬米糝人，須要還我原物來！」

越攙越醉的正在那裡話弗明白，只見一個野鬼，背上擐個草包，走得滿頭大汗的到來，問道：「這裡有個形容鬼，可曉得住在那裡？」形容鬼見問，便道：「你從那裡來？問他何幹？」野鬼道：「我是鬼門關總老爺差來請他的。」形容鬼道：「只我便是。你們老爺又不曾認得我面長面短，請我去做甚麼？」那差鬼聽得就是形容鬼，便道：「我也不曉得豆油菜油。總兵老爺有請書在此，相公開看就明白了。」那叫化子見是總兵的朋友，便不敢話長說短，牽著猢猻一溜去了。

形容鬼領這差鬼到了家中，差鬼即向包裡取出一封拐書㊷來，遞與形容鬼。形容鬼拆開看了，方知這總兵就是他同窗朋友白蠓鬼，少時與形容鬼兩個都在烏有先生手裡念書，後來都做了鬼秀才，先生薦他在石朝官衙門裡喫飯㊸，虧那朝官的力量扶持，他得了一官半職，直做到枉死城城隍。他做官雖是一清如水，只是才具淺促些。那夥提草鞋公人㊹，見本官軟弱，便都將嘴騙舌頭的來弄慫㊺他。白蠓鬼又是軟耳朵的，聽了他們三人說著九頭話㊻，不免弄得沒了主意，正是清官難出猾吏手。幸虧那城隍奶奶長舌婦，卻是十三分奢遮㊼的，任你說得天花亂墜，總瞞不過他。遇著審官司時候，或是在面前背後提

㊶ 糝：飯粒。

㊷ 拐書：騙人的信。此指書信。

㊸ 喫飯：謀食；幹活。

㊹ 提草鞋公人：在衙門辦事的差役。

㊺ 弄慫：作弄；欺侮。慫音ㄙㄨㄥˇ。

㊻ 三人說著九頭話：意思是七嘴八舌，主意雜亂。

調㊽，或竟與白鱉鬼排排坐㊾著，又張夾嘴㊿的斷災斷禍。他嘴頭子又來得左話左轉，右話右轉(51)，翻蛆搭舌頭(52)的儕(53)是他說話分。憑你老奸巨猾、能言舌辯的囚犯，也盤駁不過，他倒制服得那些強神惡鬼伏伏臘臘(54)，一些也弗敢發強。正是官清民樂，快活不過的。

不料那三家村土地餓殺鬼做了幾任貪官，賺了無數銅錢銀子，曉得這枉死城城隍是個美缺，走了識寶太師門路，要謀這城隍做。那太師是閻羅王殿下第一個權臣，平日靠托了閻王勢，作威作福，賣官鬻爵，無所不為的。他得了餓殺鬼賄賂，恰遇守鬼門關的辣總兵死了，也不管人地相宜不相宜，硬做主張把白鱉鬼調了鬼門關總兵，將這城隍缺讓與餓殺鬼做了。

可憐白鱉鬼是個念書人出身，文縐縐的曉得甚麼提兵遣將之事。就是長舌婦雖說奢遮，也不過苗頭看得清爽些，又口舌利便，翻轉翻仰的會說會話罷了，那行兵擺陣、出鋒打仗許多事務，教他怎麼得知？無奈是上命差遣，身不由主，只得離了枉死城，來到鬼門關上任。進了對科衙門，看見那些陰兵，一個

㊼ 奢遮：出色。

㊽ 提調：提醒；調教。

㊾ 排排坐：並排而坐。

㊿ 又張夾嘴：經常插嘴。

(51) 嘴頭子又來得左話左轉二句：意為口才流利，說話滴水不漏。嘴頭子，嘴巴；口才。來得，非常；善於。

(52) 翻蛆搭舌頭：意思同「一張嘴巴兩層皮，翻來翻去都有理」。

(53) 儕：全部。

(54) 伏伏臘臘：伏伏貼貼。

個拳頭大，臂膊粗，強頭倔腦的，恐怕管他不下，心裡甚是著急。忽然肚腸角落裡想起那同窗朋友形容鬼是個正經人，才具也有些，何不請他來做個幫手，凡事也可斟酌而行。算計已定，隨即寫了一封請書，差了勾魂使者，一直到打狗灣裡來請他。湊巧一尋就著。

形容鬼看了請書，隨與醋八姐相商。醋八姐正怕形容鬼在家要量柴頭數米角的管他，巴弗能彀[55]出門去了，落得無拘無束，便放殺死的攛掇[56]。形容鬼遂留住了差鬼，要與他一同起身。隨即置辦起行李來，也不過端正幾件隨身衣裳，一副跌撒[57]鋪蓋。揀個出行日子，教牽鑽鬼去尋個挑擔鬼來，差鬼便道：「有我在這裡，何必再去尋？」形容鬼道：「這裡到鬼門關，又不是三腳兩步路。百步無輕擔的，怎好煩勞你？旁人看了，只道是見人挑擔弗喫力。」差鬼笑道：「不過一肩行李，又不是千斤擔，這有何妨？」一頭說，便將扁擔擱上肩頭，說道：「相公，就此起行罷。」形容鬼只得叮囑了一番，起身上路。不題。

正是：我本無心圖富貴，誰知富貴逼人來。不知形容鬼去後，醋八姐把這活死人如何看待，且聽下回分解。

纏夾二先生曰：觀雌鬼不為吃著兩字之語，固知兩字之外，別有一樁至要至緊之事也。想其初招劉打鬼時，必以為從此可以朝歡暮樂，靠老終身矣，豈知他狼子野心，

---

55 巴弗能彀：巴不得。

56 放殺死的攛掇：拼命地鼓動。

57 跌撒：鬆散的樣子。

不惟不奉男不對女敵之古訓，反欲打殺老婆觸死㞎起來。到那其間，又不能學好漢之喫拳弗叫痛，不免反客為主，將前半二世同活鬼喫辛喫苦掙起來的現成家當，讓他杜做主張銷繳[58]乾淨，無怪乎其肚皮氣膨[59]也。至於形容鬼之窮人大肚皮[60]，醋八姐之見錢眼開，牽鑽鬼之損人不利己，俱屬世間常事，何足怪哉！

[58] 銷繳：揮霍浪費。
[59] 氣膨：氣破。
[60] 窮人大肚皮：形容氣量大。

第六回　活死人討飯遇仙人　臭花娘燒香逢色鬼

詞曰：

富貴榮華都是命。運未通時，步步逢坑穽。滿腹詩書誰肯敬？出門到處無投奔。　只有神仙明似鏡。壺內靈丹，偏向窮人贈。指引前途無蹭蹬，夫妻邂逅真僥倖。

右調鳳棲梧

話說活死人自從出娘肚皮，兒在尿布角裡，爺娘就把他像寶貝夜明珠一般看承❶，捧在手心裡，還恐被屄騷風囂了去。後來騷老子死過，騷娘招了劉打鬼來家，攪完了家當，弄到水落石出的地步，還窮漢養嬌兒的大聲不捨得瓣他。及至雌鬼死了，娘舅領他到了外婆家，的替❷他上學攻書。雖不免受些娘妗❸的鶻默氣❹，那娘舅到底是個大靠背，尚不致吃盡大虧，得一日過一日的也罷了。因夢頭裡弗曾想

❶ 看承：看待。
❷ 的替：讓；安排。
❸ 娘妗：舅媽。
❹ 鶻默氣：閒氣。

著那白𧄍鬼無是無非把他的好娘舅請了去，便不免晦氣星鑽進了屁眼。

那醋八姐自從形容鬼起身之後，就禁止他不許去念書，住在家裡，半像奴奴半像郎的教他提水淘米，揩檯抹凳，掃場刮地，差得頭團欒❺。活死人苦惱子❻，真是吃他一碗，憑他使喚，敢怒而不敢言。還虧他心裡明白，鑒貌辨色，樣樣都拿搭得來❼，不到得失枝脫節。醋八姐還不肯放鬆他，時常蘿蔔弗當小菜的把他要打要罵。後來一發號❽粥號飯起來，遂不免一頓飽一頓餓的半飢半飽過日子。

一日，那醋八姐忽然想吃起蛤蚌炒螺螄來，買了些螺螄蚌蜆，自己上竈，卻教活死人燒火。活死人來到竈前，看時，盡是些落水稻柴，便道：「這般稀禿溼❾的柴，那裡燒得著？」醋八姐罵道：「熱竈那怕溼柴，燒弗著，難道就罷了不成！」活死人沒法，只得攖好亂柴把，吹著陰火，向冷竈裡推一把進去，巴得鑊肚底熱，誰知憑你挑撥弄火，只是烟出火弗著。傴上去吹，又碰了一鼻頭灰。煨了半日，倒灌得烟弗出屋，眼睛都開弗開。醋八姐大怒，拿起一根有眼木頭❿來夾頭夾腦的就打。活死人奪住棒槌，與他分辯。牽鑽鬼聽見跑來，幫了娘把他捉住板凳上。活死人氣力又小，雙拳弗抵四手的，那裡掙得脫，不免赤骨肋受棒⓫，被他們排頭排腳的打了一頓。那時肚裡雖然怨天恨地，也灑不出甚麼小牛屎，只好

---

❺ 差得頭團欒：把人差使得團團轉。
❻ 苦惱子：可憐的孩子。
❼ 拿搭得來：做得好；恰如其分。
❽ 號：限定數量。
❾ 稀禿溼：溼透。
❿ 有眼木頭：喻傻子。此指有叉結的木棒。

忍氣吞聲的罷了。

隔了一日，醋八姐處分道：「你昨日嫌道柴⓬溼，快到山裡去斫些黃金狗屎草歸來，好燒飯吃。」活死人不敢與拗，只得拿了一把班門弄斧，走出門去。行不多路，劈面撞著了一個同學堂念書的，叫做串熟鬼，那串熟鬼見了活死人，千句弗說，萬句弗說，說道：「你賴學也賴得有方有寸，怎麼鴿子斷著緯⓭，許久弗進學堂門，卻倒在此做斫柴囝，是何道理？」活死人正在有苦無話處，便一五一十從頭徹尾的告訴他。那串熟鬼平日念書雖是質鈍，別樣事情卻都玲瓏剔透，倒有三分鬼畫策的。聽了活死人告訴，一肚皮抱氣弗平，便道：「據你這等說來，還要住在他家做甚麼？」活死人道：「教我又無去處，不住他家卻住那裡去？」串熟鬼道：「你自己腳生肚皮底下，難道不會翻腳底⓮的麼？」活死人道：「我又從未出門，人生路弗熟的跑到那裡去？又沒有吃飯本領。手無半文的逃出去，豈不要十段餓殺九段半？」串熟鬼大笑道：「你枉苦聰明一世，如何倒懞懂⓯一時起來？老話頭：路出嘴邊。你既識了三文兩字，一肚皮春秋的，憑你天涯海角，那裡不弄口閒飯吃了。就要白相盤纏⓰，也不是天大難事。我指引你一條活路：那三家村裡的鬼廟，是你老官人一人之力造成功的，你是他那裡大施主。況這怕屄和尚近來已

⓫ 赤骨肋受棒：歇後語「記記著實」。赤骨肋，赤身光背。

⓬ 道柴：即稻柴。

⓭ 緯：線。

⓮ 翻腳底：逃走。

⓯ 懞懂：即「懵懂」，糊塗。

⓰ 盤纏：路上的費用。

經富足有餘，何不去向他借些盤纏？或是到鬼門關去尋著好娘舅，或到別處謀衣謀食，俱可安身立命，何必住在他家，受他們的喉頭氣？」

活死人聽了，如夢初覺，便道：「真是好說話，依你便了。」遂與串熟鬼作別，行到山腳根頭，坐在一塊狗頭黃石上，想那串熟鬼的說話，越想越有滋味。忽又轉念道：「倘我斫了草回去，再若嫌好道歉，豈不又要受他們的蹧蹋？何不就此起身，豈不乾淨相？」主意定了，便將斧頭丟在草中，取路望三家村去了。

這裡醋八姐在家中，等這活死人斫草歸來，卻似癡狗望著羊卵脬，那裡有個影響？直到烏星暗沒，也沒個鬼腳指頭戳來。到了次日上半日晝，還不見歸，只得教牽鑽鬼去尋。牽鑽鬼搭了幾個野鬼，同到山裡，尋來尋去，忽尋著了那把斧頭。牽鑽鬼認得是自家的，便道：「他若是跟人逃走，這斧頭一定隨身行令帶了去。今斧頭在此，單不見了人，莫非被甚豺狼虎豹吃去了？」牽鑽鬼也不過是無稽之談，話扯話⑰。不料數⑱內有一個叫做三見鬼，便附會其說，道：「不差不差。近日這山裡聞得出了一隻死老虎⑲，遇有單板頭人⑳經過，他就一個虎跳銜去喫了。你這表兄弟一定也被他吞在頸骨裡是無疑的了。」牽鑽鬼聽說，害怕起來，慌忙跑回家中，又添些枝葉，說得鑿鑿有據，便就措笑當認真㉑，一人傳十，

⑰ 話扯話：瞎說一通。
⑱ 數：指人群。
⑲ 死老虎：即老虎。「死」在這裡含有可怕、可憎的意思。
⑳ 單板頭人：單身一人。

十人傳百，飛飛颺颺，都說這活死人被老虎吃了。牽鑽鬼便寫了一封平安家信，寄與形容鬼，只說這活死人自己筋絲㉒無力，倒想山裡去打死老虎，卻被老虎吃去了。形容鬼得知，甚是可惜。不題。

且說活死人在山裡起身，望三家村行來。到得鬼廟裡，見了怕屄和尚，告其緣故，懇他借些盤纏。孰知那些出家不認俗的朋士友，雖則一代人物，卻不肯一代只管一代，一般的想鑽在銅錢眼裡，把那十方施主，比吃孫子勝三分，吃殺弗還荅，尚嫌吃得弗爽利，怎肯反做出錢施主？聽得要向他借錢，便面孔掇了老宅基上去㉓，把那些骷顱頭幾乎擐落，就道：「沒有沒有。你是個逃走客，捉轉來要打一百的，不要在此帶累我鄉鄰吃麥粥㉔。」便將活死人扯住背皮，聳㉕出廟門，關了門進去。

那時活死人弄得來得去不得，心裡好不著急。思前算後，沒個道路。肚裡又飢又渴，只得算計道：「三百六十行中，只有那叫花子是個無本錢生意。人說『叫化三年，做官無心相。』想那叫化行業，也必有幾樁妙處。只是做那一樣好？若做搖銅鈴叫化子，又沒處去掩耳盜鈴。若做弄蛇叫化子，那裡去尋這條踏弗殺地扁蛇㉖？只有平日念熟的許多文字，卻倒一字不忘，何不就做了念文字叫化子，到底斯文一脈。」算計已定，便走到一個大人家去，發起利市來。果然人見他少年清秀，念的文字琅琅有聲，便

㉑ 措笑當認真：以假為真。措笑，玩笑。

㉒ 筋絲：身體。

㉓ 面孔掇了老宅基上去：面色像要取走其祖上留下的房產一樣難看。掇音ㄉㄨㄛ。奪取。

㉔ 帶累我鄉鄰吃麥粥：連累別人一起遭殃。

㉕ 聳：用力推。

㉖ 地扁蛇：蝮蛇。

把粥飯捨與他吃。他就吃著溼個袋著乾個㉗，倒弄得吃只㉘兜弗盡。正是吃著滋味，賣盡田地。便也不愧不怍，各處去做這走江湖生意了。

一日，來到一個村坊去處。正要進村，忽然籬笆裡鑽出一隻撩酸虀狗來，嘷嘷的亂齩。那村裡眾狗聽得，便跑出一大群來，卻是些護兒狗、急屎狗、齕㉙齒狗、壯敦㉚狗、尿臊狗、落坑狗、四眼狗、扑嘴狗、饞人狗、攀弓狗、看淘籮狗、猱獅狗、小西狗、哈巴狗、瘦獵狗、木狗、草狗、走狗、新開眼小狗、大尾巴狗，都望著活死人竄上竄落亂齩將來。活死人嚇得魂膽俱消，跑又跑弗落，趕又趕弗開，急得少個地孔鑽鑽。虧殺㉛後頭又跑上一個纏殺老道士來，看見活死人弄得走頭無路，便向身邊拿出一張鬼畫符來，向眾狗一揚，那些狗就絕氣無聲，盡都搖頭豁尾巴四散的去了。

活死人看這道士時，戴一頂纏頭巾，生副弔篷面孔㉜，兩隻胡椒眼，一嘴仙人黃牙鬚，腰裡綰紗搭膊㉝上，掛幾個依樣畫葫蘆。那道士看著活死人，笑道：「你既受不得娘媎的氣，如何聽了串熟鬼竄掇，直跑到惡狗村裡來受狗的氣？若非我將護身符趕散，你只好賊吃狗齩暗悶苦，向誰話賬？」活死人見他

㉗ 吃著溼個袋著乾個：個，猶「的」。袋，往口袋裡裝。

㉘ 吃只：吃飽以後。只，猶「了」。

㉙ 齕：音ㄏㄜˊ。用牙齒齩東西。

㉚ 壯敦：強壯。

㉛ 虧殺：幸虧。

㉜ 弔篷面孔：臉形瘦長。

㉝ 搭膊：束在外衣的腰帶。

仙風道骨，又事事前知，諒必是個異人，便道：「師父從那裡來？怎就曉得我的行事？」道士道：「我便是蟹殼裡仙人㉞，不論過去未來的事，都能未卜先知的。今日偶然出來賣老蟲藥㉟，在此經過。」活死人道：「不知你葫蘆裡賣啥藥？可是仙丹麼？」道士便把葫蘆解下來，指著道：「這是益智仁，吃了使人聰明的。這是大力子，使人有氣力的。這是辟穀丸，使人不餓的。」活死人聽說不餓，便道：「吃一丸可過得一日麼？」道士道：「你真也淺見薄識。我這藥是不容四眼見㊱合起來的，吃一丸，便可過得七七四十九日，怎說一日？」活死人想道：「這真是仙丹了，可惜沒有身邊錢，不然，買他七八丸，便可過得年把了，豈不省得號腸拍肚的念那文字。」道士見活死人沉吟不語，有羨慕之色，便道：「我看你將來有些好處，不如與你結個緣罷。」遂將那辟穀丸連葫蘆遞與活死人，道：「送你拿去放在身邊，慢慢的充飢便了。」隨又倒出幾粒大力子來，道：「有心做個春風人情，也送些與你。」活死人接來，推在㊲嘴裡，果然入口而化。纔過了三寸喉頭管，那精神氣力便陡然充足起來，猶如脫胎換骨，霎時間已覺身強力壯。心中大喜。道士又去倒那益智仁，活死人止住道：「這倒不消。我已有過目不忘的資質，博古通今的學問，還要益他怎麼？」道士哈哈大笑，道：「你只曉得讀了幾句死書，會齩文嚼字，弄弄筆頭，靠托那『之乎者也矣焉哉』幾個虛字眼搬來搬去，寫些紙上空言，就道是絕世聰明了。若講究實

㉞ 蟹殼裡仙人：法海和尚。民間傳說法海為了逃避懲罰，鑽進蟹殼裡將自己躲匿起來，便成了螃蟹的胃。

㉟ 老蟲藥：老鼠藥。此指藥。

㊱ 不容四眼見：仙靈之物。

㊲ 推在：送到。

際工夫，只怕就文不能安邦，武不能定國，倒算做棄物了。我這藥是使人足智多謀的第一等妙藥，如何倒不要吃？」活死人只得也接來吃了。道士又道：「你這討飯生意，弗是人賬㊳所為，快些改了行業。」

活死人道：「雖然三百六十行，行行吃飯著衣裳，我卻肩不能挑擔，手不能提籃，百無一能，教我去做甚麼？望師父指引一條生路。」道士道：「為人在世，須要烈烈轟轟幹一番事業，豈可猥鄙蠖縮㊴，做那苟延殘喘的勾當？我有一個道友，叫做鬼谷先生，他有將無做有的本領，偷天換日的手段，真是文武全才。你去尋著他，學成了大本事，將來封侯拜相，都在裡頭。」說罷化陣人來風㊵，就不見了。

活死人方信他是真正神仙，尋思道：「仙人的好說話豈可不聽？只不曾問得這先生住在那裡，海闊天遙的卻從何處去尋？」又想道：「既叫做鬼谷先生，諒必住在鬼谷裡。」便一路隨腳倘㊶的問將去，並沒有人認得。尋了多時，有如海底撈針，那裡去撈摸。

一日，來到一個鬼廟前，便信步走入去看看。卻是個脫空祖師廟，那裡塑得披頭散髮、赤腳跋倒的坐在上面，腳跟頭哺㊷一個開眼烏龜，烏龜身上盤條爛死蛇。看了一回，正要再入去，只見一個癡道婆跑來，攔住了不容他進去。活死人道：「廟梁寺觀，是十方所在，普天世下人公同出入的，你怎禁止得？

㊳ 人賬：即人。「賬」在這裡是語氣詞，無實義。

㊴ 蠖縮：「齷齪」兩字音轉。

㊵ 人來風：在客人面前情緒興奮激動，一般指小孩而言。此指風。

㊶ 隨腳倘：信步走去。

㊷ 哺：匍伏。

我偏要進去！」那道婆抵死不肯，活死人不覺大怒，把他扯在一邊，望內便跑。忽聽得一間屋裡，有女子在內喊「救命！」活死人心疑，便把門一腳踢開，走入去看時，只見一個熬小腳師姑❸，撳翻一個十幾歲如花似玉的黃頭毛細娘，一個男子，正在硬解他的單叉褲。那細娘不肯，故此極聲出的亂喊。

活死人見了大怒，道：「清平世界，怎做這等沒天理事！難道無王法的麼？」那男子並無怕懼，反喝道：「我公子在此陶情作樂，你是甚麼野鬼？敢來閒多管！」活死人便知他是個仗官托勢的花花公子了。自思人微權輕，雞子不是搭石子鬥的，須說大話去罩他，或者嚇退也未可知。便也喝道：「我老子直做到閣老❹，我尚不敢這等胡為。你是什癡公子，輒敢這般無法無天？」那男子聽說，只道真是甘蔗丞相的兒子，嚇得心驚膽戰，趙❺出腳望外逃了去。

你道這男子是誰？師姑為甚幫他？原來這男子叫做色鬼，他老子輕腳鬼，曾做過獨腳布政❻，退歸林下。家裡翻轉屋來座銀子，坑缸板都是金子打的，真是富貴雙全。單生這色鬼，是個老來子，自小縱容慣了，纔交十幾歲，就到外邊吃花酒，偷婆娘，無所不為。後來結識了這廟裡師姑，替他做牽頭，遇有燒香娘娘到來，便留進私房，用些甜言蜜語誘引他上當。孰知那些女眷家，只為想吃野食，所以要出來燒香念佛，忽有個精胖小夥子來做他口裡食，真是矮子爬樓梯——巴弗能彀的，自然一拍一胳縫❼。

❸ 師姑：尼姑。

❹ 閣老：朝廷內閣大臣。

❺ 趙：音ㄕㄢˋ。跳躍。

❻ 布政：「布政使」之略，官名。明初為一省最高行政長官，清專管一省的財賦和人事。

偶然千中揀一，有個把縮羞怕臉弗肯的，便捉住了硬做。那女眷吃了虧，只得打落牙齒望肚裡嚥，再也不敢響起。就使老公得知，一則怕他有財有勢，二則家醜不可外揚，只好隱忍過了。所以這色鬼天弗怕，地弗怕，任意胡做。今日見了這等標緻細娘，真是目所未覩，酥麻了半邊。不料食已到口，被活死人吵散了。那師姑跪在地下，只顧磕頭如搗蒜。活死人見這細娘，眼淚汪汪的低了頭，默默無言，便道：「小姐快些回去罷。再若擔擱，只恐又生別情。」那細娘只得跟了活死人，走出廟門。

正是：雙手擘開生死路，兩人跑出是非門。不知這細娘是誰家的倒箱囡[48]，獨自一個到這廟裡來所幹何事，且聽下回分解。

纏夾二先生曰：活死人正當怨氣弗穿時候，忽聞串熟鬼一派鬼畫策，不覺心悅誠服，信受奉行，殊不料怕屄和尚之如此勢利也。迨於進退兩難之際，無路懇求，直算到做討飯生意，真可謂窮思極想矣。然尚自道斯文一脈，靠著斵文嚼字，巴望人隨緣樂助。豈期闖入惡狗村中，又遭狗之不識斯文，只認做劣及人[49]，齊聲共氣來下食[50]他哉。此時任有錦心繡腸，亦無所施其伎倆，免不得走投無路矣。幸虧仙人搭救，教以改轅易轍，尋師學藝，得於無意之間夫妻相遇，豈非時來福湊耶？

---

[47] 一拍一脗縫：一拍即合。脗縫，緊密貼合，不留縫隙。

[48] 倒箱囡：家中最小的女兒。囡音ㄋㄢ。女孩。

[49] 劣及人：性格乖劣的下等人。

[50] 下食：爭著吃。

第七回　騷師姑癡心幫色鬼　活死人結髮聘花娘

詞曰：

才子佳人，大家都有風流器。一般情意，覿面已相契。　湊趣雙親，許把婚姻締。私心喜，青絲交遞，權當赤繩繫。

右調南浦月

話說陰山腳下，溫柔鄉裡，有一鬼叫做臭鬼，是個清白良民，靠著祖上傳留的田房屋產過日子。家婆是趕喪大人❶的女兒，叫做趕茶娘。夫妻兩個單生一個女兒，因討那先開花後結子的讖語，取名花娘。那臭鬼起初也曾讀過書，思量要入學，中舉人，發科發甲❷的。無奈命運弗通，放屁文章總不中那試官的驢屄眼，考來考去依然是個一等白身人。他就意懶心灰，遂把那章書捲起，收拾些老本錢，合個起家夥計，辦了許多出手貨、門市貨、清水貨、塞嘴貨、賠錢貨、冷熱貨、一門貨、亂頭貨、開口貨、寒賤貨，各處衝州撞府❸去做那說話販子，雖不能一本萬利，卻也不減對合利錢。臭鬼做著了好生意，

---

❶ 趕喪大人：傳說是出殯時的開路神。

❷ 發科發甲：中進士，中狀元。科，進士科考試。甲，科舉制度中殿試前三名為一甲。

財來財去的覺手頭活動，在外喫好著好，到處可以遊山玩水，比那窮念書人反有天壤之隔。過了一年半載，轉轉家鄉，留些銀錢安了家，又出去了，習以為常。

趕茶娘同著臭花娘住在家裡，關門吃飯，或是做些針黹❹，或是趕些營生，再不然看看閒書❺。一個大肚癡囝，出外上街買市❻；一個騷丫頭，在家燒茶煮飯。真是無憂無慮，適意不過的。

不知不覺那臭花娘已有十幾歲，生得瓜子臉，篾條身❼，彎眉細眼，冰肌玉骨，說不盡的標緻，抑且聰明伶俐，凡事道頭知尾。不拘描龍繡鳳，件件皆精；琴棋書畫，般般都會。夫妻愛若珍寶，務要尋個才貌雙全，出類拔萃的女壻大官人❽來配他，因此尚未攀親做事。

誰料那趕茶娘不知犯了甚麼年災月晦，忽然生起饞獠病❾來，見了吃食物事，就眼珠黃騰騰的，不拘糰餌塔餅❿、魚肉小菜，像餓老鷹一般，擒住了狼飧虎嚥，也不顧甚麼甜酸苦辣，多則多光，少則少光，無得吃了，便饞唾汩汩嚥的揿腸食落⓫，肚裡絞轉來弗受用⓬。只得日日買魚買肉、蒸糕裹饅頭的

---

❸ 衝州撞府：東走西奔，往來各地。
❹ 針黹：針線活。黹音ㄓˇ。縫紉。
❺ 閒書：「書」字原作「者」，據劉復注改。
❻ 買市：買貨物。
❼ 篾條身：形容身材苗條。
❽ 大官人：對青年男子的尊稱。
❾ 饞獠病：饞獠，即「饞癆」，貪吃。獠音ㄌㄠˊ。
❿ 塔餅：用麵粉烙的薄餅。

弄來吃下去。卻又並不曾長一塊肉在那裡，反弄得面黃肌瘦，筋絲無力，吃子⑬困，困子喫，終日半眠半坐。臭花娘見他一日弗如一日，淹黃潦倒的只管想死下來，臭鬼又杳無音信，不見回家，心裡好生著急，便立願喫幾年貓兒三官素⑭，朝晨夜晚，求天拜地，替娘懺悔。

趕茶娘見他如此，便道：「你望空許神許鬼，濟得甚事？除非到脫空祖師廟裡去替我燒炷回頭香，求他佛天保佑，或者有些效驗。」臭花娘道：「細娘家出頭露面，穿寺燒香，只恐外觀不雅。」趕茶娘道：「多少千金小姐，又不曾生病落痛，一樣入在三官社⑮裡，聞知那裡有甚撐撒佛會⑯，就八隻腳跑弗及，也不怕男女混雜，挨肩擦背的不拘那裡都趕了去。你今替娘燒香，是一團正經，況又下師姑堂⑰，有甚不雅？」

臭花娘只得端正起香燭紙馬來，無如那個痴囡已于半月前偷了些衣裳頭腦⑱，逃走得不知去向，騷

---

⑪ 捺腸食落：抓腸翻胃的難受。

⑫ 弗受用：不舒服。

⑬ 子：了。

⑭ 貓兒三官素：意為假心假意吃素。此指吃素。

⑮ 三官社：民間求神拜佛、傳道治病的組織。三官，東漢張角、張魯為首的太平道和五斗米道奉天、地、水為三神，也稱「三官」。

⑯ 撐撒佛會：此指眾人聚在一起做佛事。撐撒，即「拆散」，此處不是用其實義。

⑰ 師姑堂：尼姑庵。

⑱ 頭腦：零頭布。

丫頭又要擔湯挑⑲水，服侍趕茶娘，不能隨去。還虧少時臭鬼曾領他到過這廟裡幾次，想起腳路⑳來還依稀約酌有些認得，只得自己拿了香燭，一步步望廟裡行去。路雖不遠，早已跑得口乾舌燥。

到了廟裡，那癡道婆便替他點上香燭。臭花娘雙膝饅頭跪在地下，祝告了一番，磕了頭起來。便有一個後生師姑向前來浪搭，那張牢屄嘴就像捋舌咧哥㉑一般「小姐長，小姐短」，留他進去吃清茶。臭花娘正有些口渴，便也不甚推辭。師姑便攙了他手，引進房中。恰纔坐定，只見師姑牀上帳子裡鑽一個眼光忒忒的大頭魘子㉒來。臭花娘吃了一驚，忙起身想跑，早被師姑關上房門攔住。那魘子不問情由，向前摟住了他，便來親嘴摸奶奶。臭花娘嚇得魂不附體，儘命把他皺捩摘打。那魘子也不發怒，狗獾了面孔㉓，只管低頭下氣的求他。師姑又在旁邊花言巧語的相勸。那臭花娘恨窮發極，便把他一記反抄耳光。師姑大怒道：「嗔拳不打笑面。我好意勸你，怎倒這等不受人抬舉！」便扎上手㉔幫這魘子，把他扛頭扛腳拖到牀上捺翻了。那魘子便來扯他褲子。臭花娘那時少個地孔鑽鑽，叫爺娘弗應的，只得殺豬一般喊起「救命」來。恰被活死人聽見，打門進來救了他，領出廟門，猶如死裡逃生，千恩萬謝的感激不了。

活死人是個無卵毛後生，正在乾狗屎發鬆㉕時候，見了這般千嬌百媚的標緻大姐，教他如何不愛？

---

⑲ 挑：挑。

⑳ 腳路：道路。

㉑ 捋舌咧哥：口齒靈巧的八哥。咧哥，八哥，即鴝鵒，能摹仿人說話的某些聲音。

㉒ 魘子：色鬼。

㉓ 狗獾了面孔：形容不知羞恥的樣子。

㉔ 扎上手：插手。

便眉花眼笑的盤問他姓名、里居、年紀、月生㉖，要送他回去。臭花娘見他美如冠玉，風流瀟灑的，心裡也十分愛慕，巴不得要他送上大門，便也笑迷迷的把姓名、籍貫告訴他。大家一路同行，你問我荅的頗不寂寞。到了家中，活死人自向客位裡坐地。臭花娘走進房中，正見趕茶娘坐在牀沿上喫死鼈肉。便上前哭哭笑笑告訴到廟裡如此長，如彼短，幸虧得活死人來做了天救星，又承他直護送到家裡，真是莫大之恩。趕茶娘聽說，便教臭花娘扶傍出來，與活死人相見了，千謝萬咶噪的感激不盡。

正在講話，恰好臭鬼那日歸家。走進門來，忽見趕茶娘骨瘦如柴，陪著一個美秀而文的行當小夥子坐著說話，臭花娘也在傍邊聽講脣，滿肚疑心疑惑，摸弗著頭路㉗起來。便問道：「你怎麼弄得這等人弗像人鬼弗像鬼的？此位卻是何人？」趕茶娘便將自己如何生了怪症，臭花娘如何去燒財香，活死人如何救苦救難，細細告訴一遍。臭鬼聽得把舌頭拖到尺二長，說道：「虧你喫了大膽藥，就差個黃花閨女到這等所在去，怎不惹出事來！」

原來臭鬼老早曉得這色鬼在廟裡的所作所為，若臭花娘跑去，真是羊落虎口，少不得被他們對準肚臍通腸教當㉘一番，今得完名全節好好回來，豈不是天大造化？忙向活死人謝道：「若非官人搭救，小女定遭一劫，真是他重生父母了。」活死人道：「路見不平，自當拔刀相助。這是令愛的大福氣，天差

㉕ 乾狗屎發鬆：指青年男子春情勃動。
㉖ 月生：生辰八字。
㉗ 頭路：頭腦。
㉘ 教當：教訓；捉弄。

地遣教我進去做個解神星，怎敢當這般稱謝！」臭鬼又問起他家世來，活死人不好說出自己地頭腳根㉙，便扯個瞞天大謊，只說：「老子也曾做官做府㉚，不幸早死早滅了。自己原也在家讀書，只因遇著蟹殼裡仙人，說我將來還要飛黃騰達，只是做那尋章摘句的書訑頭㉛，卻終無了局，遂送我一葫蘆仙丹，勸我去尋鬼谷先生，學成好本事，方纔有用。因不曾問得那先生的好住場，只得各處瞎尋，不期而會遇著令愛。」一派鬼話，說得臭鬼愈加欽敬。

那臭花娘已去把家常便飯端正，一總和盤托出。活死人看時，卻是五簋一湯：一樣是笋敲肉，一樣是烏龜炒老蟲，一樣是白土鮒，一樣是鄉下烏壯蟹，一樣是醋醃來吃的鶴腳上肉，一碗飛來蝦圓湯。收拾的甚是精緻。臭鬼便教花娘也不必迴避，一同吃個合家歡樂，便大家四出跳㉜坐定。

活死人自從喫了辟穀丸，還不覺餓，不過略吮滋味，逐樣嘗嘗罷了。那趕茶娘就像蒼蠅見了熱血一般，兩個拳頭扛張嘴，吃一箝二看三的搶得快是強梁㉝。活死人見他口頭這等饞法，心裡想道：「看他如此貪吃嬾做，真像有磨子在肚裡牽的一般。若把辟穀丸吃下去，料想止得定的。」便向葫蘆裡倒出一丸來，遞與他道：「這便是仙人送的仙丹，諒必百病消除的。既有貴恙，何不吃一丸試試看？」趕茶娘

㉙ 地頭腳根：所居鄉里、籍貫等詳細情況。
㉚ 做府：做知府一類官。
㉛ 書訑頭：書呆子。
㉜ 四出跳：圍著方桌一人一邊坐下。
㉝ 快是強梁：是，即「似」。強梁，古代神話傳說中食鬼的神。

便接來喫下，真是有些仙氣，霎時間便膨脝㉞氣脹的飽筋長㉟起來，就放下筷喫不下了。臭鬼大喜，忙向活死人謝了又謝。

大家歡呼暢飲，吃到半桌裡，臭鬼已有些酒意，便向趕茶娘道：「我們一心計路㊱要尋個像心像意㊲的女壻，直至如今不曾尋著。此位官官㊳，有這般才貌，你們娘兩個㊴又都受過他好處。吾欲將女兒與他攀親做事，你道如何？」趕茶娘道：「我也蓄心已久。」便看著活死人道：「不知官官意下何如？」活死人假意辭道：「令愛天姿國色，只宜配王孫公子，若與我這揀出㊵鄉下人相配，豈不是唐突西施？還宜另擇門當戶對的為是。」臭鬼道：「不必太謙。若論那些膏粱子弟，大半只曉得吃食、打雄㊶、屙屎、困，鮮衣華帽的擺擺空架子罷了，就有幾個真才實學，也怎及得官官這般才貌雙全，又與小女年相若、齒相等。真是有緣千里來相會，不必推三阻四。」

臭花娘初聽得爺娘說話，心裡暗喜，忽見活死人半推半就，甚是著急，連忙丟個眼風。活死人覺著

㉞ 膨脝：腹脹。脝音ㄏㄥ。

㉟ 飽筋長：肚子飽脹。長，當作「脹」。

㊱ 一心計路：一直專心於。

㊲ 像心像意：稱心如意。

㊳ 官官：對年輕男子的尊稱。

㊴ 娘兩個：娘兒倆。

㊵ 揀出：東西因質差不值錢而被挑出來。

㊶ 打雄：禽鳥性交。

他意思，又見臭鬼這般說陳㊷，便荅道：「既蒙錯愛，不敢固辭，容日央媒說合便了。」臭鬼趂著酒高興，說道：「一言為定，那些繁文禮節，講他什麼！只消留一件表記㊸與小女，便媒人了。」活死人聽得要他表記，自思身邊一無所有，光身體滑的，把什麼與他？眉頭一皺，計上心來，便向頭上拔下一把髮來，說道：「百年大事，把那身外之物作信，反覺輕褻了。書上說的：『身體髮膚，受之父母。』以此為信，雖無媒妁之言，也可算得父母之命了。」臭鬼大喜，道：「這個聘禮，倒也脫俗，真可稱結髮夫妻了。」連忙接來遞與臭花娘，教他拔些下來，做個回敬。臭花娘紅著鬼臉，不好意思。趕茶娘笑道：「禮無不荅。這是正經事務，又不是私訂終身。一毛不拔，成何體統？」便伸手向他撏頭毛湊耳朵的拔了幾根，遞與活死人收著。又喫了幾杯喜酒，方纔散席，便留活死人住下。

到了次日，臭鬼因離家日久，不免到外面張㊹親眷，望朋友，應酬世故。活死人住在家中，與他娘兩個閒話白嚼蛆，堆堆坐堆堆講，也沒甚厭時。真是逢著好處便安身，把那尋先生肚腸㊺丟在九霄雲裡去了。

住過半個十日，還不想著起身。一夜困在牀上，正想那日間與臭花娘眉來眼去，交頭接耳許多情景，只見蟹殼裡仙人走來，說道：「我一片婆心超度你，卻如何這般躲頭避懶？今日之下，還在此處好困得

㊷ 說陳：說話。
㊸ 表記：信物。
㊹ 張：探訪。
㊺ 肚腸：想法；打算。

緊！豈不聞成人不自在，自在不成人？若如此貪自在，怎麼成得人？快些去罷！」活死人忙拉住他衣袖管，要問他先生住處，卻被一隻三腳貓㊻啣住一個死老蟲，跳在踏牀板上，一聲響把他驚醒，原來是一個春夢，手裡摸著爿席角，並不是甚麼衣袖管。撐開眼皮看時，早已大天白亮。慌忙起來，走入裡面，見他一家門㊼尚未起身，便在房門外冷板凳上坐下，肚裡胡思亂想：欲要辭去，又牽心掛肚腸的掉不落臭花娘；欲要不去，又恐悞了自己前程萬里。正是眼淚撒撒落，兩頭掉弗落㊽。思來想去，沒個決斷。

只見臭花娘開出門來，見他無聊無賴的坐在門口，便笑嬉嬉問道：「今日怎起這般早身，可是怕日頭晒肚皮麼？」活死人便將夢見蟹殼裡仙人及自己決斷不下的緣故告訴他。臭花娘正色道：「仙人的仙仙說話㊾，豈可不聽？你我終身已定，後會有期，若要同衾共枕，須待花燭之夜。你今就年頭住到年尾巴，也巴不出甚麼好處，枉苦廢時失事。不可錯認了定盤星㊿。」活死人不覺爽然自失，道：「小姐金口玉言，教我怎敢不依頭順腦？」說了一回，那臭鬼老夫妻兩個都已起身。活死人便把做夢的話述與他聽，告辭要去。臭鬼道：「既是仙人勸駕，不敢強留。」便教收拾起物事來，餞行起身。

正是：必需學成文武藝，方能貨與帝王家。不知活死人此去，幾時尋著鬼谷先生，且聽下回分解。

㊻ 三腳貓：稱對多種手藝都粗知皮毛而不精通的人為「三腳貓」。此指貓。

㊼ 一家門：全家人。

㊽ 掉弗落：放不下。

㊾ 仙仙說話：代表神靈意願的話。

㊿ 錯認了定盤星：失算。定盤星，秤杆上靠近支點的一顆秤星。

纏夾二先生曰：趕茶娘只道師姑為女子所做，既然修行念佛，自當謹守清規，故放心托膽打發女兒去。豈知他佛門廣大，常為和尚出入之所乎！臭花娘雖知出頭露面，外觀不雅，無如細娘家說話弗當，反被娘數說一番，只得奉命而行，亦不料有人要來親嘴摸奶奶也。那時雙拳弗捏四手，正當叫爺娘弗應之時，忽得活死人來吵散，送上大門。雖然素昧平生，早已兩心相照，男貪女愛，戀戀不捨。而又恰得好爹好娘，與他玉成其事，真乃天從人願也。

第八回　鬼谷先生白日升天　畔房小姐黑夜打鬼

詞曰：

真堪愛，如花似玉風流態。風流態，眠思夢想，音容如在。　東鄰國色焉能賽？桃僵偏把李來代。李來代，冤家路窄，登時遭害！

右調玉交枝

話說活死人好好住在臭鬼家裡，與臭花娘朝夕相對，或是做首歪詩，或是著盤臭棋，有話有商量的好不快活。無端困夢頭裡被蟹殼裡仙人數駁一番，又聽了臭花娘一派正言厲色，說得他卵子推冰缸裡，冷了下半段，只得告別起身。

及至跑出大門，又茫茫無定見的，不知向那裡去好。姑且揀著活路頭上信步行將去，遇著過來人，便問鬼谷先生的來踪去跡，並沒一個知道。尋了好幾時，無頭無緒的，不免意嬾心灰，肚裡想道：「這蟹殼裡仙人既是一團好意，也該說明個場化❶，卻如何弗出麩皮弗出麪❷的教我朝踏露水夜踏霜，東奔

❶ 場化：地點。

❷ 弗出麩皮弗出麪：意為含糊不清，說話不明確。麪，同「麵」。

西走去瞎尋。這等無影無蹤，不知尋到何日是了！」

正在自言自語的抱怨，忽然昏天黑地起起烏雲陣頭❸來，活死人著忙道：「這裡前不巴村，後不著店，若落起騎月雨❹來，卻那裡去躲？」四面一望，只見斜射路❺裡，有個烏叢叢❻田頭宅基，便飛奔狼烟❼的跑上前去。到得門口，卻又關緊在那裡，不好去敲門打戶，就在步簷❽底下暫躲。幸喜出頭椽子甚長，不致濺溼身上。誰知陣頭大，雨點小，霎時雨散雲收，依舊現出黃胖日頭❾來。

正想走路，只聽得「呀」的一聲響，兩扇真寶門大開，跑出一個腰細肩胛闊的精胖後生來，看見活死人立在門口，便喝問道：「你是甚麼野鬼？莫不是倒麥粞賊❿在此看腳路⓫？」活死人怪他出口傷人，便道：「你怎眼眼⓬弗生，人頭⓭弗認得，就這般出言無狀，是何道理？」那後生大怒，道：「你怎敢

❸起起烏雲陣頭：下起雷陣雨。陣頭，打雷聲；雷陣雨。

❹騎月雨：連綿不絕的陰雨。騎月，跨月份。

❺斜射路：叉路。

❻烏叢叢：黑乎乎。

❼飛奔狼烟：迅速奔跑。狼烟，烽火，古人用以傳遞緊急的軍情。

❽步簷：屋簷。

❾黃胖日頭：雨後或微雨中，太陽裹著薄雲，光色淡黃，稱「黃胖日頭」，此時氣候異常溼悶。口頭，太陽。

❿倒麥粞賊：小偷。麥粞，碾麥時脫下來的皮糠。粞音ㄒㄧ。

⓫看腳路：作案前先察探情況。

⓬眼眼：眼睛。

⓭人頭：即人。

回唇荅嘴！」便趕上趕落要打活死人。活死人是吃過大力子的，那氣力無倒數在身鄉子裡⑭，見他這般大勢頭⑮，便先下手為強，將他拚心⑯一記，恰正打在拳窠裡。那後生自道武藝子高強，欺這活死人細皮白肉文擱擱⑰的，把他吃得下肚，不防他捉冷刺⑱一記，便立腳弗住，一個鷂子翻身，仰缸⑲跌轉來。連忙爬起，腳頭弗曾立定，又被活死人一搡，一個臀塌椿⑳，又坐倒了。料想鬥壘㉑弗過，只得問道：「你到底那裡來的惡鬼？怎敢上門欺人？」活死人道：「我只為尋個先生，偶然在此借步簷躲雨，你怎一面弗相識，就冤我做賊？可知道賊難冤、屎難喫麼？」後生道：「你先生是誰？卻到這裡來尋。」活死人道：「我尋的是鬼谷先生。」後生哈哈大笑道：「你怎向真人面前說起假話來？那先生的學生子㉒，連我只得四個，何來你這驀生人？」活死人見說，忙問道：「你既是他學生子，先生卻在何處？」後生道：「你須賠了我弗是，方說與你聽。」活死人只得唱個撒網喏㉓，求他指引。後生道：「他住在黑甜

⑭那氣力無倒數在身鄉子裡：身上有無窮力氣。無倒數，無窮無盡。身鄉子，身體。
⑮大勢頭：氣勢洶洶。
⑯拚心：狠命；重重地。
⑰文擱擱：擱擱當作「綿綿」。
⑱捉冷刺：冷不防；突然。
⑲仰缸：仰面朝天。
⑳臀塌椿：屁股著地重重摔倒。
㉑鬥壘：相打。
㉒學生子：學生。

鄉，離這裡路雖有限，但盡是百腳路㉔。熟事人跑慣的，有時不小心還要走到牛尖角裡去，弄得撥身弗轉，何況你人生路弗熟，那裡摸得到？倒不如草榻㉕我家，明日與我一同走罷。」活死人謝道：「如此足感盛情，只是打攪不當。」後生道：「不打不成相識，既已打過，就是相識了。何必客氣？」便把活死人讓進家裡，大家通名道姓。

原來這後生叫做冒失鬼，老子也是個宿濱頭㉖財主，早已死過，留下大家大當㉗與他掌管。他又不曉得做人家世事㉘，一味裡粗心浮氣，結交一班遊手好閒的朋友，日日出去擎鷹放鷂的尋開心。又自恃身長力大，可以弗喫眼前虧，到處驚雞鬧狗的闖事。娘也管他不下。

一日，同著數鬼，擎了齕尾巴老鷹，牽著瘦獵狗，揵㉙鎗使棒的來到黑甜鄉裡，看見路傍有幾棵截弗倒大樹，一隻抄急兔子正在樹腳根頭吃那離鄉草。冒失鬼道：「兔子弗吃窠邊草的，這隻兔子如何倒在窠邊喫草？」便把老鷹放去。真是見兔放鷹，猶如甕中捉鼈，手到擒來。捉了兔子，正想要跑，忽抬頭見大樹大丫叉裡，一隻老鳥在上面褪毛，忙又將鷹放起。那老鳥是翅扇毛通透㉚的，看見鷹來，便一

㉓ 唱個撒網喏：拱手致歉。
㉔ 百腳路：有許多岔道的路。百腳，蜈蚣。
㉕ 草榻：隨便住一宿，留客歇夜的客氣話。
㉖ 宿濱頭：曾經小有名氣。
㉗ 大家大當：即「大家當」，大宗家產。
㉘ 做人家世事：勤儉過日子的道理。做人家，節約。
㉙ 揵：音ㄑㄧㄢˊ。用肩扛。

倘翅飛上天頂心㉛裡去了。那老鷹活食弗吃吃起死食來，並不去追老鳥，反飛入鬼谷先生家裡，把一隻斜撇雄雞㉜抓住。被鬼谷先生的學生子地裡鬼看見，如飛上來，一把捉牢，拿根礱糠搓繩㉝縛了，纜㉞在一個狗肉架子上。冒失鬼追到看見，大怒道：「怎敢把我的北鳥㉟弄壞？」拔出拳頭要打地裡鬼。地裡鬼自恃名師傳授，法則多端，怎肯相讓？也就磽拳捋臂的迎他。兩個一拳來，一腳去，打起死賬㊱來。鬼谷先生跑來看見，喝住地裡鬼。這冒失鬼弗識起倒㊲，便上起鬼谷先生船來㊳。被鬼谷先生使個定身法，弄得他四手如癱，有力無用處。又見地裡鬼口口聲聲叫他先生，忽然心內尋思道：「聞說鬼谷先生近來住在黑甜鄉裡，不要就是他？」便問道：「你有這般真本事，莫非就是甚麼鬼谷先生麼？」鬼谷先生道：「既知我名，怎敢到來放肆？」冒失鬼道：「不消說，千差萬差，總算我差。你放了我，我情願拜你為師。」鬼谷先生道：「既肯改惡從善，也不與你一般樣見識。」便使個解法放了他。冒失鬼

㉚ 翅扇毛通透：翅膀有力，常比喻人精明老練。

㉛ 一倘翅飛上天頂心：「一倘翅」謂翅膀一拍。「天頂心」即高空。

㉜ 斜撇雄雞：求偶的公雞。

㉝ 礱糠搓繩：俗語：「礱糠搓繩起頭難」。此指繩子。礱糠，稻穀的外殼。

㉞ 纜：繫住。

㉟ 北鳥：指鷹，又男性生殖器也稱「北鳥」，此處語意雙關。

㊱ 打起死賬：大家扭打在一起，難解難分。

㊲ 弗識起倒：不識利害；不知好歹。

㊳ 上起鬼谷先生船來：此處「上船」意思為衝撞，挑衅。

忽然手腳活動，不覺大喜，便跪下磕個頭，道：「我就此拜了先生罷。」鬼谷先生見他爽利，又曉得尊師重傳，是個有出息的，心裡也喜，問了姓名、籍貫，說道：「要學本領，也不是一湊謝師㊴的，還當回家說知，方好到來習練。」冒失鬼道：「先生說的是。」便告辭出門，尋著眾鬼，一徑回家，對娘說知，他娘亦甚喜歡。便端正一肩行李，揀個入學日腳㊵，來到鬼谷先生家住下。

過了幾日，又有大排場來的兄弟兩個：那兄叫做摸壁鬼，令弟叫做摸索鬼，也是慕名來學的。那先生因材制宜，教法甚多。這冒失鬼一竅不通，只有些蠻氣力，學了多時，方學會幾樣死法則。那日偶然回在家中，恰遇活死人來躲雨，遂打成相識，領他到先生家來，拜見了鬼谷先生，與師兄輩都相見了，住在他家。

那活死人本已聰明，又喫了益智仁，愈加玲瓏剔透。鬼谷先生也盡心教導。那消一年半載，便將鬼谷先生周身本事，都學得七七八八㊶。

一日，大家在門前使鎗弄棒，操演武藝，鬼谷先生在傍點撥。忽聽得半空中幾聲野鶴叫，一朵缸爿頭雲，從天頂裡直落到地上，雲端裡立一隻仙鶴，嘴裡啣張有字紙。活死人上前搶來，看時，盡是許多別字，一個也不識。遞與鬼谷先生。先生看了，點頭會意。便對眾學生子道：「本期與你們相處三年五載，然後分手。無奈天符已至，只得要散場了。」便各人叮囑了幾句，跨上鶴背，騰空而起，望揚州去

㊴ 一湊謝師：一下子就拜師學會。一湊，一朝；即刻。

㊵ 日腳：日子。

㊶ 七七八八：十之七八，絕大部分。

了。眾學生子跪下拜送，直等望不見了，方纔起來，大家面面相覷。正是蛇無頭而不行，只得各歸閒散。

冒失鬼曉得活死人無家無室，便欲留他歸去暫住。活死人也欣然樂從，隨他回家。不題。

且說那色鬼自從在脫空祖師廟裡見了臭花娘，回到家中，眠思夢想，猶如失魂落魄的一般，那裡放得下？曉得他是跑到廟裡的，定然不是遠來頭，總在六尺地面上，差了人各處去尋訪。只因臭花娘從未出門，無人疑到他家，只是挨絲切縫，四處八路去瞎打聽。

誰知事有湊巧，不料那東村裡也有一個標緻細娘，叫做豆腐西施㊷，雖不能與臭花娘並駕齊驅，卻也算得數一數二的美人了。老子豆腐羹飯鬼，薄薄有幾金家業，只生得他一個獨囡。那日因到親眷家邊吃了清明飯回來，被色鬼的差人看見，尋思近地裡再沒有第二個美似他的，色鬼廟中所遇，諒必就是他，便如飛來報與色鬼知道。那色鬼又未曾目覩其間，聽他們說得有憑有據，便也以訛纏訛，信以為實，就與眾門客商議。

大家議論紛紛，只有一個叫做極鬼說道：「這也不是甚麼團圞大難事㊸。那豆腐羹飯鬼住在獨宅基頭上㊹，只消我們幾個扮做養髮㊺強盜，等到半夜三更，或是拿鋒鍪㊻掘個壁洞，軟進硬出；或是明火

㊷ 豆腐西施：諷刺難侍候的美人。

㊸ 團圞大難事：久別重逢，千里相聚，為人間難遇之事，故說「大難事」。團圞，團聚。

㊹ 獨宅基頭上：「獨宅基」是區別於聚居村落的獨戶人家。頭上，最邊端。

㊺ 養髮：蓄著很長的頭髮。

㊻ 鍪：即「鍬」。

執仗，打門進去，搶了就走。夜頭㊼黃昏，那裡點了烏鼻頭㊽來尋？又不擔擱工夫，手到拿來，豈不是朝種樹夜乘涼的勾當？」色鬼大喜，道：「此計甚妙！就煩你去幹來。事成之後，重重相謝。」

極鬼便糾合幾個同道中，來到村裡，揀個僻靜所在，搨花㊾了面孔，紮扮停當。等到更深夜靜，來到豆腐羹飯鬼門口，點起烟裡火來，打門進去。那豆腐羹飯一家門，正困到頭忽裡㊿，忽被打門聲驚覺了，慌忙起來。纔立腳到地下，那夥強盜已一擁進房，各人搨得花嘴花臉，手裡拿著雪亮的鬼頭刀。兩個便將豆腐羹飯鬼幫住(51)，把刀架在頭骨上，不許他牽手動腳。幾個便向牀上搜看。那豆腐西施雖然穿了衣裳，卻不敢走下牀來，坐在皮帳裡發抖。被極鬼尋著，一把拖下牀來，背著就走。眾鬼也就趁火打劫，搶了好些物事，一鬨出門。

豆腐羹飯鬼冷眼看他們行作動步，是專為女兒來的，又聞得色鬼在各處旱打聽，要尋甚麼標緻細娘，便疑心到他身上。叮囑家婆看好屋裡，自己悄悄然出了門，望著火光跟將去。恰正被他猜著，見他們一徑望色鬼家裡去了。便尋思道：「那色鬼潑天的富貴，專心致志尋了女兒去，自然千中萬意，少不得把他做個少奶奶，住著高堂大廈，錦衣玉食的享用不了，也是他前世修來的。」一頭肚裡胡思亂想，一頭

㊼ 夜頭：夜晚。

㊽ 烏鼻頭：指燈。

㊾ 搨花：用粉墨塗飾。

㊿ 困到頭忽裡：睡得迷迷糊糊。

(51) 幫住：用力架住，不許動彈。

望家裡回來，已經曚曚天亮，便向老婆說知。老婆道：「你不可一想情願。他是有門楹人家[52]，若有這般好心，怎不教人來說合？明媒正娶難道弗好，倒要半夜三更出來搶親？你快再去打聽。倘能像你心意，便與他親眷來去，也覺榮耀。萬一別有隱情，豈不把女兒骯髒埋滅了？」豆腐羹飯鬼道：「你也說得是。我自己不好去打聽，待我央人去便了。」忙走到一個好鄉鄰冤鬼家來，托他去打聽。不題。

卻說這極鬼搶著了豆腐西施，滿心快活，巴望送到色鬼面前，要討個大好的。誰知那色鬼的老婆，卻是識寶太師的女兒，叫做畔房小姐，生得肥頭胖耳，粗腳大手。自恃是太師爺的女兒，凡事像心適意，敢作敢為。又妬心甚重，家裡那些丫頭女娘家[53]，箍頭管腳，不許色鬼與他們醜攀談一句。色鬼雖然是怕老婆的都元帥[54]，無如骨子裡是個好色之徒，怎熬得住？家裡不能做手腳，便在外面尋花問柳，挽通了師姑，卻向佛地上去造孽。就是查訪那標緻細娘，也不過想尋個披簑衣烏龜[55]，鑽謀來私下去偷偷罷了，原沒有金屋貯阿嬌的想頭。只因聽了極鬼一席話，說得燥皮[56]，便一時高興，教他去幹。原想要另尋個所在安置的。不料他們商議時，卻被一個快嘴丫頭聽見，告訴了畔房小姐。畔房小姐聽得，便怒從心上起，惡向膽邊生，端正一個突出皮棒槌，把色鬼騙進房中，打了一頓死去活來，拿條軟麻繩縛住了。

---

[52] 有門楹人家：做官人家。
[53] 女娘家：姑娘。
[54] 都元帥：首領。
[55] 披簑衣烏龜：一種背上有毛的烏龜。此指姘婦。
[56] 燥皮：激動。

又恨極鬼牽風引頭，算計也要打他一頓出氣，便一夜弗困，拿著棒槌守在門口。

等到四更頭，聽得眾鬼回來，那極鬼背了豆腐西施，領頭先進。畔房小姐在暗頭裡聽得腳步響，便舉起棒槌夾頭打來。不料反打著了豆腐西施，正中太陽裡57，打得花紅腦子直射。畔房小姐聞得一陣血腥氣，便縮了手。後面眾鬼拿著燈籠、火把一擁入來，忽看見滿地鮮血。極鬼忙將豆腐西施放下，看時，早已嗚呼哀哉了。大家嚇得屁滾尿流，趉出腳都逃走的影跡無蹤。畔房小姐也覺心忙意亂，畔58進房中去了。

門上大叔只得報知輕腳鬼，查起根由，纔曉得是扮做強盜去搶來的。依了官法，非但一棒打殺，並且要問切卵頭罪的，怎不驚惶？還喜得沒人知覺，忙使人把死屍靈移去，丟在野田堵59裡，自己又最喜吃生人60腦子，便向地下刮起來吃乾淨了，叮囑眾鬼不許七謀八談。只道神不知鬼不覺的，誰知那門上大叔卻與冤鬼是觸屄朋友，見冤鬼來打聽，弗瞞天弗瞞地，原原委委，一本直說。冤鬼曉得了實細，忙回來報與豆腐羹飯鬼知道。

正是：若要人不知，除非己莫為。不知豆腐羹飯鬼得知了凶信，如何處分，且聽下回分解。

纏夾二先生曰：冒失鬼一味粗心浮氣，目中無人，到處以強為勝，一遇鬼谷先生，

57 太陽裡：太陽穴。
58 畔：躲藏。
59 野田堵：野外；荒地。
60 生人：活人。

早已束手縛腳，有力無用處。還虧他福至心靈，便肯改邪歸正。然到底稟性難移，見了活死人細皮白肉，只道善人好欺，又復出言無狀。豈知人不可以貌相，強中更有強中手乎？至於色鬼，豈不知老婆平素日間所作所為，乃一聽極鬼攛掇，就不顧違條犯法，飛得起[61]教他去幹。遂把一個如花似玉的絕世佳人，送到西方路上去，豈非作盡靈寶孽[62]哉！

[61] 飛得起：非得；一定。

[62] 作盡靈寶孽：造成天大罪孽。

第九回　貪城隍激反大頭鬼　怯總兵偏聽長舌婦

詞曰：

好色原非佳士，貪財怎做清官？聽人說話起爭端，贏得一刀兩斷。　城破何難恢復，闔全儘可偷安。誰知別有鎮心丸，夫婦雙雙遠竄。

右調白蘋香

話說豆腐羹飯鬼被強盜來搶了女兒去，曉得是色鬼所作所為，一味淺見薄識，巴望女兒做個少奶奶，將來好與他親眷往來，擔托心寬❶的坐在家裡等怨鬼❷來回音。不多幾時，只見怨鬼氣急敗壞跑進門來，見了豆腐羹飯鬼，說道：「虧你還這等逍遙自在的，你女兒已被他們打殺了！」豆腐羹飯鬼還不相信，說道：「我與他們前日無怨，往日無讎，無緣無故的來捉他去活打殺，天底世下也沒有這款道理。」怨鬼便將門上大叔告訴的話，一五一十述與他聽，道：「如今你女兒的屍靈橫骨，現躺在怪田裡。」那時嚇得魂不附體，夫妻兩個跌搭跌撞的趕到怪田裡去尋看。跳過了八百個麥稜頭❸，只見幾隻躔

❶ 擔托心寬：安逸；放心。擔，疑是「膽」之誤。膽托，無掛牽。

❷ 怨鬼：當作「冤鬼」。下同。

鼻頭❹豬狗正在那裡齦死人。忙上前趕開，看時，一胸弗差，正是女兒豆腐西施，打得頭破血淋，眼烏珠都宕出來❺，躺在田溝角落裡。大家號腸拍肚的哭了一場，算計要趕到色鬼家裡去拚性捨命。

忽望見跑熟路上有鬼走過，認得是荒山腳下的迷露裡鬼，曉得他會畫策畫計的，連忙橫田直徑追上去，請他轉來，告訴他如此這般，「今要思量打上大門去，可使得麼？」迷露裡鬼道：「動也動弗得！他侯門深似海的，你若打進去，他家裡人多手雜，把你捉來鎖頭縛頸的解到當官，說你誣陷平人為盜，那時有口難分說，枉吃一場屈官司。再不其然，把你也像令愛一般打殺在夾牆頭裡，豈不白送了性命？」豆腐羹飯鬼道：「老話頭：王子犯法，庶民同罪。他們不過是哺退鄉紳❻，怎敢日清日白便把人打死？難道是奉旨奉憲打殺人弗償命的麼？」迷露裡鬼道：「雖說是王法無私，不過是紙上空言，口頭言語罷了。這裡鄉村底頭❼，天高皇帝遠的。他又有財有勢，就使❽告到當官，少不得官則為官，吏則為吏，也打不出甚麼興❾官司來。即或有個把好親眷好朋友，想替你伸冤理枉，又恐防❿先盤水先溼腳，反弄

❸ 麥稜頭：麥田的田壟。
❹ 壅鼻頭：鼻孔堵塞。
❺ 宕出來：往外凸露。
❻ 哺退鄉紳：指色鬼父親已經致仕歸鄉，不再掌權。哺退，意為失去生命力。
❼ 底頭：僻遠的地方。
❽ 就使：即使。
❾ 興：音ㄒㄧㄥˋ。發旺之意。聲勢大且能令人滿意。
❿ 恐防：恐怕。

得撒尿弗洗手，拌在八斗糟裡，倒要拖上州拔下縣的吃苦頭，自然都縮起腳不出來了。依我之見，還是捉方路走⑪好。且到城隍老爺手裡報了著水人命，也不要指名鑿字，恐他官官相衛，陰狀告弗准起來，只可渾同三拍⑫的告了，等他去緝訪著實。這纔是上風⑬官司，贏來輸弗管的。」豆腐羹飯鬼道：「真是一人無得兩意智。虧得與你相商，不致冒冒失失幹差了事。」遂打發老婆先歸，謝別了迷露裡鬼，一徑望枉死城來。

到得城裡，尋個赤腳訟師，寫好白頭呈子，正值城隍打道回衙，就上前攔馬頭告狀。城隍問了口供，准了狀詞，一進衙門，便委判官烏糟鬼去相⑭了屍，然後差催命鬼捉拿兇身。催命鬼領了牌票，差著夥計，三路公人六路行⑮的各到四處去緝訪。今朝三明朝四⑯，擔擔擱擱過了多時，方纔訪著是色鬼所為，忙來稟明。餓殺鬼便與劉打鬼一同商議。

原來劉打鬼收成結果⑰了雌鬼，把活鬼的故老宅基也賣來餵了指頭⑱，弄得上無片瓦遮身，下無立

⑪ 捉方路走：按照慣例、正道辦事。

⑫ 渾同三拍：含糊其詞，半藏半露。

⑬ 上風：佔上風；穩妥。

⑭ 相：看；驗。

⑮ 三路公人六路行：各人辦各人的事情。

⑯ 今朝三明朝四：拖延時日。

⑰ 收成結果：折磨至死。

⑱ 餵了指頭：稱賭博輸錢為「餵指頭」。

錐之地，只得仍縮在娘身邊。後來餓殺鬼陞了城隍，接他娘兩個一同上任，做了官親，依舊體而面之了。

那日見餓殺鬼說起這事，便道：「那色鬼的老婆畔房小姐，是識寶太師的養嬌囡，怎好去惹他？況你現虧太師提拔，方能做這城隍，也當知恩報恩，豈可瞞心昧己，做那忘恩負義的無良心人？依我算計，倒有個兩全其美的道理在此。那荒山裡有兩個大頭鬼，一個叫做黑漆大頭鬼，就是前番在三家村戲場上打殺破面鬼的；一個叫做青胖大頭鬼，聞說也曾殺人放火。他兩個專幹那不公不法的事，倒不如將他捉來，屈打成招，把這件事硬坐他身上，憑他賊皮賊骨，用起全副刑具來，不怕他不認賬。一則結了此案，二則捉住大夥強盜，又可官上加官，豈非一得而兩便？」餓殺鬼聽得可以加官進爵，便望耳朵管裡直鑽，不覺大喜。便教催命鬼領了一群白面傷司⑲，到荒山裡去捉鬼。

那些傷司，巴不得有事為榮，歡天喜地的帶了鏈條繩索，神譁鬼叫，一路行來。正在四柵街上經過，恰撞著黑漆大頭鬼，吃得稀糊爛醉，歪戴了配頭帽子，把件溼布衫敞開，露出那墨測黑⑳的胸膛，上街撇到下街的罵海罵。催命鬼看見，因他曾打死兄弟破面鬼，正是讐人相見，分外眼睁，便迎上前來捉他。那黑漆大頭鬼雖然酒遮了面孔，人頭弗認得，見人來捉，便也指手畫腳的四面亂打。眾鬼那裡敢上身？不料他一個不小心，踏了冰蕩㉑，磕爬四五六㉒一交跌倒，眾鬼一齊上前揿住，還捉子頭來腳弗齊㉓，

---

⑲ 白面傷司：表面和善內心兇殘的人。傷司，鬼卒。

⑳ 墨測黑：漆黑。

㉑ 蕩：水坑。

㉒ 磕爬四五六：俯身跌倒。俗稱「狗吃屎」。

連忙拿出蛀空麻繩來，把他四馬攢蹄，牢捉牢縛捆好了，扛頭扛腳捉回城中。進了射角衙門㉔，報知餓殺鬼。餓殺鬼出來，看見只得一個，便問道：「還有一個如何不捉？莫非你們得錢賣放了麼？」催命鬼道：「這個是在路頭上捉的。因他力大無窮，恐防走失，所以先解回來。如今還要去捉那個。」餓殺鬼道：「既如此，快去快來！」催命鬼只得領了傷司，仍望荒山裡去了。

餓殺鬼看這黑漆大頭鬼時，還醉得人事不省，便道：「原來是一個酒鬼，吃了一撲㉕臭酒，連死活都弗得知的了。且把他關在監牢裡，等捉了那個來，一同審罷。」牢頭禁子便扛去，丟在慢字監裡。不題。

且說那兩個大頭鬼，狐群狗黨甚多，就是山腳下迷露裡鬼、輕骨頭鬼、推船頭鬼，都是拜靶子㉖兄弟。黑漆大頭鬼被捉時，已有人報知迷露裡鬼，便與輕骨頭鬼兩個來見青胖大頭鬼，說知就裡。青胖大頭鬼大驚道：「此去定然凶多吉少，我們快去救他。」迷露裡鬼道：「不可造次。且煩輕骨頭鬼到那裡打聽為著何事，方好設法去救。」輕骨頭鬼聽說，便拿了一把兩面三刀，飛踢飛跳去了。不多一個眼閃，只見催命鬼領了一群傷司，呼么喝六的擁進門來。青胖大頭鬼喝道：「你們是甚麼鬼？到此何幹？」催命鬼道：「我們是城隍老爺差來請你的。」便拿起鏈條望青胖大頭鬼頭骨上套來。青胖大頭鬼大怒，提

㉓ 捉子頭來腳弗齊：不肯老實就範。
㉔ 射角衙門：行兇作惡、不講道理的地方。此指衙門。射角，棱角突出。
㉕ 一撲：也作「一泡」，一堆，一頓。
㉖ 拜靶子：結拜。

起升羅大拳頭㉗，只一拳，早把他打得要死弗得活。眾傷司見不是頭路，忙要逃走，被青胖大頭鬼趕上，腳踢手捧，盡都打死。就有個把死弗盡殘，也只好在地下掙命。

迷露裡鬼忙向前來勸，已經來不及，便道：「官差吏差，來人弗差。他們不過奉官差遣，打殺他也覺冤哉枉也。如今一發造下迷㉘天大罪，怎生是好？」青胖大頭鬼道：「一不做，二不休，索性聚集人眾，殺入號城中，救了黑漆大頭鬼，再尋去路不遲。」便打發小鬼分頭去把各路強鬼都聚攏來。一面收拾鎗刀木棒，山中沒有鬼馬，便去捉隻吃蚊子老虎來做了坐騎。等到月上半闌殘，那四處八路的強鬼都已到齊。大家飽餐戰飯，青胖大頭鬼拿了拆屋榔槌，豁上㉙虎背，領頭先進。推船頭鬼也騎隻頭髮絲牽老虎，拿根戳骨棒。迷露裡鬼不會武藝，拿了一面擋箭牌，騎隻竈前老虎。小嘍囉都揵了阿囉囉鎗，隨在後面，趂著一汪水好亮月㉚，望枉死城進發。

且說那黑漆大頭鬼在慢字監裡，一忽覺轉，只覺得周身牽絆。開眼看時，方知滿身繩捆跌弗撒㉛，惱得他儘性命一跳，把些蛀空麻繩像刀斬斧截一般都迸斷了，跳起身來。兩三個牢頭忙上前來捉時，早被他一頓抽拔拳，都打得死去活轉來，便就神諱鬼叫的打將出來。外面禁子聽見，忙把牢門關緊，一面

㉗ 升羅大拳頭：如升似籮的拳頭，形容拳頭大。羅，「籮」的諧音。
㉘ 迷：當作「彌」。
㉙ 豁上：迅捷地跨腿騎上。
㉚ 一汪水好亮月：一輪皎潔如水的月亮。亮月，即「月亮」。
㉛ 跌弗撒：不能動彈。

去報城隍得知。

餓殺鬼聞報，嚇得魂飛天外，忙點起合班皂快壯健，盡到監裡去捉鬼，再差劉打鬼到老營裡去弔陰兵來協助。眾鬼都踢鎗弄棒的來到後北監門口。那黑漆大頭鬼已經攻出牢門，看見眾鬼都拿著手使家伙，自己赤手空拳，英雄無用武之地，不免有些心慌。忽見壁腳根頭㉜靠一個石榔槌，便搶在手裡，一路打來。眾鬼那裡攔當㉝得住？被他打出衙門。正遇著劉打鬼領了一隊陰兵，弓上弦，刀出鞘的殺來，就在衙門口敵住，裡應外合，圍裹住了。黑漆大頭鬼雖然勇猛，無奈是空心肚裡㉞，又遇那些陰兵盡是敢死之士，一個個都越殺越上的，再不肯退。

那輕骨頭鬼在城中得知信息，自料孤掌難鳴，不能救應，欲回山報信。奔到城門口，早望見門口也有一簇陰兵守把，不能出去。看見路傍有一大堆柴料，便心生一計，上前放了一把無名火，霎時間鬼火唐唐著起來㉟。陰兵望見起火，便向前來救，被他溜到門口，拽開了門。正待出城，湊巧遇青胖大頭鬼兵馬恰好到來。輕骨頭鬼接著，訴知前事。青胖大頭鬼聽得，便放出騎虎之勢，衝到衙門口，正見無數陰兵圍住了黑漆大頭鬼，喊殺連天。青胖大頭鬼大怒，使起拆屋榔槌，衝入陣中。眾陰兵殺了許久，都已筋疲力盡，怎當這青胖大頭鬼猶如生龍活虎，使發了榔槌，如太山㊱壓頂一般打來，只得各顧性命，

㉜ 壁腳根頭：牆角下面。

㉝ 攔當：即「攔擋」。

㉞ 空心肚裡：餓著肚子。

㉟ 唐唐著起來：「唐唐」形容火勢猛。「著」意為燒。

四散逃走。那劉打鬼正要想跑，不料夾忙頭裡膀牽筋㊲起來，弄得爬灘㊳弗動，寸步難移，被黑漆大頭鬼一石榔槌打了下頦，連頸柱骨都別折了㊴。趁勢殺進衙門，把些貪官污吏，滿家眷等，殺個罄盡，然後商量走路。

迷露裡鬼道：「如今也不必走了，索性據住城池，造起反來，殺上酆都城，連閻羅王也吵得他無腳奔。那時你們兩個，一個據了酆都城，一個據了枉死城，平分地下，豈不好麼？」二鬼大喜，道：「好計！」黑漆大頭鬼便自稱杜唐天王，青胖大頭鬼號為百步大王，據住了枉死城，謀反叛逆，打賬㊵先去攻鬼門關。不題。

卻說鬼門關總兵白矇鬼，自從到任以來，正值太平無事，喫了大俸大祿，雖然不是三考裡出身㊶，也該做此官，行此禮。誰知他卻一味裡吃食弗管事，只曉得吹歌彈曲，飲酒作樂，把那軍情重事，都擐在形容鬼身上，自己倒像是個閒下裡人。

一日，正坐在私宅裡一棵黃柏樹底下，對了一隻鄉下臭蠻牛彈琴，只見形容鬼跑來說道：「虧你還有工夫鬼作樂，外面有一起枉死城逃來的難民，說被兩個大頭鬼攻破了城池，將些醉官醉皂隸盡都殺死，

㊱ 太山：即泰山。
㊲ 夾忙頭裡膀牽筋：「夾忙頭」意為忙亂、緊急。膀牽筋，腿抽筋。
㊳ 爬灘：爬行。
㊴ 頸柱骨都別折了：頸柱骨，即頸椎骨。別折，折斷。
㊵ 打賬：準備；打算。
㊶ 三考裡出身：通過科舉登上仕途。三考，指秀才、舉人、進士三次考試。

現在據住枉死城謀反，聞說還要來搶鬼門關。可作速算計，庶保無虞。」白𧾷鬼聽說大驚，忙教難民來，問知始末根由，隨即上關點兵把守，不許野鬼過關。一面奏聞閻羅王。

閻羅王聞奏，便與多官計議。只見識卵大保出班奏道：「料想兩個獨腳強盜，做得出甚麼大事業來？那鬼門關上兵精糧足，即著總兵白𧾷鬼領兵收捕，自可指日成功。」閻王依奏，即發一道假傳聖旨，著白𧾷鬼勦捕賊寇，收復城池。

白𧾷鬼接著旨意，幾乎魂靈三聖都嚇落了，說道：「我雖文武官員俱曾做過，卻文不能測字㊷，武不能打米㊸，怎當得這個苦差！」說罷，不覺嗚嗚咽咽的哭將起來。只見那個副總兵替死鬼，勃然大怒道：「你枉做了男子漢大丈夫，卻如此貪生怕死！目今正在用兵之際，對了千人百眼做出這般小娘腔來，豈不慢了軍心！你有眼淚向別處去落，待我領兵去便了。」罵得白𧾷鬼滿面羞慚，屄启嘴弗開。忽見幾個陰兵，慌慌張張跑來報道：「大頭鬼引兵已到關下了。」白𧾷鬼只得同了眾鬼，都上關來。看時，只見無數鬼兵，簇擁著那黑漆大頭鬼，果然可怕。你看他身長一丈，腰大十圍，頭大額角闊，兩眼墨測黑，面上放光發亮，勝如塗了油竈墨；騎一隻紙糊頭老虎，手裡拿個殺車榔槌，在關前耀武揚威。白𧾷鬼看見，愈加嚇得頓口無言。替死鬼也不免有些嘴硬骨頭酥，無奈纔說過了硬話，不好改口，只得裝著硬好漢，說道：「兵來將擋，水來土掩，怕他則甚？且待我去擋個頭陣，掂掂斤兩看，造化一戰成功也未可知。」便裝鎗騎馬，硬著頭皮殺出關去。黑漆大頭鬼看見，迎上前來，也不打話，撻起榔槌就打。替死

㊷ 測字：即「拆字」，舊時通過對字分合增減以占卜算命的一種方法。

㊸ 打米：舂米。

鬼舉鎗急架相還。戰不多幾個回合，早被黑漆大頭鬼一記殺車榔槌，打得頭向洞肛㊹裡撳出來，死在馬下；趁勢搶上關來。形容鬼在關上，忙把磚頭石塊及棒槌木橛打將下去，黑漆大頭鬼只得退回。各人守住老營。

白蠎鬼回到衙中，愁眉不展，與長舌婦商議。長舌婦道：「我們好好在枉死城做官，卻調到這裡來做甚麼總兵，反教那餓殺鬼去攪亂天朝，惹出這般飛來橫禍來，帶累我們擔驚受怕。那大頭鬼兇天兇地，關上又無強兵猛將，那裡守得住？倘有些失差業戶㊺，就使逃得小性命，也弄得拆家敗散了。倒不如棄了這裡，逃到他州外府，揀個人跡不到之所，隱姓埋名，住過幾時，由他們羊齩殺虎，虎齩殺羊，我們只在青雲頭裡看相殺，豈不逍遙自在？」白蠎鬼聽說，喜道：「家有賢妻，夫不遭橫禍。你的算計一點弗差。這關後有條盡頭路，直通著仙人過嶺，再過去便是無天野地。那裡多見樹木，少見人烟，足可安身立命。待我與形容鬼說知，教他收拾同去。」長舌婦道：「那形容鬼是個吃狗屎忠臣，怎肯跟人逃走？對他說知，反要洩漏天機㊻。瞞著他悄悄然去了，豈不安逸？」白蠎鬼聽計，便將真珠寶貝，細軟衣裳，打起兩個私囲包㊼，大家背上肩頭，開了後門，一直望盡頭路去了。

且說形容鬼在關上防守，一夜弗曾合眼，巴到大天白亮，忙回衙來，思量教白蠎鬼拜本㊽去請救兵。

㊹ 洞肛：肛門。

㊺ 失差業戶：不測。

㊻ 天幾：即「天機」。

㊼ 私囲包：小孩死後，將屍體用布捆紮，稱「私囲包」。此指包裹。

不料到得衙中，尋他夫妻兩個，早已不知去向，忙使人四下裡追尋，那裡有個影響？誰知好事不出門，惡事傳千里，一霎時滿關都曉得了。那些陰兵見主將逃走，便都弗怕軍法從事，亂竄起來，也有拿了衣包傘向關後逃命的，也有反把關門大開，讓兵馬進來的。形容鬼那裡禁遏得住？只得拚此微軀，盡忠報國，「撲通」一聲，跳在清白河水裡，沫星弗曾汎一汎，早已變了落水鬼。

黑漆大頭鬼進了關，便與迷露裡鬼商議進兵。迷露裡鬼道：「此去只有陰陽界是個險要之所，其他都不打緊。如今且把關前關後各路地面都收服了，使無後顧之憂，方可放心托膽殺上前去。」黑漆大頭鬼聽計，便差人知會青胖大頭鬼，教他領了枉死城兵馬抄上手㊾，自己與迷露裡鬼領了鬼門關兵馬抄下手，去搶各路未服地面，都到陰陽界會齊。那些小去處㊿，兵微將寡，自然抵擋不住。于是孟婆莊土地討債鬼、惡狗村土地白日鬼、血污池土地邋遢鬼、望鄉臺土地戀家鬼、陷人坑土地一腳鬼、溫柔鄉土地殺火鬼，俱遞了降書降表，望風降附。只有大排場土地自話鬼，不肯投降，與鬼谷先生徒弟摸壁鬼兄弟，算計迎敵，擺端正一個迷魂陣，準備擒兵捉將。等到青胖大頭鬼兵到，摸壁鬼自信兇51，只道使的短鎗神出鬼沒，便目中無人。騎一匹移花馬，使起短鎗，衝出陣來，迎著青胖大頭鬼，搭上手就殺。戰到十數合，漸漸抵敵不住。摸索鬼看見大阿哥鎗法亂了，便使起七纏八丫叉殺來夾攻。戰不多幾合，摸索鬼

---

48 拜本：向朝廷遞上奏摺。

49 抄上手：從這一邊包抄過去。下面「抄下手」，指從那一邊進行包抄。

50 去處：地方。

51 自信兇：自以為兇猛無比。

手腳遲鈍，早被青胖大頭鬼一榔槌拍昏了頭爿骨，一個連趾觔斗跌下馬去。摸壁鬼嚇得魂膽俱消，拍馬落荒而走，望陰陽界去了。青胖大頭鬼也不來追趕，引兵殺入陣中。自話鬼料無生路，只得拔根卵毛弔殺在大樹上，變了一個弔殺鬼。

青胖大頭鬼得了大排場[52]，便望陰陽界進發。恰遇黑漆大頭鬼也引兵到來，在三岔路口撞著，合兵一處，望陰陽界殺來。

正是：將軍不下馬，急急奔前程。不知陰陽界可曾攻破，且聽下回分解。

纏夾二先生曰：餓殺鬼聽了劉打鬼有情無理一派鬼畫策，就不顧是非曲直，冒冒失失去幹。誰知撞了黑漆大頭鬼，不惟自己弄得全家消滅，還帶累無數文武官員、軍民人等，盡都家破人亡，豈非利令智昏乎？白蠓鬼不能做此官，行此禮，只知清風高調，對牛彈琴，及至兵臨城下，將至濠邊，非但一籌莫展，反聽了老婆舌頭，只顧自己，不顧別人，逃走得無影無蹤，致令形容鬼投河落水。這般鬼頭鬼腦[53]，抗只星心使惑突[54]，真難相與也。

---

[52] 得了大排場：得了大勝。

[53] 鬼頭鬼腦：鬼界的大小官員。

[54] 抗只星心使惑突：故意裝糊塗。抗，藏。惑突，糊塗的音轉。

第十回　閻羅王君臣際會　活死人夫婦團圓

詞曰：

女扮男妝逃性命，何期闖入餐人境。剎衣亭上見雌雄，夫婦巧相逢。　從軍掛印征強寇，一鼓而擒皆授首。功成名遂盡封官，從此大團圓。

右調慶功成

話說兩個大頭鬼，攻破鬼門關，降了許多地面，引兵殺到陰陽界來。那守界的兩個將官：一個叫做倒塔鬼，騎一隻豁鼻頭牛，使一把花斧頭，有萬夫不當之勇；一個叫做偷飯鬼，使一個飯榔槌，騎一匹養瘦馬❶，足智多謀。自從摸壁鬼逃入界來，已曉得兵馬將近，連夜端正壓火磚，將要道所在，教鬼兵打好界墻，只空一個鬼門出入。

那倒塔鬼一團筋骨，技痒難熬，摩拳擦掌的專等兵馬到來，思量殺得他馬仰人翻，片甲不回。偷飯鬼道：「凡事小心為主。我們只宜守住老營，且奏聞閻羅天子，請發救兵到來，然後出戰不遲。」倒塔鬼爆跳如雷，道：「你只長他人志氣，滅自己威風。不過兩個養髮強盜，又不是三頭六臂七手八腳的天

❶ 養瘦馬：妓院買女孩養大為娼。此指馬。

神天將，就這等怕如折捩❷！豈不聞膽大有將軍做？若如此膽門小，怎做得將軍？」

話聲未絕，只聽得「撲通」的一個了❸銅銃，破鑼破鼓一齊響起來，那大頭鬼兵馬已到。倒塔鬼便騎上豁鼻頭牛，拿著花斧頭殺出界來。黑漆大頭鬼上前接住便殺。戰了幾十回合，倒塔鬼使盡了三十六板斧❹還敵不住，巴望偷飯鬼來助一臂之力，只聽得已在那裡打收兵鑼，曉得後手兵弗應，心裡慌張，被黑漆大頭鬼一折屋榔槌，把頭都打扁了，便趁勢殺過界來。偷飯鬼已將鬼門釘住，牢不可破，只得就在墻外安營。偷飯鬼便差賫奏鬼連夜上酆都求救。

閻王聞奏大驚，忙與眾官計議。甘蔗丞相道：「聞得兩個大頭鬼兇不可當。倒塔鬼尚然被殺，朝中將官料無敵手。若免強❺差他們前去，終歸一敗塗地。不如出道招賢旨意，倘有奇才異能之士應募前來，庶可一戰成功。」識寶太師道：「救兵如救火。若專靠召募，未免遠水救不得近火。還當先差一將前去，與偷飯鬼并膽同心，守住老營，一面出榜召募，方可萬無一失。」閻王依奏。便差無常鬼領兵前去，隨即出了王榜，各處張掛，「如有降殺好漢前來應募者，俱到酆都城外點鬼壇取齊。」命甘蔗丞相專司其事。不題。

且說那臭鬼，自從活死人起身之後，也便收拾些出門弗認貨，各處去做那露天生意。忽聞得大頭鬼

---

❷ 怕如折捩：非常畏懼。捩音ㄌㄧㄝˋ。拗折。折捩，折斷。
❸ 了：相當於「屌」，含輕蔑的意思。
❹ 使盡了三十六板斧：使出渾身本領。
❺ 免強：即「勉強」。

據了枉死城謀反，已將鬼門關攻破，恐怕妻孥老小舉家驚惶，急急趕回家中。正值青胖大頭鬼爭田奪地之時，各處村坊百姓，盡都扶老攜幼，棄家逃命，路上絡繹不絕。臭鬼見了這般形勢，便教妻女也收拾出門逃難。臭花娘自道標緻，恐怕路上惹禍招非，便把臭鬼的替換衣裳穿著起來，扮了男子，宛然一個撒屁後生。大家出門，不知天東地西，隨了許多難民一路行去。正撞著青胖大頭鬼大隊人馬過來，把他一家門衝得東飄西散。

臭花娘不見了親爺娘活老子，只得跟了驀生鬼走路。無如走得甚慢，眾鬼那裡來顧他，你東我西，各自去了。幸虧身邊藏有活死人送的辟穀丸，倒也不愁飢餓，只得揀著活路頭上緩緩而行。碰霜露雪行了幾日，來到一個山腳根頭，見有一棵千年不長黃楊樹，樹底下滾一個蠻大的磨光石卵子❻。他看得大樹底下好遮陰，便坐下少憩，不覺靠在樹上困著了。

誰知這個山，名為撮合山。山裡有個女怪，叫做羅剎女，住在灣山角絡❼一間剝衣亭裡，專好吃男子的骨髓。時常在山前山後四處八路巡視，遇有男子走過，便將隨身一件寶貝，名為熄火罐頭，拋來罩住。憑你銅頭鐵額的硬漢，都弄得腰癱背折，垂頭喪氣，不能動彈，由他捉回亭中，把根千丈麻繩打個死結縛住了，厭煩時便來呼❽他的骨髓吃。呼乾了，將人渣丟落，再去尋一個。不知被他害了多少男子。

那日走到山腳下，看見一個俊俏書生，坐在樹陰底下打磕睡，喜之不勝，走上前來，不費吹灰之力，

❻ 石卵子：鵝卵石。

❼ 灣山角絡：偏僻地方。角絡，即「角落」。

❽ 呼：吮吸。

抱了就走。臭花娘驚醒，開眼看時，見是一個粗眉大眼，雙肩抱力❾的拖牙鬚堂客，打扮得妖妖嬈嬈的，抱著他飛跑。須臾，來至一間亭子裡，放在牙牀上，便來呼他的骨髓吃。見是個女子，不覺大怒，拿起一把軟尖刀來，架在他頸骨上，罵道：「你是那裡來的窮鬼？連卵都窮落了，還要衣冠濟楚的裝著體面來戲弄老娘！是何道理？」臭花娘只得哀求苦惱❿告訴他：「實係為著逃難，所以女扮男妝，並非有心來戲弄奶奶。」羅剎女見稱他奶奶，不覺歡喜，道：「你既這等知文達禮，曉得敬重我，若肯住在這裡，與我做個好淘伴⓫，便饒你性命。」臭花娘明知不是伴，事急且相隨，只得應承了。羅剎女方拿開刀，放他起來。臭花娘見他喜歡鬼奉承的，就只管「奶奶長、奶奶短」的趨奉他。羅剎女愈加快活，便教會他使軟尖刀，并許多拿人法則，臭花娘也心領神會。

住了幾日，那羅剎女又出去捉一個男子回來。臭花娘看見，吃了一驚，原來正是活死人。

卻說活死人在冒失鬼家住了幾時，聽得大頭鬼反了，心中掉弗落臭花娘，便辭別冒失鬼，起身望溫柔鄉來。到得臭鬼家裡，但見墻坍壁倒，鬼腳指頭不見一個。近地裡又弄得斷絕人烟，無處訪問。心裡著急，只得瞎天盲地各處去追尋。偶在撮合山邊經過，恰被羅剎女下山撞見，便拿出熄火罐頭罩來，一聲響，把他連頭搭腦罩住。幸虧他曾吃過仙丹，有些熬鍊，但覺得渾身麻木，不致就倒。羅剎女見弄他不翻，忙解下臭腳帶來，把他紮手縛腳，周身綳⓬住，抱回亭中，將他骨髓慢慢的呼來吃。臭花娘看在

❾ 雙肩抱力：雙臂的力氣很大。

❿ 哀求苦惱：苦苦哀求。

⓫ 淘伴：伙伴。

旁邊，真是眼飽肚中飢，敢怒而不敢言。羅剎女吃了一個暢快，方向活死人頭上取下熄火罐頭來。卻因抱著活死人上高下塹跑了一回路，也覺有些吃力，便橫在牀上困著了，那罐頭也丟在牀邊，未曾收拾。臭花娘看這罐頭時，宛似個小和尚帽模樣，便輕輕偷來，坑在身邊，方拿起軟尖刀來，把活死人身上臭腳帶一刀割斷。活死人便手腳活動，忙向臭花娘手裡接過刀來，就有刀殺得人，望著羅剎女頸骨上斬去。不料誤斬了面孔，斬得火星直迸。原來那羅剎女錬就的一副老面皮，真是三刀斫弗入，四刀白坎坎的一些不動。羅剎女夢中驚醒，跳起身來。活死人乘勢望他心口裡一刀戳去，早已白刀進了紅刀出，挖去一塊心頭肉，連搭子血⑬都摳了出來，死在牀上。便放下刀，向臭花娘稱謝。

臭花娘見他不認得了，便將自己來蹤去跡告訴他。活死人方知是臭花娘假扮的，大喜道：「真是踏破鐵鞋無覓處，得來全不費工夫。」也將別後事情，粗枝大葉說與他聽了。臭花娘喜之不勝。活死人道：「這裡不是安身之所。目今各處只有黑甜鄉裡最為太平，不如同到那裡去住幾時，再作道理。」臭花娘聽說，便要向羅剎女身上剝死人衣裳下來，改換妝束。活死人止住道：「這裡到黑甜鄉，還有許多腳邊路。若男女同行，反要被人盤詰，擔擱工夫，不如依舊男妝，只說是弟兄陶裡⑭，那裡便有人來扳樁相腳⑮？」花娘欣然樂從。活死人便攙著他，走到山下，望黑甜鄉一路行來。

⑫ 嬲：音ㄋㄧㄠˇ。纏繞。

⑬ 搭子血：心窩裡的血。

⑭ 弟兄陶裡：弟兄之間的關係。

⑮ 扳樁相腳：扳轉身體並觀看雙腳，意思為尋根究底。

將近冒失鬼家裡，正撞著冒失鬼騎隻無籠頭馬，拿著大木關刀，後面地裡鬼也騎著兩頭馬，拿把殺手鐧，自騎馬自喝道的在大官路⑯上跑來。見了活死人，忙下馬相見了。冒失鬼道：「你如何到今日之下纔來？我們望你，連頸柱骨都望長了。」指著臭花娘道：「此位又是何人？」活死人道：「這是我同胞兄弟，叫做雌雄人。你們要望我來做甚麼？這般行徑，卻到那裡去？」地裡鬼便道：「你難道不聽聞，目今閻羅王出榜招賢？我們思量去投軍，幹功立業，等你不見來，只得想先去了。如今你來得正好，便可一同去罷。」

活死人道：「同去固好，只是你們騎著馬，教我兩個那裡跟得上？若教你們放著馬步行，又覺弗講情理。」地裡鬼道：「這也容易。近地裡有個馬鬼，一向在七國裡販牛，近來又在八國裡販馬，前日販了一群鬼馬，回來發賣。就是我們騎的馬，也是問他買的。只消再去買兩匹就是了。」活死人笑道：「有的不知無的苦，教我們窮人窮馬那裡買得起？」地裡鬼一頭笑，指著冒失鬼道：「有空心大老官在此，他慣買馬別人騎，就是我騎的馬，也是他買的。索性一客弗煩兩主，等他做個出錢施主何如？」冒失鬼也道：「你只去揀中意，待我出錢便了。」遂大家一同來到馬鬼家裡，問他要馬看。

馬鬼道：「可惜你們來遲腳短，馬已賣完了。」地裡鬼見門檻底下露出馬腳來，便道：「這門裡的不是馬蹄？怎說賣完？」馬鬼道：「這是兩隻揀落盡殘的驢子，怎說是馬？」活死人道：「老話頭：無馬狗牽犁。狗尚可當馬用，驢子倒怕不如著狗？譬如⑰步行，就是驢子便了。我們會騎隻驢子喊馬來的。

⑯ 官路：官方脩築的道路。

⑰ 譬如：姑且當作。

且到前路看，倘有五馬換六驢的人來，賣隻驢買馬騎，也來得及。」馬鬼便牽出兩隻驢子來：一隻是木驢⑱，一隻是別腳⑲驢子。地裡鬼故意千嫌百比，馬鬼便不敢爭多論寡，就爛狗屎價錢買成了。活死人讓臭花娘騎了木驢，自己騎了別腳驢子，冒失鬼、地裡鬼都上了馬，騎出大路，馬不停蹄，望酆都城來。

那消幾日工夫，到了城外，轉到點鬼壇前，見有個鐵將軍把門，便上前報了名。將軍見說是鬼谷先生徒弟，又見他們人材出眾，不敢怠慢，忙報知甘蔗丞相。丞相便傳他們進見，講論些兵法武藝，盡皆問一答十，應對如流，喜出望外。就領他們進城，來到朝門外伺候。自己入朝，奏知閻王。閻王傳旨，宣入四鬼，來至森羅殿上，一雙空手見閻王。

閻王見冒失鬼魁梧奇偉，活死人、雌雄人美秀而文，地裡鬼精奇古怪，諒必有些本事。正欲與他們計議戰守之策，忽見朝門外傳進無常鬼奏章來，說：「兩個大頭鬼見臣釘住鬼門關⑳固守不戰，便教賊兵爬牆摸壁，在界牆上對壁撞，掘壁洞，拆壁腳，千十六樣鏨鑿，弄得牆坍壁倒，危在旦夕。請速發救兵，庶保無虞！」閻王見奏，怒道：「那大頭鬼有都㉑大本領，卻敢如此猖獗！」活死人見閻王發怒，便奏道：「臣雖不才，願領陰兵前去。誓必將那大頭鬼生擒活捉回來，憑殿下把他斬頭瀝血，摳心挖膽的治罪，方見手段。」閻王大喜，道：「卿若果能成功，寡人自有重賞。」便即點起陰兵，教活死人掛

---

⑱ 木驢：罵遲鈍、不靈活的人為「木驢」。

⑲ 別腳：不好。也作「蹩腳」。

⑳ 鬼門關：據前文當作「陰陽界」。

㉑ 都：當作「多」。

了騎縫印做大元帥，冒失鬼為開路先鋒，地裡鬼、雌雄人為參謀，引兵前去救應。四鬼謝恩受職。活死人又奏討軍器馬匹，閻王便差護身將領他到武庫中去，任憑揀選。

活死人來到庫中，見十八般武藝一應俱全。千中揀一，只有一枝戳空鎗，趁手好使，便拿了回到殿上。只見堦前一個拽馬鬼，牽隻異獸，生得身高六尺，有頭無尾，周身毛羽，像是扁毛眾生㉒，卻又四腳著實。閻王指示活死人道：「這是獨人國進貢來的，名為衣冠禽獸，捋順了毛，倒也馴良。今賜卿做個坐騎，壯壯威風。」活死人謝恩領受，陛辭起身，扯足順風旗，鴉飛鵲亂，望陰陽界進發。

將近界上，忽望見前路烟塵抖亂，手銃齊響，曉得界上交戰，忙催兵向前救應。正見兩個大頭鬼，把無常鬼、偷飯鬼、摸壁鬼追得八隻腳跑弗及。冒失鬼便舉起大木關刀，拍馬上前，敵住青胖大頭鬼；活死人挺著戳空鎗，來戰黑漆大頭鬼；地裡鬼也舞起殺手鐧，上前助戰。對陣迷露裡鬼、輕骨頭鬼一齊殺來。無常鬼、偷飯鬼、摸壁鬼也都掇轉馬頭來，大家混戰。

且說活死人與黑漆大頭鬼兩個，正是棋逢敵手，一個半斤，一個八兩。戰夠多時，被活死人捉個破綻，一鎗戳去，把紙糊頭老虎戳穿。那老虎痛極，薄屎直射，一個虎跳，把黑漆大頭鬼掀下背來。活死人乘勢對肚皮一鎗，把他那條爛肚腸也帶在鎗頭上抽了出來，變做個空心鬼，死在地下。

再說那冒失鬼與青胖大頭鬼戰了數十合，抵當不住，回馬便走，青胖大頭鬼縱虎越來。雌雄人看見，忙取出熄火罐頭來，望準青胖大頭鬼拋去，一聲響，將他罩住，把個青筋飽綻的大頭，弄得軟癱熱化，眼淚撒撒落，不能動彈。冒失鬼縮身轉來，將根臭皮條把他連皮搭骨捆定，活捉住了。迷露裡鬼也被地

㉒ 扁毛眾生：禽鳥。眾生，畜生。

裡鬼一殺手鐧打得頭八丫爿㉓。只有輕骨頭鬼骨頭無得三兩重，手輕腳健的跑得快，被他溜個眼弗見，逃回枉死城去了。那些無名小卒，盡都解甲投降。

活死人收兵來至界上，便差地裡鬼、無常鬼、摸壁鬼分頭去平服各路地面，自與雌雄人、冒失鬼、偷飯鬼過了鬼門關，望枉死城來。

且說輕骨頭鬼雖然逃得小性命，那把兩面三刀又被殺人場上偷刀賊偷了去，赤手空拳來到枉死城中，欲與推船頭鬼算計，走清江所路㉔。那些無名頭百姓，聞得大頭鬼已死，便將他兩個捉住。等到活死人兵到，便香花燈燭迎接入城，解上二鬼。活死人便教冒失鬼押去斬首示眾。冒失鬼押到十字街底裡，舉起大木闢刀，猶如砍瓜切菜，一刀一個，都已頭弗拉㉕頸上，結成碗大的疤，變做兩個無頭鬼。

活死人安民已畢，恰好地裡鬼等也平定了各處，俱到枉死城來會。活死人便教無常鬼權署城隍事，自己領了眾鬼，奏凱還朝。恐怕青胖大頭鬼路上發強，出空一個石灰叉袋㉖，把他袋入裡面，捆在馬背上。青胖大頭鬼落了叉袋，在內爬攋㉗弗穿，又被石灰撒瞎了眼睛，好不氣悶。

活死人回到酆都城，將兵馬屯住，自與眾鬼入朝獻俘。閻王大喜，慰勞了一番，便教將青胖大頭鬼

㉓ 頭八丫爿：腦袋粉碎。

㉔ 走清江所路：溜走；逃跑。

㉕ 弗拉：不在。

㉖ 石灰叉袋：帶叉口、用來裝石灰的麻袋。

㉗ 爬攋：用力撕。攋音ㄌㄞˋ。毀裂。

押赴市曹，剝皮蹬卵子㉘，拆了骨頭。就在森羅殿上排下太平筵宴，君臣同樂，盡歡而散。

次日，又宣眾鬼入朝，論功行賞。便封活死人為蓬頭大將，地裡鬼為狗頭軍師，同輔朝政；冒失鬼為揨㉙盆將軍，鎮守鬼門關；偷飯鬼為盡盤將軍，摸壁鬼為冬瓜將軍，同守陰陽界；雌雄人為塞殺將，護守酆都城各陰門；無常鬼實授枉死城城隍；陰兵犒賞酒肉白米飯，散歸營伍。

眾鬼都謝恩領職，只有雌雄人紅著鬼臉不謝。閻王問道：「汝獨不謝恩，莫非嫌官小麼？」活死人忙上前代他奏道：「他實非男子，原是臣之聘妻，叫做臭花娘。」便將他女扮男妝，移名換姓及擒兵捉將前後事蹟，一一奏聞。閻王便改封為女將軍，教宮娥領他入宮，改換裝束。

宮娥引了臭花娘來至宮中，朝見王妃，奏知其事。王妃便將出㉚長裙短襖、鳳冠霞帔與他替換；又教宮娥替他梳頭攢髻，插花戴朵，搽粉點胭脂，改了女妝；又賞了一副豎頭鋪蓋，一座虛花鏡架，一個箍舊馬桶。

臭花娘謝了王妃，回到殿上。閻王已教活死人戴了摜紗帽㉛，穿了掛出朝衣，就在森羅殿上朝了閻王四雙八拜，做了親。欽賜一個起家宅基，與他居住。

夫妻謝了恩，來到新宅基裡看時，但見簷頭高三尺，許多門窗戶闥，盡皆朱紅慘綠；一應家伙什物，

㉘ 蹬卵子：加施宮刑。

㉙ 揨：音ㄏㄥ。打。

㉚ 將出：取出。

㉛ 摜紗帽：撒手不幹。此指仕冠。摜，扔。

也都千端百正。滿心歡喜，就安居樂業的住在裡頭，生兒哺種。後來養了兩個送終兒子，叫做活龍、活現，俱做螞蟻大官。夫妻兩個，直到頭白老死。此是後話，不題。

正是：吃得苦中苦，方為人上人。要知大槩結局，且俟後來續編。

詩曰：

文章自古無憑據，花樣重新做出來。
拾得籃中就是菜，得開懷處且開懷。

纏夾二先生曰：臭花娘女扮男妝，出門逃難，只道凡人[32]弗識，偏遇著羅剎女，被他扳椿相[33]，顯了原形。活死人為了臭花娘，心忙膽碎，東奔西走，不料狹路相逢，也遭他臭腳帶綁住，不免弄得束手待斃。幸虧天無絕人之路，恰得臭花娘一刀割斷，便撒手放腳，可以借刀殺人。羅剎女雖有三刀斫弗入的老面皮，也不免白刀進了紅刀出矣。從此夫婦雙雙，無掛無牽，遠走高飛。而又適逢世亂荒荒，得以登壇拜將，建功立業，夫妻偕老，青史留名。若不是一番寒徹骨，那裡有梅花撲鼻香哉？

---

[32] 凡人：人人。

[33] 扳椿相：「扳椿相腳」之略，猶上下打量。

跋

何典一書，上邑張南莊先生作也。先生為姑丈春蕃式尹之尊人，外兄小蕃學博之祖。當乾嘉時，邑中有十布衣，皆高才不遇者，而先生為之冠。先生書法歐陽❶，詩宗范、陸❷，尤劬書，歲入千金，盡以購善本，藏書甲於時。著作等身，而身後不名一錢，無力付手民❸。憶余齠齡時，猶見先生編年詩稿，蠅頭細書，共十餘冊。而咸豐初，紅巾据邑城，盡付一炬，獨是書幸存。夫是書特先生游戲筆墨耳，烏足以見先生？然并是書不傳，則吉光片羽，無復留者，後人又何自見先生？爰商於縷馨僊史，代為印行，庶後人藉是書見先生，而悲先生以是書傳之非幸也。光緒戊寅❹端午前一日，海上餐霞客跋。

❶ 歐陽：歐陽詢，唐代書法家。
❷ 范陸：范成大、陸游。
❸ 手民：雕版工人。
❹ 戊寅：光緒四年（一八七八）。

附錄

重印何典序

吳老丈屢次三番的說，他做文章，乃是在小書攤上看見了一部小書得了個訣。這小書名叫豈有此理；它開場兩句，便是「放屁放屁，真正豈有此理！」

疑古玄同耳朵裡聽著了這話，就連忙買部豈有此理來看，不對，開場並沒有那兩句；再買部更豈有此理來看，更不對，更沒有那兩句。這疑古老爹不但是個「街楦頭」（是他令兄「紅履公」送他的雅號），而且是一到書攤子旁邊，就要攤下鋪蓋來安身立命，生男育女，生子抱孫的。以他這種資格，當然有發現吳老丈所說的那部書的可能，無如一年又一年，直過了五六七八年，還仍是半夜裡點了牛皮燈籠瞎摸，半點頭腦摸不著。於是疑古老爹乃廢然浩嘆曰：「此吳老丈造謠言也！」

夫吳老丈豈造謠言也哉？不過是記錯了個書名，而其書又不甚習見耳。

我得此書，乃在今年逛廠甸時。買的時候，只當它是一部隨便的小書，並沒有細看內容。拿到家中，我兄弟就接了過去，隨便翻開一回看看；看不三分鐘，就格格格格的笑個不止。我問為什麼。他說：「這書做得好極，一味七支八搭，使用尖刁促掐的挖空心思，頗有吳老丈風味。」我說：「真的麼？」搶過來一看，而開場詞中「放屁放屁，真正豈有此理」兩句赫然在目！

於是我等乃歡天喜地而言曰：吳老丈的老師被我們抓到了。

於是我乃悉心靜氣，將此書一氣讀完。讀完了將它筆墨與吳文筆墨相比，真是一絲不差，驢頭恰對馬嘴。

一層是此書中善用俚言土語，甚至極土極村的字眼，也全不避忌；在看的人卻並不覺得它蠢俗討厭，反覺得別有風趣。在吳文中，也恰恰是如此。

二層是此書中所寫三家村風物，乃是今日以前無論什麼小說書都比不上的。在吳文中碰到寫三家村風物時，或將別種事物強拉硬扯化作三家村事物觀時，也總特別的精神飽滿，興會淋漓。

三層是此書能將兩個或多個色彩絕不相同的詞句，緊接在一起，開滑稽文中從來未有的新鮮局面。（例如第四回中，六事鬼勸雌鬼嫁劉打鬼，上句說「肉面對肉面的睡在一處」，是句極土的句子，下句接「也覺風光搖曳，比眾不同」，乃是句極飄逸的句子）這種作品，不是絕頂聰明的人是弄不來的。吳老丈卻能深得此中三昧；看他不費吹灰之力，只輕輕的一搭湊，便又搗了一個大鬼。

四層是此書把世間一切事事物物，全都看得米小米小；憑你是天皇老子烏龜虱，作者只一例的看做了什麼都不值的鬼東西。這樣的態度，是吳老丈直到「此刻現在」還奉行不悖的。

綜觀全書，無一句不是荒荒唐唐亂說鬼，卻又無一句不是痛痛切切說人情世故。這種做品，可以比做圖畫中的Caricature：它儘管是把某一個人的眼耳鼻舌，四肢百體的分寸比例全都變換了，將人形變做了鬼形，看的人仍可以一望而知：這是誰，這是某，斷斷不會弄錯。

我們既知道Caricature在圖畫中所占的地位，也就不難知道這部書及吳老丈的文章在文學上所占的地位。

但此書雖然是吳老丈的老師，吳老丈卻是個「青出於藍」，「強耶娘，勝祖宗」的大門生；因為說到學問見識，此書作者張南莊先生是萬萬比不上吳老丈的。但這是時代關係。我們那裡能將我們的祖老太太從棺材裡挖出來，請她穿上高低皮鞋去跳舞，被人一聲聲的喚作「密司」呢！

我今將此書標點重印，並將書中所用俚語標出（用○號），又略加校注（用◎號），以便讀者。事畢，將我意略略寫出。如其寫得不對，讀者不妨痛罵：「放屁放屁，真正豈有此理！」

劉復，一九二六，三，二，北京。

題記

何典的出世，至少也該有四十七年了，有光緒五年的申報館書目續集可證。我知道那名目，卻只在前兩三年，向來也曾訪求，但到底得不到。現在半農加以校點，先示我印成的樣本，這實在使我很喜歡。只是必須寫一點序，卻正如阿Q之畫圓圈，我的手不免有些發抖。我是最不擅長於此道的，雖然老朋友的事，也還是不會捧場，寫出洋洋大文，俾於書，於店，於人，有什麼涓埃之助。

我看了樣本，以為校勘有時稍迂，空格令人氣悶，半農的士大夫氣似乎還太多。至於書呢？那是：談鬼物正像人間，用新典一如古典。三家村的達人穿了赤膊大衫向大成至聖先師拱手，甚而至於翻筋斗，嚇得「子曰店」的老板昏厥過去；但到站直之後，究竟都還是長衫朋友。不過這一個筋斗，在那時，敢於翻的人的魄力，可總要算是極大的了。

成語和死古典又不同，多是現世相的神髓，隨手拈掇，自然使文字分外精神；又即從成語中，另外抽出思緒：既然從世相的種子出，開的也一定是世相的花。於是作者便在死的鬼畫符和鬼打牆中，展示了活的人間相，或者也可以說是將活的人間相，都看作了死的鬼畫符和鬼打牆。便是信口開河的地方，也常能令人仿佛有會於心，禁不住不很為難的苦笑。

夠了。並非博士般腳色，何敢開頭？難違舊友的面情，又該動手。應酬不免，圓滑有方；只作短文，庶無大過云爾。

中華民國十五年五月二十五日，魯迅謹撰。

為半農題記何典後，作

魯迅

還是兩三年前，偶然在光緒五年（一八七九）印的申報館書目續集上看見何典題要，這樣說：

何典十回。是書為過路人編定，纏夾二先生評，而太平客人為之序。書中引用諸人，有曰活鬼者，有曰窮鬼者，有曰活死人者，有曰臭花娘者，有曰畔房小姐者：閱之已堪噴飯。況閱其所記，無一非三家村俗語；無中生有，忙裡偷閑。其言，則鬼話也；其人，則鬼名也；其事，則開鬼心，扮鬼臉，釣鬼火，做鬼戲，搭鬼棚也。語曰，「出於何典」？而今而後，有人以俗語為文者，曰「出於何典」而已矣。

疑其頗別致，於是留心訪求，但不得：常維鈞多識舊書肆中人，因托他搜尋，仍不得。今年半農告我已在廠甸廟市中無意得之，且將校點付印；聽了甚喜。此後半農便將校樣陸續寄來，並且說希望我做一篇短序，他知道我至多也只能做短序的。然而我還很躊躇，我總覺得沒有這種本領。我以為許多事是做的人必須有這一門特長的，這才做得好。譬如，標點只能讓汪原放，做序只能推胡適之，出版只能由亞東圖書館；劉半農，李小峰，我，皆非其選也。然而我卻決定要寫幾句。為什麼呢？只因為我終於決定要寫幾句了。

還未開手，而躬逢戰爭，在炮聲和流言當中，很不寧帖，沒有執筆的心思。夾著是得知又有文士之徒在什麼報上罵半農了，說何典廣告怎樣不高尚，不料大學教授而竟墮落至於斯。這頗使我淒然，因為由此記起了別的事，而且也以為「不料大學教授而竟墮落至於斯」。從此一見何典，便感到苦痛，再也說不出一句話。

是的，大學教授要墮落下去。無論高的或矮的，白的或黑的，或灰的。不過有些是別人謂之墮落，而我謂之困苦。我所謂困苦之一端，便是失了身分。我曾經做過「論『他媽的！』」早有青年道德家烏煙瘴氣地浩嘆過了，還講身分麼？但是也還有些講身分。我雖然「深惡而痛絕之」於那些戴著面具的紳士，卻究竟不是「學匪」世家；見了所謂「正人君子」固然決定搖頭，但和歪人奴子相處恐怕也未必融洽。用了無差別的眼光看，大學教授做一個滑稽的，或者甚而至於誇張的廣告何足為奇？就是做一個滿嘴「他媽的」的廣告也何足為奇？然而呀，這裡用得著然而了，我是究竟生在十九世紀的，又做過幾年官，和所謂「孤桐先生」同部，官——上等人——氣騾不易退，所以有時也覺得教授最相宜的也還是上講臺。又要然而了，然而必須有夠活的薪水，兼差倒可以。這主張在教育界大概現在已經有一致贊成之望，去年在什麼公理會上一致攻擊兼差的公理維持家，今年也頗有一聲不響地去兼差的了，不過「大報」上決不會登出來，自己自然更未必做廣告。

半農到德法研究了音韻好幾年，我雖然不懂他所做的法文書，只知道裡面很夾些中國字和高高低低的曲線，但總而言之，書籍具在，勢必有人懂得。所以他的正業，我以為也還是將這些曲線教給學自己印了書，卻發廣告說這書很無聊，請列位不必看的麼？說我的雜感無一讀之價值的廣告，那是西瀅（即陳源）做的。——順便在此給自己登一個廣告罷：陳源何以給我登這樣的反廣告的呢，只要一看我的華蓋集就明白。主顧諸公，看呀！快看呀！每本大洋六角，北新書局發行。

想起來已經有二十多年了，以革命為事的陶煥卿，窮得不堪，在上海自稱會稽先生，教人催眠術以糊口。有一天他問我，可有什麼藥能使人一嗅便睡去的呢？我明知道他怕施術不驗，求助於藥物了。其實呢，在大眾中試驗催眠，本來是不容易成功的。我又不知道他所尋求的妙藥，愛莫能助。兩三月後，報章上就有投書（也許是廣告）出現，說會稽先生不懂催眠術，以此欺人。清政府卻比這干鳥人靈敏得多，所以通緝他的時候，有一聯對句道：「著中國權力史，學日本催眠術。」

何典快要出版了，短序也已經迫近交卷的時候。夜雨瀟瀟地下著，提起筆，忽而又想到用麻繩做腰帶的困苦的陶煥卿，還夾雜些和何典不相干的思想。但序文已經迫近了交卷的時候，只得寫出來，而且還要印上去。我並非將半農比附「亂黨」，——現在的中華民國雖由革命造成，但許多中華民國國民，都仍以那時的革命者為亂黨，是明明白白的，——不過說，在此時，使我回憶從前，念及幾個朋友，並感到自己的依然無力而已。

但短序總算已經寫成，雖然不像東西，卻究竟結束了一件事。我還將此時的別的心情寫下，並且發表出去，也作為何典的廣告。

五月二十五日之夜，碰著東壁下，書。

序

何典快要再版，半農先生來信教我發表些關於方言考訂上的意見，我是很高興的；雖是我並沒有什麼高明的意見，而這幾天又病得三分像人，七分像鬼。

我說考訂方言之難，就難在這一個「方」字：大方裡有小方，小方裡又有小方，甚至河東的方言和河西的不同，這家的方言和那家的不同。譬如鄉鎮上的某家攀了城裡的親眷，於是城裡的語音語調，會傳染到某家來，而某家的語言在鄉鎮上另成了一支。

曾國藩說：「風俗之厚薄奚自乎？自乎一二人之心之所向而已。」這方言的形成，也大半仗一般少數的「方言作家」：他們有的是三家村的冬烘先生，有的是吃吃白相相的寫意朋友，有的是茶坊酒館裡的老主顧，有的是煙榻上的老老小小的煙鬼，以及戲臺上的丑角，書場裡的說書先生，……他們都會拆空心思，創造出無數的長言俗語：有譬喻，有謎語，有警句，有趣語，有歌謠，有歇後，（何典裡沒有這一類的語句，別的書上也少見，這種語法，在蘇滬一帶很占一個方言上的位置。如「括勒鬆□」歇為「脆」，諧音則為「臭」，臭讀如脆；「乒靈乓□」歇為「冷」，也是諧音；「結格羅□」歇為「多」……等，這種歇後很是有趣，很是盛行。）……形形色色，花樣很多，其中精到的，再得了相當的機會，就會傳之久遠。

有許多方言都有很有趣的來歷：譬如「吃馬屁者」叫做「喜戴高帽子」，它的來歷是：「嘗有門生二人，初放外任，同謁老師，老師謂：『今世直道不行，逢人送頂高帽子，斯可矣。』其一人曰：『老師之言不謬，今之世，不喜高帽如老師者有幾人哉！』老師大喜；既出，顧同謁者曰：『高帽已送去一頂矣！』」又如「羞恥」

叫做「鴨尿（讀如死）臭（讀如脆）」它的來歷是：「鴨性好潔，偶一遺尿，必赴水塘浴之，恐污其羽，又恐被人知也。故鴨一名羞恥。見諸宋汪龍錫目存錄，明丘嵒遺聞小識，王恪遜筆談諸書。」——胡德滬諺。照這樣看來，「三嬸嬸嫁人心弗定」一定也有一段典故，可惜已無從考據了。

方言的轉輾流傳大都是靠口耳的，所以極容易轉變，這種轉變的例真是舉不勝舉，張南莊時代的「肉面對肉面」現在會變成「親人對肉面」；「飛奔狼烟」現在已失傳，只存類似的「飛奔虎跳」；而上海的「三嬸嬸」已晉級，江陰的卻老不長進。

方言裡最重要的一部分是只有聲音寫不出字體的，即使寫出也全無意義的，在何典上有「驀」「投」「戴」「賬」「殼賬」「推扳」（按推扳應作「差」解。滬語中有「瞎子吃曲，推扳一線」句；說這人本事不差，可說做這人本事不推扳。）……等字。這類字若是有自作聰明的生客，費了九牛二虎之力來做訓詁，考證的功夫，其結果是要勞而無功的。所以當世盡有段玉裁、王念孫其人，若是他們要駕言出游，卻沒有得到土著的嚮導，那末他們難免迷失道路，或是白走了一遭，徒勞跋涉。

至於考訂古方言那更是難之尤難了！那些訓詁家，考據家，終身埋首在古書堆中，把心血灑成了自信並能取信於人的見解理論，一面自己在沾沾自喜，恐怕古人還在一面嗤笑他呢！但是，我要鄭重聲明一句：這段話我並不挖苦考古家，反對考古。

末了，我看考訂方言固然是一件難事，但是各方的人如能專管本方的事，先做一個深入的研究，倒是容易成功的。我很希望有志於此的，大家「一方燕子銜一方泥」，把自己的「大方」或「小方」裡的「言」，著手搜集，分析，綜合，考證，注釋起來，做成「□□方言考」，「□諺」……一類的書；或是就學半農先生的辦法，多著些「瓦釜集」出來，給貴方言出出風頭，教外方人嘗嘗異味。——

就讓這再版的何典鼓勵大家做這個工作罷。

一九二六，一〇，二七，林守莊序於畏煙樓病榻上

關於何典的再版

關於何典的再版，有幾句話應當說明：

㈠這回增刻的，有魯迅的一篇為半農題記何典後，作，有林守莊先生的一篇序。

㈡「空格令人氣悶」這一句話，現在已成過去。

㈢容納了許多讀者的指示，在注釋上及句讀上，都有相當的改正；我就順便在此地對於　賜教諸君表示極懇摯的謝意。

㈣半月前，我又在冷灘上買到了一部不完全的石印小書，其內容即是何典的下半部，但封面上寫的是繪圖第十一才子書，書中的標目，卻又是鬼話連篇錄。這都沒有關係，因為上海翻印小書的人，往往改換名目。可是原書中的

纏夾二先生評，　　過路人編定。

在這翻印本裡已改做了

上海張南莊先生編，　　茂苑陳得仁小舫評。

從這上面，我們不但可以決定張南莊是上海人而不是上虞人（因為有許多人這樣懷疑），而且連纏夾二先生的真姓名也知道了。不過這張、陳兩先生的身世，現在還無從考查。從前我在語絲上登了個啟事，希望能有人

替我在上海張氏家譜上查一查；現在我再在此處重申前請，希望愛讀何典而能見到上海張氏家譜的人，不吝賜教。

一九二六，一二，一一，劉復。

斬鬼傳

劉璋著
鄔國平校注
繆天華校閱

總目

引言

鄔國平

在我國古代民間，鍾馗捉鬼的故事流傳已久。沈括夢溪筆談載唐玄宗臥病夢見鍾馗啖鬼，醒後病癒，詔吳道子依自己夢見之狀繪下鍾馗畫像。以後鍾馗的故事越傳越廣，越傳越奇，鍾馗變成了民間信仰中的一位守護神，人們將他的繪像張貼於門上壁間，圖吉避邪。民間藝人和文人又不斷想像出許多揚善懲惡、離奇曲折的情節，加添於鍾馗與鬼的故事中，構成以鍾馗為主角、充滿正義精神和神幻景象的文學作品。斬鬼傳是此類小說中比較著名的一部。

古人有關鬼的觀念較為複雜，要而言之：㈠作為對人死後變為幽靈的一種想像性表述，「鬼」是一個中性詞。㈡將鬼看成存在於冥冥之中行施懲惡誅邪權力的一種力量，其義略近於「神」，是褒義詞。㈢若專指平素作奸行兇，死後被釘在恥辱柱上遭人唾棄的惡類，「鬼」便是貶義詞。斬鬼傳主要是在第二和第三種意義上使用其詞的，前者指鍾馗、含冤、負屈、閻王等，後者則指遭鍾馗等斬殺的對象，所不同的是，這些對象不是冥界幽靈，而是世間生靈，所以「鬼」在這一意義上又是一個形容詞。第一回開場詩曰：「世事澆漓奈若何，千般變態出心窩；止知陰府皆魂魄，不想人間鬼魅多！」同一回又借閻王之口說：「要斬妖邪，倒是陽間最多。」「大凡人鬼之分，只在方寸間。方寸正的，鬼可為神，方寸不正的，人即為鬼。」這種與常識不同的陰陽顛倒、人鬼錯位的構想，正反映了構想者對人世間邪惡的普遍性的看法以及憤世嫉俗的心緒。這應該是劉璋寫作斬鬼傳的一種基本認識和心理動因。

此外，劉璋寫這部小說的動機還基於以下的認識：他認為世上的善人可以導之以禮樂，極不善人可以懲之以刑法，唯有那些介乎善與極不善之間者（即第一回閻王所云「大都是習染成性之罪孽」），非禮樂所能規勸，施以刑法又似不當，所以引導他們進入善人之境，只有寄希望於風俗的感化和約束力量了。作者應當擔當起淳風俗，化心靈的責任，創作則應發揮「超度」人因惡而淪為「鬼」者重新邁入人類善界，恢復良知的作用。本著這樣的認識，他將自己創作斬鬼傳的宗旨宣告如次：

> 故作是傳者，亦具一付大慈悲心，行大慈悲事，蓋以繼王政之所不及，而欲學明王佛之使人知所畏而為善也。第存其心也，而不能操其權，故其事假之鍾馗，而其功歸于咸、富。（引者案：咸淵、富曲，協助鍾馗斬鬼的兩神。一本作含冤、負屈。）乃不知者，或疑予故以罵人，予敢以質諸天。（斬鬼傳序一）

由此可知，戒惡勸善，化世淳俗，是劉璋創作這部斬鬼傳的出發點，鍾馗則是小說中代表上述意念、願望和力量的一個文學形象。

然而事實上，小說藉「鬼」以暴露和譴責人間黑暗、醜惡，其實際的範圍比斬鬼傳書名之所限定更為廣泛。斬鬼傳之「鬼」主要指存在於普通平民群中有各種惡行劣跡者，而小說除此之外，還寫到迫使鍾馗、含冤、負屈由人變鬼的經歷，則主要是針對朝廷、仕途的，藉以抨擊官場的昏暗腐敗。對官場把持權勢的作惡人物，小說雖不以鬼名，實與惡鬼無異。表明斬鬼傳不僅僅是以淳俗為目的，它同時也是一部諷宦之作，這使它較之一般的勸民為善作品高出了一層境界。

下面就從諷宦和淳俗兩方面來談談斬鬼傳的思想藝術特徵。

小說的諷宦主題是通過敘述鍾馗、含冤、負屈各自求仕的不幸遭遇來實現的。其中對鍾馗是運用作者描敘語言，採取詳寫；對含冤、負屈則是運用人物自敘語言，採取略寫。借助於這種敘述視角的轉換和筆墨詳略的變化，構成一幅多側面而又具有機性、濃淡相間的畫面，來展示宦場的黑暗，傾訴志士才人坎坷磨難的悲憤情懷。鍾馗有才無貌，在進士考試中才壓群儒，力拔頭籌，但是在殿試時，因相貌寢陋而遭皇帝厭嫌，此時善於迎合皇帝心意的宰相趁機進獻讒言，致使鍾馗遭受排擠，含恨拔劍自刎，成為朝廷重貌輕才的犧牲品。含冤本是一介寒儒，一心惟求讀書上進，親戚朋友見他「窮得到底」，皆對他不理不睬，見到他唯恐避之不速。他只好漂泊異鄉，然而所到之處一樣沒有人間溫暖。後來好不容易得到考官賞識，卻又因為朝廷臣僚之間爭鬥，受其牽累而被權奸革退，功名又成畫餅。負屈是將門之子，武藝超群，但屢試武舉不第。後投軍出征，雖然奮不顧身救出被圍的主將，事後卻被誣告不聽調遣招致失利，奉旨遭斬。三人文武之才不同，具體遭際各異，但是皆有才難展，失意困頓，最終飲恨而亡，以極大的悲傾訴著極大的恨。小說在這些描寫中，揭發的雖是個別權奸佞臣的禍害，暴露的卻是封建官場任人唯親、戕害人才的沉痾痼疾。在社會環境的摧殘和壓抑之下，那些身懷文武才藝的志士仁人倍感身心痛苦。文人才士「滿腹文章，怎奈饑時難煮；填胸浩氣，只好苦處長吁」。壯士勇夫「身能扛鼎，怎奈無鼎可扛；志氣沖天，其如有天難沖」。諷宦和抒憤的內容在小說中是兩位一體，相輔相成的。鍾馗、含冤、負屈三人在世間黑暗的仕途不能展騁雄心，只能轉為鬼神來懲治人間的妖魔，失志者的心理看似得到了一定補償，其實，活著無所為，死後方能有所作，在這種荒誕的想像中蘊含著多少悲苦，多少同情，它對當時的科舉制度又構成一種多大的諷刺！

淳俗是小說基本的思想傾向，也是小說主要的內容構成。漢語有一種現象，就是用「鬼」字來概括或形容具有某種不良習性、脾氣、嗜好和欲望的人，例如「吝嗇鬼」、「懶鬼」、「色鬼」，分別指稱過度愛惜自己財物、好逸惡勞和垂涎異性的人。在這類喚稱詞中，還包括對被指對象的否定性判斷。斬鬼傳高度集中漢語的這類現象，並使其喚稱對象具備形象條件，實際上是以人類的性格弱點和以特定時代的價值標準為判斷依據的道德缺陷，作為人物的基本內涵，採用類別化手法塑造出來的反面角色。小說寫到閻羅王手上一本「鬼簿」，裏面記載著三四十個鬼名，集中反映了作者對應當進行清除的人性種種銹斑濁漬的認識，它們包括：弄虛作假、奸詐誆騙、自吹自擂、貪婪吝嗇、厚顏無恥、阿諛奉承、輕薄好色、暴戾兇惡等等。作者認為這些皆是世人心靈中的鬼魔，「斬鬼」實即端正人心、淳清風俗之謂。鍾馗舞動手中「青鋒」，最終將「妖邪」統統斬盡、降服，還世界清明安寧，復人心本真素樸，在這種鋤惡安良、正心淳俗的願望中著上了作者濃重的理想色彩。

小說中的每一類鬼都分別代表了人類的一種性格弱點或道德缺陷，這使作者筆下的群鬼形象帶有類別化和寫意化的特徵。「鬼」在小說中是符號，是喻體，它們顯示著世俗中的醜，人心中的惡，而鬼的剿除，則又昭兆醜惡的毀滅，美善的誕生。所以透過這部小說斬鬼鬥魔的情節和場面，讀者獲得的不僅是新奇感，還有對人類道德的省察和體悟。從這個意義上說，斬鬼傳是一部鬼神題材的寓言體小說。

作者善於發奇思妙想，「良心勝厚臉」一節便是書中生花之筆。涎臉鬼在無恥山寡廉洞中稱王稱霸，是一位厚顏無恥之徒，「惹得人人唾罵」，乃至唾沫積聚成了一條大河。涎臉鬼卻依然我行我素，行詐作惡，毫不介意眾人對他的厭憎。鍾馗與涎臉鬼大戰，任你朝他臉上「剁肉餡」似地亂砍，或是拿出百步穿楊的手段發箭勁射，終不能絲毫傷及他厚厚的臉皮。後來含冤想出一條妙計，仿製了一副厚臉，並在厚臉中裝上一副良心，用這副有良心的厚臉與涎臉鬼無良心的厚臉相交換，然後繼續搏殺。「不多一時，良心發動，看看將臉消得薄了。……再抹時，消得竟與紙一般相似，須臾現出一副良心，涎臉鬼不覺滿面羞慚」。終於敗在鍾馗手下，含羞自盡。這段描寫旨在說明，人之所以作惡是由於良心的喪失，戰勝惡者最好的方法便是恢復人們的良心，喚起其羞恥感，良心和羞恥感產生之時，即是罪惡消泯之日。作者用奇特的想像，荒誕的手法，寓言式的表達了自己對良心與罪惡此消彼長關係的看法，流露出對良心的崇拜。然而使作者感慨的是，良心在陽間卻「不中用」，致使有良心的人「氣憤不過」，也只好「將良心撒在街上」，這正是世上存在這麼多罪惡的緣由，它將作者憤世之情表達得淋漓盡致。

斬鬼傳常用對比、襯托、鋪墊的手法摹畫形象，或藉以顯出個體形象相互的差異，或用以豐富同類形象共有的涵蘊。第六、第七回將風流鬼和遭瘟鬼放在一起作對照描寫，風流鬼輕狂浮蕩，好色多欲，遭瘟鬼滿口道學，迂不入情，兩者各趨一端，互以為敵，其實都偏離於正常、健全的人性之外。小說以此映彼之放縱，以彼顯此之酸腐，對兩者各自所代表的人性偏頗均加以厚非。第四回中的齷齪鬼和仔細鬼則形成了一種相互襯托的關係。齷齪鬼腦袋裏整日想著如何圖謀人家的房屋，如何霸佔人家的田地，抱著不佔便宜就是吃虧的信條過日子，自己連家狗的一泡尿糞也不允撒到別人地裏去。仔細鬼稟性慳吝，守著許多財帛，日子卻過得極其寒酸，對別人更是吝嗇，掉落在桌上的幾顆芝麻被人撿去，也要心疼好一陣子。作者將他們巧妙地安排在一起，各自盤算怎樣佔對方便宜而又不使自己吃虧，結果演出了一幕幕令人發噱的滑稽劇，維妙維肖地刻畫出世上吝嗇鬼的心態。第五、第六回寫誆騙鬼伙同丟謊鬼一起騙走主人許多銀子，開店做起了生意，誰知他雇用的一個伙計摳掏鬼，比他更加貪婪：「賣得一錢，賬上只落五分，不及數個月，竟將五千兩本錢摳去一半。」誆騙鬼尋他算賬，反而被他用「鋼鉤」般的十指摳死。作者這樣來處理情節，主要是為了顯揚所謂「報應循環」的「天理」，同時在藝術上也起到了一種鋪墊和襯染的作用，以誆騙鬼的貪和惡來襯出摳掏鬼的更兇更貪更惡。第五回寫齷齪鬼、仔細鬼死後，他們的兒子一改家風，揮霍無度，「諸事俱要奢華」，「非嫖即賭」，把他們的父輩「苦扒苦掙」得來的產業「登時弄得罄盡」。作者此處構思的用意和所採用的藝術手法與上述對誆騙鬼和摳掏鬼的描寫有相仿佛的地方，不過改正襯為反襯，更見吝嗇和奢侈遠離世之常理。斬鬼傳各故事、形象之間存在的這些對比、襯托、鋪墊關係，密切了作品的內在結構，減少了這類小說容易導致的情節、人物孤立化的弊失，增強了閱讀的流暢性，開卷之後，也更容易勾起讀者在相互聯繫中對作品的內涵進行思考。

最後再說一點，鍾馗作為斬鬼英雄，作為正義的代表，在小說中受到高度讚美，但是，作者也寫他在征鬼過程中的挫折、失敗、無計可施，乃至受眾鬼捉弄，這與民間將鍾馗當作鎮壓鬼魔妖孽而無往不勝的守護神來崇拜有所不同。作者在肯定鍾馗神性的同時，更賦予了他幾許凡人的性分。凡人的性分自有其可愛的地方，這大概也是斬鬼傳別有諧趣的一個原因吧。

斬鬼傳考證

鄔國平

斬鬼傳的作者劉璋，山西太原人，以于堂、介符為字號，別署煙霞散人、樵雲山人，齋名「兼修堂」。此外他使用的別號還有華茵主人、煙霞逸士、西湖煙水道人。生於康熙六年（一六六七），三十五年（一六九六）中舉，雍正元年（一七二三）任深澤令。在任四年，因前令虧米穀罣累而辭官。乾隆初尚在世，享年七十餘歲。

據王植縣令劉于堂壽序和深澤尹二劉合傳載，劉璋在任深澤縣令時，能以仁愛之心體恤民間疾苦，頗有政績。由於連歲饑荒，深澤境內糧食嚴重匱乏，刑事案件與日俱增，所謂「視其圜圄累如，覘其倉儲磬懸」。等候劉璋去收拾的便是這樣一個爛攤子。劉璋「一下車，問民疾苦，振綱飭紀，虛懷若谷，庶政畢舉」。他首先將「一切鋪墊雜費為民累者」悉行廢除，不濫用民力，不施行苛政，對於前任作出的定案，凡錯者必據實糾正。還在民間推行調解員制度，「欲民不終訟，村置鄉平一人，遴老成謹厚者為之」，以化解各種民事糾紛，和安鄉俗。在他的治理下，深澤日趨安定，他也受到了深澤民眾的尊敬。

劉璋工書善畫，尤愛好創作小說。除斬鬼傳外，他寫的小說尚有鳳凰池、巧聯珠、飛花豔想等；幻中真、幻中遊是否為他所作，在疑似之間。斬鬼傳是他早年之作，與他後來的創作皆屬才子佳人小說在題材和風格方面都存在很大不同，表明他的小說創作興趣和追求前後有一個變化過程，而又以後一階段的創作為主(時間長,作品多)。這大約同康熙時期文人創作才子佳人小說蔚為風氣有關,吸引了作者將自己更多的精力參與到當時的創作熱點中去。

斬鬼傳撰成於康熙二十七年(一六八八),即劉璋二十二歲之前。可是終劉璋之一生,此部小說並未刊刻印行,只是以鈔本形式在少數文人中間流傳。至今發現並見存的重要鈔本有如下幾種:㈠作者手寫稿本。四卷十回,未題撰者。首有斬鬼傳序二則,書後附兩篇尾筆及兼修堂跋。㈡正心堂鈔本。署「煙霞散人著」,「正心堂抄」。有序,內容與手稿本異,序後落款為「戊辰秋月上旬七日甕山逸士題于兼修堂」。正文書寫避「玄」字而不避「曆」字,知「戊辰」為康熙二十七年(一六八八)。此為確定斬鬼傳最遲撰成的年代提供了可靠證據。「甕山逸士」係劉璋朋友,序稱「題于兼修堂(劉璋齋名)」,可見他與作者過從較為密切。㈢懷雅堂錄本。五卷十回,題「陽直介符劉先生手書」,「懷雅堂錄本」。首有序二篇,內容與手稿本同,唯第一篇序後署「康熙四十年歲次辛巳仲夏之吉煙霞散人題于清溪草堂」,為原序所無。有插圖及圖贊,並有「澹園居士評閱」字樣。全書有圈點、眉批、旁批。保留手稿本末所附尾筆之內容,此作「野史氏曰」。另外,書後多一篇跋,落款為「時乾隆十年歲次乙丑桂月上浣之吉同邑後學獻成氏謹跋」,加蓋署名章「侯執信印」。侯執信獻成氏與「澹園居士」或即一人。此為斬鬼傳較早的評本。此外,還有乾隆五十年二月董顯宗重鈔本。

斬鬼傳最早的刻本是乾隆年間莞爾堂刊行本。書名改稱說唐平鬼全傳第九才子書,序中則稱第九才子書斬鬼傳,署「陽直樵雲山人編次」。由於金聖嘆六才子書的廣為流傳,書商喜歡採用類似的書名作為促銷手段,莞爾堂刊刻斬鬼傳而改其書名,也是一種出於招徠讀者考慮的商業行為。書之首有一篇第九才子書斬鬼傳原序，落款為「時康熙庚子歲仲冬上浣上元黃越際飛氏書于京邸之大椿堂」。然而刻本中避「弘」、「曆」二字諱，清楚表明它刊刻於乾隆年間。該序題作「康熙庚子」（即康熙五十九年，一七二〇），明係不實。早期各鈔本均不見此序，「原序」云云也屬偽托。黃越字際飛，康熙四十八年進士，以善評制舉文著稱，卒於雍乾間。他與斬鬼傳並無關係。莞爾堂假托黃越作序，也是想起到一種廣告效應，與擅改書名同一用心。以後斬鬼傳有多種刻本，屬莞爾堂本的翻刻本。可見莞爾堂對斬鬼傳的刊刻流傳，擴大影響，作用甚大。

以上各本文字均有較多出入，這不僅表現在詞語之間的諸多不同，更反映在某些段落文字詳略、有無的相異。之所以會出現這種情況，與它早先長期以鈔本的形式流傳有關。其文字不同之處，有些為作者自己修改潤色，有些則是轉鈔及刊刻者擅自改動所致。

斬鬼傳經過不斷刊刻流傳，在被讀者接受的同時，對小說創作也發生了一定影響。乾隆間東山雲中道人編唐鍾馗平鬼傳、乾隆間上海文人張南莊編何典，在借鬼諷世淳俗方面皆繼承了劉璋此書的傳統，由此可見其沾丐後人之一斑。

隨著對中國小說史研究的展開，斬鬼傳也開始受到研究者的注意。魯迅、孫楷第、鄭振鐸、柳存仁、戴不凡、陳監先等，或從小說史的角度，或從作品的藝術特點和思想傾向，或從作者和版本的考證，多方面對這部小說作了介紹和探討。尤其是胡萬川鍾馗神話與小說之研究一書和王青平整理的斬鬼傳，代表了對該小說研究的最新成果。胡著一九八〇年臺北文史哲出版社出版，視野開闊，條理清晰，分析深入，是關於鍾馗故事和斬鬼傳較有系統的研究論著。王青平整理的斬鬼傳一九八九年北嶽文藝出版社出版。該書第一部分是對斬鬼傳的校勘，以他新發現的斬鬼傳初稿手寫本為底本，校以乾隆間過錄本（即題「懷雅堂錄本」），第二部分收錄有關斬鬼傳和作者劉璋的資料，第三部分為斬鬼傳版本和作者的研究。此書將斬鬼傳的面貌基本弄清，為後人繼續深入研究該小說提供了比較可靠的資料。斬鬼傳也引起了外國學者譯介的興趣，法國學者 Danielle Eliasberg 曾對鍾馗信仰的起源及特點作了專門研究，並將鍾馗斬鬼傳全書譯成法文，其研究成果與譯著合為一書，出版於一九七六年。

本書據乾隆五十年董顯宗重抄本及世界文庫本斬鬼傳排印，對少數詞語略作注釋。除小說正文外，附錄中還收入劉璋自撰回評二條。甕山逸士等人所作序跋三篇及圖贊也予收錄。為了幫助讀者對作者有更多一些的了解，將劉璋撰寫的兩篇文章和王植縣尹劉于堂壽序、深澤尹二劉合傳，也予採錄。

斬鬼傳序一

予曩不解明王佛為何，但見三頭八臂，身纏毒蛇，怪狀奇形，不敢正視。問老僧曰：「此何神也？」老僧曰：「非神也。」予不禁嗤然笑曰：「世上豈有如是之佛乎哉！吾聞佛以慈悲為本，意必垂眉落眼，善氣迎人，使天下可親而可愛，不欲令人畏而惡之也。若以此為佛，則諸魔惡鬼皆得以佛名之矣。」老僧曰：「獨不觀王者乎？王者，禮樂政刑之設。禮樂，所以繩天下之善人；刑政，所以戒大下之惡人。然究之繩善人者是一付大慈悲心，即戒惡人者亦是一付大慈悲心。知乎此，而垂眉落眼者佛也，即三頭八臂者亦佛也。子何以為非佛耶？」予不禁繹然思，恍然悟，曰：「是矣，是矣。但善者猶非王政之所得盡繩，惡者猶非王政之所得盡戒也。彼夫天下之大，四海之廣，為盜為奸為殺害，其顯然為不善者，或徙或流或絞或斬，王法得以戒之也。若夫搗大❶、詎騙、仔細❷、齷齪、風流、糟腐，甚至好酒、貪色等事，王法亦得以戒之乎？」老僧曰：「此固非善而亦非不善者也，奈何以王法繩之也？」曰：「爾以為非不善，抑烏在其為善乎？且夫王者之治天下也，惟在其風俗耳。即如搗大、詎騙、仔細、齷齪，未可以為不善也，是也。然搗大之風倡而人無誠實，詎騙之風倡而人多詐偽，仔細、齷齪之風倡而骨肉

❶ 搗大：愛吹牛；擺闊氣。

❷ 仔細：斤斤計較，小氣。

寡恩之漸熾矣。夫人而至無實，至于詐偽，至于寡恩也，尚得以為善乎？即風流、糟腐、好酒、貪色，未可以為不善也，是也。然風流而有傷名教，糟腐也而泥滯鮮通，好酒貪色也而敗壞威儀，淫亂風俗。夫人而至于有傷名教，泥滯鮮通，敗壞威儀，淫亂風俗，尚得以為善乎？夫人之所以為人者，善耳。人而至于不善，非人也，而實鬼矣。夫人也而可以為鬼乎哉！夫人而既為鬼，則又安忍坐視而不思所以超度之哉？」故作是傳者，亦具一付大慈悲心，行大慈悲事，蓋以繼王政之所不及，而欲學明王佛之使人知所畏而為善也。第存其心也，而不能操其權，故其事假之鍾馗，而其功歸于咸、富。乃不知者，或疑予故以罵人，予敢以質諸天。

斬鬼傳序二

昔有人問畫師曰：「天下何物易畫？」師曰：「莫如鬼。」人曰：「且天下之物，莫不有形，即莫不欲肖其形。苟有一之不肖，不可以為畫矣。若夫鬼則無形者，增之不見其長，減之不見其短，任意率筆，通無考證，此所以易畫也。」然則予之為是傳也，亦姑取其意也，云爾。

斬鬼傳回目

第一回　金鑾殿求榮得禍　酆都府捨鬼談人

世事澆漓奈若何，千般變態出心窩；止知陰府皆魂魄，不想人間鬼魅多！　閑題筆，漫蹉跎，焉能個個不生魔？若教改盡妖邪狀，常把青鋒石上磨。

這首詞單道人之初生，同秉三才，共賦五行，何嘗有甚分別處？及至受生之後，習于世俗，囿于氣質，遂至所稟各異。好逞才的，流于輕薄。好老實的，流于迂腐。更有慳吝的，半文不捨。搗大的，滿口胡謅。奇形怪狀，鬼氣妖氛，種種各別。人既有些鬼形，遂人口都起鬼號，把一個光天化日，竟半似陰曹地府，你道可嘆不可嘆？在下如今想了個銷魔的方法，與眾位燥一燥脾，醒一醒眼。

話說唐朝中南山有一秀才，姓鍾名馗字正南。生的豹頭環眼，鐵面虬鬚，甚是醜惡怕人。誰知他外貌不足，內才有餘，筆動時篇篇錦綉，墨走處字字珠璣。且是生來正直，不懼邪祟。其時正是唐德宗登基，年當大比❶，這鍾馗別了親友，前去應試。一路上免不得饑餐渴飲，夜宿曉行，一日到了長安，果然好一個建都之地！只見：

---

❶ 大比：明、清兩代每隔三年舉行一次鄉試，又稱大比。此指唐代進士科考試。

華山朝拱，渭水環流。宮殿巍巍，高聳雲霄之外，樓臺疊疊，排連山水之間。做官的錦袍朱履，果然顯赫驚人；讀書的緩帶輕裘，真個威儀出眾。挨肩擦背，大都名利之徒；費力勞心，多半商農之輩。黄口小兒，爭來平地打筋斗，白髮老者，閑坐陽坡胡搗喇❷。

這鍾馗觀之不盡，玩之有餘。到了店門口，那店小二吃了一驚，說道：「我這裏來來往往，不知見夠❸多少人，怎麼這位相公生的這等醜惡！」鍾馗笑道：「你看俺貌雖惡，心卻善也。快安排一間潔淨房兒，待俺將息❹，以便進場。」這店小二將鍾馗安下，收拾晚飯，鍾馗吃了。只見長班❺趙鼎元稟道：「明日買卷，該銀二兩。」鍾馗道：「怎麼就該這些？」趙長班道：「每年舊例：卷子要一兩二錢，寫卷面要一錢，投卷要五錢，結元❻要二錢，共該二兩之數。」鍾馗于是打開行李，稱的二兩雪花白銀，付與趙鼎元。趙鼎元接了銀子道：「明日投文❼，後日準備進場，相公不可有誤！」鍾馗點首應諾。一宿晚景提過。次日起來，禮部裏投了文書。走到十字街上，只見一伙人，圍著一個相面的先生，在那裏談相。這鍾馗挨入人叢，看那先生怎生模樣？

---

❷ 閑坐陽坡胡搗喇：「陽坡」指朝南向陽的場地。「胡搗喇」指閒聊。

❸ 見夠：見過。

❹ 將息：休息。

❺ 長班：明、清時官員隨身侍候的僕人。

❻ 結元：發榜。

❼ 投文：指報名、遞交自己的身分證明等。

眸如朗月，口若懸河。眸如朗月，觀眉處忠奸立辨；口若懸河，談論時神鬼皆驚。戴一頂折角頭巾，依稀好似郭林宗❽；穿一雙跟足朱履，彷彿渾如張果老。皂殼扇指東畫西，黃絲絛拖前束後。
曩在兩河觀將相，今來此地辨英雄。

這先生原來是袁天罡的玄孫，袁有傳是也。因時當大比，故來此處談相。鍾馗等的眾人相畢，先生稍暇，方走進前說道：「俺也要煩先生一相！」那先生抬頭一看，只見鍾馗威風凜凜，相貌堂堂，暗自沉吟道：「俺相這半日，都是些庸庸碌碌，並無超群出眾之才。這人來的十分古怪！」于是定睛細看，看了一會，問道：「足下尊姓大名？」「俺姓鍾名馗，特來領教。」那先生道：「足下天庭飽滿，地閣方圓。更加兩額朝拱蘭臺❾，自有大貴之相。只有印堂❿間現了黑氣，旬日內必有大禍，望足下謹慎才是！」鍾馗道：「君子問凶不問吉，大丈夫在世，只要行的端正，至于生死禍福，聽天而已。何足畏哉！」于是舉手謝了袁先生，佯長⓫去了。到次日魚貫而入。原來唐朝取士，與漢朝不同。漢朝取士以孝廉，唐朝取士以詩賦。鍾馗接得題目，卻是瀛州待宴應制五首，鸚鵡一篇。鍾馗提起筆來，不假思索，一揮而就，果然是敲金戛玉，文不加點。鍾馗又從頭看了一遍，自覺得意，于是交卷出場。你道當日主闈的是誰？原來正主考是吏部左侍郎韓愈，副主考是學士陸贄。兩人齊心合力，要贊朝廷拔取真才。怎奈閱來

❽ 郭林宗：郭泰，字林宗，東漢末為太學生首領，有弟子數千人。曾遇雨，折巾一角，人相倣效，稱「林宗巾」。
❾ 蘭臺：相術家以鼻準左側為蘭臺。
❿ 印堂：額部兩眉之間。
⓫ 佯長：即揚長。

閱去，不是庸腐可厭，就是放達不羈，更有那平仄不識、韵腳不調的，還有信口胡謅，一字不通的。其中有一二可觀者，亦不過平平而已。兩人笑的眼腫口歪，不禁攢眉嘆息，說道：「如此之才，怎生是好？」忽然閱到鍾馗之卷，喜的雙手拍案，連聲道：「奇才，奇才！李太白、杜子美而後，一人而已！清新俊逸，體裁大雅，盛唐風度，于是再見矣。」二人閱了又閱，贊了又贊，取為貢士⑫之首。專候德宗皇帝殿試傳臚⑬，以為聖朝得人之慶。到了那日五鼓設朝時候，果然是皇家氣象，百分齊整：

九間金殿，金殿上排列著朗鉞明瓜⑭；兩道朝房，朝房內端坐著青章紫綬。御樂齊鳴，卷簾處，香烟繚繞，隱隱見鳳目龍姿。金鞭三響，排班時紗帽繽紛，個個皆鵷班鵠立。站殿將軍，圓睜著兩隻怪眼；把門白象，齊漏著一對粗牙。正是：

九天閶闔開宮殿，萬國衣冠拜冕旒。

鍾馗等俯伏金階，不敢仰視。只聽得鴻臚寺正卿高聲宣唱：「第一名，第一甲，鍾馗。」引見官將鍾馗引上金鑾殿。德宗皇帝揚龍眉，開鳳眼，將鍾馗一看，心中甚是不悅，道：「我朝取士，全在身言書判，此人醜惡異常，如何作得狀元？」韓愈見龍顏不悅，俯伏奏道：「臣等職司文衡，止得閱卷，不

⑫ 貢士：清朝稱會試考中者為貢士。

⑬ 殿試傳臚：「殿試」為皇帝對會試取錄的貢士在殿廷上親發策問的考試。「傳臚」意為殿試後宣讀皇帝詔命唱名。臚音ㄌㄨˊ。

⑭ 朗鉞明瓜：指武將衛士。明瓜，意同金瓜，古代衛士所執的兵仗，仗端作瓜形。

得閱人，此人詩賦，句句琳瑯，篇篇錦綉，陛下不可因人而棄其才！且人之優劣，全不在貌。晏嬰三尺而能相齊，周昌口吃而能輔漢。必以貌取人，我朝張易之、張昌宗非其明鑒耶？孔聖人以貌取人，失之子羽。願陛下熟思之！」德宗道：「卿言正是，但我太宗皇帝時，十八學士登瀛洲，至今傳為美談。若以此人為狀元，恐四海愚民，皆笑朕不識人才也。」話猶未了，只見班部中閃出宰相盧杞，幞頭相簡⓯，玉帶蟒袍，俯伏奏道：「陛下之言誠是。狀元必須內外兼全，三百名中，豈少其人？何不另選一個，而煩聖心之躊躕也。」鍾馗聞言大怒，跳起身來道：「人言盧杞奸邪，今日看來果然也！」于是舞笏便打。此時鬧動了金鑾殿，混亂朝儀。德宗皇帝龍顏大怒，喝令金瓜武士，將鍾馗拿下。鍾馗氣的暴跳如雷，竟將站殿將軍腰間的寶劍拔出，自刎而死。德宗驚得目瞪口呆，眾官唬的面如土色。只見陸贄怒氣填胸，向前奏道：「宰相不能憐才，而反害才，他說鍾馗醜惡，做不得狀元，他如今現稱『藍面鬼』⓰，豈可做的宰相？奸邪誤國，罪不容誅，望陛下察之！」德宗此時，如嚼橄欖，方才回過味來。說道：「寡人一時不明，卿言是也。」遂將盧杞發配嶺外，以正妒嫉之罪。封鍾馗為驅魔大神，遍行天下，以斬妖邪，仍以狀元官職殯葬。眾官方才喜悅，皆呼萬歲。德宗退朝，不在話下。

且說鍾馗受了封號，空中謝恩畢，提著寶劍，插著笏板，悠悠蕩蕩，向南而走。走夠多時，遠遠望見一座城池，好生險惡。但見：

⓯ 幞頭相簡：「幞頭」是古代男子包頭軟巾，相傳始於北周武帝。「相簡」即象簡，象牙笏。

⓰ 現稱藍面鬼：盧杞貌醜，時人稱他「藍面鬼」。現稱，意為今人稱作。

陰風慘慘，黑霧漫漫。陰風中彷彿聞號哭之聲，黑霧內依稀見魑魅之像。披枷帶鎖，盡道何日脫陰山；鋸解就椿，不知甚時離苦海。目連母斜倚獄口盼孩兒，賈充妻呆坐奈河等漢子。牛頭馬面，簇擁曹瞞才過去；喪門吊客，勾牽王莽又重來。正是：

人間不見奸邪輩，地府壘堆受罪人。

鍾馗正在觀看之際，只見一個判官，領著兩個小鬼，飛也似走來。高聲問道：「汝是那方魂魄，來俺酆都城何幹？速速講明，好放汝過去。」鍾馗看判官時，卻與自己一般模樣，也戴著一頂軟翅紗帽，也穿著一領肉紅圓領，也束著一條犀角大帶，也踏著一雙歪頭皂靴，也長著一部落腮鬍鬚，也睜著兩隻燈盞圓眼，左手拿著善惡簿，右手拿著生死筆，只是不曾帶寶劍。鍾馗暗自思想道：「奇哉！難道此人，也是像俺這等負屈而死的麼？」遂向判官道：「俺家姓鍾名馗，本中唐朝狀元，只因唐天子以貌取人，不論文字，又被盧杞逢君⓱，要將俺革退，俺氣憤而死。唐天子封俺驅魔大神，遍行天下，以斬妖邪。俺想妖惟汝酆都最多，今既到此，煩你通報閻君，指點與俺，以便驅除，庶不負唐天子封俺之意。」判官聽了此言，遂拱立道旁說道：「不知尊神到此，不但有失迎迓，適才方且衝撞，望乞恕罪！尊神欲見閻君，待小判急急通報便了。」于是別了鍾馗，飛跑到森羅殿上，稟道：「小判官把守酆都城，有一人自稱唐朝狀元，姓鍾名馗，唐王嫌他貌醜，自刎而死。唐王封他為驅魔大神，他今特來酆都斬鬼，要見大王。」閻君早已知其始末，便道：「有請。」那判官于是迎請鍾馗。鍾馗進了大門，只見兩邊站立的

⓱ 逢君：迎合皇帝。

都是些猙獰惡鬼。到了殿前，又見柱子上掛著一副對聯，做的極好：

莫胡為！幻夢空花，看看眼前實不實，徒勞機巧。
休大膽！烊⑱銅熱鐵，抹抹心頭怕不怕，仔細思量！

閻君下坐相迎，鍾馗倒身下拜，閻君雙手扶起，讓鍾馗坐定。問道：「尊神至此，有何見教？」鍾馗道：「俺奉唐天子之命，遍斬妖邪，俺想妖邪此處必多，伏乞指示一二！」閻君道：「此處妖邪固多，卻都是些服毒鬼、上吊鬼、淹死鬼、餓死鬼之類。鬼魅雖多，經理的神靈卻也不少。孤家自理之餘，還有秦廣王、楚江王、宋帝王、五官王、卞城王、太山王、平康王、轉輪王；又有左三曹、右三曹、七十二司，並無一個游魂，敢與作祟。尊神要斬妖邪，倒是陽間最多，何不去斬？」鍾馗聽了大笑道：「陽間乃光天化日，又有王法約制，豈容此輩存站耶？」閻君道：「尊神止知其一，不知其二。大凡人鬼之分，只在方寸間。方寸正的，鬼可為神，方寸不正的，人即為鬼。君不見古來忠臣孝子，何嘗不以鬼為神乎！若夫曹瞞等輩，陰險叵測，豈得謂之為人耶？」鍾馗豁然大悟道：「是！是！是！但不知此等鬼，作何名目？」閻君愀然道：「此等鬼最難處治，欲行之以法制，彼無犯罪之名；欲彰之以報應，又無得罪之狀。也曾差鬼卒稽查，大都是習染成性之罪孽。」叫判官將此等鬼簿，獻與大神過目。判官呈上，鍾馗展開一看，只見上面記得：謅鬼、假鬼、奸鬼、搗大鬼、冒失鬼、挖渣鬼、仔細鬼、討吃鬼、地哩鬼、叫街鬼、偷屍鬼、含碜鬼、倒塌鬼、涎臉鬼、滴料鬼、發賤鬼、急急鬼、耍碗鬼、低達鬼、遭瘟鬼、

---

⑱ 烊：熔化。

輕薄鬼、澆虛鬼、綿纏鬼、黑眼鬼、齷齪鬼、溫斯鬼、不通鬼、誆騙鬼、急賴鬼、心病鬼、醉死鬼、摳掏鬼、伶俐鬼、急突鬼、丟謊鬼、乜斜鬼、撩橋鬼、色中餓鬼，臨了是個楞睜大王。鍾馗看畢，驚訝道：「不料世間有這些鬼魅，不知今在何處？」閻君道：「無有定踪，大底繁華之地，搗大鬼、挖渣鬼多些。地方鄙俗所在，齷齪、仔細這二種鬼多。其餘散居四方，總無定踪，尊神但隨便驅除也可。且驅除之法，亦不可概施！得誅者誅之，得撫者撫之，總要量其情之輕重，酌其罪之大小，只在尊神斟酌而施行。」鍾馗道：「雖然如此，但陰間的鬼魅有十殿閻君經理，又有左右六曹協辦，陽間鬼魅，單委小神一個，恐獨力難支，將如之何？」閻君道：「孤家這裏有兩個英雄，一個叫做含冤，一個叫做負屈，各具文武之才，此二人可以隨便驅使。再撥陰兵三百名，著他二人統領，以助尊神之威。如何？」鍾馗道：「如此最好，多謝美意！」閻君速傳含、負二人上殿聽旨。二人俯伏殿前。鍾馗舉目觀看，只見那含冤：

　　頭戴儒巾，論腦油足有半斤；身穿儒服，說塵垢少殺⑲三升。滿腹文章，怎奈饑時難煮；填胸浩氣，只好苦處長吁！白眼親友，反說酸子骨離⑳；難心妻妾，倒言夫主㉑情乖。正是：失意貓兒難學虎，敗翎鸚鵡不如雞。

鍾馗看了含冤，再看負屈，卻又不同：

⑲ 少殺：至少。

⑳ 酸子骨離：「酸子」指寒酸、卑微的人。「骨離」意為性格怪僻不合群。

㉑ 夫主：丈夫。

舉止剛強，形容古怪。狼腰虎體，兩臂力有千斤；海闊天空，一心私無半點。身能扛鼎，怎奈無鼎可扛；志氣沖天，其如有天難沖！爛弓折箭，怎好向人前賣弄；三略六韜，只落得紙上空談。

正是：

雄心欲把山河奠，薄命難逢推轂人㉒！

閻君對鍾馗道：「尊神看此二人何如？」鍾馗道：「文謀武略，料來不差。得此二人足矣！但小神無驥可乘，亦覺褻體。」閻君躊躕一會，道：「這也不難，俺陰中有個白澤㉓，他前生原是吳國伯嚭，只因他奸邪害了伍子胥，故將他貶入陰山中變為白澤。數百年以來，自怨自艾，頗有改邪歸正之心。此物堪與尊神騎坐，成功之日，亦可以升天矣。」遂叫鬼卒將白澤牽來，閻君吩咐道：「伯嚭，汝今既為人獸，頗有悔心，可與驅魔大神騎坐，建立功業，懺悔前先罪惡！」只見白澤搖頭擺尾，有欣然欲往之狀。鍾馗于是起身拜謝閻君，謝畢，飛身上了白澤，提著寶劍，插著笏板。含、負二人，亦騎了駿馬，率領三百陰兵，浩浩蕩蕩往陽世而去。過了枉死城，只見奈河橋上站著一個小鬼，攔住去路，大喝道：「何處魔神，敢從俺奈河橋經過？」鍾馗怒道：「唐天子封俺為神，閻君助俺兵將，你是何人，敢大膽攔路？」那小鬼聽了說道：「原來是位尊神，往那裏去也？」鍾馗道：「唐天子命俺遍行天下，以斬妖邪，俺敢就遍行天下去也。」小鬼道：「尊神既要遍行天下，俺情願相隨。」鍾馗道：「汝有何能，要

㉒ 推轂人：比喻樂於助人者。轂音ㄍㄨˇ。車輪軸，此指車。

㉓ 白澤：古代傳說中的神獸，能言，通萬物之情。

來隨我？」那小鬼道：「稟上尊神，俺這鬼形是適才變的，俺的原形是那田間鼴鼠。曾與鷦鷯賭賽，他欲巢遍上林，俺欲飲乾奈河。不料他所巢只占一枝，俺所飲不過滿腹。俺自飲此水之後，身邊生了兩翅，化為蝙蝠，凡有鬼的所在，惟俺能知。尊神欲斬妖邪，俺情願做個嚮導。」鍾馗聽了大喜，道：「俺正少個嚮導，你試現了原身，往前飛去。」果然好一個碗大的蝙蝠！鍾馗喜出望外，跟定蝙蝠，踴躍而去。只一去，有分教：

魍魅攢眉，鶴唳風聲皆是將；

魑魎破膽，山川草木總成兵。

不知此去到陽間如何斬鬼，且聽下回分解。

第二回　訴根由兩神共憤　逞豪強三鬼齊謅

詞曰：

謾說子雲❶才，無具❷幫扶志已灰。彈鋏田文❸何處去？哀哀。說道傷心淚滿腮。冷眼怕睜開，雙目難看似插柴。幸有寬皮裝了去，搗大欺人為甚來？

話說鍾馗，跟著蝙蝠，領著陰兵，浩浩蕩蕩，早已到了陽間。其時正是三春時候，大家都化作人形，一路上看不盡桃紅柳綠，碧水青山。遠遠望見絲楊灣裏，顯出一座古寺，那蝙蝠早已飛上簷去。鍾馗說道：「俺們且到那寺中息歇一會，再走何如？」含、負二人，齊聲應諾。漸漸走至寺前，只見寺門上懸著一個匾額，是「稀奇寺」三個大字，裏邊修蓋的其實好看：

琉璃瓦光如白玉，朱漆柱潤若丹砂。白玉臺基，打磨的光光滑滑；綠油斗拱，妝畫的整整齊齊。

---

❶子雲：揚雄，字子雲，西漢著名博學者、辭賦家。

❷無具：沒有能力。

❸彈鋏田文：戰國齊馮驩為孟嘗君門客，初不受重視，便三次彈劍而歌，表示不滿，孟嘗君後來都滿足了他的要求。田文，即孟嘗君，齊國貴族。

頭門下斜歪著兩個金剛，咬著牙，睜著眼，威儀凜凜。二門裏端坐著四尊天王，托著塔，拿著傘，懷抱琵琶，拿著劍，象貌❹堂堂。左一帶，南海觀音率領著十八羅漢；右一帶，地藏尊者陪坐著十殿閻君。三尊古像，蓮臺上垂眉落眼❺；兩位伽藍❻，香案後拱手瞻依。更有那彌勒佛，張著口，呵呵大笑。還有那立韋馱❼，捧著杵，默默無言。老和尚故意欺人常打坐，小沙彌❽無心念佛害相思。

鍾馗等走入寺中，知客❾迎著問道：「尊官是何處貴人，來遊敝寺？」鍾馗道：「俺過路到此，因見上刹莊嚴，故來瞻仰。」知客遂引著鍾馗拜了佛祖，參了菩薩，又引至後殿謁了彌勒古佛，隨喜❿了一會，才請入方丈待茶。茶畢，知客道：「老爺到此，本該恭候，只因新來的火頭⓫，懶惰異常，齋饌不能速辦，是以猶預⓬不決。」鍾馗道：「俺們從不吃素，你只替俺買些肉來，打些酒來。」知客見如

---

❹象貌：即相貌。
❺落眼：閉目。
❻伽藍：梵語僧伽藍摩的略稱，意為僧院。此指菩薩。
❼韋馱：佛教護法神名。
❽沙彌：和尚。
❾知客：佛寺中管接待賓客的僧人。
❿隨喜：此指遊覽佛寺。
⓫火頭：做煮燒雜活的人。
⓬猶預：即猶豫。

此說，忙去買了幾塊熟肉，打了幾角好酒，送至方丈。這鍾馗挽起袍袖，用劍將肉割的粉碎，撩起長鬚，漏出一張大口，如狼吞虎噬一般，一面吃肉，一面飲酒。含、負二人，也陪他吃了些。霎時風卷殘雲，杯盤狼籍。鍾馗歇了一歇，方向含、負二神說道：「前者閻君處走的慌速，不曾細問二位根由，此間閑暇，二位何不細講一番，咱家也得個明白。」只見那含冤嘆口氣道：「教主得知，俺本是一個寒儒，上無父母，下無兄弟，伶仃孤苦，終日只以吟詩作賦為本。不想此詩與彼絲不同，吟下盈千累萬，卻作不得衣裳，遮不得寒冷；此賦與彼富相懸，作下滿案盈廂，卻立不得產業，當不得傢伙。每日咽喉似海，活計全無，看看窮得到底。待要尋親戚，那親戚不惟不憐我，而反笑我。待要靠朋友，那朋友不說難求他，並難見他。因此撇了桑梓⑬，四海遨遊。怎奈他鄉與故土一般，那風流的嫌俺迂疏，那糟腐的又嫌俺狂蕩。後來遊至都門，頗為知章賀老先生⑭賞識。那年正當大比，蒙賀老先生取為探花及第⑮。不想宰相楊國忠要拿他兒子做狀元，賀先生見文字不通，不肯取他。楊國忠上了一本，說賀老先生朋比為奸，閱卷不公。朝廷就把賀先生罷職，就將俺革退。俺想半生流落，才得知遇，又成畫餅，命薄如紙，活他何益？因此氣憤不過，一頭撞死。閻君憐俺無辜，正欲仰奏天庭，恰直主人索輔。俺今輔佐主人，亦可謂得見天日矣。」說罷嚎啕痛哭。鍾馗道：「苦哉，苦哉！遭際的與俺無異，俺今日權拜你為行軍司馬，待功成之後，奏知上帝，再討封爵何如？」含冤拜。只見負屈久已在那裏落淚。鍾馗道：「看此光景，

⑬ 撇了桑梓：離開故鄉。
⑭ 知章賀老先生：賀知章，唐代詩人，官至秘書監。
⑮ 探花及第：「探花」指殿試第三名。「及第」指考中進士。

想你的來歷，也勝屈情。」那負屈揩了揩淚說道：「俺本是將門之子，自幼愛學弓馬，頗有百步穿楊之能。怎奈時蹇，屢舉不第。後來投了舒翰⑯。那年吐蕃作亂，舒翰令安祿山征討，使俺從軍。安祿山失了機，陷入賊陣，是俺奮不顧身，將他救出。舒翰要斬他。他求了楊娘娘⑰的面情，向明皇說道：『主將敗陣，皆偏將不聽命之過。』遂奉旨將俺斬了。俺這段奇冤，無處伸訴。今日得遇主公，或可借此以泄胸中之憤也！」鍾馗道：「可憐，可憐！俺拜含冤為行軍司馬，就拜你為開路先鋒。」負屈倒身下拜，謝畢坐下。二神又問鍾馗始末，鍾馗從頭至尾，一一說了，二神不勝嘆惜。正是：

愁人莫向愁人說，說起愁來愁殺人。

鍾馗就在這寺中宿了一晚。次日起，正欲整動陰兵，向前走路。只見個小沙彌慌慌張張，拿著一個紅帖子往後殿直跑。鍾馗叫住道：「是甚麼帖子？拿來我看！」那小沙彌將帖子呈上，寫的是「年家侍教生⑱獨我尊頓首拜」。鍾馗問道：「此人是來拜誰？」小沙彌道：「我問他來，他說要拜後殿彌勒古佛。」鍾馗笑道：「豈有此理！彌勒古佛，豈是人傳帖拜的麼？」小沙彌道：「老爺不信，你看他如今就要進來。老爺不信，問他端的⑲，便知其詳。」鍾馗閃在一旁等候，只見果有一人進來，看他怎生模樣：

---

⑯舒翰：指唐代大將哥舒翰。曾擊敗吐蕃。安祿山叛亂時，被俘殺。

⑰楊娘娘：楊貴妃。

⑱年家侍教生：雖謂彌勒佛堪師，又自稱與他資輩相同。科舉時代，同年登科者互稱年家。

⑲端的：究竟。

兩道揚眉，一雙瞪眼。兩道揚眉，幾生頭頂心邊；一雙瞪眼，竟在眉棱骨上。談笑時面上有天，交接處眼底無物。手舞足蹈，恍然六合之內，任彼崢嶸；滿心快意，儼然四海之外，容他不下。帶一頂虱頭冠，居然是尊其瞻視；穿一件虼蚤皮，正算的設其衣裳⑳。兩個小童，高呼大喝；一匹瘦馬，慢走緩行。正是：

貓兒得意歡如虎，蜥蜴裝腔勝似龍。

原來此人好搗大，今日來要搗騙這些和尚，不料遇著鍾馗。鍾馗看他舉動，又看他裝束，不覺勃然大怒。提起寶劍，劈面就砍，道：「我把你這個一字不通，謅斷腸子的奴才，竟敢大膽欺人！」那人閃在一旁，呵呵大笑道：「你是那裏來的野人，敢與俺作對？你可說俺如何不通，怎麼欺人？若說的是了便罷，稍有不是，決不與你干休。」鍾馗道：「且不論你衣冠僭分，舉止輕狂，這尊彌勒古佛，是何等尊重。你就敢寫個年家侍教生的帖子拜他，是你通文達理，謙恭自處的勾當麼？」那人道：「你且不要佯憨㉑，若說起俺的根由，只怕有俺坐處，莫你站處。這彌勒古佛，俺當初與他同山修道，一洞誦經。後來他作了西方尊者，俺占了南瞻部洲㉒上管天下管地其尊無二掌天立地大將軍。所以三官大帝見了俺，尚稱晚生；十殿閻君見了俺，自稱卑職。至于二十八宿、九曜星官，以及四瀆五岳龍王等眾，益發不敢

⑳ 正算的設其衣裳：「正算的」意為正好是。設，合。

㉑ 佯憨：裝傻。

㉒ 南瞻部洲：泛指南方。

正眼視俺。俺與他這個侍教生帖子，因他是個和尚，不好下看㉓。且又下一個教字，這算做謙而又謙，何為不通？何為欺人？」鍾馗聽他說了這許多荒唐言語，就定不住他是何等樣人。又恐怕果有些本領，才這等揚眉瞪眼，躊躇了一會說道：「俺也不管你這些來歷，只是你無有兵將，俺若殺了你，顯的俺欺你孤身。你且去領些兵來，和你交鋒。」那人呵呵大笑道：「也罷，也罷。俺且讓你，再來捉也不遲。」說畢竟腳不蹅㉔地，從半空中去了。鍾馗對含、負二神道：「看這去有些神通，也不敢定？」含冤道：「不然，其間有許多可疑處。」負屈道：「公何可疑？」含冤道：「他拜彌勒古佛，是尊泥像，絕無動容周旋，如何拜的？此其可疑者一也。他是掌天立地大將軍，以人爵論，縉紳上並無此等官爵，幽怪錄上，亦無此等神號。此其可疑者二也。他又說三官稱晚生，閻君稱卑職，其位可謂尊之極矣。就該有儀衛侍從，護法諸神，怎麼只一匹瘦馬，兩個小童而已？此其可疑者三也。有此三疑，又無實迹可憑。」鍾馗道：「司馬所疑極是。俺如今待要尋的他去，把他斬了，又恐他果有些來歷，俺便干犯天條。待要不斬，又恐他將來做禍，如之奈何？」含冤道：「這也易處。俺如今裝作個草澤醫人㉕，前去訪問。必有人知他根由，訪問的實，誅他未遲。」鍾馗道：「有理。」含冤就戴了一頂高頭方巾，穿一件水合道袍，束一條黃絲絛子，換了兩隻豬嘴鞋兒，肩上背了葯囊，手中拿了虎撐㉖，別了鍾馗，信步而去。走

㉓ 下看：小看；輕視。

㉔ 蹅：音ㄔㄚˇ。踏。

㉕ 草澤醫人：江湖醫生。

㉖ 虎撐：棒杖之類。

夠數里遠近，只見前面一溪流水，幾株垂楊，下邊一座小橋，橋上砌著石欄，著實清雅。怎見得？有詩為證：

清水無塵映夕陽，東風拖出柳絲長；
閑來獨向橋頭上，不數兒家彩漆床。

這含寃正走困倦，遂在橋上坐下，消受些輕風飄逸，綠水瀠洄的光景。忽有一個白髮老者，走上橋來，將含寃相了兩相㉗，拱手道：「足下莫非擅岐黃之術㉘麼？」含寃道：「公公問俺怎的？」那老者道：「老漢姓通名風，號仙根，就在此村居住。今年七十一歲，並無子嗣，只有一女。近來不知怎的，只是發寒潮熱，晚間自言自語，倒像見鬼的一般。敢屈先生一診何如？」含寃正要問他消息，遂滿口應允，隨著通風，一步步走入村來，只見那：

幾間茅屋，一帶土墻。扇車旁金雞覓粒，崖頭上細狗看門。南瓜葫蘆，竟當作銅爐排設；棗牌穀穗，權存作古畫遮墻。牛圈裏，兩個鈴噹鳴徹夜；樹林中，幾群烏鴉鬧斜陽。還有那村姬面黑偏搽粉，老婦頭蓬上戴花。

那通風將含寃引到他女兒屋裏，含寃也不暇看那女兒容貌，只顧低頭假診脈息。診了一會，假說道：

㉗ 相了兩相：瞧了幾眼。

㉘ 岐黃之術：醫術。相傳岐伯和黃帝為醫家之祖。

「令愛果有邪氣，服葯無益。俺知道你這裏有一位掌天立地大將軍麼，神通廣大，何不請他來除了妖邪，到教俺醫人調理？」那通風道：「俺這裏並無掌天立地大將軍，先生莫非記錯？」含冤道：「俺親眼見過的，怎麼就莫有？」通風道：「先生見他甚麼模樣？怎生打扮？說來俺聽！」含冤遂將如何拜佛，如何穿帶，一一說了。通風笑道：「原來是此搗大鬼。」含冤道：「怎麼是搗大鬼？」通風道：「此人名為搗大鬼，他就是孟子所說那個齊人的後世。他也有一妻一妾，因他妻看破他的行藏，不以良人待他。他就棄了妻，帶了妾來到俺這裏。初來時，憑著他搗大的伎倆，因此人人尊重，個個仰扳。後來漸漸露出本像，所以俺這村中人如今都不理他。他又到遠處地方，改作過往客人，或騙些財物，及誆些酒食。還是你們正氣，不曾入他的圈套。何嘗是甚麼大將軍呢！」含冤道：「既是這樣人，他戴的紫金冠，穿的白花袍，一定也是騙的？」通風道：「說起他這穿戴，益發可笑。前者敝村賽社㉙，要扮三英戰呂布的故事。戲班中賃些東西，及至賽完，與班中送去，不見了這頂紫金冠。明知是他匿起，他抵死不肯承認，只得社內賠了。他瞞過敝村，便帶在頭上搗大。那一件白花袍，昨日他在俺當鋪內借的。但不知那匹馬與兩個小童，又是何處騙的。只知他在外邊搗大，不知他妾今早已餓死在家中。」含冤聽了這席話，已明白了搗大鬼的根由。遂對通風道：「老人家，俺對你實說了罷，這搗大鬼往寺中拜彌勒古佛，寺中正有一位鍾老爺是奉命斬鬼的。俺就是鍾老爺的輔佐。鍾老爺見他輕狂，就要斬他，被他一篇大鬼話脫身去了。俺如今還要斬他去。老人家，你既知他的伎倆，煩你授我個破他的法子。」通風道：「破他的法子也有，若以殺他伐取，他搗大慣了，決不肯服，定邀合他些伙伴來與鍾馗老爺作敵。等你們交戰之

㉙賽社：鄉村一年農事完畢後，人們陳酒食以祭田神，聚飲娛樂。

際，老漢去站在高處，大聲報與他妾死之信，就問他討取那件衣服，將他的根子拋出來，他自然氣餒，你們擒他便不難了。不是老漢刻薄，實欲與敝村除這一害。」含冤聞言大喜，于是背了葯囊，拿了虎撐，別了通風時，又叮囑道：「臨時務必早來！」一頭走，一頭笑，直笑進稀奇寺來。鍾馗問道：「為何這等大笑？想是探聽的事情明白了。」含冤笑著說道：「待小將細稟。」將怎的遇通風，怎麼看病，怎的說起搗大鬼，怎麼匿起紫金冠，借的白花袍，一五一十，說了一遍。鍾馗與負屈也都忍笑不住。

正在說笑之際，那搗大鬼領著一伙鬼兵踴躍而來，在寺前叫罵。鍾馗聞之大怒，出了寺門，排開陣勢。左有含冤，右有負屈，並立門旗之下，仗劍喝道：「來者莫非搗大鬼乎？」搗大鬼聞言，吃了一驚，心內躊躇，他怎麼也知俺的大號？只得勉強答道：「此不過孤家一個渾名，何勞汝稱。汝有本事，敢與孤家大戰三百合麼？」鍾馗並不回答，催開白澤，舞著寶劍，飛也似殺將過來。那搗大鬼使一口遮天量日刀接住。兩個一來一往，戰夠五十回合，不分勝敗。搗大鬼正在酣戰之際，忽聽得高聲叫道：「搗大鬼，你借的俺當鋪裏白花袍一件，這幾日還不送來，卻穿在這裏廝殺，快些脫來！」搗大鬼聞言，知是通風老人，故意佯裝不理，與鍾馗又戰。這通風又叫道：「搗大鬼，這衣服事小，還報個信息，你家如夫人㉚今早已餓死了，等你騙口棺材裝他。」那搗大鬼見通風把他的來歷，一一說破，便不覺的骨軟筋麻，口呆目瞪。早有負屈一騎馬刺斜裏飛奔去了，搗大鬼措手不及，被負屈活拿住了。眾鬼卒一哄而散。通風見拿了搗大鬼，也就欣然去了。鍾馗得勝回營，負屈縛過搗大鬼來，鍾馗把他的眼睛用劍剜出，竟生吃了，命鬆了縛，喝道：「俺體上帝好生之心，饒你去罷。」那搗大鬼得了命，瞎摸瞎揣的去了。

㉚ 如夫人：妾的別稱。多用於稱別人的妾。

原來他還有兩個好結義兄弟，一個叫做挖渣鬼，一個叫做含碜鬼。自幼與他情投意合，聲氣相孚。當日挖渣鬼同含碜鬼正在不老石上坐著，閑談些捉風捕影的話，忽見搗大鬼摸揣將來，驚問道：「兄長為何如此光景？」搗大鬼聽的是他兩個聲音，說道：「不消提起，你老哥常常搗大，今日搗披㉛了。遇著個甚麼烏鍾馗，將俺捉住，把眼睛剜去吃了。你大哥要不會些本事，不是被他殺了。二位賢弟，當與俺報仇！」又嘆了一聲，說道：「俺面上少了兩隻眼睛，家下㉜又死了一個妃子，教我有家難奔，有國難投。」說到傷心之處，三人不覺齊哭，共流了四行之淚。挖渣鬼道：「咱們結義以來，無論天地鬼神，官員宰相，也都要看俺幾分臉面。甚麼鍾馗敢這樣欺心膽大！兄長不必怕他，要的俺弟兄們作甚？要打和他就打，要告就和他告，羶羊胡㉝吃柳葉，我不信這羊會上樹。」含碜鬼道：「二哥說得是。自古道：『養軍千日，用在一時。』大哥與俺們結拜，要我作甚？況且我們有些本事，怕他怎的。如今就領起兵將，圍住稀奇寺，殺他個寸草不留，才教他知道咱弟兄們的手段。」這搗大鬼見他二人出力，又壯起膽來，真個又點了兵中之鬼，鬼中之兵，殺奔稀奇寺來。怎見得他三人兵勢：

三聲紙炮，震地一般，一面破鑼，碜氣㉞沖天。裹腳旗、圍裙旗，迎風飄蕩；剃頭刀、割腳刀，耀日光輝。挖渣鬼歪帶著紫絨冠，盡他得意；含碜鬼斜端著羅圈鐙，自覺威風。中軍帳裏，莫㉟

㉛ 搗披：吹牛吹出了亂子。

㉜ 家下：家裏。

㉝ 羶羊胡：北方的大羊。羶，羊臊臭。

㉞ 碜氣：捲裹灰沙的氣流。碜音ㄔㄣˇ。原謂食物中夾雜沙子。

眼睛夜看兵書；彌勒堂前，有結果定教齊登鬼錄。

且說鍾馗得勝回營，正與含、負二神笑說搗大鬼的本事。只見小和尚兩腳如飛，跑來報道：「老爺不好了，禍事來到！」鍾馗道：「有何禍事？」小和尚道：「搗大鬼又調了兩個兄弟，說是甚麼挖渣鬼與含碜鬼，領著許多兵卒，將寺門圍的鐵桶相似，怎生是好？」鍾馗怒道：「俺到饒他，他反來尋俺。」手提寶劍，便要出去。含冤向前止住道：「主公不消動怒，俺想此鬼雖然剜了眼睛，究竟廉恥未喪，待小神去勸他一番，使他改過從新，亦是消魔一法。」鍾馗道：「也罷，你試走一番，他若不改時，俺再斬他。」含冤于是騎馬出寺，高叫：「搗大鬼前來答話。」只見一人飛馬上前，頭帶歪巾，身穿短服，手中拿著一杆白錫槍，來與含冤見陣。你道是誰？乃挖渣鬼也。向含冤道：「俺與你往日無冤，近日無仇，為甚麼把俺兄長的眼睛剜去吃了？今日和你拼個你死我活。」手舉白錫槍就刺。含冤架住道：「俺且和你講正話，大凡人生在世，全以忠信廉恥為重，聖人云：人而無信，不知其可也。孟了又云：恥之于人大矣。不恥不若人，何若人有？你們這伙人，通無仁義廉恥。搗大的搗大，挖渣㊱的挖渣，含碜㊲的含碜，在你們以為得意，在人看見狗屁不值，稍有廉恥，真當羞死，還敢揚眉瞪目，白晝欺人耶？」只見那挖渣鬼全無悔怍，反呵呵大笑道：「汝欲學孔明罵王朗㊳也？古人云：識時務者為俊傑。你見俺

㉟ 莫：沒有。

㊱ 挖渣：拆臺，暗中算計別人。

㊲ 含碜：含沙射影。

㊳ 孔明罵王朗：三國演義第九十三回「姜伯約歸降孔明，武鄉侯罵死王朗」，寫孔明伐魏，魏司徒王朗與其對陣，

老實本分，誰來瞅睬？像俺這樣挖渣起來，呵豚[39]的他也肯呵豚，嗅屁的他也肯嗅屁。你們雖養高自重，若見了俺吃的，只怕香的你鼻孔流油；見了俺穿的，只怕想的你心上生瘡。俺們是如何的體統，你就敢來大膽欺心。」一席話說的個含冤牙癢難當，只得敗下陣來。鍾馗道：「為何司馬一去便回？」含冤道：「不知怎的，他那裏說話，我就牙癢起來，實是難當！」負屈道：「諒此輩非言詞可下，交戰一番，方見高低。」鍾馗道：「先鋒之言是也，就勞一往。」這負屈結束[40]整齊，提刀上馬，領兵而出。

且說挖渣鬼得意回陣，愈覺威風。含磣鬼道：「等他來時，俺也替大哥出出力。」正在矜誇之際，鬼卒來報，外邊有位將軍來了。這含磣鬼聽說，戴了一頂燈盞高盔，穿了一副扎花鎧甲，拿了一把割腳刀，衝出陣來。負屈問道：「來者莫非挖渣鬼？」含磣鬼道：「你真有眼無珠，就不看我穿的甚麼東西？拿的甚麼兵器？且不論俺武藝高強，人才出眾，這頂盔是通身貼金的，這副甲是南京清水扎花的，這雙靴是真正股子皮的，這只刀口是折鐵點銅砂石細磨的，這匹馬是五十兩細絲白銀買來的，你有甚麼本事，就敢與你含磣爺對敵？」含磣鬼話猶未了，負屈只當還有甚麼含磣話說出，早已磣[41]的跌下馬來。眾陰兵急救回去。鍾馗道：「先鋒為何落馬？」負屈道：「奇怪的緊，他正誇張之際，不知怎的打我的筋捩得生疼，就不覺跌下馬來。」鍾馗道：「你們不濟，待俺出去。」隨即提了寶劍，跨了白澤，到了陣前，

遭孔明痛罵而死。

[39] 呵豚：舔屁股，拍馬屁。豚，「臀」的諧音。

[40] 結束：裝束。

[41] 磣：形容跌倒的聲音。

高聲索戰。搗大鬼道：「二位賢弟俱有功勞，俺不免也出去，再和那鍾馗殺一陣。」二鬼齊聲道：「兄長已被他剜去眼睛，如何交戰？」搗大鬼道：「不妨，不妨，這叫做剜了眼睛不算瞎。」二鬼攔不住，只得放他出去。鍾馗見是搗大鬼出來，說道：「你已被俺割了眼睛，怎麼還來瞎搗？」搗大鬼道：「孤家只因娘娘崩了，一時心緒不寧，被你們拿住。俺今調了二位賢弟，率領雄兵百萬，戰將千員，尚何懼哉！早早回去，是你造化，若說半個不字，俺勅令四天王將你拿住，發在閻君那裏，教你萬輩不得人身，方才罷休。」鍾馗聽了此話，不覺一陣噁心，幾乎吐了一地，只得扶病而回。含、負二神道：「我們牙癢的牙癢，捩筋的捩筋，噁心的噁心，倘他殺進寺來，如何抵抗？」只見一個胖大和尚走進寺來，怎生模樣？但見：

一個光頭，兩隻肥腳。一個光頭，出娘胎並未束髮；兩隻肥腳，自長大從不穿鞋。吃飯時口開大張，真個是一座紅門。哂笑處眯縫細眼，端的賽兩勾新月。肚腹朝天，膨膨脹脹，足可以撐船蕩槳。布袋拖地，圪圪瘩瘩，都是些燒餅乾糧。正是：

任你富貴賢愚輩，竟在呵呵一笑中。

這和尚笑嘻的走進門來，向眾神道：「你們為何這等狼狽？」鍾馗道：「禪師有所不知，如今寺前來了三個鬼與俺對敵，磣的俺三人一個牙癢，一個捩筋，一個噁心，無法勝他。」和尚道：「既如此，您隨俺來，看俺制他。」一同出了寺門，和尚對他兵卒道：「叫你頭目出來見我！」那鬼兵急忙去稟道：「鍾馗又調了一個胖大和尚，要與三位王爺見話。」這三個鬼道：「是甚麼和尚，敢來見俺說話！」遂洋洋得意，出向和尚道：「你是何處野僧，敢來與我們見陣？」這和尚並不理他，只像未曾聽見的一般。他們見如此模樣，拿刀便砍，拿槍便刺。這和尚笑了一笑，張開大口，囫圇的一聲，竟將三個鬼咽下肚裏去了。鍾馗驚訝道：「禪師何以有此神通？」和尚道：「你們不知，此等人與他講不的道理，論不的高低，只可大肚子裝了就是，何必與他一般見識。」鍾馗道：「雖是這等說，裝在肚裏，到怕有些挖渣含碜。」和尚道：「貧僧自有處治。」不多一時，見和尚出了一個大恭㊷，竟將三個鬼當作一堆臭屎屙了。屙畢，化陣清風而去。鍾馗道：「奇哉，奇哉！怎麼一時就不見了？莫非佛祖來助俺麼？」含冤道：「是了，是了，後殿彌勒古佛，正是這個模樣。」于是一齊拜謝去了。有言二句：

三個邪魔，生前作盡千般態；
一堆臭屎，死後不值半文錢。

不知後來又有何等鬼作祟，且看下回分解。

㊷ 出了一個大恭：大恭，大便。古人稱上廁大便為「出恭」。

第三回　含司馬計救賽西施　負先鋒箭射涎臉鬼

詩曰：

花簾入影日正長，閑評人事費商量。
英雄既短豪梁氣❶，冒失還疏訓誡方。
不斷多情綿似帶，自乾自面❷厚于墻。
劍鋒不惜誅邪手，才覺青天分外光。

話說鍾馗拜了彌勒古佛，回至方丈，收拾行李，就要起程。那知客再三款留，說道：「老爺到此，貧僧並無點水之情，聊備粗齋，少伸寸敬。」鍾馗與二神只得坐下，等了半日才放下桌兒，又等了半日才掇上茶來，看看等至日落時候，方才上幾碗素飯。急的那知客不住的往來催督。鍾馗大怒道：「汝既留俺，為甚這等怠慢？」知客道：「告老爺知，就是前者所言，新來這個火頭十分懶惰，每日睡至日高三丈，每夜磨至三更以後，至于走動，都是丟油撒水，竟像害癆病的一般，所以把齋饌遲了，望老爺寬

❶豪梁氣：英雄豪傑氣概。
❷自乾自面：唐代大臣婁師德教其弟處處忍耐，當人將唾沫吐在你臉上時，不要擦拭，讓其自乾。

恕！」鍾馗道：「叫他來，俺看看，是怎的一個火頭。」這知客喚了半日，那火頭才慢條斯理的走將進來。眾神舉目觀他，但見怎生的形容：

垂眉落眼，少氣無神。開言處口如三緘，舉步時腳有千斤。虎若前來，諒不肯大驚小怪；賊如後趕，又豈能急走忙行？心平氣和，好似養成君子；手舞足蹈，真若得道天尊。正是：

出髓玉莖堪作弟，傾糧布袋可為兄。

鍾馗看罷，便按劍大怒道：「汝是何方人氏？從實說來！免汝一死。」那火頭不慌不忙，上氣不接下氣的說道：「念小鬼原非人類，本是冤魂。只因那年作些買賣，要趕水頭❸，不想眾人性急，都老早去了。俺起來時，已是紅日半天，只得獨自前行。誰料路途遙遠，直走到黑，又遇著一個皮臉鬼，將俺的行李盡數奪去。正要趕他，有一條淹蛇❹，把我纏住，纏的俺少氣無力，不覺死去。指望告訴閻君。走到陰司，閻君不曾登殿，只得權且在這寺中，圖些口腹，此是實情。」這幾句話說了半晌，方才說完。鍾馗道：「據汝說來，莫非是溫斯鬼麼？」火頭道：「正是。」鍾馗道：「俺待要殺了你，你又無罪，待要不殺，實是惱人。」正在沉吟之際，只見一個人突然進來，也不管上下，不分南北，坐在正面，舉箸❺就吃。眾見了俱吃一驚。看他怎生模樣？

❸ 水頭：潮信。
❹ 淹蛇：水蛇。
❺ 箸：筷子。

本非傲物，恰象欺人。有話便談，那裏管尊卑上下；得酒就飲，並不識揖讓溫恭。說話東犁又西耙，全無憑據；做事遮前不蓋後，管甚周詳。一任性子闖下禍，方才破膽；十分粗氣弄出殃，始覺寒心。正是：

但知天下無難事，不信乾坤有細人❻。

你道此人是誰？原來就是簿子上所記的冒失鬼。當下正坐在上面，自飲自吃。鍾馗看的大怒，道：「這人來的好冒失！俺將溫斯鬼評處與冒失鬼一半，冒失的評與一半溫斯，也是個損多益寡之法。」含、負二神道：「主意固好，只怕評處不來。」鍾馗道：「不難，不難。」提起寶劍，將兩個鬼一劍一個，劈成四件，合將來依舊成了兩個。你道怎麼長得來？蓋鬼無形，止有陰氣，氣與氣合，自然易成。只見兩個鬼，溫斯的也不溫斯了，冒失的也不冒失了，竟評成一對中行君子了。眾人無不歡喜，都贊鍾馗為代天造化之手。只是把寺中和尚嚇的咬指，以為神人出世。二鬼拜謝而去，眾僧愈加恭敬，又住了一宿。

次日整動陰兵，跟定蝙蝠，別過僧人，再往前走。走夠多時，只見通風老人坐在那裏嘆氣。見鍾馗眾神來，大喜道：「老爺們請到寒舍獻茶。」鍾馗道：「老者何人？」含冤道：「此即通風老人也，前者拿搗大鬼全憑他。今日為何納悶在此？」通風道：「一言難盡。自從拿了搗大鬼之後，只道老爺們駕行走，決無相會之日，今日相逢，真乃三生有幸！」含冤道：「你不知又搗大鬼調了他兩個兄弟，十分厲害，和他戰了幾場，不能取勝，幸遇彌勒古佛，一口吞在肚內，方才罷手，所以耽誤了日期。但不知

❻ 細人：心細、謹慎的人。

你令愛如今比從前好些麼？」老人道：「說來話長，請到寒舍細講。」眾跟了通風走入草堂，只見上面掛著一軸親友慶賀的壽幛，文理半通，只好下邊放著一張珠紅小桌，漆皮已去一半。墻邊都是些囤子，門背後都放些農器。鍾馗看了一會，就坐在了正面，含、負二神，坐在兩旁，通風下面陪坐，其餘陰兵具扎在村外。須臾吃了茶。含冤又問起他女兒之事。通風道：「自從診視之後，一日不勝一日，看看待斃。老漢再三盤問，小女才說有個鬼纏擾。今日老爺們到此，俺居家❼幸甚！」鍾馗道：「是何鬼魅？俺專要斬鬼。」通風道：「此鬼說來甚是厲害，小女曾問他根由，他道在無恥山寡廉洞，洞中有個鬼王，叫做涎臉大王。他有四個徒弟，一個叫做齷齪鬼，專會吃人，真個有一毛不拔的本事。一個叫做仔細鬼，任賊打火燒他，總不肯捨出一文錢來。這兩個好生厲害！還有一個急賴鬼，無有本事，單憑急賴。又有個綿纏鬼，就是他纏攪的小女。這四個鬼領了涎臉大王的訓教，如虎添翼。這綿纏鬼將小女纏的九死一生。老漢又無兒子，只有此女，倘纏死了，俺夫妻兩個何人送終！」說到傷心之處，不覺淚如雨下。鍾馗道：「你女兒叫甚名字？」通風道：「叫做賽西施。只因生的有幾分姿色，與西施相似，所以取此二字。但西施住在西湖苧蘿村，得水之精而生。俺女兒住在這裏，得山之秀而居。山水雖別，靈氣卻同，所以叫賽西施。老漢見他嬌嫩，愛如掌上之珠。那日敝村賽社，小女出去看了看，不想被此鬼看見，就纏上了。望老爺搭救！」鍾馗道：「斬鬼是俺本分，不須如此！你且起來，引我看看你女兒動靜，方好行事。」通風才爬起來，引著鍾馗進了臥房，將他女兒一看，果然十分標致。但見：

❼ 居家：全家。

眉如新月，縱新月那裏有這般纖細；眼如秋水，那秋水也莫有這樣澄清。臉賽桃花，使桃花猶嫌色重；腰同楊柳，就楊柳還覺輕狂。只可惜生在荒村，一顆明珠暗投瓦礫。若教他長于金屋，千般粉黛難比嬌嬈。蹙蹙眉尖，真似捧心西子；懨懨愁態，還如出塞王嬙。便是王維妙手猶難畫，況我拙手怎能描！

鍾馗看罷，心下想道：「怪道❽有鬼纏他，真個的標致。」就問通風道：「那鬼甚時候來？」通風道：「到的夜深時候就來了。」鍾馗道：「你且與我們拿酒來，就在你令愛外間等他。」那通風遂欣然整治去了。須臾酒至。鍾馗與含、負二神，都在外間飲酒閑談。果然更深時候，簾外一陣人風，那鬼來了。有一首詩單道此鬼的行狀：

不是風流不是仙，情如深水性如綿；
若非涎臉習學久，怎得逢人歪死纏。

話說綿纏鬼跨進門來，見有人在，撒身便走。負屈隨後趕來，舉刀便砍。那鬼吃了一驚，閃過身子，隨手將一條紅絲綉帶，望空一擲。說時遲，那時快，竟將負屈纏住。鍾馗看見大怒道：「小小鬼頭，就敢弄此纏人之術！」提著寶劍，趕上前來，綿纏鬼空身無措，只得打個筋斗不見了。鍾馗割斷綉帶，放開負屈，向通風道：「料此鬼今夜必不敢來了。」通風道：「不然。老漢也再三毀罵，他領了涎臉大王

❽ 怪道：怪不得。

的教訓，只管歪纏，並無廉耻，老爺不信，倒怕轉刻就來。」話猶未了，只見綿纏鬼拿著一條活蛇，當又來纏繞。鍾馗提著劍，迎上前去就砍，綿纏鬼就拿著那蛇當了兵器，只管左右盤施，遮架寶劍。鍾馗不提防被他擲起死蛇，又將鍾馗纏住。負屈慌忙上前砍他，他一個筋斗又不見了。負屈將死蛇割斷，擲放地下。那綿纏鬼又來了，負屈只得又與他交戰。如此綿纏了半月有餘，或拿活蛇來活纏，或提死蛇來死纏，急的鍾馗暴跳如雷。含冤道：「俺想起一條妙計來了，與其他來纏咱，咱不如纏他。」鍾馗道：「他滑溜如油，怎麼纏得住他？」含冤道：「不難，俺這計叫做以逸待勞之計，還得令愛使用。」通風道：「交小女怎麼使用？」含冤向眾家附耳低言道：「必須如此如此。」鍾馗大喜道：「還是司馬見識廣大，雖孫、吳❾復生，也不過如此。」通風將此計告與媽媽，媽媽轉說與賽西施。賽西施道：「羞人答答，怎麼做的出來？」媽媽道：「兒呀，但得性命，那顧羞耻。」賽西施含羞應允。通風出來，請鍾馗與含、負二神，藏在後面閑談飲酒。

且說綿纏鬼到晚間悄悄跑來，見潔靜無人，心中暗道：「想是走了。」看房中時，燈光半明半滅，聽得微微有嘆息之聲。遂大著膽走將進來，問西施道：「你家那鳥鍾馗那裏去了？」賽西施道：「因戰你不過，今早走了。你一向不進房來，教奴家終夜盼望。」綿纏鬼道：「我恨不得寸步不離，只因他們在，不得進來。」遂雙手摟抱，就欲求歡。賽西施道：「你且休要性急，奴家因你交歡不久，不能盡興。如今想出一個法兒，做下一條白綾帶子，勒在那個根下，自然耐久。待奴取來，和你試試如何？」把個綿纏鬼喜得心花都開，親了個嘴道：「誰知親親這樣愛我！」賽西施遂將帶子取出，綿纏鬼將褲子解開，

❾ 孫吳：孫武、孫臏和吳起，先秦著名的軍事家。

賽西施把帶兒套上，盡力一束，綿纏鬼連連道：「慢些，慢些，勒的生疼。」賽西施道：「越緊越好。」又盡力一束，打個死結。看看疼的發昏，不能動得，遂高聲叫道：「我把綿纏鬼纏住了，爺爺們快來！」鍾馗等聽見，便擁將來，把綿纏鬼斬了。負屈拍手大笑，含冤道：「你笑怎的？」負屈道：「我笑這通風老人，他家專會捉人根子。前者搗大鬼被他掀出根子來，這綿纏鬼又被他女兒捉住根子，怎的他父女二人這等會尋根子？」通風笑道：「你不知俺一家人老實，但凡做事都要從根子上做起來。」說得眾人大笑。這裡通風備席，管待鍾馗等不題。

且說那涎臉鬼在無恥山寡廉洞中為王，身邊有一個軍師，見識精詳，施計妥當，人因此起他一個渾名，教做伶俐鬼。這伶俐鬼和涎臉鬼閑談。涎臉鬼道：「連日不見綿纏鬼來走走。」伶俐鬼道：「不消講起，他們自從得了你的涎臉法兒，各人只顧各，何嘗孝敬你來？那齷齪鬼到要粘你的皮去了，那仔細的不肯損他的一毛，至于急賴的無時不急賴，綿纏的無日不綿纏，他們不來是你的造化，想念他們作甚？」涎臉鬼道：「你說他們討俺的便宜，難道我就討不的他們的便宜？俺長上這副厚臉尋上他們去，任他齷齪仔細急賴綿纏，定要尋他些油水。今日閑暇無事，你且守管山洞，待俺就尋綿纏鬼一遭，有何不可。」伶俐鬼道：「任憑尊便。」那涎臉鬼隨了他那副涎臉，出了寡廉洞，下了無恥山，前邊還有一道唾沫河，過的河來，遠遠望見一座破廟。廟旁蓋著一座茶庵，上寫著四個大字是「施茶結緣」。這涎臉鬼看那破廟時，十分狼狽，怎見得：

穿廊倒塌，殿宇歪斜。把門小鬼半個頭，他還要揚眉瞪眼。值殿判官沒了腳，依然是努肚撐拳。

丹墀下青蒿滿眼，墻頭上老鼠窺人。大門無匾，辨不出廟宇尊名；聖像少冠，猜不著神靈封號。香爐內滿堆著梁上漏土，供桌上卻少了案前花斗。多應是懶惰高僧不男不女閑混賬，辜負了喜舍檀越⑩東走西奔費經營。正是：

若教此廟重新蓋，未必人來寫疏頭⑪。

話說涎臉鬼走上茶庵，見兩個閑漢，在那裏搗喇。涎臉鬼就坐在凳上，施茶和尚托出三鍾茶來。一個問道：「你臨著這座破廟，就不怕鬼麼？」和尚道：「到晚來自然害怕，只是關上門不理他，就罷了。」這個又道：「你還說鬼哩，俺村裏通風老頭兒家，有個女兒，生的千嬌百媚，教一個綿纏鬼纏上，纏的看看至死。也是他命不該絕，來了一個鍾馗，領了許多兵將，專尋的斬鬼，昨晚竟把綿纏鬼斬了。」涎臉聽得此言，暗吃一驚，怪道許久不見。便問那人道：「老兄此話是真麼？」那人道：「俺隔壁的故事，親眼見得，怎麼不真！」這涎臉聽了，忙忙如喪家之犬，急急如漏網之魚，跑回山來。伶俐鬼接著道：「為何這等慌速？」涎臉鬼道：「俺聞的一樁可慮之事，回來和你商議。」伶俐鬼道：「甚麼可慮之事？」涎臉鬼把那人的話述了一遍，道：「說他專尋著斬鬼，咱們都有些鬼號，萬一他尋將來，如之奈何？不如我們先下手的為強。」伶俐鬼道：「不可。他是從此過路，必不久住，咱且關上洞門，躲避幾日，等他過去了，咱再揚眉吐氣不遲。古人云：『知己知彼，百戰百勝。』此是兵家要訣，不可造次施行。」

---

⑩ 檀越：施主。

⑪ 疏頭：僧人、道士拜懺時焚化的祝告文，上寫主人姓名和拜懺的緣由等。

涎臉鬼道：「我的意思，一者與綿纏徒弟報仇，二者滅了他以絕後患，你怎麼才是這樣話？豈不是長人的威風，滅自己的銳氣。」因此將伶俐鬼洋洋不睬⑫，竟轉入後洞去了。這伶俐鬼滿面羞慚，嘆口氣道：「俺昔日投楞睜大王時，指望成些大事，見他楞哩楞睜⑬的不足與有為。來在這裏，見他臉皮甚壯，可與共事，不想又是有勇無謀之輩，除了厚臉，別無可取，眼見的禍緣林木，殃及魚池也。古人云：『良禽擇木而栖，賢臣擇主而事。』我聞得風流鬼為人倜儻，俺不免棄此投彼便了。」于是收拾行李，悄悄出了寡廉洞，竟投風流鬼去了。

且說鍾馗等飲酒中間，說起綿纏鬼的師父涎臉鬼來，鍾馗道：「俺務必也要斬他，但不知無恥山在何處？」通風道：「想必也不遠，我們慢慢訪問。」說話間只見那蝙蝠早已飛去。鍾馗喜道：「那不是嚮導去了？」遂作別通風，起身與含、負二神率領陰兵，隨著蝙蝠正往前走，又遇一條大河攔路，但見：

青泡遍起，白浪頻翻。青泡遍起，依稀好似蘑菇；白浪頻翻，仿佛猶如海蜇。峽口由于唇吻，源頭出自丹田。渾波濁器不煎茗，黏水粘船難渡客。這壁廂⑭足迹滿岸，恍惚聞足踢之聲；那壁廂指影盈堤，儼然睹拳搖之狀。就隱士文人也定有幾點唾添，還說些寡廉無恥的字樣。若凡夫俗子竟舍得滿團益上，猶帶著賠嫁伴娘的言詞。正是：

---

⑫ 洋洋不睬：懶得理睬。

⑬ 楞哩楞睜：傻里傻氣。

⑭ 壁廂：此指河的岸堤。

要知如此真來歷，盡在攢眉切齒中。

鍾馗喚土人來問。土人道：「這河名為唾沫河。從前本無此河，只因這無恥山寡廉洞出了個涎臉大王，惹得人人唾罵，唾沫積聚的多了，遂流成這道大河。河面雖闊，其實不深，老爺只管放心過去。」鍾馗聽了大喜，發付土人去了。過了唾沫河，前面就是無恥山。你道這山如何，但見：

不誠石壘堆滿地，沒羞岩高聳雲天。冥耳攢蹄，挨打虎峰巒偃臥；張牙舞爪，脫水狼溝壑閑行。鬼眼松沿坡遍長，不清柏滿麓齊栽。可惜洞縱多廉，避鬼趕奪遠去；山原有恥，鬼臉不敢前來。

鍾馗引著陰兵，上了無恥山，圍住寡廉洞，高聲叫罵。小鬼報入後洞，涎臉鬼大怒道：「俺正欲滅他，他來的湊巧。」急忙戴了一頂牛皮盔，穿了一領樺皮甲，拿一口兩刃刀，走出洞來。罵道：「你這個醜鬼，將我徒弟斬了，俺正要報仇雪恨，你這樣大膽，還尋上門來！」鍾馗道：「俺奉旨除邪，專斬汝等，怎麼不尋來？」說畢舞劍便砍，一劍正砍在他臉上，只見他毫無驚懼，並不損傷。鍾馗失驚道：「好壯臉也！」涎臉鬼道：「不敢自誇，將就看得過，任你刀劈箭射靴頭踢，總不在心。」負屈聽得道：「主公退後，待俺使箭射他。」涎臉鬼道：「孤家站定憑你射來！」這負屈恃有百步穿楊的手段，兜滿雕弓，一箭正射在他臉上。眾陰兵齊聲喝采，以為就射死了，不想分毫不動，竟像不曾射著的一般。負屈大怒，又射一箭，還在他臉上，他仍然分毫不動，一連射了數十箭，他只是不動。負屈道：「昔日雷萬春面帶六矢而不動[15]，人以為難，不料此人經數十箭，不惟射不透，并一箭也不帶，真從古未有之臉也。」鍾馗氣的暴跳如雷，又上前去照臉亂砍，竟如剁肉餡的一般，剁了個不亦樂乎，那臉上不曾紅得一紅。鍾馗見他不動，站在白澤脊梁上，就依他不怕踢的話，足足踢了一百靴頭，只覺平常。鍾馗也由不得笑了。問道：「你這臉端的是何處來的，這等堅硬？」涎臉鬼笑道：「若說俺這臉，卻也有根有源，當日家師婁師德傳俺一個唾面自乾的法兒，俺想此法不過只要臉上厚為止。因此俺就造了一副鐵臉，用布鑲漆了，猶恐不能堅牢，又將樺皮貼了幾千層，所以甚也不怕。俺這一領樺皮甲，就是貼臉剩下的樺皮做的。前日一時乏用，將臉當在當鋪中，不想他鋪中當下許多壯臉，辨不出那個是我的。是我眉頭一蹙，計上心來，因對他說道：『你只向石頭上狠剁，剁不破的就是我的。』他依俺編排，將眾臉齊剁，那些臉都剁破了，惟俺這副再剁不破的。俺有如此厚臉，實是無價之寶，豈懼汝等這些尋常兵器乎？」鍾馗聽了，顧負屈道：「似此當如之奈何？」只得敗陣回來，掛了免戰牌。那涎臉鬼竟得勝回洞去了。

鍾馗對含、負二神道：「如此厚臉，怎生破他？」負屈道：「俺看他本領也只有限，只是這副厚臉難當。怎麼設個法兒誘他那副厚臉到手，他不足畏矣。」含冤想了一會，說道：「有個法兒，他所憑者那一副厚臉，咱也照樣造上一副，比他再造的厚些。來日陣前交換，他若肯換時，咱便得了他的厚臉。」鍾馗道：「不妙，不妙，他失一副厚臉，得一副厚臉，究竟一般，有何益處？咱換將他的臉來，咱倒也成了一副涎臉了。」含冤道：「不妨。咱造這副厚臉時，內藏一副良心。既有良心，就與他相反。他肯換上時，那良心發現，自然把厚臉漸漸薄了。他既臉薄，咱卻臉厚，所謂不戰而屈人之兵也。」鍾馗喜

---

⑮ 雷萬春面帶六矢而不動：唐張巡偏將雷萬春，站在雍丘城上與敵對話，臉上被射中六箭，巍然不動，敵為之驚駭。

得拍掌，道：「妙哉計也！此惟孫悟空能之，諸葛武侯亦恐不及。」于是依這法子，造起臉來。先以銅鑄為中間，以鞋底鋪墊，外用牛皮縵⑯了幾層，又貼上幾千層樺皮，只是少一副良心。鍾馗問陰兵要，眾陰兵道：「小的們知道那良心拿到陽間不中用，所以都不曾帶來。只有一個陰兵，名喚潘有，他有一副良心，卻也不是陰間帶來的，是這邊一個有良心的人，見此時使用不上，氣憤不過，將良心撒在街上，被他拾來藏起，老爺只問他要便了。」鍾馗叫潘有來，要良心。潘有捨不得掏出來，抵死只說莫有。眾陰兵道：「他明明半路上拾起一副良心，竟要昧了，待小鬼們搜他。」于是將潘有按到在地，渾身遍搜，從他脊背裏搜出來了。鍾馗將良心裝入臉中，看時比涎臉更厚了一半。鍾馗大喜。

過了一晚，次早出陣，使陰兵前去叫罵。涎臉鬼帶了他那厚臉出來，道：「你昨日敗陣去了，怎麼今日又來納命？難道還不知孤家的臉厚麼？」鍾馗道：「你有臉，難道俺就無臉麼？」于是將臉帶上。涎臉鬼吃驚道：「怎麼他今日也有一副厚臉？怪道又敢來見俺。」只得高聲說道：「俺的臉你們昨日已是領教過了，你的臉俺今日也要領教領教。」鍾馗道：「從不吝教，只管來領。」那涎臉鬼走上前來，兩隻腳丁字站定，舉起兩刃刀照臉砍來，只聽得圪鬠一聲響，火星亂奔。再砍第二刀時，那刀已卷刃了。涎臉鬼心中打算道：「這等看來，他的臉比我的更厚，俺若得了他這副臉，可以橫行天下。」遂高聲叫道：「你這臉道也算厚，你敢與我廝換麼？」鍾馗道：「怎麼不敢！」涎臉鬼心中暗喜，忙將臉取下來遞與鍾馗，鍾馗也將臉取下來遞與涎臉鬼。這涎臉鬼欣喜戴上，不多一時，良心發動，看看將臉消得薄了。涎臉鬼大驚道：「怎麼在他臉上見厚，到俺臉上就薄起來了？」再抹時，消得竟與紙一般相似，須

---

⑯ 縵：音ㄇㄢˋ。纏裏；環繞。

與現出一副良心，涎臉鬼不覺滿面羞慚。鍾馗與負屈見他通紅了臉，知道是良心發動了，遂并力向前砍他。那涎臉鬼遮架不住，逃回洞中去了。他的小鬼稟道：「大王如今羞得不敢見他們了，為今之計，只有兩著，或是齷齪鬼，或是仔細鬼，大王擇一處投奔，養一養臉，再來與他們支吾⑰。或行或止，大王快些定奪！」涎臉鬼道：「罷！臉已丟了，還論甚麼行止！不如俺尋個自盡好。」于是拔出刀來，自刎而死。正是：

但得良心真發動，果然有臉不如無。

要知後來如何，且聽下回分解。

⑰ 支吾：對付；抵擋。

第四回　因齷齪同心訪奇士　為仔細彼此結冤家

詞曰：

財如血，些兒出去疼如裂。大難何膺❶，但憑胡說。　究竟胡說說不著，忽然兩地成吳越。鷸蚌相持，漁人自悅。

話說涎臉鬼自刎而死，小鬼們見沒了主人，只得四散逃走。因商議道：「我們往何處去好？」一個道：「就是適才所言，不是往齷齪鬼家去，就是往仔細鬼處。」一個道：「仔細鬼家遠，我們到齷齪鬼家去罷。」于是一擁出了寡廉洞，竟都從山後走了。一個個氣喘喘吁吁，方才到了齷齪鬼門上。忙去扣門，裏邊跑出一個小鬼來問道：「你們是何處來的？我家主人有病，不能相會。」眾小鬼道：「你家主人有何病？莫非推托麼？」那小鬼道：「我家主人害的是挾腦風。」眾小鬼道：「若說別的病症我們不知，若說挾腦風卻有一個好方兒立刻見效。」那小鬼道：「是何方兒，說來我聽。」眾小鬼道：「俺家主人當年也曾患此症，請了一個師巫來，那師巫敲動扇鼓，須與請將柳盜跖來，將俺主人頭上打了二十四棍，又教師巫灸了二十四個艾柱❷，登時就好了。」那小鬼道：「這是甚麼緣故？」眾小鬼道：「你

❶ 膺：承受。

不知道麼？這叫做賊打火燒。」那小鬼道：「我只道是正經話，原來是鬼話。我問你們，端的為甚要見俺主人？」眾小鬼道：「實和你說罷，如今不知那裏來了鍾馗一個，又有一個司馬，還有一個將軍，領著數百陰兵，專斬天下邪鬼。昨日將俺無恥山寡廉洞裏大王滅了，俺們避難而來，一者想要與大王報仇，二者就來投靠你主人家。」那小鬼聽了，慌忙飛報進來。且說那齷齪鬼正在那裏想算，如何圖謀人家房屋，如何霸占人家田地，只見小鬼跑到跟前，正長正短，如此如此，稟了一會。齷齪鬼不聽便罷，聽了此話，腦子裏一齊亂響，魂已飛于天外了，三萬六千毛孔一齊流汗，二十四個牙齒捉對廝打。只得勉強扎住❸，吩咐小鬼道：「有這樣事？但他們既來投我，我少不得要管飯，每人四十顆小米的稀粥，鹹菜半根罷了。」吩咐畢，只管走來走去，心下想道：「此事還須與仔細鬼商量方妥。」又想道：「若請他來商量，未免又要費鈔，不如我尋到他家裏去，他自然要管待我。這叫做豬八戒上陣，倒搭一鈀。」主意已定，遂走出門來，竟尋仔細鬼去了。走了幾步，忽然又想起一事。你道他又想起甚麼來？他想路途遙遠，倘若出起恭來，可不將一包好屎丟了。不如回去叫個狗跟上，以防意外之變。于是回來，又喚了一隻狗。走不多時，果然就要出恭。齷齪鬼嘆道：「天下事與其失之事後，不可不慮之事前！聖人云：『人無遠慮，必有近憂。』」真個出了個大恭，那狗果然吃了。未得走遠，狗也出起恭來。齷齪鬼看見，氣得發昏，罵道：「不中用的畜生，叫你吃上，回家去屙在家裏糞上，怎麼就這裏要屙了？真個鼠肚雞腸，一包糞也存不住，要你何用？」看了看，待要棄下，甚是可惜，待要拿上，又無拿法。只見道旁有

❷ 艾柱：即艾炷。用艾絨搓成的灸炷，鍼灸用。

❸ 扎住：保持鎮靜。

些草葉，忙去取來，將狗糞包了，暗帶在身上。這正是成家之子惜糞如金的出處，寫至此忍不住要作詩贈他。

人屙之後狗偏屙，狗吃人屙人奈何？
料想人吞吞不得，也須包裹當饅饅。

其二

齷齪之人屎偏多，自屙自吃不為過。
早知那狗不中用，寧可憋死也不屙。

按下齷齪鬼不題。且說仔細鬼，他生來稟性慳吝，情甘淡泊，其時正在家看守著財帛。聽得門外有人叩門，只得走將過來，見是齷齪鬼，少不得讓到裏面坐下，問道：「兄長何來？」齷齪鬼道：「無事不登三寶殿，有一要事，特來商議。」遂將無恥山眾小鬼來投的原由，說了一遍，「我想來亡了性命，還是小事，倘若令兵來搶掠你我半生所積，豈不勞而無功？」仔細鬼道：「是呀，我們不然把銀子打成棺材，等他來時，鑽在裏邊，連忙埋了，豈不人財兩得？就是死也落得受用。」齷齪鬼道：「這個主意錯。這些財帛原是子孫的，咱們不過與他看守，若是隨的去了，教他們如何過度？」仔細鬼道：「又說的是，但依你說該何如？」齷齪鬼道：「須得個萬全之策才好。」兩個人想來想去，總莫個好法子，看看想至半夜，把個齷齪鬼餓的口乾舌焦，只是發昏，沒奈何向仔細鬼道：「老弟我們餓了，我有帶來的狗糞一包，請你何如？」仔細鬼道：「老兄原來還未吃飯，只是此時火已封了❹，怎麼處？」又低頭想了半日，方說道：「有昨日剩下的兩個半燒餅，還有一碗死雞熬白菜，若不見外，權且充飢何如？」齷齪鬼道：「使得。」于是托將上來，放在桌上，仔細鬼陪著也吃了一個。這齷齪鬼只得一個半燒餅到肚，連充飢也不能得夠，再又不好要了，沒奈何將褲帶緊了一緊。又看見桌子上落下許多芝麻，待要收得吃了，恐怕仔細鬼笑話。乃眉頭一蹙，計上心來，于是用指頭一面在桌上畫，一面說道：「我想鍾馗這廝，他定要從慳吝山過來，過了慳吝山，就是抽筋河，過了抽筋河，就是敝村了。」桌子上畫一道，粘得顆芝麻到手，因推潤指，將芝麻吃了又畫，畫了又吃，須與吃得罄盡。看時桌縫中還有幾顆不能出來，又定了一計，向桌子上一拍，將那芝麻濺出來了，他又用前法吃了。仔細鬼忽然一陣心疼，不能動止。你道為何？他見芝麻落在桌上，自然是主人之物了，不想又被齷齪鬼設計吃了，所以心疼起來。齷齪鬼見他心疼，心上也有些明白，與自己得病一樣，只得作謝去了。仔細鬼疼了一會，轉過氣來，恨道：「何嘗是來商量計策，分明是故來吃些美味，我不免明日也到他家去商議，怕他不還我的席。」于是連晚飯也都不吃了，等到天明，竟往齷齪鬼家去。這正是：

齷齪鬼摳齷齪鬼，仔細人尋仔細人。

到了齷齪鬼門首，敲響門環，只見齷齪鬼在門縫裏張望。仔細鬼道：「是我來了，不必偷看。」齷齪鬼開了門道：「原來是老弟，我當是吃生米❺的哩。」仔細鬼道：「你老弟從來不吃生米。」齷齪鬼

❹ 火已封了：竈火已經熄滅。

便接口道：「想是老弟吃了熟飯了。」因對家人說道：「你二爺吃了飯了，不必收拾，只看茶來罷。」仔細鬼暗想道：「又受了他的局❻了。」只得坐下，吃了一盅寡茶❼，說道：「老兄昨日所言鍾馗之事，我想來還是須與急賴鬼商議，他還有些急智。」齷齪鬼道：「又提起他來了！他去年借了我三斗三升一合糧食，只還我三斗三升，竟欠下我一合未還，我為朋友面上，不好計較，你說他可成人麼？」仔細鬼道：「可不，怎奈他問我借了二錢三分四厘五毫銀子，還時竟短了我的五毫，我教他寫下欠約在那裏，至今不好去逼他。我們如今且做一個大量君子，擱在一邊，且與他商量這件事可也。」齷齪鬼道：「你說得是。」遂連忙攜手同行，不覺來在急賴鬼家門首，只見門前圍著許多人。仔細鬼道：「不知他家做甚麼事？倘若撞在其中，豈不要出個倴子❽。」齷齪鬼道：「我們問個明白，若是做甚麼事，權且回去，午後再來，還要討些剩油水吃哩。」于是訪問眾人，不想都是問他要債的。急賴鬼推出一面牌來，上寫著「明日準還」。那些人不依，嚷個不住。齷齪鬼向前，說道：「他明日準還也就罷了，為何還這等亂嚷？」那些人道：「二位不知，他這個明日，是個活的明日，不是死明日，所以難憑。」仔細鬼笑道：「他這個明日，就如夜明珠一般，千年萬載，常明起來，那裏有這個底止。」齷齪鬼道：「原來如此。但列位們嚷也無益，索性等到他明日，看他如何？」那些人見說的有理，也只得去了。他二人方才進去，見急

---

❺ 吃生米：俗語稱人火氣大、愛吵架為「吃飽生米飯」。

❻ 受了他的局：中了他的圈套。

❼ 寡茶：淡茶。

❽ 出個倴子：送點人情禮物。

賴鬼在那裏砌墻。仔細鬼道：「外邊有許多人叫罵，你還這等安心砌墻？」急賴鬼道：「二位有所不知，我如今西墻倒壞，我是拆的東墻補西墻，豈是有奈何的麼？二位兄長到此何幹？」齷齪鬼道：「如今有天大的椿事特來求教！」如此如此，這般這般，說了一遍。急賴鬼道：「我只道是甚麼大事！若這椿事，有何難處？只須寫一封嚇蠻書去嚇他，他自然不敢來了。」仔細鬼道：「怎麼是嚇蠻書？」急賴鬼道：「這不知道麼？是當日外國要奈何唐天子，下將一封書來，寫的是外國字，要寫一封回他。李太白酒後，明皇著楊貴妃與他捧硯，高力士與他脫靴，他拿起筆來，一揮而就，寫成一封嚇蠻書，竟將那外國嚇服了。如今咱也只須寫一封書嚇他便了。」仔細鬼道：「此計大妙！正是紙上談兵。只是教誰來寫哩？」急賴鬼道：「我也打算下了，我這裏八蜡廟中，有一教學先生，文才最高，做得詩詞歌賦，再莫人比得過他。那一年歲當大比，題目是風花雪月絕句四首，他不假思索，拿起筆來，就做成了。我還記得，試念與二位兄聽：

詠風那首是：

一股沖天百丈長，黃砂吹起斗難量。
任他鎮宅千斤石，刮到半天打塌房。

詠花那首是：

一枝才敗一枝開，誰替東君費剪裁？

花匠想從花裏住，不然那討許多來。

詠雪那首是：

輕于柳絮快如梭，可耳盈頭滿面挼⑨；
想是玉皇請賓客，廚房連把燬天鵝。

詠月那首是：

寶鏡新磨不罩紗，嫦娥端的會當家。
只愁世上燈油少，夜夜高懸不怕他。」

齷齪鬼聽了道：「這個算做得好！只是『不怕他』三字，有些不明白。」急賴鬼道：「這正是用意深遠處，大凡做賊的人偷風不偷月，他最怕的是月，月偏不怕他，故意要照將起來，所以用著『不怕他』三字，可謂奇奇極矣。房官⑩見了他的卷子，喜得說道：『羽翼已成，自當破壁飛去。』因怕他飛了去，將他文字旁邊抹了許多道攔住，猶恐脫穎而出，又叉上許多叉子叉住。呈在主考那邊。不想主考學問淺薄，曉不得『不怕他』三字，反說莫有出處，駁了不中，你說屈他不屈他？他因此滿腹不平，又作了一

⑨ 挼：音ㄌㄨㄛ。積聚。
⑩ 房官：科舉考試中鄉試和會試的同考官。分房批閱考卷，稱房考官，簡稱房官。

首感懷詩。再念與二位兄聽：

生衙鈔短忍書房，非肉非絲主不良。
命薄滿腹觀鷸蚌，才高塞耳聽池塘。
談詩口渴梁思蜜，話賦心漕⑪孔念姜；
何日時來逢伯樂？一聲高叫眾人慌。」

齷齪鬼道：「這詩我益發不懂，還求講一講！」急賴鬼道：「『生衙鈔短忍書房』者，且說待要做生意無本錢，待要住衙門又沒頂手⑫，所以忍氣吞聲入書房也。第二句就是因主考駁了他的卷子，他說他吟的詩當不得肉，作的賦當不得絲。又遇主考無良，不能愛才。故云『非肉非絲主不良』。第三句是他見人家中了，他不能中，故憤然說道，我雖命薄，看你們鷸蚌相持到幾時？第四句是說不第以來，別無生涯，只得教書，那學生們念起書來，就如蛙鳴的一般。古詩有『青草池塘處處蛙』之句，這『聽池塘』三字，又用得好。第五六句便說到那教書的苦處，每日講起書來，講得口渴心漕，當日梁武帝被侯景困在臺城餓死時，曾思蜜水止渴。論語上有『孔子不撤姜食』，故又說起『孔念姜』。口渴思蜜水，心漕想鮮姜。你看他對的何等工巧！又句句是故典，豈不是好詩？至于結尾二句，益發妙絕，古今少有。當日馬逢伯樂而嘶，其價倍增。他說何日來逢伯樂，遇上個明眼主考，將他中了，如今人都欺他，那時把人

---

⑪ 心漕：心裏煩困。
⑫ 頂手：替代的人，此指空闕的職位。

都嚇慌了，所以說『一聲高叫眾人慌』。這一首詩無一個閑字，無一句閑話，蘊藉風流，特真異才。詎奈德修而謗興，道高而毀來，人反起他一個渾名叫做不通鬼，你說這樣一個才學，何為不通的麼？」仔細鬼道：「自然是大通家了。兄可快喚他來，寫嚇蠻書。」急賴鬼道：「你們空有幾分財帛，道理全然不解。當日文王訪太公，玄德請孔明，都親身求見，豈有個喚來之理？我們必須親去拜求方可。」齷齪鬼道：「還是老兄知理。」

于是三人同出門來。齷齪鬼與仔細鬼走著，各暗想道：「聽了急賴鬼多少詩詞，聽的耳飽，苦了自己肚皮，餓的腰不能伸。」沒奈何鞠著躬跟他走。轉了幾個灣，就是八蜡廟。上前輕輕叩門，裏邊走出個小童來，問了來歷，進去通報。且說那不通鬼正與謅鬼講話，小童走到身旁，低低的說了一聲：「有客來訪。」這不通鬼也不問是誰，就吩咐道：「請進來罷。」小童便出來說：「有請。」他三人鞠躬而入，十分謙遜。先向謅鬼致意，道：「此位先生高姓？」不通鬼道：「是敝社長謅老先生。」他三人先向謅鬼作了揖，然後與不通鬼見禮。說道：「久仰大德，未敢造次，今日面會，實慰平生。」不通鬼道：「學生草茅下士，幸接高賢，頓使蓬蓽生輝。」讓坐已畢，不通鬼一一問了姓名。小童托上茶來，吃畢。看他書房，果然清雅：

小小院落，低低茅屋。也莫有柏，也莫有梅，也莫有竹：簾前培二棗，階下栽雙菊。一頂書櫃，不是梨木；幾卷殘編，頗成古籍。硯臺堪作字，詩筒可裝筆。存一點太古風，裝一個稀奇物。閑門違俗客，烹茶待知己。還有一椿缺欠，無錢賒酒不得。

不通鬼道：「三位先生到此，必有所論。」齷齪鬼道：「無事不敢造擾，今有一切身利害之事，特來懇教！」遂將鍾馗之事，細說了一遍。不通鬼聽得「斬鬼」二字，因自己也有個鬼名，未免有些動意，所以罵著和尚，滿寺發熱，只是且不肯露頭。急賴鬼隨說出求書之意。不通鬼道：「學生才疏淺薄，只恐有負所托。」只見諂鬼大怒道：「何物鍾馗，這等大膽！敢在太歲頭上動土！老社台⑬你將這書寫得官樣些，教他知道我們的才學，自然不敢正眼相看。如其不然，我們再動公呈⑭。」不通鬼道：「眾位請坐，待學生搜索枯腸。」于是左扭右捏，鬚髯不知拈斷了多少，好幾個時辰，方才寫出稿來。你道寫的甚麼：

「年家侍教生某等頓首，書奉鍾馗老先生將軍麾下：蓋聞先王治世，各君其國，各子其民，彼此不爭，凡以息兵也。先生不知何所聞而來，竟將生等一概要斬。即以斬論，孟子云『君子之澤，五世而斬，小人之澤，亦五世而斬。』生等既非君子，亦非小人，不應斬也明矣。而先生必欲斬之！先生既欲斬生等，生等獨不可斬先生乎？如其見幾而作，乃屬其陰兵而告之曰：『敵人之所欲者，吾頭顱也，我將去之，不亦善乎？』若猶未也，生等赫然斯怒，爰整其旅，將見弓矢斯張，干戈戚揚。爭城以戰，殺人盈城；爭地以戰，殺人盈野。先生其奈之何！統希酌量，勿貽後悔！不宣。」

---

⑬ 社台：在結社中受尊敬的人。

⑭ 動公呈：一起動手行事，此指應戰。

眾人看畢，大喜道：「還是老先生高才！說得又委婉，又剛正，他自然卷甲倒戈矣。」謅鬼道：「書詞雖好，還得我親自去番，憑三寸不爛之舌，說的他死心塌地，不敢小覷我等。」齷齪鬼等益發大喜，只得攤錢買酒，與謅鬼餞行。謅鬼飲過三杯，拿了書竟昂然而去。

且說鍾馗自從滅了涎臉鬼，因五月熱天，且在這山中避暑。這日正與含、負二神玩賞榴花，陰兵來報道：「外邊有一秀士要見。」鍾馗道：「令他進來。」只見那謅鬼高視闊步，走到面前，長揖而立。鍾馗已有幾分不耐煩了。問道：「汝來何幹？」謅鬼道：「俺聞兵乃凶器，戰乃危事，所以不得已而用之。今日先生到此，未聞不得已處，竟要將名為鬼的人一概要斬。人命關天，上帝寧佑汝乎？我學生不忍坐視，故求敝友作書一封，專來奉上。倘若執迷，俺們的公呈決不免也。」說罷遞上書來。鍾馗聽了他的言詞，已是大怒，又看他的書詞，滿紙胡言，竟無一筆通處。于是擲書于地，大喝一聲，手起劍落，將他謅筋謅腸，一齊砍斷，再不能謅了。于是率領陰兵，竟尋齷齪鬼來。正走之間，只見前面喊聲震天，紛紛亂亂，有許多人廝殺。你道是誰？原來是齷齪鬼與仔細鬼因與謅鬼餞行，攤錢不均。齷齪鬼少攤了十數個，又插上幾個小錢，仔細鬼受不的，所以生起氣來，率領家兵廝殺。鍾馗不知是誰，將遠看的人叫來問時，就是他書上寫的那兩個。鍾馗就要上前去斬。含冤道：「主公權且息怒，這叫做二虎相鬥，必有一傷。待他傷了一個，便容易了。」鍾馗于是扎下營寨不題。

且說齷齪鬼與仔細鬼正在酣戰之間，只聽得一聲吶喊，看時兩家的兵都散了。你道為何？原來他兩個平日與這些兵的口糧不足，已都有些懷恨，今又見鍾馗安下營寨，料想縱有功勞，絕無賞賜，因此散了。他兩個愈加氣憤，只得拔出刀子來廝剜，看看兩家都帶重傷，兩家兒子出來各拉了回去。且說齷齪鬼回到家中，料想不能得活，又恐死了累兒子買棺材，遂于夜間偷爬出來，跳在毛坑死了。正是：

生前不是乾淨人，死後重當齷齪鬼。

再說仔細鬼聽見齷齪鬼死了，看自己也是一身重傷，料來不能獨活，遂吩咐兒子道：「為父的苦扒苦掙，扒掙的這些家財，也夠你過了。只是我死之後，要及時把我的這一身好肉賣了，天氣炎熱，若放壞了，怕人不肯出錢。」說著流下兩行傷心淚來，大叫一聲，嗚呼哀哉了。不多一時，就悠悠的轉活來。他兒子問道：「爺爺還有甚麼牽計處？」仔細鬼道：「怕人家使大秤，要你仔細，不要吃了虧，就是牽計這個大事。」說畢方才放心死去了。不想他兒子果是孝順，不肯違了父命，竟將他碎割零賣。這也叫做事死如事生，事亡如事存的了。表過不題。

再說那急賴鬼與不通鬼正在那裏眼望捷旌旗，耳聽好消息。忽見小鬼來報道：「不好了，鍾馗來了，將謅先生已殺了，齷齪爺與仔細爺都死了。我們只得各顧性命罷了。」說著就跳出去，逃得有影無踪了。不通鬼聞得這個消息，丟了三魂，喪了七魄，也不顧筆硯琴書，跑到後園井邊，咕咚一聲，作水秀才去了。只留下急賴鬼一人，急急走到家中，閉門不出。鍾馗率領陰兵，將他宅舍圍住，晝夜攻打。急賴鬼急了，教他兒子也照前者討債時掛出那等一面牌來，是將還字改成降字，是：「明日準降。」到了次日，鍾馗使陰兵問他：「為何不降？」他道：「寫的是明日準降。為何今日來問？」鍾馗聽了大怒道：「看來這廝的明日是個無底子的了。」催督陰兵盡力攻打。那急賴鬼見勢頭不好，只得拿一枝大戟殺將出來。這邊負屈出馬，戰夠多時，只聽得一聲響，急賴鬼落馬，眾陰兵上前拿住。鍾馗便要取斬。急賴鬼道：

「不算，不算，這是俺的馬蹶，豈是汝等之能？便斬死也不心服。豈有大丈夫乘人之危而為勝者乎？」鍾馗呵呵大笑道：「也罷，俺且放你去，讓你再來。諒你籠中之鳥，網中之魚，不怕你避人離恨天去。」急賴鬼回到家中，換了一匹銀鬃白馬，又殺出來。鍾馗與負屈相迎，急賴鬼措手不及，又被負屈活捉過來。急賴鬼又道：「豈有此理，俺只有一人，你卻兩個，雖然拿住，也算不得英雄。有本事的和我單戰，不許夾攻。」鍾馗笑道：「果然會急賴，俺就再放你去，那時捉住，又有何說？」急賴鬼又回到家中，棄了大戟，拿了一口可憐劍，又殺出來。鍾馗便與他單戰。那急賴鬼怎敵得過鍾馗，數合之外，便就逃走。鍾馗緊緊趕來，趕到沒奈河邊，前無去路，急賴鬼大驚失色。正在慌亂之際，忽然綠蔭之中，撐出一隻沒下梢的船來。急賴鬼指望渡過河去，再尋生路。不料跳得慌速，一跌跌落水中，變成個大鱉，縮了脖子，再不肯出來了。正是：

躲債無方，張口不能胡急賴；
避人有法，縮頭權且作烏龜。

要知後事如何，且聽下回分解。

第五回　忘父仇偏成莫逆　求官位反失家私

詩曰：

為後攢眉日夜憂，金銀惟恐不山丘。
乃翁未瞑愁兒目，孝子能忘報父仇？
博具有神財攝去，烟花❶無底鈔空投。
早知今日冰成雪，應悔當年作馬牛！

這首詩為何作起？只因人生在世，千方百計，掙下家財，後來生出不肖之子孫，定要弄個罄盡。所以古人說得好：「慳吝守財，必生出敗家之子。」這兩句話便是從古至今，鐵板不易的道理。惟有司馬溫公❷看得透徹，道：「積金以遺子孫，子孫未必能守；積書以遺子孫，子孫未必能讀；不如積陰騭于冥冥之中，以為子孫長久之計。」若人人都學司馬溫公做去，世上再無有齷齪、仔細了。怎奈學司馬溫公偏少，學齷齪、仔細偏多，自然那敗家之子也就無數了。怎見得？原來齷齪鬼與仔細鬼一家生下一個

❶ 烟花：指妓女。
❷ 司馬溫公：司馬光，死後追封溫國公。他是北宋大臣、極重要的名史學家。

兒子，俱與乃翁大大相反。自從父親死後，他們就學起漢武帝來了，狹小漢家制度，諸事俱要奢華。又隨了一般幫閑的朋友，非嫖即賭，登時弄得罄盡。雖然弄了許多東西，卻落下兩個鬼號，齷齪鬼的兒子叫做討吃鬼，仔細鬼的兒子叫做耍碗鬼。此是大概，且容細細說來。

卻說鍾馗見急賴鬼變了烏龜，率領陰兵，又往別處去了。這討吃鬼打聽得鍾馗已去，安心樂意，在家受用。只是那居舍排設，俱不稱意，反將父親罵道：「老看財奴！空有家資，卻無見識，人生在世，能活幾日？何不穿他些，使他些，吃他些，弄他些，也算得世上做人一場。怎麼只管儉用？今日死了，你為何不帶了去，遺下這些東西累我？我也是個有才幹的人，豈肯教他累住。」正在打算之際，只見媒人領著一個後生進來。那後生怎生模樣打扮？但只見：

一頂帽隨方就圓，兩隻靴遮前露後。遍體琉璃，只怕那拾碎布的針鉤搭去；滿身穢氣，還愁這換稀糞的馬杓掏來。拿不得輕，掇不得重，從小兒培植成現世的活寶；論不得文，講不得武，到大來修煉就希罕東西。正是：

慢說海船釘子廣，拔出船釘盡窟窿。

討吃鬼問道：「這小廝是何處來的？」媒人道：「聞得宅上無人使喚，專引他來使用。說起他家也是富貴人家，只因從小兒嬌養，沒有讀書，他家父親死後，莫人拘管，學了一身本事，又會耍牌，又會擲骰，又會飲酒，又會嫖娼，又會小唱，又會弦子，又會琵琶，至于鑽狗洞、跳墻頭，都是他的本事。且是性格又謙讓，又極有行止。他贏下人的，絕不肯去逼迫，別人贏下他的，一是一，二是二，並不教人上門上戶。因此將家私敗了，人還不說個好，反送下一個渾名，叫做倒塌鬼。他如今沒奈何，要投在人家使喚，問了幾處，都不承攬，我聞得宅上不稱❸那時不容閑人了，所以領來，大爺只管留下，包管要諸事稱心。」討吃鬼道：「我正要等一個人，來得正好。」于是寫了一張投身文約，賞了媒人十兩銀子，那媒人歡天喜地去了。這討吃鬼向倒塌鬼道：「連日暑氣炎炎，那裏有甚麼乘涼去處才好？」倒塌鬼道：「大爺要乘涼不難，離此有十里之遠，有一座快活亭，那亭子前面都是水，水裏栽著蓮花，堤邊都是楊柳松柏，遮的這亭子上一點日色全無，且是潔淨無比。坐在那上邊，耳畔黃鸝巧囀，面前荷香撲鼻，風過處微波滾玉，日來時楊柳篩金，絕好的乘涼之地。大爺何不一往？」討吃鬼道：「如此所在，自然要去，只是我一人坐在那裏，也無滋味，你又是我手下人，陪我坐不得。」倒塌鬼道：「有小人一個相知，極會趨奉，當日趨奉小人時，諸事妥當。小人贈了他一個鬼號，叫做低達鬼，大爺要人陪，小人去喚他來何如？」討吃鬼道：「極好，你快去喚。」倒塌鬼不多時，果然喚低達鬼來了，怎見得：

只見他滿面春色，一團和氣，彎著腰從不敢伸，掇著肩那能得直？未語先看人面，雙目釘住大爺鬚眉；未言先自笑嘻，張口朝著大爺之腹。身欲坐而腳像有針，腳欲行而惟恐多石。見了酒不知有命，逢著肉只愁無福。教投東不敢往西，惟取歡心；不避風又那怕雨，豈敢憚勞！更有幾般絕妙處，勸老爺莫帶草紙，待老爺出恭畢，小人與老爺舔，恐草紙揩破屁眼。

卻說這低達鬼進的門來，撲地磕下頭去，討吃鬼道：「不消行禮，請坐了罷！」那低達鬼再三謙遜，

❸ 不稱：不同於。

多時才坐在椅子上。討吃鬼叫他一聲，他就連忙跪下道：「大爺有何吩咐？」討吃鬼道：「我因天氣炎熱，要去快活亭上乘涼，要你陪俺。今後你也不必這樣過謙，只要陪得大爺受用罷了。」低達鬼連連打個恭，道：「大爺吩咐得是。」于是就整一桌席，都是山珍海味，只少龍肝鳳髓，抱了兩罎桑落❹美酒，騎了一匹高頭駿馬，玉勒金鞍，竟到快活亭上來了。只見亭子上邊，早有一伙人在那裏飲酒，你道是誰？原來是仔細鬼的兒子耍碗鬼，同了兩個知心朋友，一個叫做誆騙鬼，一個叫做丟謊鬼。那耍碗鬼自從仔細鬼死後，他的心腸與討吃鬼一般，也是怨恨他父親不會為人，所以也就改了當日制度，每日只是賭錢飲酒取樂，今日正在這快活亭上受用。討吃鬼看見，恐他計不共戴天之仇，心下躊躇，誰想他度量寬宏，不念舊惡，連忙走下亭子來，迎著討吃鬼道：「兄長也來此作樂乎？弟久已要負荊請罪，惟恐兄長不容，今日幸遇此地，實出望外也。再不消提老狗才，只因他們反目，致令我弟兄們參商❺。」說罷，讓到亭子上來，討吃鬼未免也說了幾句親熱套話，與眾人羅圈作揖，彼此俱問了大號。討吃鬼與耍碗鬼彼此讓席，誆騙鬼道：「據我說來，你兩家合了席，豈不熱鬧？」低達鬼道：「妙哉，妙哉！我小子左之右之，無不宜矣。」真個兩家合而并坐，討吃鬼居右，耍碗鬼居左，誆騙鬼、丟謊鬼對陪，低達鬼打橫，倒塌鬼執壺斟酒。飲酒中間，又說起先人們當日刻薄，沒見天日，若是這等亭子上，不知快活子幾百場了。誆騙鬼道：「如今這些說話也不消提了，放著眼前風光，何不暢懷！二位大爺只管講他怎的？我們『王十九，只吃酒。』」于是滿斟一杯，奉與討吃鬼，教他行令。討吃鬼道：「實告，酒我雖會吃，卻不曉得

---

❹ 桑落：古代一種美酒。

❺ 參商：兩顆星名。參西商東，彼此不同時出現，比喻雙方隔絕。

行甚麼令，你就替我行罷。」詛騙鬼又讓耍碗鬼，耍碗鬼也是如此說。你道卻是為何？只因他兩家祖輩從不宴客，所以他二人都未見過行令。詛騙鬼心上明白，不勉強難為，遂道：「也罷，我就替大爺行起。」于是拿過骰盆來說道：「要念個風花雪月梅楊的詞兒，如念錯了，罰一大杯。」眾人道：「念的明白些，我們好遵令。」詛騙鬼拿只骰兒說道：「對月還須自酌，春風到處皆然。東西搖拽柳絲牽，花滿河陽一縣。梅開香聞十里，雪花亂撲瓊筵；念差道錯定糾參，不罰大杯不算。」擲下去，恰好擲了個么。詛騙鬼滿斟一杯，遞與討吃鬼，討吃鬼道：「這是為何？」詛騙鬼道：「令是小人替行，酒要大爺自吃。」討吃鬼吃了酒，就該耍碗鬼擲。耍碗鬼道：「爺爺呀，這坑小弟的命了！你再重說一遍！」詛騙鬼只得又念了一遍。那耍碗鬼還念錯了兩句，擲下了四，大家都斟上，耍碗鬼還罰了一大缸，就該詛騙鬼擲。丟謊鬼道：「你已擲過，怎麼又擲？」詛騙鬼道：「此是大爺的令，我不過替大爺一行而已，我敢不遵命？」于是拿起骰來擲下去，是個六點。詛騙鬼自然明白，飛起杯來，敬了討吃鬼一杯。丟謊鬼說道：「這是怎麼說？」詛騙鬼道：「令是『雪花亂撲瓊筵』，所以我就亂撲起來。」那低達鬼道：「怎麼撲不到我這裏？只管教我想！」詛騙鬼也就賞了他一杯。轉過盆來，該丟謊鬼擲。丟謊鬼擲下個二，他竟滿席斟起來。詛騙鬼道：「請罰一大缸。」丟謊鬼道：「我就遵命怎麼罰？令是『春風到處皆然』，不該大家都吃麼？」詛騙鬼道：「你不知道，要依點數來擲骰，二點只敬兩家就是了。」丟謊鬼只得受罰。收尾該低達鬼擲，滿心他要擲個六點或四點，吃杯酒兒。不想擲下三點，只得上下斟起，甚是難過。乘眾人不看，竟將一壺酒嘴對嘴一氣兒偷吃了。

且說大家正吃得豪爽，見紅日已西沉矣。討吃鬼道：「我們正在高興之際，又早黃昏了，怎在得個好所在，我們可以過夜，大家樂一個通夜宵方妙？」誆騙鬼道：「這有何難？此去到柳金娘家不遠，大爺們為何不往他家去？」耍碗鬼道：「柳金娘是個甚麼人家？大爺們去的來不的？」誆騙鬼道：「這柳金娘有兩個絕色女兒，一個取名傾人城，一個取名傾人國，俱有閉月羞花之貌，沉魚落雁之容。大爺們何不相會相會，也不枉到此一遊？」討吃鬼與耍碗鬼聽得此言，不覺麻了半邊身子，說道：「為何不早說？快些去。」于是一行人離了快活亭，望前急走。走不多遠，前邊一座大鎮，討吃鬼問道：「這是甚麼去處？」丟謊鬼道：「此處叫做迷魂鎮。」又走了幾步，前面又一座大寨，耍碗鬼道：「這又是甚麼去處？」誆騙鬼道：「這是烟花寨。」眾人都上寨來。又見一個大坑，坑上有座獨木橋，討吃鬼問道：「這是甚麼緣故？」誆騙鬼道：「這坑叫做陷人坑，這橋叫做有錢橋，總是有錢的許來瞧，無錢的不許來瞧的意思。」到了柳金娘門首，誆騙鬼引著眾人進來。金娘道：「眾位老爺，今日那陣風兒刮的到此？」又看見討吃鬼與耍碗鬼：「這二位大爺面生得緊。」誆騙鬼道：「是我的新朋友，他二人俱有萬貫家財，今日專來看你家兩位姐兒。福星來臨，你怎還這等怠慢？」柳金娘聽說有錢，喜的屁溝裏尿流。向討吃鬼與耍碗鬼說道：「鴇兒❻有眼無珠，望乞二位大爺恕罪！」便磕下頭去。這討吃鬼與耍碗鬼並沒走這條路，不知規矩。只見鴇兒磕頭，又有幾歲年紀，討吃鬼與耍碗鬼連忙叫了聲老奶奶，還了個揖。金娘忙讓到客房，只見擺設得甚是齊整，上面供奉著他的白眉神❼，中間放著一張方桌，八把交椅，兩邊銅爐古畫，極其瀟灑。眾人依次坐下，須臾就是一果品人來泡茶。柳金娘連忙催促他兩個女兒出來，果然

---

❻ 鴇兒：開設妓院的女老闆稱鴇兒，也稱鴇母。鴇音ㄅㄠˇ。

❼ 白眉神：明、清妓院供奉的神像名，長髯魁梧，騎馬持刀。

生的美貌，但見黑參參的頭兒，白濃濃的臉兒，細彎彎的眉兒，尖翹翹的腳兒，直掇掇的身子兒，上穿著藕合羅紗衫兒，下穿著雪白廣紗裙兒。兩個一樣容貌，一般打扮，就如一對仙女臨凡。朝著眾人端端正正拜了兩拜，把討吃鬼與耍碗鬼喜的滿心發癢，癢的無有抓處，只是目不轉睛的看。手下丫頭抬過八仙桌兒來，討吃鬼與耍碗鬼依然正坐，誆騙鬼與丟謊鬼依然對坐陪席，兩個姐兒打橫，低達鬼占了桌兒，即時把大盤大碗掇將上來，無非是雞魚果品、海味肉菜之類。眾人在這裏猜拳打馬❽的吃酒，那倒塌鬼是失時之人，獨自一個在廚房裏與老鴇兒搗椒❾。丟謊鬼道：「二位賢姐何不傳唱一曲與二位爺勸勸酒？」那傾人城拍著桌棱兒，唱一個黃鶯兒道：

> 巫山夢正勞，聽柴門有客敲！窗前淡整梨花貌。鴛衾暫抛，春情又挑。當筵不惜歌喉妙，纏頭❿頻解，方是少年豪。

果然詞出佳人口，端的有繞梁之聲。眾人誇之不盡，說道：「這位賢姐這等人才，又是這樣妙音，若非二位有福，怎麼消受得起？」于是又教傾人國唱。傾人國便續著前腔，也唱一個道：

> 果是少年豪，纏頭錦不住抛。千金常買佳人笑。心騷意騷，魂勞夢勞。風流不許人知道，問兒曹，

---

❽ 打馬：一種用棋子作博弈的遊戲，又稱打雙陸。

❾ 搗椒：調情。

❿ 纏頭：古代歌伎以錦纏頭，進行表演，演畢，客以羅錦相贈，稱纏頭。後來「纏頭」被作為贈送妓女財物的通稱。

閑愁多少，好去上眉梢。

眾人都說道：「妙，妙，妙！又新鮮，又切題，實難為賢姐了。」討吃鬼道：「你們難為的他二位唱了，你們何不也唱一個回敬回敬？」誆騙鬼道：「不打緊，我有一個打棗竿兒唱與你們聽罷。」于是一面拍著手，唱道：

兩冤家，我愛你的身子俏，還愛你打扮的忒煞風騷，更愛你唱曲兒天然妙，一個如鶯囀，一個似燕嬌。聽了你的聲音也，乖乖委實唱的好！

把眾人都笑了。輪著丟謊鬼唱，丟謊鬼道：「我不會唱，說個笑話兒罷。」說道：「弟兄兩個，同做生意。哥哥拿了一千兩銀子，往南邊買貨去了，看見絕色的個姐兒，就嫖起來了，將一千銀子嫖的罄盡，回不得家鄉了。那姐兒念情難捨，與他立起個堂兒，將他供奉在裡面，只說是個毛神。凡有嫖客來，先要磕頭祭他。他兄弟見他兄多日不見回來，又拿了二百兩銀子去尋他。不想哥哥偏尋不著，卻尋著一個姐兒，也就要嫖。姐兒道：『我家有個毛神，甚是靈驗，凡客來都要祭他。』他兄弟依言來祭他，他見是他兄弟，連忙跳下來說道：『兄弟，你拿了多少銀子來嫖？』他兄弟道：『拿了二百兩。』他兄道：『快回去回去，我拿了一千兩銀子嫖了個毛神，你拿二百兩銀子只好嫖成個毛球。』」說完，慌忙跪下道：「小人失言了。」誆騙鬼道：「大爺們不怪你，有好的只管說來！」丟謊鬼道：「我還有個嫖娼的笑話，益發說了罷。」又說道：「一個人有年紀了，不想他年紀雖高，春情不滅，定要嫖個姐兒。怎奈他陽物皮軟，再不入爐。他生了一計，將籬邊篾片暗暗幫了進去。那姐兒嫌刺的慌，說道：『只正身來罷，不喜歡這些幫手。』」把眾人說的大笑。低達鬼道：「你得罪二位大爺，又把俺們都扯下水去。」丟謊鬼道：「你不要說我，且看你有什本事與二位大爺勸酒？」低達鬼道：「我但憑二位賢姐吩咐，教我怎的，我就怎的。」傾人城說道：「我叫你學驢喊。」那低達鬼真個就喊了三聲。傾人城說道：「不算不算，要跪在地下，就如驢一般大喊三聲方算。」低達鬼道：「這有何難。」連忙跪下，高喊三聲，把眾人喜笑不住。低達鬼奉與傾人城一杯酒，又斟一杯與傾人國。傾人國說道：「你要教我吃這杯酒，除非跪下頂在頭上，叫聲嫡嫡親親的娘，說吃兒的這杯酒，我方肯吃。」低達鬼道：「死不了人。」真個頭頂酒杯，跪在地下，叫道：「嫡嫡親親的娘，你吃兒子這杯酒！」那傾人國笑著道：「好個孝順兒子！」于是取酒來吃了。眾人道：「我們告了回避罷。」這兩個敗子此時也恨不得教眾人散了。遂扯了誆騙鬼走到簾外，悄悄的問道：「這樁事我們都不能行，還要求你指教！」誆騙鬼道：「沒甚難處，只要捨的銀子就體面了。」二人領了這大教，就立起揮金如土的志氣來。當下眾人都到外邊客房裏睡去了，只討吃鬼攙住傾人城的手，耍碗鬼攙住了傾人國的手，各自進臥房去了。只見那臥房中：

花梨木床來于兩廣，描金櫃出自杭州，桃紅柳綠，衣架上堆滿衣裳；花緞春綢，燈床頂高增褥被。梳頭匣細描著西湖景致，勻面鏡生鑄就東海螭紋。更有瓶桂花油滿房香膩，還有匹紅綾駿馬觸鼻腥臊。

他二人從來不曾見這樣排設，喜的心花都開，就如劉晨、阮肇誤入天台⑪一般，又像那豬八戒到了西天極樂世界一般，便就抬腳不知高低了。丫頭們進來脫靴，就賞了幾錠銀子。你道他們來快活亭乘涼，自然不曾帶得銀子，如何這等就便益？原來從快活亭起身時，已定了要嫖的主意，故使人回家去，取了百十兩銀來，所以適才飲酒時，丟謊鬼有那百兩嫖成毛球的笑話兒。只兩個姐兒見他二人出手大樣，枕頭上就百般奉承，若不是生死簿上不該死，險些兒連命都丟了。

次日起來，眾幫客都來扶頭⑫，無非雞蛋肉丸之類罷了。轉刻吃畢早飯，眾人道：「我們做些甚好？」傾人城道：「我們蹴圓⑬罷。」討吃鬼道：「我們不會蹴圓。」傾人國道：「我們不然投壺⑭罷？」耍碗鬼道：「我們不曉得投壺。」眾人道：「我們不如玩牌好。」這是眾人做住的圈套，要套兩個敗子。他兩個果然就認了道兒，眾人把倒塌鬼也叫到跟前，要抽頭兒⑮。初時暗與他兩個幾張牌，漸漸使出手段來，登時就贏下他兩個幾百兩銀子。討吃鬼道：「不玩牌了。」要擲骰。不想這骰兒，又是柳金娘灌上鉛的，他兩個依舊在下風頭。如此在柳金娘家住了半月有餘，他兩個的家私已去了一大半。那日忽然來了一位相公，跟著許多家人，原來是賈大爺的公子。誆騙鬼扯著他二人與眾人都溜將出來，道：「他來了，我們另扎一陣，且走罷。」二人無奈，只得回去。討吃鬼將眾人邀在他家裏坐下，心中好不氣惱，

⑪ 劉晨阮肇誤入天台：相傳東漢浙江剡縣人劉晨、阮肇在天台山採藥迷路，被兩位仙女邀至家中，留住半年，回到自己家裏時，子孫已過七代。
⑫ 扶頭：「扶頭酒」的簡稱，意為易醉的酒。此指飲酒作樂。
⑬ 蹴圓：踢球。
⑭ 投壺：古人宴會時的遊戲，賓主將矢投向特製的壺，中多者為勝，負者飲酒。
⑮ 抽頭兒：設局邀人聚賭，從中抽取頭錢。

對耍碗鬼道：「他們做官的人家這樣勢焰，我們沒有前程的難過日子，若是你我大小有個前程，這會也還在那邊陪他坐裏。就縱然把婊子讓他，我們也不至于這等沒體面往外飛逃。」耍碗鬼嘆了一口氣，不作聲。誆騙鬼乘機說道：「大爺們要前程不難，拿出幾千兩銀來，小人效勞，替大爺們到長安去干辦，休說前程，就像那公子的父親做黃堂知府，也是個容易得。那時做了官，掙幾十萬銀子回來，要嫖就嫖，要賭就賭，誰敢說句歪話？」耍碗鬼道：「官也這等容易做麼？」丟謊鬼道：「這有何難，如今朝中做宰相用事的是李林甫，他受賄賂，只要投在他門下，當下就有官。只怕大爺們捨不得銀子，若是捨得，小人幫扶上誆騙哥去，只管要妥當。」一席話說的二人興頭起意，說道：「不知得用多少銀子？」誆騙鬼與丟謊鬼一個眼色，丟謊鬼就不作聲了。那誆騙鬼故意打算了一會，又吸溜一聲，就說：「二位大爺要做官，輕可也得幾千，少了不濟事。」討吃鬼扯出耍碗鬼來，背地裏商量了一會，進來安住誆騙鬼與丟謊鬼，教低達鬼陪坐，他兩個辦銀子去了。蓋是想做官的心急，就要當日打發起程的意思。

且說那兩個，每人都有萬貫家財，只因在柳金娘家裏要在婊子跟前做體面，輸下的賭博賬，不等回家來就著人取去，對著婊子與了眾人。眾人都各自送回家來，此時一家湊了五千兩銀子，便如傾囊兒出的。于是當面封包了銀子，一面使人去雇牲口打成馱，則管代他兩個吃了酒飯，千萬囑咐，打發起程去。他二人就學起做官的樣子來了，走一步大搖大擺，說話時年兄長，年兄短，以為這頂紗帽就相在頭上一般。不想等了三四個月，並無音信，家中沒有銀使，凡事漸漸蕭條起來了。一日正在納悶之間，丟謊鬼來了，恰好耍碗鬼也正在討吃鬼家坐，二人忙問道：「端的如何？」丟謊鬼嘆了口氣道：「我們到了長安，恰要尋個門路，誰想不湊巧，剛剛兒著朱泚作亂⑯，我們商議要回來再去，路上被賊盜將銀子搶去。

誆騙鬼也教賊殺了，惟有小人逃的性命回來。今日相見，實是在世人了。」那兩個敗子一聞此言，氣得大呼小叫，口吐鮮血，跌倒在地，不省人事。丟謊鬼爬起來一溜烟走了。你說他往那裏去了？原來是他做成的圈套，將銀子騙的走了兩程，尋了歇家，將原來的腳夫打發去了，另雇騾子改路，要往南京去，也恰有朱泚作亂的消息，他們不敢走，誆騙鬼在店內住，這丟謊鬼回來安動作具實事，端端的在這兩個敗子跟前丟上這等幾句大謊，依舊趕上去與誆騙鬼均分了銀子，往南京作生意去了。

這兩個敗子蘇醒過來，無可散氣處，恰好倒塌鬼進來說：「家中沒有柴米作飯，拿錢來小人去糴。」討吃鬼道：「錢在那裏？只個米糴不成。」倒塌鬼谷都了嘴⑰說道：「莫有錢糴米，難道餓死不成？」討吃鬼正在氣頭之上，見他說這句言語，拿起棍來照頭就打，不料一下將倒塌鬼打死了。耍碗鬼道：「正在甚麼光景處，你又弄下這人命，該怎麼處？」討吃鬼呆了一會，說道：「低達鬼見我們窮了，他又往別處低達⑱去了，他日若在時，看見便難遮掩，如今只是你我弟兄二人，商量個法兒才好。」耍碗鬼想道：「只說他是霍亂兒死了，與他買個扒皮棺材，裝在裏邊埋了，他又沒有人主，不過瞞過街坊鄰里的耳目去就便了。」討吃鬼道：「我那裏有錢與他買棺材？只好使席子卷了罷。」耍碗鬼道：「不好。席子卷了露出頭上的傷來，教人看破，反做不妙了。不如咱弟兄們抬上，丟在園井裏罷。那眼枯井，教他

---

⑯ 兑著朱泚作亂：「兑著」意為遇上。朱泚原任唐盧龍節度使，西元七八三年，京師變亂，德宗出奔奉天，他被擁立稱帝，後兵敗為部將所殺。

⑰ 都了嘴：噘著嘴巴。都，同「嘟」。

⑱ 低達：低聲下氣，諂諛奉承。

一總倒塌去罷。人問時只說他逃走了。」于是以計而行。看官們著眼⑲，這就是倒塌鬼的下落。

再說這兩個敗子，一日窮出一日，把地也賣了，家貨也賣盡了，討吃鬼剛剛落下⑳一條頂門棒，耍碗鬼落下一個碗。二人嘆道：「還是先人遺下這兩件好東西，不然我們豈不失腳㉑了。」于是討吃鬼拿著棍，耍碗鬼抱著碗，才作起他們的本分生意來了。一日在街上討吃，聽得後面高聲叫，一人回頭看時，是那急賴鬼的兒子叫街鬼。討吃鬼問道：「兄為何也做這個買賣？」叫街鬼道：「只因先父惟憑急賴，莫有掙下東西，所遺些虛薄產業，都被我折算與人家了。小弟沒奈何，學會這個本事，倒也清閑自在。二位是方便的，為何半年不見，也就如此了？」二人道：「不消提！」因將前事訴說一遍。道：「我們如今是患難朋友了，且又是父交子往，我們如今益發結拜了，也好彼此扶持。」說的投機，便同到土地廟裏廝磕了個頭，結拜成兄弟，果然恩愛異常，日則同食，夜則同宿，不像同胞弟兄們參商不像樣。那一日往大王廟中乘涼，忽有一個人慌慌張張來說道：「快躲快躲！鍾馗又來了。」他三個吃了一驚，道：「他已走了多日，怎麼今日又來？」那人道：「你們不知道，他前去欠真山有個假鬼，本領十分利害，行事如捕風捉影，說話是墁天蓋地，與鍾馗大戰了幾百場，才被鍾馗斬了。斬了假鬼回來，路上又遇著個低達鬼，不想這低達鬼不濟的很，鍾馗將他捉住，他就嚇的滿口胡招，竟將三位招出來。鍾馗將他罰得與陰兵做了個吮癰舐痔的外科太醫了。如今又尋將你三位來了，我是地哩鬼專來報信。」說畢去了。

---

⑲ 看官們著眼：「看官們」是對讀者的稱呼。「著眼」意為留意。

⑳ 落下：剩下。

㉑ 失腳：斷了腳；無法動彈。

他三人正疑惑之際，只聽得鼓角連天，已將大王廟圍了。叫街鬼道：「此時如何區處？只得與他對敵。我在這裏吶喊，你兩個上陣。」那討吃鬼手拿打狗棍撲上前去，鍾馗大喝一聲，如山塌地崩的一般，唬得討吃鬼骨軟筋痲，丟了棍往回飛跑。鍾馗趕來，耍碗鬼接住，舉起碗來向鍾馗打去，指望照臉一碗打死。鍾馗的寶劍下叮噹一聲響，將碗打的粉碎。耍碗鬼道：「罷了，罷了！把吃飯的傢伙也丟了，還不投降，等待何時！」于是三人一齊跪下，哀告道：「念小的們原是好人家兒子，只因不守本分，弄得窮了，沒奈何幹這營生，教人起下這些鬼號。望老爺饒命，小的們不是情願做這樣鬼的。」鍾馗道：「不守本分，便是匪類，要你們何用？」三人又苦苦哀告道：「這也不盡是小的們的不是，只因祖父們慳吝的慳吝，急賴的急賴，所以積造下的。老爺豈不聞慳吝愛財，必生敗家之子，賴來的東西不長盛？」鍾馗呵呵大笑道：「據汝等說來，倒也有理，但只是遊手好閑，不是常法。」于是每人打了四十棍，以戒將來，又每人賞了一百文錢，以濟窮苦。三鬼見鍾老爺賞罰分明，心中感服，叩頭拜謝，知過必改去了。這叫做：

費盡家貨，阿翁枉作千年計；學會討吃，有時也掙百文錢。

要知後事如何，且聽下回分解。

第六回　誆騙人反被人摳掏❶　丟謊鬼卻教鬼偷屍

詞曰：

世事循還何日了？這個才賒，那個隨來討。總是緣人誠處少，蒼天教把乾坤小。　幸有鍾馗心腸好，除去奸頑才覺曉。任他變化千般巧，當只一斷如包老。

話說那誆騙鬼騙了討吃鬼與耍碗鬼的萬兩銀子，與丟謊鬼均分，還恐怕討吃鬼與耍碗鬼不肯死心塌地，故教丟謊鬼回去，一面安動家下，一面丟上那等個大謊，弄得兩個討吃的討吃，耍碗的耍碗。他與丟謊鬼到南京竟做生意去了。不想人雖如此，天理不然，報應循環，一點不錯。這誆騙鬼合了一個伙計，是十分厲害，怎見得：

頭似猴腮，鼻如鷹嘴，一副臉面無血色，十個指頭似鋼鉤。寧教我負人，莫教人負我，奇方得自曹操。逢人食其肉，還要吸其髓，妙術受于狐精。一點良心，難離陰司早已丟下；千般計較，出娘胎敢不帶來？要知此物名和姓，四海皆稱摳掏鬼。

❶ 摳掏：搜刮；詐騙。

這摳掏鬼與誆騙鬼做了伙計，賣得一錢，賬上只落五分，不及數個月，竟將五千兩本錢摳去一半。那日誆騙鬼查賬，見沒有許多東西，就問摳掏鬼下落。摳掏鬼信口支吾❷，誆騙鬼大怒，揪住摳掏鬼就打。不想那摳掏鬼有一般絕招，十個指頭就如鋼鉤一般，將誆騙鬼先摳起皮，後去其肉，登時摳見骨頭，嗚乎哀哉了。保正甲長❸，見他摳死了誆騙鬼，齊來拿他。他輪起利爪來，摳的個個皮開，人人流血，保正不能擒他，只得到縣中來稟。縣尹❹正在堂上，保正上前稟道：「某處地方保甲，有個摳掏鬼將誆騙鬼摳死，某等拿他，他十指如鋼鉤，將某等摳傷，望老爺速速差人去拿，稍遲恐他逃了。人命關天，帶累某等不便。」縣尹聽了大怒，吩咐兩個快手❺，帶值日皂隸❻，「火速拿來見我。」去不多時，只見都抱頭而來，縣尹問道：「怎麼你們這等模樣？」皂隸道：「稟老爺，那摳掏鬼實是厲害。小的們奉了鈞命❼前去提他，他輪開利爪，逢人便傷，觸人便裂，小的不能進前，還要老爺調些兵馬去擒捉。」縣尹搖頭道：「諒你們三人如何能敵，你們這許多皂隸還未能擒，我想此物必非人類，定是甚麼妖邪變化的。兵馬去也無益，必須你們訪一個有法力的高人來稟我，方可除的他。」皂快道：「小的們不知有法

---

❷ 支吾：這裏指含混搪塞。

❸ 保正甲長：保甲是宋王安石推行、為後世所沿襲的一種基層戶籍制度，以一定戶數編為保或甲，負責者稱保正或甲長。

❹ 縣尹：縣長。

❺ 快手：衙署掌緝捕、行刑等職事的差役。

❻ 值日皂隸：正在值班的差使。

❼ 鈞命：命令。「鈞」為敬詞。

力的在何處，必須老爺出張告示，招致那有法力的，自然效命了。」縣尹見說的有理，真個出了一張告示：

本縣正堂❽為除邪逐祟，以救民生事：照得光天之下，難容魑魅橫行；化日之中，未許魍魎作祟。是以律有明條，師巫猶將禁止，況顯為民害者也！近來本縣不能正己化民，以致妖邪作祟，竟有妖邪摳掏者，具虎狼之心，持摳人一術。心如蛇毒，遇之者家敗人亡；手似鋼鉤，當之者肉枯髓竭。若不早為拘除，勢必多遭毒害。為此示仰合邑軍民人等知悉，或有拿妖之術，或己不能轉荐他人，或無此人而求別縣。果能除害安民，本縣不惜重賞，務其合力同心，不可自貽伊戚！特示。

告示展掛出來。常言道：無巧不成話。恰好地哩鬼過來，只見眾人圍著觀看，他也挨入叢中，看時是招求法師，要除摳掏鬼的告示。他心裏想道：「俺如今現知鍾馗的下落，何不請他來滅了此鬼，豈不是一功？」算計定了，上前就揭告示。眾人問道：「你能斬鬼麼？」地哩鬼道：「我雖不能斬鬼，卻能請個斬鬼的人來。」于是眾人遂簇擁著地哩鬼來見縣尹。縣尹升堂，問道：「你有何法術可以斬鬼呢？」地哩鬼道：「小人也不能斬鬼，小人知道有個斬鬼的人，他姓鍾，名馗，是天子封為伏魔大神的職位，領的一個司馬，一個將軍，三百兵卒。老爺要除此惡鬼，料想非他不能。老爺只管差人同小人去請可也。」縣尹大喜，賞了地哩鬼五十兩銀子。差了兩名快手，跟著地哩鬼飛也似請去了。卻說鍾馗打發了討吃鬼等，其時又是中秋天氣，金風瑟瑟，玉露零零，昔顏潛庵有詩為證：

❽ 正堂：官府治事的大廳。明、清時也用以稱知府知縣等地方正印官。

金風蕭瑟楚天長，人世光陰屬渺茫。
田舍稻炊雲白滑，山園霜熟木奴❾香。
雁傳歸信天河遠，蛩訴離愁夜正長，
況是江山搖落後，閑居潘鬢❿漸蒼蒼。

鍾馗領著陰兵緩緩而來，一路上聽了些哀柳啼鴉，涼風驚雁。正行之際，忽有三人攔路跪下。鍾馗問道：「汝等有何話說？」一個跪上前來，道：「小人是地哩鬼。」鍾馗道：「俺專要斬鬼，你怎麼敢來？」地哩鬼道：「小人雖名為鬼，卻不害人，今日來正要懇求老爺斬鬼。」遂將縣尹敦請之意稟上。鍾馗甚喜，發付兩個快手先回。然後教地哩鬼引路，不到縣衙，竟尋摳掏鬼去了。

且說那摳掏鬼得了詎騙鬼的東西，將詎騙鬼摳死，又摳了保甲快皂，知道縣尹與他不肯干休，他招了許多會摳掏的小兒鬼，反上鷹鼻山去，做起大王來了。地哩鬼早已知道，引著鍾馗竟到鷹鼻山下。小卒報上山來道：「山下有鍾馗領著兵將，扎住營寨，口口聲聲要斬大王。」摳掏鬼大怒，急速齊整，拿了一條鐮銀棍，衝下山來。這壁廂⓫負屈出馬，舞刃相迎，兩個劈了頓飯時辰，不分勝敗。摳掏鬼丟了鐮銀棍，弄起爪來，向負屈臉上亂摳。負屈遮架不住，敗回陣來。鍾馗見負屈滿臉帶血，問道：「怎麼

---

❾ 木奴：泛指果實。
❿ 潘鬢：晉潘岳在秋興賦序中自述三十二歲頭生白髮，後用「潘鬢」為中年鬢髮初白的代詞。
⓫ 這壁廂：這一邊。

這等狼狽？」負屈道：「果然摳得厲害，從來沒見此等惡鬼。」鍾馗大怒，提劍而出。那摳掏鬼又拿了鏃銀棍，迎著一場好殺。鏃銀棍不離耳伴，青銅劍只在眉峰。那一個說：「俺摳掏死誆騙鬼，何干足下？」這一個道：「俺奉唐王命，專來斬妖精。」那一個說：「俺弄開十個指頭，人人膽顫。」這一個道：「俺舉起這口刀，個個寒心。」那一個說：「誰走了不算好漢！」這一個道：「誰勝了才算將軍。」正是兩家費盡平生力，試看何人立大功？那摳掏鬼左支右吾，看看遮架不住，棄了棍，伸出爪來。鍾馗知道他的厲害，晃了劍，且回本陣。那摳掏鬼又得了勝，竟去了。含冤道：「看他所恃者惟有十指，何不將涎臉鬼的臉戴上，甚是堅厚，他自然摳掏不動，斬他有何難哉？」鍾馗道：「是了。」忙將臉戴上，又出陣來。那摳掏鬼也不使鏃銀棍，但憑十指來摳。不料此物堅厚異常，怎能動得分毫，反將他的指頭摳的鮮血長流，不能施展。只得縮回手去。鍾馗大喝一聲，舉劍照頭砍來，摳掏鬼無法支持，逃回山上去了。小卒兒見他們的大王逃了，蛇無頭而不行，鳥無翅而不飛，也就都四散了。摳掏鬼自料不能得生，關上寨門，點起火來自焚而死。才知他是個閉門子火燒死的人。于是地哩鬼跪下報與縣尹，縣尹大喜，率領百姓來迎請鍾馗。鍾馗不好過卻，只得來至衙門。堂柱上掛著一副對聯是：

百里清風回綠野，一簾明月照琴堂。

其時早已設下筵席，鋪設十分齊整。縣尹把盞，讓鍾馗坐了正席，含冤左席，負屈右席，縣尹下席奉陪。奉上戲單，求鍾馗擇戲。鍾馗擇了齣關聖⑫斬妖。戲子扮出來，先是周小官唱一套去請黃道士來，

⑫關聖：關羽。即下所稱「關夫子」。

黃道士書符念咒，念出一個妖精，那妖精竟將黃道士打去了。恰好呂純陽⑬老先生來，看見妖精厲害，發牌又請了關夫子、周倉⑭拿住。縣尹看到此處，道：「今日大人斬鬼，不亞關夫子矣！」鍾馗道：「大人請俺至此，也就是那呂純陽了。」含冤道：「負將軍可以算得周倉。」負屈道：「不然，不然。他將俺摳的滿臉流血，只好是黃道士罷了。」滿席坐的皆大笑。席終，鍾馗就要辭去，縣尹再三款留，說道：「下官有座小園，屈尊大人盤桓數日，也不枉下官敦請一番。」鍾馗只得應允。縣尹邀進園中，只見極其雅致，賓主坐定。鍾馗見天然几上放著兩卷詩稿，取來展玩，卻是詠秋風、秋月、秋水、秋山四景的絕句，兩卷俱是這個題目，且都是一樣韵腳，先將一卷從頭細玩，那詠秋風的是：

金風蕭瑟逗窗紗，烏雁排空影欲斜。
今夜愁多應有夢，不知吹去到誰家？

那詠秋月的是：

清風清夜沐清光，散盡天香桂影長。
願借仙娥消寂寞，好來窗下舞霓裳。

那詠秋水的是：

---

⑬ 呂純陽：呂洞賓。他被道家正陽派號為純陽祖師。
⑭ 周倉：傳說為關羽的部將。

丹楓搖落晚烟多，雨後風餘細細波。
竊愛澄鮮如俊月，每臨秋水憶嫦娥。

那詠秋山的是：

白雲飛去復飛來，霜葉如花未經開。
最喜謝安⑮高致好，擬逢仙女到天台。

鍾馗看畢，道：「此卷才質雖好，口角輕狂，必放達不羈之人也。」又看那一卷，只見詠秋風的是：

秋日風寒不用紗，街頭搖蕩酒旗斜。
舞弓坐後情猶在，結伴還須詠到家。

那詠秋月的是：

明月逢秋分外光，天香先占一支長。
嫦娥若肯垂青睞，脫去藍衫換紫裳。

那詠秋水的是：

⑮謝安：東晉大臣。

原⑯泉有本水偏多，每到秋來不起波。
孺子濯纓夜到此，豈容盥手映嫦娥。

那詠秋山的是：

萌蘖才生人又來，秋山所以少花開。
年來王道無人講，松柏焉能似五台。

鍾馗看畢，掩口而笑道：「好個糟腐東西，令人可厭。」縣尹道：「大人眼力不錯，這是下官作養得兩個童生，那卷輕狂些的，才思到也看得過，只是做人浮蕩，每每縱情于花柳之間，全無中規中矩的氣象。」鍾馗道：「看他那詩每首後二句，其人便可知矣。」縣尹又道：「這一卷糟腐的為人，與那個大相反，開口就講道學，舉步但要安詳。更可笑者，即出恭之際，猶必整其衣冠，雖冒雨之時，未嘗亂其腳步，至于世態人情，一毫不懂，所以同社人送他兩個的美號：那一個叫做風流鬼，這一個叫做遭瘟鬼。」鍾馗道：「只罷了。孔子云：不得中行而與之，必也狂狷乎？中行原是難得的，古今以來，能有幾人？」

正說之間，外邊傳鼓，送進一紙狀子來。你道這狀子是誰的？原來是丟謊鬼與誆騙鬼自分開銀子，他也就做起生意來，買了兩個小廝，一個叫做捕風，一個叫做捉影。又與他尋了兩個伙計，一個是粱山

⑯ 原：同「源」。

洎上時遷的祖宗，生得毛手毛腳，慣會偷人，叫做偷屍鬼。一個是戰國時祝駝的後代，生得伶牙俐齒，專一賴人，叫做急突鬼。這兩個自從入了鋪子，就打起順風旗來，偷盜的偷盜，急突的急突。一日也合當起事，這偷屍鬼正將一錠銀子往褲襠裏塞，恰好教捕風觀見，不好當面識破，只得告與主人去了。丟謊鬼尚在疑信之際。過了幾日，來到鋪中查驗，果然沒了無數東西，且有許多長支賬目。丟謊鬼問急突鬼道：「東西沒了大半，怎麼還有許多長支賬目？」急突鬼道：「長支是我使了，日後我慢慢還你的，若是不還的，只教半天里馬踏死。」說罷搖著扇子，反憤憤不平去了。丟謊鬼見這等光景，待要打他，又怕像誆騙鬼那樣子吃虧，前車已覆，不敢再行，只得忍氣吞聲。回來想道：此事只得到官。于是尋一個代書，羅⑰了幾壺好酒，又送了五錢銀子，只要寫得厲害，聳勞官府。那代書也不管他是虛是實，問了大概，寫成狀子，他就遞進去。縣尹同這鍾馗看那狀子時，上寫道：

告狀人丟謊鬼為明火劫財，殺人無數事：情因小人一生謹慎，並不妄為，齒積三月有餘，得銀五千兩，指望創業垂後，以為子孫萬代之計。不料命蹇時乖，忽有偷屍鬼與急突鬼者，以狼虎之心，恃鯨吞之術，托名為伙計，實是盜賊。竟于某月某日，明火持刀，竟將家財劫去，我身必亡，數十性命，一時俱斃。似此罪惡滔天，王法安在？伏乞仁明老爺，速剪元凶，以救良善。倘蒙俯准追獲，終身頂感無既矣！為此哀鳴上告。

縣尹道：「這狀子有些不實，既是伙計，怎麼又稱賊盜？豈有伙計做明火之事乎？其間必有原故。

⑰ 羅：篩；倒。

大人少坐，待下官問來。」鍾馗道：「容俺在煖閣後聽聽何如？」縣尹道：「如此最好。」于是打點升堂，喚進丟謊鬼來問道：「你這狀子可是實話麼？」丟謊鬼道：「小人從來不說謊。」縣尹道：「你三月有餘，怎麼說齒積五千餘兩銀子？」丟謊鬼道：「其間有個緣故，小人別無他能，惟憑謊嘴度日。有一個耍碗鬼與小人相交，小人費了許多唇齒，整說了三個月，方才騙了他的這五千兩銀子到手，豈不是齒積麼？」縣尹聽了，已是大怒，又問道：「他兩個怎麼明火你來？」丟謊鬼道：「他們與小人算賬，算的黑了，點起燈來，豈不是明火？他們將小人的銀子偷的偷，賴的賴，豈不是劫財？」縣尹道：「你說殺人無數，這又有何指實？」丟謊鬼道：「他將小人的銀子克去，小人勢必餓死。若小人有這銀子，娶下幾房妻妾，生下幾個兒子，兒子娶了媳婦，又生下孫子，一輩傳一輩，休說數十，就是數百也未見得。今日將小人餓死，斷了種子，是餓死小人一人，就如餓死無數性命一般，豈不是殺人無數麼？」縣尹見他滿口胡說，恰要打他，鍾馗從煖閣後大怒，出來手起劍落，早已發付他陰司丟謊去了。縣尹見當下就斬了，未免有些驚訝。鍾馗道：「大人不必驚訝，這樣人殺了痛快。那偷屍鬼與急突鬼，大人也還得叫來審審，好結此案。」縣尹于是抽一支簽，差了兩名快手，當時把偷屍鬼與急突鬼捉到。鍾馗與縣尹也就坐在堂上，看他審問。縣尹叫上偷屍鬼來問道：「你為何偷盜丟謊鬼的銀子？」偷屍鬼道：「小人並沒偷，只是暗中拿些東西，不肯教他知道便了，都是他誣賴小人。」捕風、捉影上來道：「小的們原是原告手下的人，小的們親眼見他偷，老爺不信時，他身邊還帶的偷上來的東西哩。」縣尹令人教搜，果然搜出許多東西。縣尹大怒，向鍾馗道：「此人何以發付？」鍾馗道：「這偷屍鬼都是手不長進⑱，

⑱ 手不長進：意思是管束不住自己雙手。人稱進步、爭氣為「長進」。

將他雙手去了，他再不能偷矣。」縣尹道：「大人斷的是。」遂吩咐將偷屍鬼雙手剁了。又叫急突鬼來問道：「你如何急賴他的銀子，從實說來！」急突鬼道：「老爺聽稟，小人從來不胡賴人，只因使下些長支，小人滿口應承，限三限還他，他只是不依，說小人賴他。」縣尹道：「那三限？」急突鬼道：「現有立下文書在此。」于是雙手奉上，縣尹展開時，只見上寫著，「第一限是王母娘娘轉生漢，若是轉了時，再到第二限；第二限是天上星星看不見，若看不見了，再到第三限；第三限是河裏魚兒變成雁，若是變過時，一總⑲不見面。」縣尹拍案大怒道：「這等你還是不賴他麼？」鍾馗道：「此人舌頭反正不一，只將他的舌頭割了就是。」于是也依法行了。縣尹與鍾馗退堂，合縣百姓感戴鍾馗除害安民，遂與鍾馗立起祠堂來，鳩工庀材建蓋⑳。不題。

且說鍾馗與縣尹閑談之際，地哩鬼又來。鍾馗問道：「汝等又來何幹？」地哩鬼道：「小人打探的西邊有兩個鬼，十分可憐，請老爺去安撫！」鍾馗便辭縣尹要行，縣尹挽留道：「大人不必性急，過了幾日從容去何妨。」鍾馗道：「大人盛情，感謝不盡，俺恨不得常常聚首，朝夕領教，但天子命俺遍行天下，以斬妖邪，若只管因循，豈不怠玩朝命，曠官廢職乎？」縣尹道：「適才所說之鬼，不過只用安撫，何必勞大人親往？且勞司馬一行，大人在此坐鎮便了。」含冤道：「大人吩咐，俺就去走一遭，主公寬心坐候可也。」于是領了一半陰兵，與地哩鬼去了。鍾馗剛剛坐定，只見那蝙蝠又向東飛去。鍾馗道：「奇哉！難道東邊又有鬼麼？」縣尹道：「大人何以知之？」鍾馗道：「俺這蝙蝠但是有鬼所在，

---

⑲ 一總：終生。

⑳ 鳩工庀材建蓋：「鳩工」調集合民工。庀音ㄆㄧˇ。具備。「建蓋」即建造。

他就知之，所以俺離他不得，竟是俺一員嚮導官。如今他向東飛去，東邊必定又有鬼也。俺少不得要走一遭了。」縣尹道：「此亦不必大人親往，含司馬往西邊去了，再勞負將軍往東邊去，如何？」鍾馗向負屈道：「罷了，大人吩咐，你就去去看如何？」負屈得了鈞命，將那一半陰兵領上去了。這一去有分教：

五鬼欺心，半夜三更鬧捨命；
鍾馗無伴，少靴沒帽受迍邅[21]。

要知端的如何，且看下回分解。

---

[21] 迍邅：音ㄓㄨㄣ ㄓㄢ。難行的樣子，指處境困難。

第七回　對芳樽兩人賞明月　獻美酒五鬼鬧鍾馗

詩曰：

莫笑拘迂莫恃才，兩般都費聖人裁。
迂儒未必扶名教，才子還能惹禍胎。
好色墻邊人不知，貪杯林下鬼偏來。
請君但看鍾南老，才入迷途事事乖。

且按下負屈率領陰兵往東邊去的話不題。單表那風流鬼生得秉性聰明，人材瀟灑，也吟得詩，也作得賦，雖不能七步成章，絕不至撓腮抓耳，且是風流倜儻，不拘小節，因此上四海知名。所以伶俐鬼離了無恥山前來投他，他一見如故，便以兄弟呼之。一日正是八月中秋，東洋大海，推出一輪明月來，清光十分可愛。風流鬼道：「今日皓月依人，我們何不請遭瘟鬼來，與他賞月？」伶俐鬼道：「賞月雖好，奈非賞月之人，只恐有負清光。」風流鬼道：「不然，我們二人對酌，似覺索然，請他來作個弄物❶取笑，有何不可？」于是便使一個小童請去，許多一會，方才請得來。遭瘟鬼作了揖，向風流鬼道：「小

❶ 弄物：供玩弄的人物。

弟正乃讀書，盛價❷去召，故不俟駕而來，不知吾兄有何見諭？」風流鬼道：「小弟見月色甚佳，故邀吾兄同來玩賞。」遭瘟鬼道：「吾兄差矣！古人囊螢映雪，尚要讀書，如此明月不讀書，豈不可惜乎？且是月者陰之精也，有何可玩？若月可玩，那日也可玩了。吾兄何不攜一壺酒，對了紅日賞玩起來。孟子云：月攘一雞。即以為盜者尚不負時光，況吾輩功名未就之老童生❸乎？」一席話說得風流鬼逆耳難聽，便道：「吾弟數日不見，益發糟腐至此。人生在世，花朝月夕，不可錯過。古人秉燭夜遊，正為此耳。兄不聞明皇上元之夜，隨了羅公遠步入月宮，親見仙娥素女，舞于丹桂樹下，至今傳為美談。我們雖不能如明皇，亦不可辜負了嫦娥的美意。吾兄何其拘也！」那遭瘟鬼呵呵大笑道：「這話可謂荒唐之極，而無以復加也已矣！中庸曰：日月星辰繫焉。這個就如那水晶珠一般繫在空中，那裏有甚嫦娥？有甚仙女？不過有人弄筆造此無根之談耳。所以孟子云：盡信書則不如無書。」風流鬼道：「據汝講來，月是繫在空中的了，但不知是麻繩？是鐵索？何處縛結？何處拉扯？請道其詳。」遭瘟鬼道：「兄何不通之甚也！若上天莫有縛處，那女媧氏煉石補天，卻從何處補起？看起來天上定是有人物的，怎麼縛繫不住？」這風流鬼見他滿口酸腐，又欲與他辯白，伶俐鬼捏了一把，風流鬼會得意思，不言語了。讓的遭瘟鬼吃了幾杯悶酒，悵悵而回，不料回到家中，不多幾日，頭上生了一個大瘡，膿血並流，流成個深窟。請醫看視，醫曰：「已糟透頂，不中用了。」果然從此嗚乎哀哉。此是後話，表過不題。

且說風流鬼送得遭瘟鬼走了，對伶俐鬼道：「好個腐物，倒把我的興致滅了。」伶俐鬼道：「我說

❷ 盛價：出高價，此指盛情。
❸ 童生：明、清科舉考試制度，凡未取得秀才資格的考生，皆稱童生。

不該請他來，此人只須束之高閣，豈可與他共其風月？」風流鬼道：「我們不然乘此月色，遊于幾條街巷。」只見一帶粉墻，半邊一座小門半掩半開，乃是一個花園，十分幽雅，裏邊悄無人聲。二人看得心癢，慢慢的挨進門去，垂楊之下，一灣清水，水上一座小橋，過來橋又是荼蘼架、芍葯欄、木香亭、牡丹臺。綠蔭深處，有一塊太湖石，二人坐在石畔，對著月色，看那花枝弄影，樓閣垂陰。正在清爽之際，只聽得「呀」一聲，二人抬頭看時，重墻裏一座高樓，樓上窗欞開處，現出一個女子。常言道月下看美人，愈覺嬌媚。那女子似有欲言難言，欲悲不悲之狀。這風流鬼看見，早已一片痴心飛上樓去了。伶俐鬼道：「觀此女子情態，絕非端正者，吾兄素有天才，何不朗吟一首，打動他心。」風流鬼真個高吟道：

風微欞靜月當空，石畔遙觀思不窮。
想是嫦娥憐寂寞，等閑偷出廣寒宮。

那女子聽得有人吟詩，低頭看時，見風流鬼儀容瀟灑，舉止飄逸，十分可愛，心中就有于飛❹之願了。只因礙著伶俐鬼在旁，不好酬和他的詩句，只得微笑一聲，將窗子掩住了。風流鬼已是神魂飄蕩，恨不得身生兩翼，飛在那女子身旁，作一塊兒。伶俐鬼道：「我們回去罷，倘有人來，不當穩便。」風流鬼無奈，只得緩步而行。這一晚捶床搗枕，翻來覆去，如何睡得著。于是又作詩一首道：

寂寂庭陰落，樓臺隔院斜。

❹ 于飛：比翼齊飛。意為結成夫妻。

夜涼風破夢，雲淨月移花。
魂繞巫山遠，情隨刻漏賒；
那堪孤雁唳，無奈到窗紗。

次日起來發寒潮熱，害起那木邊之目、田下之心❺了。伶俐鬼問道：「吾兄何以如此？想是昨夜冒風了，何不服些葯，表一表汗？」風流鬼開言說：「此病非葯可治，若要好時，除非昨夜那個美人充當太醫。」伶俐鬼笑道：「這等說來，吾兄害相思乎？」風流鬼道：「那等一個美人，相思焉得不害？」伶俐鬼道：「吾兄此病，只怕空害了，既不知他姓名，又不知他行徑，兄雖如此慕他，這段情你怎麼得他知道？」風流鬼道：「我也知是無益，但心中眷戀，終不能釋。如果姻緣無分，老兄索我于枯魚之肆矣。」說罷哽哽欲哭。伶俐鬼暗想道：「這件事我若不與他周全，真個相思了他，豈不辜負愛我之意？」于是想了會，說道：「兄何不寫封書，備陳委曲，弟去送與那美人，或者他憐你嫁你，也不可知？」風流鬼道：「人說你伶俐，如何這等冒失？我們與他非親非友，這書怎麼送得，豈不惹禍？」伶俐鬼道：「我自有法，必須如此如此，既不教他知我們名姓，又不提我們送書，或有意或無意，自然明白了，何至于惹禍。且昨夜我看他那光景，亦有愛你之意，此去必有好意，只管放心寫起書來就是。」風流鬼大喜，道：「老弟果然伶俐，所謂名不負其實也。」于是欣然寫書，展開花箋，磨起濃墨，寫道：

昨夜園林步月，原因❻瀟灑襟懷，敢曰廣寒宮裏，遽睹嫦娥面乎？不意美人憐我，既垂青眼，復

❺ 木邊之目田下之心：用拆字法寓「相思」兩字。

蒙一笑，何德何能，愛我至此？天耶？人耶？亦姻緣之素定耶？竊自蒙盼以來，量減杯中，魂消臉際，恨填心上，愁鎖眉端。無心于耨史耕經，有意于吟風弄月。雲氣重重，盡化成胸中鬱結；風聲颯颯，都變作口內長吁。然昨夜之憐我者，皆今日之害我者也。吁嗟乎！天台花好，阮郎無計可撥；巫峽雲深，宋玉有情空賦。神之耗矣，傷如之何？伏祈垂念微軀，急救薄命。西廂月下，少分妙趣于張郎；銀漢橋邊，熟睹芳姿于織女。專望回音，慰我渴念。不宣。外并前詩奉上，以希玉音。

風流鬼將書與詩寫就，付與伶俐鬼。伶俐鬼買了許多翠花，扮成貨郎，依著舊路，走到花園門首。搖著喚嬌娘❼東蹴至西，西蹴至東，蹴來蹴去，蹴的美人上樓來了，使梅香叫進園中，要買翠花。伶俐鬼不勝之喜。梅香道：「有好大翠，拿一對來，俺小姐要買。」伶俐鬼道：「有，有，有！」便將那封書包了一對翠花，遞與梅香。梅香拿上樓來，他小姐展開包兒，見是一幅有字花箋，細細一看，卻是一封情書，後附著那首絕句，情知是昨夜那人了。這女子本來有意，又見書中寫得字字合情，言言滴淚，如何不動心？于是向梅香道：「我忽然口渴起來，你且烹茶去。」那梅香走開去了。這樓上文房四寶，俱排設得便宜❽，遂忙取一幅花箋，寫成回音，又依韵和詩一首在後面。剛剛寫完，梅香捧茶來了。那

---

❻ 原因：原是為了。

❼ 喚嬌娘：賣貨郎手中搖的小鼓。

❽ 便宜：意思是擺放合適，取用方便。

女子忙將原書藏起，將回書包了翠花，使梅香送與貨郎道：「花樣不好，再有好的拿來。」伶俐鬼接住一看，見掉了包兒，知是回書，因說道：「花樣原也不好，待有了好的，只管與小姐送來就是。」于是挎著貨箱，欣欣而回。進得門來，便高聲道：「吾兄恭喜了！」風流鬼正在愁悶，聽得「恭喜」二字，精神先長了一半，忙問道：「想是有些意思了？」伶俐鬼笑著將回書取出來，道：「這算不得恭喜麼？」二人展開看時，上寫著：

妾寂守香閨，一任春色年年，久不著看花眼矣。不意天台之户未扃，使我劉郎直入，樓頭一盼，遞讓夙世姻緣。承諭云云，知君之念妾深也。明月有意而入窗，誰其隔之者？白雲無心而出岫，風則引之矣。既蒙婚姻之愛，願定山海之盟。家君酷愛才華，郎君善尋機巧，果能綉户相通綺户，自爾書樓可接妝樓。幸勿謂「兒家門户重重鎖，春色緣何入得來」也。謹復。外依原韵奉和，並求斧正！

閨情濃欲本來空，偶會園林計轉窮。
但願天上收薄霧，嫦娥方出廣寒宮。

二人看他書中之言，無非是要乃翁心順，風流鬼得移寓園中，就好相會的意思。風流鬼道：「知他乃翁姓甚名誰？如何得他歡喜？」伶俐鬼道：「這有何難？去他那花園左右一問，便知園主，自是他乃翁無疑。他書中說酷愛才華，自然不是遭瘟鬼那樣閉門不出的死貨，定是個問柳尋花、遊山玩景的高人。我們打聽他往何處遊賞，便好去親近他，憑吾兄這段才華，愁他不愛？」風流鬼道：「全仗老弟周全，愚兄不敢忘德。」伶俐鬼出去不多時，來回覆道：「訪著了。這花園就是鄉紳尹進家的，那女子就是他小姐。但不知他何日出門，何處去遊賞，待我去打聽，有信便來報信。」不想事偏湊巧，剛剛隔的一天，伶俐鬼來報信道：「那尹鄉紳今日要到城外東園賞菊，那東園在個僻靜所在，地方雖則狼狽，菊花卻開茂盛了。兄速裝帶了筆硯書箱，我扮作書童，先到那裏假作讀書等他。」于是二人先到東園來了，果然那尹進傍午時候，騎著一頭黑驢，跟著一個小童，挑著一個手盒，攜著一瓶美酒，走入園來。見風流鬼拿著一本書讀，人物生的風流俊爽，那尹進已是有些歡喜，遂舉手道：「老兄在此讀書麼？此處雖有菊花，地方狼狽。」風流鬼道：「聊以避俗而已。」那尹進揀一塊乾淨地方坐下，一雙眼只顧看風流鬼，伶俐鬼拿出一把扇子來，向風流鬼道：「求相公替小人畫畫。」風流鬼道：「你要畫甚麼？」伶俐鬼道：「就畫菊花罷。」風流鬼展開扇子，幾筆寫成，遞與伶俐鬼了。尹進道：「借來看看。」伶俐鬼連忙奉過去。尹進接在手中，見畫得老幹扶疏，不比尋常匠作，滿心歡喜道：「王維不能及也！」伶俐鬼又拿過來向風流鬼道：「相公既已畫了，再題上首詩才好。」風流鬼恃著才華，不慌不忙，將扇子那面寫起。尹進見運筆飛舞，又不假思索，便走過來接看，高聲念道：

群芳落後燦奇葩，瀟灑疑同處士家；
自畫自題還自賞，時將青眼對黃花。

喜得那尹進滿口稱贊道：「王摩詰詩中有畫，畫中有詩，今古稱之。誰不謂當世又有此一人也！」于是問了姓名，便邀在一處，飲酒中間，尹進道：「老夫有一小園，頗覺清雅，足下不棄，早晚移來那邊讀書，老夫也得朝夕領教。」風流鬼連忙起來打恭，道：「謬蒙先生錯愛，但恐攪擾不便。」尹進道：「說那裏話，我們就是文墨相知了，何消見外！」風流鬼謝了坐下。尹進又問了些古今事迹，見風流鬼對答如流，喜之不勝。須臾夕陽在山，各自散回本家。尹進又叮囑移來之話，先騎驢去了。然後風流鬼與伶俐鬼歡喜而回。次日早起，打扮的靴帽光鮮，寫了一個晚生帖子，竟到園中來。尹進接著大喜，就安在三間亭子上，做了書房。這風流鬼何嘗有心讀書，每日只在墻邊走來走去，一日走在太湖石畔，拾得一條汗巾，抖開看時，上邊寫得絕句一首：

自從消瘦小蠻腰，盼得人來慰寂寥。

今夜月明堪一會，莫教秋水漲藍橋。

風流鬼如拾得活寶一般，連忙藏在袖中。眼巴巴盼望金烏西墜，玉兔東升，看看到了黃昏時候，宿鳥驚飛，花枝弄影，綠蔭深處，那女子冉冉而來。風流鬼遠遠望見，喜之不勝，正欲上前相迎，誰想好事多磨，忽有一個皂隸闖入園來，道：「相公果然在此，老爺有要緊話講，立等請去。」那女子見有人來，閃入角門去了。風流鬼對皂隸道：「我身上有些不快，明日早去罷。」皂隸道：「使不得，老爺吩咐定要請去相公，我不敢空回。」風流鬼無奈，只得隨著皂隸見縣尹。縣尹道：「有一位鍾大人，見了你的詩稿，心中喜悅，今日要與你相會相會。可隨我到花園中來。」風流鬼到了園中，拜過鍾馗，縣尹命他側坐了。鍾馗見他舉止飄逸，卻也喜歡，只因他那鬼名載在簿子上，未免喜中不足，倒也還沒有個就斬他的心。縣尹立起身來，對風流鬼說道：「你陪鍾大人坐，我有樁公事去辦辦就來。」說畢話，就去了。鍾馗與風流鬼談論些詩文，風流鬼雖然心不在焉，也只得勉強對答。鍾馗又言及他詩稿道：「足下才情雖好，只是還帶些輕薄氣象，猶非詩人忠厚和平之旨。如今欲求面賜一章，不知肯不吝金玉否？」風流鬼道：「老大人吩咐，敢不應命！但不知何以為題？」鍾馗想了一想道：「就以俺這部髯鬚為題罷。」那風流鬼滿肚牢騷，便就藉此發泄，隨口吟一律道：

君鬚何以這般奇？不像胡羊卻像誰？
雨過當胸拋玉露，風來滿面舞花枝。
要分高下權尊發，若論濃多豈讓眉？
拳到腮邊通不怕，戲他遮定兩傍皮。

鍾馗聽了大怒道：「小小畜生，焉敢出言譏俺！」提起劍來就要誅他，那風流鬼冉冉而退，鍾馗隨後趕來，趕到牡丹花下，忽然不見。鍾馗左右追尋，並無踪影，驚訝道：「難道鑽入地中去了？若然則真一鬼也。」于是令人去掘，果然掘出一副棺材來，棺上題著「未央生⑨之柩」五字。鍾馗道：「怪道他舉止輕狂，原來是此所化。」這裏嘆息不題。縣尹聞之亦駭為異事。

且說伶俐鬼聽著風流鬼死了，大哭一場，說道：「我向日見楞睜大王無能，涎臉鬼不濟，故來投他，以為得所托耳，不料他又被鍾馗逼死，我當替他報仇才是。」于是就做起那延攬英雄的事業來。一二日內就招得四個鬼來，一個叫做輕薄鬼，生得體態輕狂，言語不實，最好掇乖賣俏；一個叫做撩橋鬼，極

⑨ 未央生：肉蒲團中男主人公名字。

能沿墻走壁，上樹爬山，就如猿猴一般；一個叫做澆虛鬼，一個叫做滴料鬼，也都是撩蜂踢蝎，吹起捏塌之輩，連自已共湊成五個。伶俐鬼問他四個道：「你們知道摳掏鬼與丟謊鬼死的緣故麼？」眾鬼道：「只因他兩個摳掏丟謊，所以被鍾馗斬了。」伶俐鬼搖頭道：「不然不然，皆因他們尊號上有那個鬼字，所以鍾馗才來斬他。這鍾馗是專一尋著斬鬼的，我們不幸也都是這個鬼號，豈不都在他斬伐之列麼？」澆虛鬼大驚道：「如此我們何不逃之夭夭？」伶俐鬼道：「不可。我們若這等聞風而逃，豈不惹人笑話？我打聽他那含司馬、負將軍都不在他身旁，縣尹今日又與尹鄉紳家吊孝去了，吊了孝還要到城外去，有甚查驗的事體，一二更方可回來。鍾馗獨自一人悶坐，我們扮成縣中衙役去鬼混他一場，有何不可？」撩橋鬼問道：「尹鄉紳家有何喪事，縣尹去吊？」伶俐鬼道：「你不知道，只因敝友風流鬼與他小姐有約，他小姐聽說敝友死于縣衙，他也就抑鬱而死了。所以縣尹去吊。」澆虛鬼道：「那鍾馗我們與其鬼混他，只不如將他殺了，永絕後患。」伶俐鬼道：「使不得！我們殺了他，他那含司馬、負將軍回來，怎肯干休？我們只宜用酒灌醉他，偷劍的偷劍，脫靴的脫靴，弄的他精腳⑩不能走路，空手不能殺人，豈不妙哉！」于是買了一罎美酒，五個人俱扮成衙役，竟到園中來。鍾馗正在松樹下獨坐，見他們進來，問道：「你們何幹？」伶俐鬼道：「小的們見老爺悶坐，沽得一杯水酒，與老爺解悶。」鍾馗道：「這等生受你們了。」于是將酒用荷葉大杯奉上，唱的唱，舞的舞，笑的笑，跳的跳，把個鍾馗勸的酩酊大醉。伶俐鬼道：「將靴子脫了，涼涼腳何如？」鍾馗伸出腿來，澆虛鬼與伶俐鬼一人一隻，脫得去了。滴料鬼偷了寶劍，輕薄鬼偷了笏板，撩橋鬼爬上松樹，手扳著樹枝，伸下足來，將紗帽夾去藏了。弄的

⑩ 精腳：赤腳。

個鍾馗脫巾露頂，赤腳袒懷，甚是不成模樣。所以至今傳下個五鬼鬧鍾馗的故事。澆虛鬼與伶俐鬼一人拿著靴一隻，往外正走，恰好負屈領兵回來。澆虛鬼見了嚇得屁滾屎流，就要逃走。畢竟伶俐鬼有見識，說道：「莫慌，跟我來。」于是故迎著負屈走。負屈認得是鍾馗歪皂靴，大喝道：「這是鍾老爺的靴，你們拿得往那裏去？」伶俐鬼不慌不忙，說道：「蒙鍾老爺誅了摳掏鬼與地方除害，百姓們頂感不過，如今與鍾老爺建起祠堂，恐鍾老爺早晚要行，著小人脫靴供奉，以留遺愛。」負屈聽了，想道：「言雖有據，事屬可疑。」說道：「你們且不要走，隨我到園中見過鍾老爺，然後再去。」澆虛鬼聞言，大驚失色，伶俐鬼正欲支吾，澆虛鬼已是慌忙逃走。負屈大怒，令陰兵齊鎖住，牽進園中去。只見滴料鬼拿著那口寶劍，左五右六的亂舞，負屈喝了一聲，那滴料鬼丟下就跑。負屈趕上一刀斬了，唬得那輕薄鬼舉著笏板，只管叩頭乞命。負屈手起刀落，也就揮為兩段。及至走到鍾馗面前，卻是酩酊人醉，跣足蓬頭，不省人事。負屈大怒，將澆虛鬼剁為兩段，伶俐鬼摘及心肝，方才與鍾馗穿上靴，扣上帶，只是不見軟翅紗帽。正在四下搜索之際，卻好含冤也來了，問其所以，負屈說了詳細，道：「只是紗帽不知何處去了？」含冤周圍一看，道：「要尋紗帽，多分在松樹上邊。」撩橋鬼正在葉密的所在藏著，聽得此言，便就打顫起來，將樹枝亂搖得響。負屈看時，撩橋鬼戴著紗帽，在樹上打顫哩。負屈手挽雕弓，一箭射將下來，撩橋鬼死于非命。取紗帽與鍾馗帶上，方才酒醒。二神將適間光景就說了，鍾馗未免赧顏。這正是：

後花園中，五小鬼戲弄科頭漢⑪；

長松樹下，二使者整理赤腳人。

要知含、負二神訴說東西兩邊斬鬼的事務如何，且聽下回分解。

⑪科頭漢：束髮不戴冠的男子。

第八回　悟空庵懶誅黑眼鬼　烟花寨智請白眉神

詞曰：

多愁多害，寸心無奈。求天助水或成渠，靠人扶講難吸海。　家貧須奈，家負須奈，你若是賭勝爭強惹禍招災，終久有安排。少不得再整誅邪手，重施滅鬼才。

話說含、負二神誅了五鬼，扶醒鍾馗，其時縣尹方回衙內，詢知其詳，又問二神前去斬鬼之事。含冤道：「承大人與主公之命，到了西邊，原來是個心病鬼，他因偶過大華山，見層岩峭壁，高插雲天，山下有華陰廟宇并許多居民。他動了一點過慮之心，恐山塌下來壓壞居民廟宇，終日愁眉不展，面帶憂容，看看病入骨髓。小神也不用人參、官桂、附子、良薑，只與他一服寬心丸，也就好了。」鍾馗道：「如此怎麼耽延許多日期？」含冤道：「小神治好他，便急急回來，路上又逢著一個，這個鬼益發可憐，住著半間草庵，並無傢伙在內。頭上戴著開花帽，身上穿著玲瓏衣❶，家無隔宿之糧，灶無半星之火。更可怪者，到一家一家就窮，走一處一處就敗。因此人都喚他做窮胎鬼。那些粗親俗友，都不理他，甚是可憐。」鍾馗道：「如此破敗人家，也就該殺了。」含冤道：「殺不得，他雖如此，相交的卻是一般

❶ 玲瓏衣：窄小的衣服。

高人，伯夷、叔齊、顏子、范丹❷，皆與他稱為莫逆。惟有錢神可惡，終年價不肯見他，因此他做篇祭錢文。小神愛他做得好，抄稿兒在此。」遂取出來與鍾馗、縣尹看，上寫道：

嗚呼，錢兮！君其愛我耶？何終年未覩其面耶？君其畏我耶？何偶一見而輒去耶？我知之矣，蓋予賦性恬淡，致行孤潔，無狼毒之心，無奔波之腳，無媚世之奴顏，無騙人之長略。因致子之無由，故交予之不屑。況爾形雖圓，其性甚堅；爾心雖方，其黨甚紆，安肯伈伈俔俔❸俯首降心以從我耶？嗚呼錢兮！君子不來，我其如何？寒則待之而衣，饑則待之而食，親友待子而交游，負欠待子而補足。子既不屑以下交予，予又安得不伈伈俔俔俯首降心以招子乎？聞君愛飲者白醪，愛啖者雞卵。今則有酒盈樽，有肴在豆❹，妥裁短文，以祭之曰：維我錢神，內方外圓，象天地之形體，鑄帝王之寶號。非富貴而不棲，非勤儉而不到。羨文皇之貫朽，珍重故來；嗟武帝之藏空，侈情便耗。愛子之勢，爵祿可致。須動而諂者，近側非子而誰？足舉而伺者，侯門豈我而致？然則君之為用大矣哉！今者予實維難，披誠切訴。致阮籍之白眼，對子垂青；使嵇康之傲骨，逢君不怒。韞櫝而藏，願求貯于千年；用之則行，期相逢于異日。我欲常常而見，子其源源而來。惟鑒此日之殷勤，莫計從前之疏忽。須臾祭畢，倦而偃，外有黃衣人揖予而言曰：「子果改弦而

❷ 伯夷叔齊顏子范丹：伯夷、叔齊是商末孤竹君兒子，商朝滅亡後，兩人避入首陽山，不食周粟而死。顏子即孔子學生顏回，一生安貧樂道。范丹即范冉，東漢人，流浪賣卜，而有高名。

❸ 伈伈俔俔：小心謹畏的樣子。

❹ 豆：古代食器，似高足盤，多用於祭祀。

易轍，吾且引類而呼朋矣。但子仁義尚存，廉恥未去，無致我之術奈何？」予爽然悟，豁然醒，念仁義之難忘，知廉恥之必現。起視其醪，醪尚盈樽；再視其卵，卵猶在豆。予將醉飽以樂天，君唯唯而後退。

鍾馗對縣尹道：「果然做得好！」隨問含冤道：「此人你又以何法治他？」含冤道：「小人欲與他請醫人醫他這窮徹骨的病症，奈如今庸醫多，明醫少，還是小神量其病勢，察其浮沉，與了他兩劑元寶湯，也就好了。」鍾馗大喜道：「元寶湯奇方也，世醫那裏曉得？」

又問負屈道：「他治的如此，你斬的何如？」負屈道：「小神所斬之鬼，與司馬所治之鬼，大不相同。這東邊鬼名為急急鬼。」鍾馗道：「名色便奇，你且說他本事如何？」負屈道：「那日小神領兵前去，還未安營下寨，他就殺來，只得與他交戰。戰了一日，未分勝負，各歸營壘。少停一刻，不戴盔，不穿甲，點起火把，又來夜戰，俺二人就如張翼德與馬超一般，殺了半夜。他見殺不過俺，竟急得一頭撞死了。」鍾馗道：「怎麼這等性急？真所謂急急鬼也。」負屈道：「這個還不算奇，又有一個甚是異樣，俺自閱人以來，見夠千千萬萬，從未見他那等個異眼。他黑眼也就夠了，又跟上兩個伴當❺，一個叫做死大漢，一個叫做不惜人，都是一般絕頂黑的。」鍾馗道：「這想來必定就是簿子上所載的黑眼鬼了。你怎麼斬他來？」負屈道：「小神見他黑眼異常，臉也掉不過去了，還怎麼斬得他？所以領兵回來。」鍾馗變色道：「豈有此理！昔日孫叔敖❻見兩頭蛇，猶恐傷人，還要斬而埋之，況此等鬼惹得人人黑眼，

❺ 伴當：伙伴。

個個低頭，汝何竟輕輕放過？」說得個負屈滿面通紅。鍾馗道：「罷了，俺明日去。」

次日起早，點起陰兵，辭了縣尹，縣尹與百姓直送到十里之外，方才回去。這鍾馗往東浩蕩而來，遠遠望見一座小庵，鍾馗問道：「那是甚麼所在？」負屈道：「叫做悟空庵，小神前日曾裏邊住過。」含冤道：「悟空庵想是取色即是空的意思了。」須臾到了庵前，鍾馗下了白澤，進去觀看，果然好一座庵，有詩為證：

紅塵飛不到，鐘磬雜彌陀❼。
古柏奇丹鶴，蒼松掛碧蘿。
人來驚犬吠，客至遣鸚哥。
曲徑通幽處，深藏女色多。

原來這庵中住持，就是色中餓鬼。若論他的本領，倒也跳得墻頭，鑽得狗洞，嫖得娼婦，要得破鞋❽，正所謂舟車并至，水陸齊行，不分前後，不論南北者也。鍾馗見他舉止輕狂，就知道不是正經和尚，只是一心在黑眼鬼身上，且不暇理論他。就在庵中宿了一晚，次日整動陰兵，要與黑眼鬼廝殺。那黑眼鬼亦領兵來應戰，戴一頂烏油盔，穿一領烏油甲，拿一柄黑漆錘，騎著一隻挨打虎，左有死大漢，右有不

❻ 孫叔敖：春秋楚令尹。相傳三為相而不喜，三去相而不悔。
❼ 彌陀：阿彌陀佛的簡稱。此指念佛聲。
❽ 破鞋：民間罵淫婦為「破鞋」。

惜人。鍾馗看了他一眼，回顧對負屈道：「我錯怪你了，此人真個黑眼異常，我也不待看他。」負屈道：「小神試與他戰上幾合看何如。」于是手提寶劍，衝過陣來。那邊不惜人出馬，兩個戰未三合，負屈終是不待見他，撥馬而回。他只道負屈敗了，隨後趕來，負屈按了寶刀，拉滿雕弓，回身一箭，正中咽喉，死于馬下。黑眼鬼見不惜人死了，心中大怒，便要出馬。死大漢道：「主公息怒，看看區區去殺。」黑眼鬼道：「你怎麼稱起區區來了？」死大漢道：「我幹大模樣兒，豈不是個區區？」說畢，拿一根酸棗棍，步出陣來。鍾馗舞劍相迎，只一合，將死大漢當腰一劍，砍為兩截。正是：

踮在陣前八尺高，跌倒塵埃兩截長。

鍾馗殺了死大漢，方欲回陣，後邊一聲高叫：「黑眼鬼來了！」鍾馗回頭一看，黑眼鬼且不論五官不正，四體歪斜，只那一副性情，也與人各別。人說好他偏說歹，人說長他偏說短。遇著斯文人，他故意顯些粗疏，遇著豪俠人，他故意妝些萎靡。且本不通文，偏要滿口書袋，本未貿易，偏要假充經紀。正所謂好人之所惡，惡人之所好，自以為士居之矣。鍾馗本不待理他，無奈勉強交接，戰了一合，鍾馗道：「俺委實嫌你眼黑，不戰了，饒去罷。」那黑眼鬼聽說嫌他黑眼，他隨時使出神通，將身縮小，竟往鍾馗眼裏直鑽，竟鑽入去了，疼得鍾馗滿眼流淚。負屈看見大怒，要使劍往出❾剜他。含冤道：「古人云：投鼠忌器。剜他恐傷主公眼睛，我們只得懇他便了。」于是跪在地下，祝贊道：「黑眼鬼，黑眼鬼，再不敢與你賭勝爭強，再不敢與你衝橫施為，但願你不來理俺，俺也再不敢惹你，任你交鋒對壘，

❾ 往出：往外。

還買隻公雞謝你。」祝贊得黑眼鬼滿心歡喜，一個筋斗出去了。鍾馗揩了眼淚，說：「此黑眼怎生是好？還須司馬想一妙計制他！」含冤想了一會道：「行兵須要天時地利，人和倒用不著，只是要講天時。」鍾馗道：「天時怎麼講？」含冤道：「天時不過是相生相克的道理。他既叫做黑眼鬼，我們須以白制黑，以眉壓眼，以神伏鬼方可。由此論來，須得一位白眉神降他才好。只不知這白眉神是何職分？何處居住？」鍾馗道：「『馬氏五常，白眉最良。』這白眉神想是馬良⑩了。」含冤道：「也還未必。是主公須出一號令，教陰兵們暗暗四下訪問，自有下落。」于是號令陰兵不題。

且說那低達鬼自從鍾馗罰了他與陰兵們吮疽舔痔，時刻不敢離。這日一個陰兵正起了痔瘡，叫低達鬼來舔，低達鬼只得與他舔，正舔得有滋味，只見一個陰兵說道：「老爺有令，教我們訪白眉神住處，這倒是個難題目。」低達鬼問道：「訪得白眉神何幹？」陰兵道：「不知訪得怎甚？只是要得甚速，且說訪著了還有賞。」那低達鬼道：「這話是真麼？」陰兵道：「現今有令，怎麼不真？」低達鬼心中想道：「我舉出白眉神來，他說有賞，或者因我有功勞，放我出來，升我一級，做我個內科太醫，不又情高些？」主意定了，遂對陰兵道：「這白眉神我知道他的住處，你引我見了鍾老爺說個詳細，好去尋他。」那陰兵連忙引低達鬼到庵前，進去稟道：「低達鬼知道白眉神下落，現在庵外伺候。」鍾馗聽見大喜，叫進去問道：「你果然知道白眉神麼？」低達鬼道：「小人知道。」鍾馗又問道：「他是何等出身？」低達鬼道：「他的出身，小人未查問，只是小人當日跟著討吃鬼在柳金娘家裏，我見他供奉著一尊神道，眉是白的。小人問是何神道，他說是他祖師白眉神。因此小人知道在柳金娘家住。」鍾馗道：「既這等，

---

⑩ 馬良：漢末人，字季常，眉中有白毛。兄弟五人，並有才名，以馬良才最高。

你就引著司馬去請，但他不過是供著一尊像，卻怎麼個請法？怎麼個用法？」含冤道：「既有供像，必有靈氣，苟有靈氣，自能運動。待小神到那邊問明來歷，作一篇祭文請他，請他那靈氣來，自然中用。」于是引了數十個陰兵，低達鬼引路，竟往烟花寨去了。其時又是初冬時候，但見：

黃菊殘枝，白眉舒蕊。森森孤松當道，青青瘦竹迎人。板橋邊流水作成冰，山頭上樹枝盡脫葉。

正行之際，飛飛揚揚，飄下一天大雪，怎見得：

初如柳絮，繼如鵝毛。撲面迎來，人眼花昏，滿道堆積，馬蹄滑溜。樓臺殿宇，猶如銀粉裝成；草木山川，盡是玉塵鋪就。富貴家紅爐暖閣，頻斟美酒沖寒；貧窮漢少米無糧，呼怨蒼天凜烈。寒儒讀麟經⑪，不用張燈；韵士煮雀舌⑫，何須汲水。

正是：

紛紛鱗甲滿空飛，想是天邊玉龍鬥。

含冤道：「如此大雪，我們不論庵觀寺院，借杯茶吃避避寒冷才好。」低達鬼四下一看，滿眼迷離，那裏看得出庵觀寺院來？只得往前又走，走夠半里之遙，方是一座小小廟宇。陰兵上前叩門，裏邊走出

---

⑪ 麟經：孔子作春秋，絕筆於獲麟，因稱春秋為麟經。此泛指儒家經典。

⑫ 雀舌：嫩茶葉。

一個道人來。陰兵道：「師父，我們是過路的人，因天氣寒冷，我們主人要借杯茶吃。」那道人睜圓怪眼，大怒罵道：「你走路也要有個眼睛，我這裏又非茶酒肆，我又不是你們的奴才莊客，怎麼問我要起茶來？老爺是你們應行⑬的不成？」這含冤終是個斯文出身，聽見他罵有些沒趣，笑道：「無茶就罷了，何必發怒？」那道人越見人軟，他越硬起來了，一跳一丈的怪罵。旁邊看的人有些不忿，對含冤說道：「客官你不知他脾胃，他叫做發賤鬼，止知輕不知重，只管打起來，他就軟了。」含冤此時也忍不住怒氣，便令陰兵將他縛在柱上，足踢手打，他果然軟，連忙陪告道：「老爺饒了小人！休說是杯茶，就是飯也有，只管著小人伺候就是。若伺候不好，再打不遲。」含冤笑道：「真所謂發賤鬼也！」遂吩咐解放下來。那發賤鬼連忙叩頭謝了，請到居中，先是松蘿好茶，茶畢，又是香油麵茶，細麵薄餅，曲盡殷勤之態。含冤只得攙了他起身，他還送出十里之外方回。自此微知輕重，稍不發賤，這也是含冤教訓之一功，按下不題。

且說柳金娘，自從接了賈知府的兒子，只說是呆頭公子，肯撒漫使錢，不想慳吝異常，嫖了半月有餘，止賞了兩匹小綢，三兩銀子。柳金娘倒又想起討吃鬼與耍碗鬼起來。後來聽得他倆窮了，方才不想。這一日正在門上閑望，恰好低達鬼走來，柳金娘問道：「你一向在何處，面也不見見兒？」低達鬼道：「有一位鍾老爺，我一向跟著他，他教我引一位司馬爺來請你家白眉神，我先來報你知道，你要小心伺候，不可怠慢。」話猶未了，含冤已到門首，下馬進去，坐在庭中。柳金娘過來叩頭，含冤道：「你家有白眉神麼？」柳金娘道：「上邊供奉的就是白眉神。」含冤揚起幔子看，果然一尊神像，兩道白眉。

⑬ 應行：供使喚的下人。

含冤又問道：「這尊神是何出身，在生時姓甚名誰？」柳金娘道：「小婦人也不知其詳，只聽得當日老亡八說是柳盜跖。」含冤點點頭，發付柳金娘去了。一面吩咐陰兵購辦祭品，一面做起祭文來。到次日清晨，陳設品味，即讀祭文道：

維神春秋豪傑，周末英雄。不王不帝，非伯非公。以和聖而為弟，挾大賢而為兄。習成武藝，不樂斯文。當日臨潼鬥寶，敢來劫路行凶，諸侯聞之而膽落，眾將見之而心驚。孔仲尼不能教化，秦穆公任你崢嶸。子胥之鋼鞭頗畏，秋胡⑭之巧舌難伸。暴橫之世，千載為神。生前不甘淡泊，死後享受無窮。多見些油頭粉面，飽看些綠襖紅裙；老亡八雜劇挾目，小婊子連像鑽心。廣吃些粉湯燒餅，熟聽些胡拍絃爭。茲者有事以干瀆，所望聽我而顯靈。爾作當年馮婦⑮，我作昔日陳臻⑯。黑眼鬼狂猖難制，白眉神本領素逞。伏惟速施豪傑之氣，漸離花柳之中。果其如響而應，尚其來格⑰以歆！

剛剛祝畢，那白眉神竟跳下來道：「司馬請我何幹？」含冤道：「就是適間祝文中所言之黑眼鬼，

---

⑭ 秋胡：魯人，在外做官三年，回家途中，見到一位採桑婦，悅而調戲，被拒，後方知女子是自己妻子。

⑮ 馮婦：古代一位善搏虎的男人，後來改行。一次坐車，見人圍虎，又下車攘臂去擒拿。後人用「馮婦」稱重操舊業者。見孟子盡心下。

⑯ 陳臻：古代的勇士。

⑰ 來格：降臨。格，至。

敢勞足下誅之！」白眉神道：「俺放只受用之地，不在此瀟灑，又豈肯做那車馮婦耶？不去，不去。」含冤仰天大笑，往外就走。白眉神扯住道：「司馬何所聞而來？又何所見而去？」含冤道：「俺聞所聞而來，見所見而去。」白眉神道：「願司馬教我！」含冤道：「聞將軍之名，如雷灌耳，今見將軍，不過花柳中人，哺啜中人耳。不足有為，是以去也。」原來這白眉神受不得人激，暴跳起來，道：「你敢量俺不能誅黑眼鬼麼？」含冤道：「但不為耳，非不能也。」白眉神于是整動盔鎧，提了寶刀，與含冤並馬而來，進了悟空庵。鍾馗降階相迎，說道：「有勞大駕！」彼此謙讓坐定，白眉神問道：「那黑眼鬼怎生模樣？」鍾馗道：「難以形容，將軍到陣前便見。」于是白眉神騎了馬，鍾馗騎了白澤，並立陣前，使陰兵罵戰。那黑眼鬼騎隻挨打虎出來，白眉神看了看，道：「如此而已，何足為奇。」鍾馗道：「如此黑眼，將軍猶以為平常耶？」白眉神道：「俺在娼婦門中，見那些烏龜們享禮，舞草鞭，吹鬍鬚，搽紅抹黑。姐兒們俊的還好，那些醜的他也要嘛嘴上抹了胭脂，疤臉上蓋了鉛粉，肥腳上穿了花靴，扭腰捩胯，備極醜態。偏是那般子弟們偏要喜他打他以為親，罵他以為愛，離別之時，還要三行鼻涕兩行淚，以拿犁捉耙的品材，學才子佳人的模樣。這些黑眼鬼俺看得稀熟，何況他區區一鬼乎？」鍾馗道：「將軍不嫌他黑眼，便容易誅了。」白眉神舞刀出馬，黑眼鬼舉錘相迎，戰了數合，黑眼鬼氣力不加，只得棄了錘，跳下挨打虎來，將身一縮，往白眉神眼裏直鑽。不想白眉神的眼是白皤皤兩隻磁眼，鑽不進去。其挨打虎已被負屈打死。黑眼鬼無法，提了錘逃回洞去了。手下兵卒，各自逃散。白眉神領陰兵取些柴草，將洞口燒起來，那股烟谷都都冒入洞中去，黑眼鬼存身不得，跳將出來，此時黑眼已變成個紅眼鬼了。白眉神將脖項上用麻繩套定，交與陰兵看守。與鍾馗回至庵中，排起慶賀筵席，鍾馗問道：

「將軍不殺黑眼鬼，留他何用？」白眉神道：「俺自春秋以來，至于今日，娼婦人家，家家欽敬，大小奉祀，竟如祖宗一般。俺無以為報，如今將此黑眼鬼捉去與他作手下人，也算得俺一分人情。」鍾馗道：「將軍在春秋時，何等英雄，為何不樹功立名，封妻蔭子，反受此娼婦供奉，豈不有玷將軍乎？」白眉神道：「和尚無兒孝子多，那些粉頭水蛋，就是俺的兒女，每日享他們的供獻，受用無比，何必巴巴結結為兒孫作牛馬乎？」鍾馗道：「如此說來，將軍竟男盜女娼乎？」白眉神變色道：「是何言也！」于是起身牽了黑眼鬼，交與亡八家撈毛⑱去了。這正是：

黑眼鬼從新得所，白眉神到底甘心。

要知後事如何，再聽下回分解。

---

⑱ 撈毛：做細碎雜活。

第九回　喜好色潛移三地　愛貪杯謬引神仙

詞曰：

勸你莫貪花，貪花骨髓滅！勸你莫戀酒，戀酒腸胃裂！　腸枯髓竭奈如何？哀哉無計躲閻羅。我今悟得長生訣，特請鍾馗斬二魔。

話說白眉神牽得黑眼鬼去了。鍾馗見蝙蝠不動，也就且停在庵中。含冤看些六韜、三略❶，負屈演些弓馬刀槍。鍾馗無事，在庵中各處隨喜，看那些白衣大士、送子張仙。遊到殿後，見一座小門，用鎖鎖著。鍾馗力大，取那鎖時，應手而落。于是推開門進去，曲曲折折，竟走夠半里之遙，方是一個小院，三間禪室，甚是清雅。揭起簾子，正面一張金漆條桌，銅爐內焚降香，瓶裏插著稀稀的幾枝梅花，清香撲鼻。東邊一座衣架，上搭著袈裟，西邊一座籐床，上掛著紗幔，墻上一軸雪景山水畫。鍾馗正觀看間，那雪景畫軸忽然張起，伸出一個婦人頭來，見了鍾馗又縮進去了。鍾馗心裏已是明白，掀開畫軸，一個小小洞門，往裏看時，又是一座房屋，裏邊積聚數個婦人。鍾馗道：「我已識破，還不出來等甚！」那

❶ 六韜三略：古代二部兵書。六韜分文韜、武韜、龍韜、虎韜、豹韜、犬韜六部分，題呂尚撰。三略題漢黃石公撰。二書皆為後人假託。

些婦人見鍾馗威風凜凜，先已膽落，那裏還敢躲避，都出來跪下。鍾馗問道：「你們在此何幹？」那些婦人戰戰兢兢，不敢回答，一個膽大些的，跪上前來，說道：「小婦人們俱是這庵中和尚收攬。也有竟作佃戶的，名為佃戶，實嫁和尚；也有燒香施捨的，名雖行善，實圖歡樂；也有饑寒所迫的，名雖周濟，實來還賬；也有逃荒出去的，本為避難，也來混水，日積月累，所以積聚了這許多。此是實的，望爺饒命！」鍾馗道：「如此那禿驢往那裏去了？」那婦人道：「他將小婦人們窩藏在此，不分晝夜，輪流取樂，心猶不足，又在外邊勾搭上許多私窠子、小伙兒，許久不回。丟的小婦人們七顛八倒，在此替他守節。老爺見他時，勸勸他，不可教南枝向火北枝寒。」鍾馗聽了大怒道：「這樣一伙淫婦，要他們何用？」于是一劍一個，竟都殺了。正是：

悟得空時原是色，誰知色後又歸空。

鍾馗殺了眾婦人，坐在床上恨道：「必須除此禿物！」正憤憤之際，地哩鬼來了，見殺死許多婦人，情知是和尚渾家❷。對鍾馗說道：「從來說和尚是色中餓鬼，得落腳處老爺好去斬他。」說畢出了庵，穿了幾街巷，見個小和尚坐在一家門首敲只木魚誦經。地哩鬼細聽時，卻不是經，模模糊糊像些「俏冤家」「王大娘」之類。地哩鬼問道：「你在此化齋吃麼？」那小和尚不答應。地哩鬼心中想道：那色中餓鬼定在此間，這小和尚是替他觀風的了。正打論間，那小和尚去出恭，地哩鬼乘空溜進去，只聽房中有笑語之聲。地哩鬼攝足潛踪走在窗外細聽，你道聽見些甚麼：

❷ 渾家：妻子，此指姘婦。

不說山盟，不言海誓。這一個緊敲木魚，高念著救苦菩薩；那一個慢拍著雙鐃，低叫道肉身羅漢。這一個金蓮高舉，恍然似亂墜天花；那一個纓鎗頻刺，依稀像點頭頑石。戰多時寺門欲閉，霎時間魂入西天；頑一會老僧入定，須臾內身到極樂。這正是：

未央生大破肉蒲團，海闍黎❸夜宿銷金帳。

這色中餓鬼與那私窠婦人混賬了一個時辰，方才雲收雨散。婦人問道：「你晚上還回庵中去麼？」和尚道：「庵中住著鍾馗，甚是不方便，我就在這裏歇罷。」于是又飲了幾杯酒，抱頭交股而睡。地哩鬼聽了個明白，溜將出來。此時正是黃昏時候，那小和尚只顧打困，不曾看見。地哩鬼飛走出來，報與鍾馗。鍾馗也不領兵，也不騎白澤，提了寶劍，跟著地哩鬼竟往那私窠婦人家來。小和尚不肯放人，鍾馗使地哩鬼用索子牽回庵中去。鍾馗推那門時，卻是虛掩，只得闖進去，大呼道：「禿驢賊在那裏？」唬得那婦人赤條條跳下地來，不敢作聲。鍾馗不見和尚，因問道：「禿賊躲在何處去了？」婦人跪下道：「適才還與小婦人宿，他又想起小伙兒來，說去頑頑❹就來。」鍾馗大喝一聲，將婦人殺了。想道：「說他就要回來，我不免在此等著。」鍾馗剛剛坐下，那和尚果然來了，一面往進走，一面口中說道：「親親你睡著了麼？我還有興，與你再頑一頑。」鍾馗也不作聲，等他進來，舉劍就砍。那色中餓鬼吃了一驚，回身就跑。鍾馗緊緊趕來，正趕之間，「撲咚」一聲，將鍾馗跌倒在地。正是：

---

❸ 海闍黎：水滸傳中一和尚名，潘巧雲姘夫。

❹ 頑頑：同「玩玩」。

觸天怒氣高千丈，撲地肥軀跌一堆。

原來是醉死鬼吃醉了，睡在街上，黑地裏將鍾馗絆了一交。因這個空兒，那和尚竟脫身去了。鍾馗起來仔細看時，是一個醉漢在此躺著。曾有個駐雲飛曲兒形容得著醉漢好：

斜目歪頭，一股頑涎往外流。哇的吐一口，都是饅饅肉。嗏❺，好一似狗吐著酥油，難消難受，反覆翻腸，不怕塵和垢。量小緣何攬大甌？

且說醉死鬼絆倒鍾馗，鍾馗爬起來又要趕那和尚，卻被醉死鬼一把拉住，口裏喃喃吶吶的罵道：「你是甚麼人，敢踢老爺這一腳？」鍾馗待要殺他，是個醉漢，只得說道：「俺姓鍾，待怎麼？」醉死鬼說道：「你是大蟲是小蟲？大蟲也不怕，小蟲也不怕。」鍾馗道：「快放手！俺要殺人！」醉死鬼道：「你要擲骰兒麼？俺就一點一蟲買上，任你要趕老羊、夾蛋、打羅羅、翻公、拍金、打正快、鬥狗頭，俺都會。」鍾馗急得暴跳，他只是不放。鍾馗伸起拳打他，醉死鬼道：「你不擲骰，要划拳麼？」于是三呀五呀的，喊天叫地，鬧個不了。鍾馗又惱又笑，只得盡力撒開，回道庵中，帶過小和尚來問色中餓鬼的下落。小和尚道：「小僧委實不知，小僧原在灰葫蘆山草包營楞睜大王手下，倒也言聽計從，不想來了個乜斜鬼，與他氣味相投，情性契合，他又嫌我這奸鬼不好，因此心懷不忿。聞得老爺到此，指望投了老爺，引兵剿除了他。我那山中大王來時，老爺正與黑眼鬼廝殺，黑眼鬼鑽入眼中，老爺沒法，我就起

❺ 嗏：音ㄔㄚ。語氣詞，戲曲唱詞中起驚醒的作用。

了別圖之念。忽然遇著色中餓鬼他肯留我，一者想受他些產業，二者想謀他的老婆，所以與他做了徒弟。今日他便混賬，我便觀風，此是實情。至今他的下落，實實不知。」鍾馗道：「你既托身于他，就該始終如一，奈何反面事人，其罪一也；既來投我，又遲回觀望，其罪二也；及至那禿賊收你，又要謀他產業老婆，其罪三也。非奸鬼而何？」說畢一劍斬了。

忽聽得庵外吶喊搖旗，似有千軍萬馬之狀，陰兵報道：「一群醉漢，不計其數，竟將庵門圍了，為頭的自稱醉死鬼，要與老爺見陣。」含冤道：「此輩無大過惡，誅之可不勝誅，待俺善勸他一番，再作定奪。」于是走出庵來，叫醉死鬼說話。那醉死鬼東倒西歪的走將過來道：「請老爺怎麼？」含冤道：「你衣冠不整，廉恥不顧，沉酣于曲蘖之中，潦倒于杯葷之間。名教中自有樂地，何乃爾不顧儀體？昔儀狄❻造酒，大禹飲而甘之，曰：後世必有以酒亡國者。國且要不保，何況于身乎？譬如快斧伐枯枝，吾未見其不顛撲者。」醉死鬼哈哈大笑道：「你說俺吃酒的不是麼？吾聞天有酒星，地有酒泉，人有酒緣，當日帝堯千鍾，孔子百瓢，聖人何嘗不飲酒？至于竹林七賢莫非飲為高麼？我朝李太白、賀知章等稱為飲酒中八仙。果然飲酒不好，就該人唾之罵之，為甚至今人猶稱之頌之耶？如今俺雖不能稱為酒仙，也甘心做個酒鬼。正是但得酒中趣，莫為醒者傳。門外漢不消多說！」說畢倒在地下，或高聲，或醉罵，鬧個不了。含冤無法可制，只得回去，對鍾馗說道：「為今之計，只有一著，須向這邊太守講了，教他出張禁止屠沽的告示，這叫三日無糧不聚兵。這伙人沒了酒吃，自然散去。」鍾馗道：「有理。」于是整冠束帶，騎了白澤竟到府中來。知府接至堂上，問道：「大人至此，有何見教。」鍾馗道：「貴府醉

❻ 儀狄：相傳夏禹時發明釀酒的人。

鬼甚多，俺欲斬他，于心不忍，敢請大人出一張告示，禁止屠沽，此輩可以不除自散。」知府道：「大人吩咐，焉敢不從，但此時方在臘底，非祈雨之候，怎好禁止屠沽？」鍾馗道：「臘雪占三白❼，大人何妨乞雪？」知府道：「有理，大人請回，下官目下就出告示。」鍾馗回至庵中，那知府將告示隨即張掛出來。不及三日，這伙人莫得吃酒，各自散去，個個皆醒。只有醉死鬼猶然醉者。你道為何？原來他吃成酒脾胃了，沒酒三分醉。他見眾人醒了，他也起來，一步一跌，走入醉鄉深處去了。這醉鄉深處，你道如何：

> 不分貴賤，並莫尊卑。事大如天，盡數瓦解，愁深似海，一概冰消。旌旗不動酒旗搖，何須征戰？酒馬常猜兵馬歇，若個❽操戈。平原督郵，應是窖前吏部；青州從事，無過落井知章。中山王少不得獨推李白，酒泉郡沒奈何還讓劉伶。不識不知，恍若唐虞世界；如痴如夢，儼然混沌乾坤。路雖遠而頻來，只要三杯到肚；城不關而自入，也須兩盞穿腸。

醉死鬼到了醉鄉深處，只見那李青蓮❾、崔宗之❿、畢吏部⓫、賀知章，還有山濤、向秀、阮籍、

❼ 三白：唐人稱蘿蔔、鹽、飯為「三白」。

❽ 若個：哪個。

❾ 李青蓮：李白，號青蓮居士。

❿ 崔宗之：崔成輔，字宗之，唐代人。謫官金陵，與李白詩酒唱和。

⓫ 畢吏部：畢卓，晉人，任吏部郎，曾因盜飲為掌酒者所縛。

阮咸、劉伶、嵇康、王戎等或彈琴于松蔭之下，或敲棋于竹林之中，或抱膝長吟，或觀玩宇宙，或臨水以羨魚，或仰山而看鶴。見醉死鬼倉皇而來，眾仙問道：「汝是何人？來此何幹？」醉死鬼道：「小人頗能吃酒，不意醉中干犯了鍾馗，所以逃遁至此。」眾仙道：「你既能吃酒，便不俗了，你何不與他講講我們酒中的高曠，他自然另眼相覷。」醉死鬼道：「不講還好，只因講了一番，反令知府禁止屠沽，弄得我糧草俱無，把一伙同伴都散了。他還惡言惡語，拿著一口劍只要殺我，怎麼敵他得過？」眾仙大怒道：「這等可惡！我們何不與他辯論一場，教他也曉得我們做酒仙非尋常可比。」于是一齊離了醉鄉深處，竟到悟空庵來。鍾馗道：「列位先生，何以至此？」李青蓮道：「聞足下甚貶我輩，特來辯之。」鍾馗道：「俺正欲領教。」李青蓮道：「天地者，萬物之逆旅；光陰者，百代之過客。浮生若夢，為歡幾何，所以說：人生有酒須當醉，一滴何曾到九泉。我等花朝月夕，但以酒為事，博眼前之歡娛，消胸中之塊壘。足下俗物，焉能知此中之趣哉！」鍾馗道：「先生愛飲，誠高曠矣！當日安祿山之亂，先生何不以酒而退，而反為永王璘所累耶？若使無子儀、光弼，先生已作楚囚死矣。上無補于國事，下無救于身家，亦烏在其為高曠矣！」李青蓮羞慚而退。畢吏部道：「你說李青蓮飲酒無益，那清平調三章何嘗莫非酒中來者？足下不飲酒，請問詩稿能如李青蓮否？」鍾馗道：「爾莫非槽前盜酒兒乎？以朝廷一命官，潦倒賴為口腹之欲，趨狗盜之行，尚敢揚眉吐氣向人辯論耶？」畢吏部滿面通紅，不敢再說。崔宗之、賀知章一齊憤然道：「畢公盜酒，正是文人韵事，爾反以為狗盜，是何見解？」鍾馗大笑道：「聖人云：細行不謹，終累大德。若以盜酒為韵事，何非莫韵事乎？」崔、賀二人無言可對。山濤等齊聲道：「你說飲酒敗德，古今帝王相傳，為甚冠婚喪祭，總不廢酒？」鍾馗道：「冠婚喪祭之禮，飲不過三爵。

豈若爾等終日沉醉，敗壞威儀？山公大節有可恕。至于公等，或居喪而飲，或荷婚而飲，緣飲而喪其身，向非祖士稚⑫、陶士行⑬諸公，安能救晉室之亂乎？止可算名教中罪人而已。」說得眾仙個個羞顏，人人赧色，一齊都回去了。那醉死鬼那裏還敢掙挫⑭，也要跟了回去。眾仙埋怨道：「我們原是酒仙，幾乎被你累成酒鬼。速速急去，再休胡纏！」

可憐這醉死鬼上天無路，入地無門，只得仰前合後，獨自一個扎掙，踉踉蹌蹌，走夠多時，恰好來到草包營地方。此處非太守所管之地，所以有酒家賣酒。這醉死鬼數日不飲，正在難為之際，聞著酒香一股，頑涎直流出口，連忙進去揀副坐頭坐下。酒保提上酒來，便沒眉沒眼吃起，也不看鋪中坐的是甚麼人物。三杯到肚，打點住五臟神⑮，方才把眼一瞟，只見那邊坐著一個風流和尚，那和尚不住只看他。醉死鬼沉吟道：「他看我怎的？不要管他，我且吃。」又吃了一會，就要抓起糟來⑯，恨道：「好鍾馗天殺得！竟將俺困了好幾日，俺今日吃了酒，再去和他大鬧一場，他就是金剛，也要剝他一塊泥。」及說著，又哈哈大笑道：「他教太守禁酒，他今日再禁我來？」繼而又恨道：「如此佳釀，他那司馬勸我休吃，難道吃了你家的麼？這等可惡！你若知道了這滋味，只怕想斷了你的腸子哩。」高一句，低一句，

---

⑫ 祖士稚：祖逖，字士稚，東晉名將。

⑬ 陶士行：陶侃，字士行，東晉名臣。

⑭ 掙挫：當作「⿵門爭⿵門坐」。⿵門爭⿵門坐音ㄓㄥˋ ㄘㄨㄛˋ。掙扎。

⑮ 五臟神：指身體五臟。

⑯ 抓起糟來：惱怒起來。

說了一會，哼哼支支的唱起來，你道唱的些甚麼？他唱道：

酒，酒，酒！我愛你，入詩腸能添錦綉。我愛你，壯雄心氣沖斗牛。我愛你，解愁煩掃清雲霧。搖頭輕富貴，冷眼傲王侯。這樣的清香，這樣的清香，鍾馗呀，你為甚鄙薄酒？

那和尚聽得鍾馗長，鍾馗短，由不得走到跟前道：「老施主只管怨著鍾馗怎麼？」醉死鬼朦朧著眼，把和尚看了一會，說道：「老師父你不知道，前者俺吃了兩鍾酒，在街上正睡得好，他將俺跌了一腳，說他甚麼要殺人。因此我調了些兄弟們圍住悟空庵，與他講理。他不省事，反說我們吃酒的不好，俺忿氣不過，請了一班酒神仙與他辯論。他執迷不悟，終不信神佛，倒教那些酒仙們連俺也不要了，所以俺到這裏自飲自唱。你問俺怎麼？想是要和我賭幾杯麼？」和尚道：「老施主原來是我的恩人。」醉死鬼道：「俺只曉得吃酒，並不施甚麼恩，怎麼就是你的恩人？」和尚道：「老施主不知詳細。那日鍾馗趕我，看看趕上，若不是老施主絆了他一交，我已作無頭鬼矣。說他要殺人，就是要殺我。虧老施主救了我性命，豈不是恩人。」醉死鬼道：「他為甚要殺你？」那和尚欲語不語，只是支吾。醉死鬼焦躁道：「要說就說個明白，何須隱諱！」那和尚道：「只得實說。不瞞老施主說，我貧僧生來帶著一點色心，見了婦人就如性命一般，因此人都叫我色中餓鬼。那日正在一個私窠子家混賬，不知他怎麼就知道，竟來殺我。虧我又混小官去了，回來時婦人已是殺死，他還等我。我連忙逃走，他隨後趕來，不是施主絆倒他時，我這個葫蘆已作成瓢了。」醉死鬼道：「該殺，該殺！一個出家人經不念，行不修，只要嫖婊子，倘若惹上歹瘡，性命不保；再不然弄上一男半女，都是自己的血脈，兒子便作忘八，女兒便作了粉頭⑰，就是你出家人的陰騭。」和尚笑道：「那裏就一下能種胎？」醉死鬼道：「你說不能種胎麼？你看那婊子們襁⑱得娃娃，難道是自己漢子的不成？快些改了，再不可如此。」和尚笑道：「施主真正說醉話哩，人生秉性，怎麼得改？施主嫌我好色，施主為甚好酒？施主能改了好酒，我也能改了好色。」醉死鬼點點頭道：「這個也難改，到不如咱兩個均分起來，將我的酒分與你些，將你的色分與我些，大家做了酒色兼全的人，不要這等偏枯，惹得世上笑話。」和尚道：「講得有理。」從此二人就要齊行起來。不知酒色最是齊行不得的，齊行就要傷命，看官們著眼！

再表鍾馗辯倒眾酒仙，唬退醉死鬼，與含冤商議道：「如今色中餓鬼不知下落，我們何不先滅了楞睜大王，再去尋他，省得耽誤工夫。」含冤道：「主公論的極是。」于是點起陰兵，一把火將悟空庵燒了，竟征楞睜大王而去。此時臘盡春初，正時新春佳節，家家貼門對⑲，戶戶掛錢章⑳。白髮老人，無語低頭思舊歲；青春小子，齊聲拍手賀新年。鍾馗領陰兵往前正走，見路邊酒旗搖蕩，對含、負二神道：「我們不免聊飲幾杯，避避春寒再走。」二神領命，俱下馬來，鍾馗下了白澤，同入酒店，恰好色中餓鬼與醉死鬼在那裏一遞一盅的縱情暢飲。鍾馗見了大怒道：「俺只道你逃去天外，原來還在此處乎？」手起劍落，將一個色中餓鬼打發的阿鼻地獄㉑中念受生經去了。醉死鬼見殺了和尚，東倒西歪的說道：

⑰ 粉頭：妓女。
⑱ 襁：背小孩子的寬帶，此指用布帶扎背著。
⑲ 門對：貼在門上的對聯。
⑳ 錢章：用錢或似錢之物串成的彩條。

「阿彌陀佛，該殺，該殺，該殺！他要的人家老婆多了。」話猶未了，頭已墜地，死于負屈刀下。這正是：

除去淫僧，閨中自少遊庵婦；
誅了醉鬼，道旁不見躺街人。

不知楞睜大王又如何降伏，且聽下回分解。

㉑ 阿鼻地獄：佛教八熱地獄中的第八獄。「阿鼻」是梵文音譯，意思為「無間」。佛教認為墮入阿鼻地獄，將遭受無間斷的痛苦。

第十回　妖氣淨楞睜歸地獄　功行滿鍾老上天堂

詞曰：

世人皆趨巧，老實些兒才好。老實若過頭，便是現世寶。　活寶，獨有正南偏惱，設計將他害了，才顯妖氣盡掃。盡掃卻虧誰？還是唐家鍾老。鍾老，這個功勞不小。

且說那楞睜大王，生來朦朧，秉性痴拙，雖然威嚴若神，卻是木雕泥塑一般。他正在灰葫蘆山悶坐，面糊老賈報道：「大王禍事到了！有個鍾馗領著許多兵將前來征討。」那楞睜大王白翻翻兩隻眼，竟如聽不著的一般，並不回答。面糊老賈又重說了一遍，他才楞楞睜睜，說道：「甚麼？」面糊老賈道：「鍾馗殺大王來了。」他大睜了眼，把眼睜得通紅，道：「我比你不知道！」又睜了一會，猛然叫：「乜斜鬼過來！」那乜斜鬼也不理他，又有頓飯時候，又大叫道：「過來！」面糊老賈問道：「大王叫誰過來？」他說道：「我教你打探鍾馗！」面糊老賈得令去了。乜斜鬼方走過來，他又道：「好奇怪，怎麼又有個乜斜鬼？」乜斜鬼道：「止我一個，那裏還有第二個像我脊骨的哩？」他又定省一會，說道：「錯了，錯了！」乜斜鬼道：「錯了甚麼？」他說：「使他打探鍾馗，錯使了你了。」乜斜鬼道：「我在這裏，怎麼又錯使了我了？」他看了兩眼，點點頭說道：「又錯了。」乜斜鬼道：「又錯了甚麼？」說道：「我使你打探鍾馗，錯使了他了。」那乜斜方領了令出去。下了灰葫蘆山，出了草包營慢慢而行，只聽得笙簫聒耳，十分可聽。乜斜鬼道：「不要管他，我且在此看看。」于是走進前來，是一所大莊院，庭堂臺榭，蓋得齊整。大門外一班樂工，不住的吹打，二門外又是鼓手，庭院內鑼鼓喧天，一班男戲，一班女戲，一遞一出價唱。左邊廂房中是和尚誦經，右邊廂房中是道士念咒，席前婊子斟酒，管家下菜，燈燭輝煌，照耀如同白日，人山人海，十分熱鬧。主人坐在上面，穿著無數衣服，皮襖上邊又是皮襖，煖耳❶上邊又是煖耳。通穿不了，又在兩旁衣架上搭著。飲的酒無味不美，吃的菜無色不精。乜斜鬼心中想道：「此必是公侯人家，不然怎的這等奢華？」因悄悄問人道：「這位老爺是甚麼人家？今日做甚事，這等熱鬧？」那人道：「他叫做活施鬼，今日是他的生日，念壽生經。你看他這等活施，家財卻是有限，今日如此受用，只怕明日就無午飯吃了。」乜斜鬼道：「原來是一味搗懸❷，沒有實落得麼？」這乜斜鬼整整看了一夜，竟忘了打探鍾馗。天明，又走回來了。楞睜大王問道：「你來了麼？鍾馗果是何如？」乜斜鬼道：「一味搗懸，莫有實落。」楞睜大王道：「如此不足畏矣。」乜斜鬼道：「你道我說誰搗懸哩？」楞睜大王道：「不是鍾馗搗懸，難道孤家搗懸不成？」乜斜鬼道：「你兩個都不搗懸，只有活施鬼肯搗懸。」楞睜大王道：「怎麼教你打探鍾馗，你又扯出活施鬼來？」乜斜鬼啐了一聲道：「我就忘了打探了。」于是又乜斜❸了半日。那楞睜大王道：「餓了。」乜斜鬼道：「餓了敢吃飯。」又站了半

---

❶ 煖耳：耳套。
❷ 搗懸：虛張聲勢；擺闊氣。
❸ 乜斜：形容眯眼斜視，困倦的樣子。乜音ㄇㄧㄝ。

日方出到廚下去，先掇上一盤呆瓜菜，然後是一盤悶鵝，又是一盤羊不理雜燴。又放下一只不知匙，一雙不停箸，隨一盤大饅饅。楞睜大王正噥搡❹得受用。面糊老賈來稟道：「大王快上膳，準備廝殺，鍾馗已到草包營去。」楞睜大王吃飯畢，揩了嘴，問道：「鍾馗厲害麼？」面糊老賈道：

手執青銅古劍，頭帶軟翅紗帽。到處便要斬妖精，一個不教餘剩。領著兵卒數百，還隨司馬將軍。須臾蹅❺碎草包營，不怕大王楞睜。

楞睜大王兩眼大睜，說道：「乜斜鬼出陣！」面糊老賈說：「他不知那裏去了。」楞睜大王嘆道：「奸鬼與伶俐鬼在時，我嫌他們不老實，如今把個乜斜鬼又走了，這卻怎處？」睜了一會，少不得披貫盔甲，出來接陣。這邊負屈出馬，問道：「你就是楞睜大王麼？」原來這楞睜大王他有一樁絕妙的本領，任你罵他，啐他，打他，殺他，總是呆了一雙白眼，半聲也說不出來。負屈問之再三，並不回答。負屈大怒，輪刀便砍，他分文不動。負屈大疑，不知是何伎倆，不敢動手，只得勒馬回陣，報與鍾馗。鍾馗道：「這又奇了。」于是提著寶劍，衝出陣來，試去砍他，果然分文不動，就如木雕泥塑的一般。鍾馗想道：「此人必有異術，不可輕犯，且回去再作區處。」于是帶轉白澤，回到陣中，對負屈道：「我想此人他那身子不怕槍，必與涎臉鬼的臉無異，必須也要想個法子治他才好。」地哩鬼走上前道：「小人

❹ 噥搡：噥音ㄋㄨㄥˊ。言多而細聲。搡音ㄙㄤˇ。用力推。「噥搡」在此處意思是，一會兒慢咀細嚼，一會兒狼吞虎嚥。

❺ 蹅：踏。

去將他頭上栽一尾大炮，點燃，將他掙死❻，何如？」鍾馗道：「既如此，你去試試他。」這地哩鬼拿了一尾大炮，往他頭上去栽，他也只是不動。地哩鬼將葯點燃，一聲響就如天崩地塌之聲，看時那楞睜大王，不想莫曾掙死，益發成了一個掙頭了，更覺端正。含冤道：「這樣人殺他也污了俺的名目，只須將他身後挖一深坑，我們暫且回去，留下地哩鬼看守。他見我們去了，他自然回去，將他陷在坑中，活埋了就完帳。」于是遣陰兵在他後背挖下坑塹，上用浮土蓋住。那楞睜大王只顧在那裏楞著兩隻大眼發睜，那裏知道身後的消息。鍾馗安動定當，留下地哩鬼打探，撥轉陰兵，望後而退。遠遠望見一所莊院，甚是寬大，鍾馗道：「俺們就且在此駐馬。」于是竟進莊來。

你道這莊內住著何人？原來就是活施鬼。他慶賀生辰，果如人言，次日便沒了使用。和尚、道士、鼓手、樂人、戲子都來要錢，少不得將煖耳、皮襖、衣服類，一并當賣去了，止留下幾件紗衣，沒人要他。此時鍾馗到門，沒奈何穿了迎接，但見：

頭戴紗巾，身穿紗服；頭帶紗巾，冷颼颼自然拘縮；身穿紗衣，顫巍巍勉強排搖。輕綃遍體，乍看不類窮酸；雞粟滿身，細睹渾如病鬼。縕袍不恥❼，未必有子路高風；春服既成❽，何曾是曾

❻ 掙死：同「震死」。

❼ 縕袍不恥：不以穿著寒酸的袍子為恥。論語子罕稱贊子路「衣敝縕袍，與衣狐貉者立而不恥者」。「縕袍」是裏面襯亂麻的袍子。

❽ 春服既成：論語先進載，孔子讓弟子各言其志，曾點希望在暮春時節，自己穿著春天的服裝，到大自然中沐浴春的氣息。

點氣象。灣其腰，抱其腹，病于夏畦；流其涕，掇其肩，惟愛冬日。

鍾馗問道：「如今雖然立春，天氣尚寒，足下為何穿起紗衣來？」活施鬼道：「既已立春，如今何穿不得？」鍾馗道：「既已穿得，如何打顫？」活施鬼道：「這樣冷天，如何不打顫？」鍾馗呵呵大笑，笑得活施鬼大怒起來。你道他為何大怒？只因他慶生辰，賃下這所大莊院，以便宴賓作戲。早上房主來趕他騰房，又被那些鼓手人等吵鬧要錢，將這些衣服變賣了。他是好體面的人，此時穿卜紗衣見人，已是赧顏，正在氣惱之際，當不得鍾馗這一笑，所以老羞成怒了，登時發暴起來，道：「你是甚麼人，敢沒頭面❾來笑話我？」一頭竟撞將去。不想他用得力猛，鍾馗往開一閃，撞到墻上，腦漿迸流，竟撞死了。

鍾馗正在驚訝之間，陰兵來禀道：「外邊捉住一個奸細，候老爺發付。」鍾馗道：「帶進來！」幾個陰兵簇擁這乜斜鬼當庭跪下。鍾馗道：「你是何處來的？」乜斜鬼道：「小人是灰葫蘆山草包營來的。楞睜大王昨日使小人打探鍾馗，小人昨日在這裏看唱，就忘了打探。今日忽然想起來，重來打探，但不知這鍾馗是黑是白，在東在西，老爺們若見過時，指與小人知道。不然空回去，大王又說小人不中用。」陰兵皆笑。乜斜鬼道：「不要笑，我說的是實話。」陰兵罵道：「瞎眼賊，現在鍾老爺面前跪著，還要瞎說。」乜斜鬼聽得說是鍾馗，爬起來就跑，負屈大喝一聲，砍倒在地，再不乜斜了。詩曰：

生前大號既乜斜，死後尊稱難脊骨。

---

❾ 沒頭面：無緣無故。

料想陰間不用他，轉去山中作呆鹿。

再表那楞睜大王自撞鍾馗去後，他還這管❿站著，忘了回去。等得這地哩鬼心裏發火，定了一計，就裝作面糊老賈，過來稟道：「大王餓了時，回去進膳罷。」楞睜大王道：「那鍾馗再不來了麼？」地哩鬼道：「不來了。」楞睜大王點了點頭，掉轉身子，大跨一步，道：「不好，不好，孤家要跌下去了。」一聲響琅，落入坑陷中。地哩鬼飛報與鍾馗，鍾馗領兵復來，看時，見那楞睜大王在坑裏邊楞楞睜睜的坐著。這地哩鬼逞他梭溜⓫，挪了一杆槍，往下便刺。誰想楞睜大王他也有一時不楞睜，竟將槍杆捉定，盡力一扯，竟將地哩鬼扯下坑去。眾陰兵欲救時，已被楞睜大王坐在屁股底下，壓死了。鍾馗大怒，令眾陰兵急急掩土。可憐這楞睜大王楞睜了半世，至此了帳。正是：

三分氣在也無用，不待身亡事已休。

鍾馗活埋了楞睜大王，向含、負二神道，「俺記得出陰府時，閻君付俺的鬼簿，臨了一個是楞睜大王。今日既滅了他，何不將鬼簿查查看，誅了多少鬼？」含、負拿過簿子來，逐名細查，一個個或斬或撫，並無遺漏。鍾馗大喜道：「這等俺的功行已滿，還不班師，更待何時？」于是收了寶劍，插了笏板，鞭敲金蹬響，齊唱凱歌回。浩浩蕩蕩，回陰曹地府而來。正是：

❿ 這管：只管。
⓫ 梭溜：動作迅捷。

斬盡妖邪劍氣寒，功成回去萬人歡。
閻君若問誅邪事，不比輪回一樣看。

過了奈河橋，進了枉死城，把門判官認得是鍾馗，迎入酆都城內，連忙上森羅殿通報。此時十殿閻君，正都在一處會議公事，聽說鍾馗來到，俱下殿相迎。鍾馗上前行禮。閻君笑道：「屈指一年，便已誅盡，尊神何成功之速也！」鍾馗道：「托大王餘威，借含、負二神翼贊之功，小神何功之有？」閻君讓至殿上，交拜畢，含、負二神過來參見閻君，此時相待也不同往日了。于是大排筵宴，鍾馗上坐，含、負二神旁坐，十殿閻君俱主席陪坐。飲過三巡，閻君道：「尊神誅邪的功勞，請道其詳！我等好仰奏天庭，以討封爵。」鍾馗將某鬼如何斬滅，某鬼如何安撫，一個個說了。又道：「還有幾個不在簿子上的，小神見情理可惡，也就一并誅之。」閻君問道：「是那幾個？」鍾馗道：「如死大漢、不惜人，以及色中餓鬼所馭的那些婦人，俱非簿上有名者。」閻君道：「尊神有所不知，那死大漢是呂布所轉，因他雖然勇猛，卻少剛骨，所以罰他轉了這等個人，以待尊神誅之，報他殺丁建陽⓬之罪也。那不惜人是張六郎⓭所轉。因他生的美貌，人皆愛他，故有許多淫欲之罪，所以罪他，轉成這等個人，凡今世之憎他者，皆前世之愛他為也。尊神也誅得不錯。」鍾馗道：「如此說來，那些婦人，想必也有些因由？」閻君道：「怎麼無因由？那都是呂太后、武則天、趙飛燕、楊貴妃、虢國夫人⓮，以及賈充妻⓯等之類。因他們

⓬丁建陽：丁原，字建陽。董卓欲為亂，使呂布將他誘殺。
⓭張六郎：張昌宗。與兄張易之同為武則天男寵。人稱張易之為五郎，張昌宗為六郎。

淫欲無度，所以罪他轉此輩，望他受些饑寒，少改前過，不想猶然無恥，尊神雖然誅之，尚不足以盡其辜，俺還要罰他們變做母豬、母羊、母驢、母馬去也。」鍾馗道：「此輩不過好淫，殿下加以如此重罪，如曹操、王莽等，我朝楊國忠、安祿山、盧杞之徒，殿下又以何法加之？」閻君道：「曹操、王莽已在阿鼻獄中。數百年間，楊國忠已罪他變牛數次，安祿山已罪他變豬幾遭，活時受無根之苦，死時還要一刀，剝皮剉骨，其罪不輕。陰府自有公道，陽間不知。」含、負二神聽得處的楊國忠、安祿山如此淒慘，齊聲道：「善哉！善哉！我兩人之根亦消了。」鍾馗又問道：「盧杞怎麼樣了？」閻君道：「昨日拿到，還未判斷。」鍾馗道：「何不牽來，小人問他一問？」閻君傳下令去，十數個猙獰惡鬼，索縛而至。鍾馗見了，大怒道：「盧杞，你還認得我麼？」盧杞抬頭一看，見是鍾馗，嚇得戰戰兢兢，俯伏地下道：「向日是天子嫌君貌醜，不干盧杞之過。」鍾馗益發大怒，拔出劍來，就要斬他。閻君道：「尊神若斬了他，就要便宜他了。看俺處治他。」命將盧杞下入油鍋，須臾皮骨皆脫。鍾馗大喜，對閻君說道：「也算陰兵們勞碌一場，將肉賞與他們吃何如？」閻君依說，眾陰兵踊躍而食。閻君道：「諸惡已除，尊神齋戒沐浴，三日後隨俺朝見上帝可也。」當下眾神席散不題。

且說玉皇上帝，一日剛設朝。天上的朝儀，與凡間王事更不相同，怎見得：

---

⑭ 虢國夫人：虢音ㄍㄨㄛˊ。虢國夫人是楊貴妃姐姐，也得唐玄宗寵愛。楊貴妃縊死後，虢國夫人也被捕殺。

⑮ 賈充妻：晉初大臣賈充畏懼小妻郭槐，別築室讓大妻居住。每逢賈充外出，郭槐便派人跟蹤，恐他往大妻處。此指郭槐。

黃龍繞柱，彩凰飛簷。左金童，右玉女，盤托明珠。盈耳笙簫，丹墀下一派仙樂；滿座瑞霧，寶殿上萬道祥光。九曜星官，頂著冠，束著帶，雍雍雅度；二十八宿，戴著盔，披著甲，凜凜威風。南天門下，四元帥東西列坐；玉虛殿中，十美女左右排班。李老君跨青牛遠來朝覲，呂純陽騎白鶴忙至山呼。還有那巨靈神，身若太山，端秉金戈來直殿。更有個老壽星，頭如柳斗，斜倚竹杖看朝儀。

當日玉皇高坐，眾天神朝拜已畢。玉帝道：「目今天地明朗，下界清平，南瞻部州想有真主麼？」

眾神未及回奏，只見太白李金星俯伏金階，奏道：「朝門外十殿閻君候旨。」玉帝道：「宣來！」十殿閻君進朝，俯伏奏道：「臣等職司陰界，凡有罪惡，無不秉公裁處。奈大唐國有等似鬼非鬼、似人非人者，各任從所性，又加習染，往往有犯罪之實，無犯罪之名，王法不得而加，報應無因而顯。幸有鍾馗其人者，秉剛正之氣，具文武之才，只因生來貌醜，以致唐廷逐他，自刎而死。唐主令他遍行天下，以斬妖邪。臣等又助陰兵三百，含、負二人。含有應酬之能，負擅萬夫之勇。到處蕩平，魍魅屏迹，皆鍾馗與含、負之功也。臣聞有功者，必蒙厚賞，伏乞陛下封蔭賜爵，以昭功獎，臣等不勝悚惕待命之至！」玉帝聽畢，宣三神上殿。見鍾馗威風凜凜，像貌堂堂，含冤儒雅風流，負屈狼腰虎體。天顏十分喜悅，傳旨：「十王請回，朕當賜爵。」于是十殿閻君謝了恩，自退酆都城去了。鍾馗等俯伏殿下，候旨。須與太白金星高捧丹詔，當殿宣讀：

玉帝詔曰：朕惟兩儀既判，三才始分，天得一而成陽，地得一而成陰。人稟天地，氣秉五行。詎料風土各異，習染性成。茲者南瞻部州大唐國地界，人心惡孽，尤為可憫。或浮誇而鮮實，或虛詐而不誠。或心懷慳吝，不顧子孫之悖；或任情奢侈，不惜天地之珍。或愛色以殞身，或嗜酒而亡命。王法繩之而無據，因果報之而難憑。爾鍾馗秉清剛之德，存正大之心，誅邪種種之不善，厥績確確其匪輕，可封為翊正除邪雷霆驅魔帝君。含冤有孔、孟之操，建孫、吳之略，可封為天樞文德翼聖真君。負屈擅賁、育⑯之勇，兼逢、羿⑰之能，可封為天樞武德贊聖真君。妖氣既淨，仰太陽之普照；正氣長伸，皆鍾子之弘功。業既高于古今，爵宜冠乎天人。欽哉！

鍾馗等謝恩畢，玉帝退朝。含、負二人謝別鍾馗，俱到天樞垣赴任去了。鍾馗出了南天門，騎了白澤，前邊兩杆龍旗開道，往廟中享受香火。這廟自從斬了摳掏鬼，眾百姓感戴，蓋得金碧輝煌，光彩耀目，五間大門，七間大殿，甚是寬敞。不但鍾馗享受無窮，連那蝙蝠、白澤也都有血食⑱享用。且是威靈異常，求風得風，求雨得雨，百姓們莫不虔奉。縣尹呈詳上司，上司奏聞朝廷，德宗皇帝大喜，召柳公權⑲題匾。一面石青裝底，字貼真金，用黃綾包裹，遣禮部尚書杜黃裳、內侍魚朝恩前來掛匾。其時哄動了鄉村，鬧動了店鎮，若大若小，如男如女，都來觀看。一派笙簫鼓樂，迎匾到廟，解開黃綾包，懸匾于殿上，士民爭來觀看，果然寫得端楷，瓦盆大五個金字：

⑯ 賁育：孟賁、夏育，古代二位勇士。
⑰ 逢羿：逢蒙、羿，古代二位善射者。
⑱ 血食：古時殺牲取血，用以祭祀，故稱「血食」。此指祭祀的供品。
⑲ 柳公權：唐代名書法家，他的書法稱「柳體」。

那有這樣事！

詩曰：

花拂簾櫳午夢長，醒來題筆記荒唐。
誅邪有術言為劍，滅鬼無能口代槍。
負屈逞奇俱是幻，含冤定策總非常。
止因畫上鍾馗好，一一描來仔細詳。

尾筆

野史氏曰：魑魅魍魎，燐火熒煌，盈宇宙間皆是也。書一甘露菩提水，遍灑寰中，鬼火自滅。誠問上古之五刑，后王之三尺，陰曹之劍樹刀，有如鍾馗老子一劍否？有如我煙霞散人一筆否？

兼修堂跋

無中生有，編成簡牘。或以為筆情之趣，或以為口孽之愆，乃作者俱不任受，不過消磨清晝，排遣素懷，一任知我者諒之，不知我者訝之，閱之者解頤，聞之者現齒，而作者之面目如故也。老夫昔閱草木春秋，亦是無中生有，才人遊戲之筆。彼則付之剞劂，公諸海內。今閱此斬鬼傳，知作者不欲付之剞劂，公諸海內焉。何以知之？其在轉換接落以及字句間乎。蓋作者一時遣興，率筆描去，不假推敲，以此知不欲付之剞劂，公諸海內也。老夫愛其筆華，細加筆削，更覺快心奪目。不敢與煙霞散人分筆情之趣，實敢與煙霞散人共口孽之愆。然而復敢大言曰：此書居草木春秋之上，散人不欲付之剞劂，公諸海內，老夫則甚欲付之剞劂，公諸海內焉。故既為敘，而復為之跋云。

附 錄

斬鬼傳回末作者自撰評語兩條

從來畫判者，必畫蝙蝠，得此一段補出來歷。曾聞有宰豬時，脅下見「參將白起」四字；又宰豬時，腹上見「秦檜十世身」五字，想二賊凶無歸正之心，故萬世遭屠耳！（第一回）

妙，妙！此是降魔第一法。凡世間一切腌臢物，只是以大肚容之而已，原不必與他較量。布袋是彌勒法物，不云以此裝之，而云以肚裝之，只取其量之能容耳。想鍾馗急躁，還是量窄，故不濟事。（第二回）

斬鬼傳乾隆間懷雅堂錄本圖贊

第一冊圖後題贊：

鍾馗贊

烈士骨，不可屈。烈士精，久乃靈。瞑爾目，階可觸。正爾心，欽爾風。望爾容，魑魅魍魎咸潛踪。千秋之下真英雄。

乙丑暑月敬錄

第二冊圖後題贊：

才識萬年□大唐，相傳奕禩更流芳。光芒劍氣通霄漢，斬盡群邪化日長。

第三冊圖後題贊：

於赫尊神，能文能武。正直聰明，形古貌醜。眼觀六合，足躡九有。劍光如電，群邪俯首。才望有唐，功標天府。世人所知，除魔巨手。

第四冊圖後題贊：

不事蕭、韓略，無須百萬兵，但憑三尺劍，一怒鬼神驚。

乙丑秋仲題

第五冊圖後題贊：

維公之貌兮赳赳儀容，維公之劍兮皎皎□刃，維公之氣浩然磅礡兮不倚不傾，維公之威攝服宇宙兮回邪是警。

序

昔阮瞻作無鬼論，而鬼來辯之。今煙霞散人著此斬鬼傳，獨不懼鬼來與之為敵乎？曰：「然而無懼也。無鬼論論已死之人，斬鬼傳傳未死之鬼。夫人而既名之曰鬼，則必陰柔之氣多，陽剛之氣少。聆其當斬之條例，思其致斬之因由，畏念起而悔心萌，方且退阻避藏之不遑，而敢與之為敵哉？是無論果斬之與否，使其果斬之也，亦無此等鬼矣。無之，而誰與為敵，即未必斬之也。而斬之既有傳，則其魂已喪，骨已寒，又何慮其為敵哉？」或曰：「鬼亦未可概論。如昔曾公說法而一鬼來聽，喝曰：『汝為人去罷！』其鬼答之曰：『做鬼今經五百秋，也無煩惱也無愁，禪師勸我為人去，誠恐為人不到頭。』若此等鬼是安于為鬼者也。宋劉伯龍歷位九卿郡守，而貧困獨先，其廉正可知矣。一旦思營什一之利，可不謂非易厥初操也。隨有鬼在旁撫掌大笑，伯龍因之而止。此鬼之能化人貪心者也。若此等鬼，方且禮之敬之而不暇，而敢曰斬乎？」余曰：「此真鬼也。若夫人而鬼矣，未鬼而為鬼，則不盡心人道，日趨鬼途，已非人類，焉得與安分化人之真鬼比？是必斬絕此等。」傳劓撫並用，猶為網開一面，不幾又增一等僥倖鬼，遺一等漏網鬼。不知天地之氣，春溫秋肅，帝王之治，德感刑齊。人趨于鬼，鬼復化為人，愚玩不化，人既為鬼，寧得仍目之為人乎？昔有君而呼宮中為閹官者，趙曰趙鬼，李曰李鬼。余以為此等鬼更利害，其陰險慘毒勝于鴆酒漏脯，明之魏忠賢其明驗也。賊害忠良，破壞宇宙，淩遲不足以盡其辜。但貶守皇陵，死後陰曹收入十八層地獄中，與十常侍劉瑾等同充割根鬼之數，永不出世，使鍾馗雖欲斬之而不可得。是即未曹之護短也，亦無不可爾。

戊辰秋月上旬七日甕山逸士題于兼修堂

跋

侯執信獻成氏

天下事，真與幻而已。真則為人，幻則為鬼，其固然也。然亦有真而似幻，幻而實真者。如我介符先生斬鬼傳一書，以為真也，而種種曰鬼，則似幻也；以為幻也，而事事皆實，則又真也。閱是書者，固不可以為幻而忽之，亦正不可不以為真而惕之也。何也？先生之作是書也，蓋具一副大慈悲心，欲俾天下之齷齪、仔細、寒磣、扢渣等輩，厚自刻勵，返樸還醇，以克全乎天地之肖子，宇宙之完人也已矣！而無如世之論者，頓曰罵世，輒曰薄德，否則，即以為幻也，非真也，取笑一時，而無關于世道人心之大也。嗚乎！是豈知先生之心哉？先生之心，蓋不啻操礪世磨鈍之權也，不啻施移風易俗之化也，而豈其幻耶？而豈非真耶？如曰幻也，而非真也，彼今之為急賴，為摳掏，為討吃，為叫街，為耍碗，為發賤，為溫斯，為冒失，為黑�，為低達，為地溜，為酒色，為不通，為乜斜，為伶俐，為風流，為涎臉，為綿纏，為楙譎，為撩俏，為偷屍，為急臢，為謅，為假，比比皆是，種種不乏，豈得謂之幻耶，而非真耶？如知其真也，而非幻也，吾願世之讀是傳者，全降衷之恒性，還本來之面目。則幻可為真，鬼可為人，庶不至貽鍾馗之一怒，而于先生以言為劍，以筆代槍之意，其亦可以不負也夫！

時乾隆十年歲次乙丑桂月上浣之吉

同邑後學獻成氏謹跋

第九才子書斬鬼傳原序

（託名）黃　越

客有問于余曰：「第九才子書何為而作也？」余曰：「仿傳奇而作也。」客曰：「傳奇云者，傳其有乎，抑傳其無乎？」余曰：「有可傳，傳其有可也；無可傳，傳其無亦可也。今夫傳奇之傳其無者，寧獨九才子而已哉？世安有所為孫悟空者，然則西遊記何所傳而作也？安有所為西門慶者，然則金瓶梅何所傳而作也？其他西廂記之驚夢草橋，牡丹亭之還魂配合，琵琶記之乞丐尋夫，水滸傳之反邪歸正，不皆傳其無之類乎？不寧惟是，閑嘗閱三都、兩京、上林諸賦中，其所為無是公、烏有先生、子墨客卿者，又何所有，又何所無，子何獨疑於九才子書而致詢哉？且夫傳奇之作也，騷人韵士以錦綉之心，風雷之筆，涵天地于掌中，舒造化于指下，無者造之而使有，有者化之而使無，不惟不必有其事，亦竟不必有其人，所謂空中之樓閣，海外之三山，倏有倏無，令閱者驚風雲之變態而已耳，安所規規于或有或無而始措筆而摛詞耶！故九才子書鍾可封則封之，鬼可斬則斬之，淬舌劍于筆端，吐辭鋒于紙上，安良善體天地之好生，除凶殘振朝廷之斧鉞。總之自無而之有，亦且自有而之無，是固不謬于傳奇之作也，子何獨疑而致詢哉？」詰者唯唯而退。爰筆于書以為序。

時康熙庚子歲仲冬上浣上元黃越際飛氏書于京邸之大椿堂

三儒傳

劉　璋

三儒者，王礦與李灼華、華猶子沆來也。礦居邑之西門，灼華叔侄居近東門，相見甚疏，行事不相謀。而邑人謂自少至老，與古為徒，不失赤子之心者，必曰：「此三人同。」三人者居心仁厚，言語樸訥，舉止安詳，其德器同。不近官府，不習田畝，不營仕進，其志行同。引掖後學，循循不倦，以成就人才為己任，其術業同。學問深醇，而皆厄于一第，未幾亦各棄去，不復為場屋計。礦為康熙壬子拔貢，越二十三年而沆來于甲申與歲貢，又四年為戊子而灼華以恩貢，其名位亦同。然礦性方嚴，寡言笑，望之肅然起敬。二李則溫溫樂易，即之藹然。人咸敬而愛之。灼華于正業外，寄情丹青，牡丹、秋菊、米家石尤妙于法。礦潛心理學，而時覽岐黃，于叔和脈法亦得其微。沆來淳淳然無所他嗜也。礦能劇飲不亂，雖醺然酩酊，循循自如。灼華不多飲，亦不及亂。沆來滴酒不飲，有以醇醪進者，未嘗沾唇，力勸之，則怡然笑曰：「君欲觀醉人乎？」端坐扶几，進醴灑一蕉葉，即頹然玉山倒矣，俄醉亦解。此數者三人若不盡同。二李皆未仕。礦嘗司鐸臨城，讀書論世與家居無異。其出處亦若同不盡同。然其世味弗染，性真弗漓，終身能不失赤子之心，邑之人未嘗敢私有所優絀。邑科名自癸酉以後，歌鹿鳴、題雁塔者，非其孫子，即其生徒。人以為三人之食報亦往往不異也。古所云「鄉先生沒而可祭于社」者，三儒之謂歟！灼華字蕡實，沆來字顥西，礦又自有傳，詳其家世。

右邑令劉璋撰。

乾隆九年刻本深澤縣志卷八人物

袁戎傳

國朝袁戎，字大士，武庠生，邑武紳碱之子也。性倜儻而長厚，樂善好施，隨其力之所至。所居臨南小街，東頗洼下。一日值陰雨，見一老嫗騎驢行，泥濘中墜，展轉不能起，惻焉憫之。遂積粟購石，砌為平坂，行者皆便之。前縣尹蔣時若既內擢，將遣眷還籍黔中。有家僕馮，數名口，真定人，憚南行，力不足自贖，以情來告曰：「非公莫能濟也！」戎與之資，並子女復得為真民。其善行率類此。壽七十七終。子維京、京長子智，俱捷武闈。縣尹楚中陳喬山扁其堂曰「樂善」。

右縣令劉璋撰。

乾隆九年刻本深澤縣志卷十二附餘志

縣尹劉于堂壽序

王植

宋人有言：催科不擾，催科中撫字；刑罰無乖，刑罰中教化。君子推為篤論，予以為未盡然也。仁人之敷政也，視民如傷，而殷殷焉誨其不逮。蓋字民之心惻怛，豈弟型俗之術漸漬？優游此則以心相感通，而道乃近古。

吾邑自壬寅歲，洊歷饑荒，萑苻屢告。天稟微而貫索明，視其圜圄累如，覘其倉儲磬懸也。論者謂邑殆不支，當事從此蒿目矣。維時于堂劉公，實始蒞茲土。公以晉陽名孝廉，年將耳順，甫分邑符。一下車，問民疾苦，振綱飭紀，虛懷若谷，庶政畢舉。未兩載而向之累如者青草茁，向之磬懸者紅腐起。仁政及民，此非其明效大驗乎？

于春初奉毛義之檄，請教公。公舉魯齋之言曰：「人心猶印板然，板本不差，雖摹千萬本皆不差。」嗚呼！微公言，余固知公之治迹所由來，心定而德自普也。公初至，嘗設大竹于庭，謂將以創蠹民者，然卒未嘗數用。征收用滾單法，不以擊斷為威，然逋賦亦鮮，而公之心未已也。邑有投繯命案，迹似被勒者，業以勒上申矣。旋稔其實，即任過自檢舉，曰：「不忍諱一時之誤，使吾民罹法網也。」征糧雖用催頭，然每惻然深念曰：「渠為人受法耳，吾何忍不為恤。」于是邑中之公私廨宇，缺遺圮廢者多矣，公次第經理。為龍亭置儀仗，為城隍完廟廡，為衙署修門柵吏舍，為民之置地者修弓步。創者創，修者修，煥然為之一新，于是城之復于隍者幾矣。公日夜謀所以完之者，曰：「吾視城池頹廢，如予室漂搖然。」雖以民窘力絀，未敢舉行，而其咨嗟籌畫，往往溢于意言之表，識者固以知公之于民未有已也。向使公尚其威斷，率用重典，以警此疲頑，其效寧有加，而菜色鵠形之餘，困頓將有不可言者。公卒不以彼易此，然則公之治迹，非印其板素定，何以有是？

今值公六旬壽誕，適以上檄公出。邑人士未獲伸祝頌之私，然公之政不可不紀也。且語有之：前事之善，後事之師。予方將資公以得治譜，而又可已乎？遂約略其實而為之序。

崇德堂稿卷三序

深澤尹二劉合傳

王植

劉璋，山右陽曲人也。中康熙丙子舉人，歷二十有八年，始授深澤令，年耳順矣。諳于世事，民情吏治間留心久，知政先撫字。既至澤，首除一切鋪墊雜費為民累者。內外工役及薪蔬之直，皆發時價予民。己為龍亭修儀仗，示所尊，為民核斗斛，增設弓步，示所謹。初，邑之丁戊祭牲取足牲戶，祭已頒胙，又類飽胥役，徒滋擾。璋曰：「經制有定額，額金盡可市牲醴，吾即以此侑神足矣。」不以累民。邑自壬寅來，歲薦饑。數有盜，民一夜數譁。璋立捕盜法，懸賞格，獲一盜予十金，多就獲。審草竊罪輕者，鑄鐵圓鎖其項，令得緝盜自贖。其情重者，例應禁。璋察前多越獄弊，令剖長木，穿孔為錮具，乃合而鍵之。入夜，人錮其一足，動作轉側可自便，而卒不得脫。其制嚴而不猛，可為後法。欲民不終訟，村置鄉平一人，遴老成謹厚者為之。小事令勸諭，訟多中止。其讞獄虛公。嘗有以被盜陷誣良者，前令時獄已具，人冤之。璋為密訪，竟獲真盜，得雪。有命案縊痕似勒者，業以勒上申矣。旋察其情，即具檢舉。曰：「何忍諱一時之誤，使無辜罹法網也。」任四載，民愛之，皆曰：「賢父母哉。」旋以前令虧米穀罣累，遂解組。易留澤，歷正署三官未去而劉元暉來宰是邑。

劉元暉，閩之永安人也。性聰慧和易。中雍正甲辰進士。歲己酉蒞澤，初下車，問舊政。知劉璋賢，曰：「官不以升黜為優絀，前劉吾師也。」兄事之，擇其善者倣而行。其視邑人士，若其儕友，視四民之屬，若其鄉鄰子弟也。每與紳衿接，問民情，問俗之宜，問政之未當者。勤勤懇懇，傾心以示之。于胥役輩，誨之諄諄，惟恐干吾法，不復得貸。民有訟者，曲直既判，不以擊斷為威。常以天理國法人情，反覆開示，使刑者皆自知其罪。將退去，猶誡其後曰：「勿復爾，法不可干數也。」人皆愛而化之。其催科力行滾單法。初邑多戶胥裏書，飛灑包收諸弊，元暉深究其由。乃多為催單，令人少而易遍，糧少而易完。單未出，預完者免催。單既發，先完者得自詣縣改單，更遣其次。民爭輸，日到門改單者如市。朝至而午返，午至而夕返，民實便之。署內執其事者甚勞，弗恤也。民又皆曰：「賢父母哉。」僅一歲，亦以事解組，時劉璋尚未得歸也。邑民時供其薪米，稱之曰：「山西劉公，福建劉公。」久之乃俱去。去之日，拜而送者踵相接，有泣下者。自前令蔣洪澍後，言賢令者必推二劉，迄今猶追思未已。

崇德堂稿卷四傳

唐鍾馗平鬼傳

東山雲中道　著
鄔國平　校注
繆天華　校閱

總　目

引言

鄔國平

唐鍾馗平鬼傳一名鍾馗平鬼傳，簡稱平鬼傳。至今關於這部小說的作者和版本等情況還所知甚少。由於古人視小說為「小道」，以創作小說為遠離文人雅事清趣的筆墨遊戲，故而小說家往往不願在自己的作品上面題署真名，有關小說家的資料也鮮有保存，這樣使得許多小說的作者問題成了一個個懸案。唐鍾馗平鬼傳的作者也是如此。我們根據它刊刻時的題署，只知道作者叫東山雲中道（人），這顯然是他的字號或化名，至於他的真名和生平事蹟，則一概不知。此書存世的刊本僅見一種，為廣東鳳城五（雲）樓乾隆乙巳五十年（一七八五）刻本。五雲樓是一個以刊行通俗讀物為主的書坊，除此書之外，它還刻有第九才子書斬鬼傳（即斬鬼傳）、東西漢全傳等通俗小說。唐鍾馗平鬼傳共八卷十六回。總回目的文字與每回的回目有不一致之處，如第七回的總回目為「五里村鍾馗收窮鬼」，每回回目改「鍾馗」為「酒店」；第八回的總回目為「大敗後窮鬼遇窮神」，每回回目則為「溜子陣戰敗遇窮神」；第十二回的總回目為「吊角莊風流鬼叛親」，每回回目改「叛」為「攀」。又第五回結束沒有「欲知後事如何，且聽下回分解」一類套語，與全書別的章回結束文字格式不同。這些都表明，本書的編撰體例及刊刻不免失之粗疏。

略談小說的作者和版本情況之後，下面轉入討論本書的創作特點。

文學創作有兩種基本的方式：一是完全憑虛構造，擬就一個純粹出於個人想像的文學世界，人物、情節及其它基本內容均為前所未有，令讀者耳目一新。一是根據同一個文學母題改舊編新，作者圍繞母題進行再創作，塑造新形象，充實新內容，豐富新涵義，閱讀之後讓人產生古老而又新鮮的感受。打一個比方，前者好比是新栽一棵樹木，後者好比在一棵古樹幹體上嫁接新的枝芽。

唐鍾馗平鬼傳的創作是屬於後一種情形。作者根據民間廣為流傳的鍾馗斬鬼的故事，重新設計人物，編造情節，並賦予作品某些新的涵蘊，使此書在鍾馗故事系列中自成面貌。在此之前，已有劉璋斬鬼傳一書問世流傳。唐鍾馗平鬼傳與斬鬼傳源於同一個文學母題，而在內容、風格諸方面又呈顯出許多不同的特點，說明運用改舊編新的方法從事文學創作，同樣可以使作品姿彩紛呈，豐富多樣。

我們試將唐鍾馗平鬼傳與斬鬼傳作一個比較。

斬鬼傳的一部分內容是，通過敘述鍾馗、含冤、負屈三人懷才不遇，被權奸佞臣迫害致死的經歷，對朝廷黑暗作了揭露，從而構成小說中頗為突出的諷宦主題。唐鍾馗平鬼傳第一回雖然也敘及鍾馗致死的緣由，文字極其簡略，僅云：「大唐德宗年間，有一名甲進士，姓鍾，名馗，字正南，終南山人氏。才高八斗，學富五車。只因像貌醜陋，未中頭名，一怒之間，在金階上頭碰殿柱而死。」作者並沒有在朝廷執政阻撓鍾馗方面展開筆墨，也沒有對壓抑人才的宦場抒發明顯、強烈的不平牢騷，只是用一種客觀的、冷靜的語氣，講述了一件傳說中的往事。小說中更沒有出現含冤、負屈二個形象，借他們淪為冤魂屈鬼以譏刺仕途自然也就無從談起。唐鍾馗平鬼傳的上述情節處理，可能較之斬鬼傳更接近鍾馗故事初始的面貌。但是兩者源於同一個文學母題，斬鬼傳作者在改編中增入或者說部分突出了諷宦的主題，唐鍾馗平鬼傳作者則對此幾無涉及，表明兩人懷有不完全相同的創作目的，而就主題的創造性和對社會諷刺的多面性而言，斬鬼傳顯然比唐鍾馗平鬼傳更勝一籌。

淳俗是兩部作品共有的內容，是作品的主幹，它體現了作者主要的創作意圖。同斬鬼傳將世間染有惡劣習性者喻為魔鬼而欲將其驅盡斬絕一樣，唐鍾馗平鬼傳作者也認為，「人品敗淨」即淪為「妖魔」，「平鬼」就是替天行道，為民除惡。第一回開場詩云：「世上何嘗有鬼？妖魔皆從心生。違理犯法任意行，方把人品敗淨。」「舉動不合道理，交接不順人情。搖頭晃膀自稱雄，那知人人厭憎！」「行惡雖然人怕，久後總難善終。惡貫滿盈天不容，假手鍾馗顯聖。」斬鬼傳中的「鬼簿」，唐鍾馗平鬼傳中的「平鬼錄」，其中記載的鬼名，皆是作者對充斥世俗中各式各樣兇行惡品的歸類概括，也構成他們淳俗諷世的主要對象。兩書所列的鬼類有其基本相似的一面，但是各鬼具體的種種惡行又互不相同，它們從不同的角度反映出人間惡者的萬狀千態。唐鍾馗平鬼傳寫到的惡類，有的是地痞惡霸，如「無恥」父子三人，其父游手好閒，「全憑膂力過人，像貌魁偉，強借訛詐度日」；長子「短命鬼」「專以短見害人。哄人上了竿，他就抽了梯；哄人過了河，他就拆了橋」；次子「無二鬼」行事為人，比他老子更無恥十倍，整日糾集一群幫兇，無惡不作。有的工於算謀別人，如「下作鬼」，「外面與人相交，卻是極好，他肚裏卻藏著個令人不測的心眼子。不論親疏厚薄，是個人他就低一低；不管輕重大小，是件事他就戳一戳」，損人利己是他最大的快樂。又如「討債鬼」和「混賬鬼」，「欠他少的，他偏說多。還了他的，他說賬尚未清」。其他如滑鬼、懶怠鬼、催命鬼、色鬼、賭錢鬼、風流鬼、輕薄鬼、胡搗鬼、覷烟鬼等等，從他們的這些名號，即知道都是一些本質惡劣、欺善害良之輩。作者通過刻畫他們兇醜的面貌，展現其胡作非為的行徑，並安排其最終被剷除滅盡的結局，來表達自己扶正驅邪、淳清風俗的善良意願，流露對清平世界的美好憧憬。

唐鍾馗平鬼傳對「說他是鬼，他卻是人，說他是人，他卻又叫做鬼」的人間惡勢的描繪和諷刺，就其著眼於倫理道德品行的一面而言，與斬鬼傳存在相似之處。然而作者似乎又並不滿足於僅從以上方面給予「人鬼」以譴責，他更從反綱常秩序的角度看待他們行為的性質，而將他們寫成是結群作亂者，這與斬鬼傳又有所不同。小說第一、第四回寫無二鬼與一幫結拜兄弟正在飲酒作樂，聽說鍾馗領閻君之命，到陽間來平鬼，便商議糾集眾鬼，合力抵抗。他們擁戴無二鬼「登了王位」，又推選下作鬼做了軍師，從此眾鬼在無二鬼面前必須「跪下回話」，儼然一副登上壇基的尊者模樣。作者接著敘寫無二鬼到處招兵買馬，積草屯糧，調遣將兵把守險要，抵擋鍾馗。整部小說就是描寫以鍾馗為首的「平鬼」力量與以無二鬼為首的反「平鬼」勢力之間的較量。在斬鬼傳中，「鬼」基本上是作為個體力量反抗鍾馗正義之劍，而在唐鍾馗平鬼傳中，「鬼」變成了有組織的群體。作者處身於嚴禁民間結社活動的時期，從結群為亂的角度描述無二鬼之類的行為，顯然起到了加重其罪名的作用，而作者對「人鬼」的譴責自然也變得更加嚴厲，超越了單純的倫道品行的範圍。小說如此結撰構思，很明顯是受到了水滸傳一類敘述落草英雄作品的啟發，不過在東山雲中道人的筆下，作亂者已是渾身擔戴深重的罪孽，更無一點長處可言了，這與後來的蕩寇志倒有幾分相似。

由上述的不同，也導致了斬鬼傳與唐鍾馗平鬼傳兩部小說結構方面的差異。斬鬼傳主要是通過鍾馗不斷地與單個的鬼進行交戰來展開故事情節，因而它更像是一則則短篇的綴合；而唐鍾馗平鬼傳將與鍾馗對壘的多數「人鬼」寫成是一個統一陣營中的成員，因此雙方的交戰變成了整體的行為，敘事前後照應，首尾連屬，作品的結構自然也變得更為密貼。不過總的來說，它與斬鬼傳相比，在藝術上顯得要遜色一些。

本書據乾隆乙巳刻本及世界文庫本平鬼傳排印，對少數費解之詞語略作注釋，希望能對讀者有所助益。

唐鍾馗平鬼傳回目

第一回　萬人縣群鬼賞月

世上何嘗有鬼？妖魔皆從心生。違理犯法任意行，方把人品敗淨。
舉動不合道理，交接不順人情。搖頭晃膀自稱雄，那知人人厭憎！
行惡雖然人怕，久後總難善終。惡貫滿盈天不容，假手鍾馗顯聖。
昔年也曾斬鬼，今日又要行凶。咬牙切齒磨劍鋒，性命立刻斷送。

話說大唐德宗年間，有一名甲進士❶，姓鍾，名馗，字正南，終南山人氏。才高八斗，學富五車。只因像貌醜陋，未中頭名，一怒之間，在金階上頭碰殿柱而死。誰想他的陰魂不散，飄飄蕩蕩來到幽冥地府，在閻君面前，將他致死的情由，從頭至尾訴了一遍。閻君甚是嘆惜，遂問鍾馗道：「俺有一事奉煩，未知從否？」鍾馗道：「願聞鈞旨。」閻君道：「陰間鬼魂俱係在下掌管。今陽間有一種鬼，說他是鬼，他卻是人，說他是人，他卻又叫做鬼。各處俱有，種類不一，甚為民害，惟萬人縣內更多。在下憐你才學未展，秉性正直，意欲封爾為平鬼大元帥。凡遇此鬼，除罪不至死，尚可造就者，令其改邪歸正，以體上天好生之德，其餘盡皆斬除。倘有惡貫滿盈，罪不容死的，生擒前來，再以陰間刑法治之。

❶ 甲進士：即「甲科進士」。

俟斬盡殺絕，功成之日，自當奏知上帝，論功陞賞，加官進爵。未知尊意如何？」鍾馗聽罷，向前謝道：「既蒙抬舉，謹遵鈞旨！」閻君大喜，遂交給平鬼錄一本，又賜給青鋒寶劍一把，追風烏錐馬一匹，紗帽、圓領、牙笏、玉帶，並撥給鬼卒四名。第一名大頭鬼，第二名大膽鬼，第三名精細鬼，第四名伶俐鬼，隨路聽用。

鍾馗謝恩下殿，出了幽冥地府。頭換尖頂軟翅烏紗，身穿墨絲藍搿海青❷蟒袍，腰繫金鑲玉帶，手執牙笏，上了追風烏錐馬。遂吩咐大頭鬼頭前開路，大膽鬼挑著琴劍書箱，精細鬼手提八寶引路紅紗燈，伶俐鬼擎著三沿寶蓋黃羅傘。分派一定，號令一聲，擺開隊伍，殺氣騰騰，威風凜凜，直往萬人縣裏進發。這且不表。

再說這萬人縣在長安西北，離京有二萬三千餘里。這萬人縣城內有一沒人里，里中有一跴遍街，街內有一人，姓無，名恥，字是不為。自祖上以來，並無恒產，也不貨殖，全憑膂力過人，像貌魁偉，強借訛詐度日。年過四旬，娶妻應氏，所生一子，與無恥大不相同。生得身長不過三尺，居心甚短，行事也短，因此人給他起了一個混名，叫他短命鬼。無恥對應氏道：「我無門自祖上以來，俱各人物魁偉，出人頭地。這個兒子如此粃微❸，如何能傳宗接祖？倒不如沒有這個兒子為妙。」故此無恥看見短命鬼就怒，諸日非罵即打，總要致他兒子于死地。應氏勸之再三，無恥終是不聽。應氏無奈，一日，向他丈夫說道：「殺生不如放生好。你既不喜他，我有一個表弟，姓阮，名硬，現在不修觀裏為僧，法名是針

❷ 海青：廣袖的長袍。

❸ 粃微：微末；矮小。粃音ㄅㄧˇ。不飽滿的穀粒。

尖和尚。我把他送與我表弟做徒弟何如？」無恥道：「我只不要這樣兒子，任憑你去發放，不必問我。」應氏遂擇了個日子，將短命鬼送到不修觀裏去為僧了。這應氏三五年間，又生一子，排行為二，頗有父風。人家給他也起了一個混名，只添了一個鬼字，叫他做無二鬼。長到十五六歲上，無恥與應氏相繼而亡。無二鬼行事為人，較無恥更甚十倍。且說他怎生打扮：夏天裏歪戴著草帽，斜披著小衫；冬天裏袍套從不給扣，惟以藍搭包❹扎腰。滿城內富的不敢惹他，窮的不敢近他，他尋著誰，就是誰的晦氣。偏有一個下作❺鬼給他做幫客，又有喪門神的兒子名併❻鬼給他做門徒。真個是：

萬人縣內聚群鬼，萬戶千家活遭殃。

這無二鬼同下作鬼、併鬼，諸日在這萬人縣內，東家食，西家宿，任意胡行，無所不至。一日，正逢中秋佳節，無二鬼留了五位客在家，飲酒過節。一個是粗魯鬼，一個是滑鬼，一個是賴殆❼鬼，一個是噍蕩❽鬼，一個是冒失鬼。無二鬼將這五鬼，讓在風波亭上，序齒❾而坐。吩咐併鬼預備酒肴。俟金烏❿西墜，玉兔⓫東升，以便飲酒賞月。滑鬼向無二鬼道：「天氣尚早，弟家有一小事，去去就來。」

---

❹ 搭包：繩；帶子。

❺ 下作：下流。

❻ 併：疑「僢」異體字。僢音ㄔㄨㄢˇ。同「舛」，相違；困厄。此指晦氣。

❼ 賴殆：「懶怠」的諧音。或作「賴歹」，無賴；歹毒。

❽ 噍蕩：性格粗暴、放肆。

❾ 序齒：以年齡大小為順序。

眾鬼道：「不可失信！」滑鬼道：「不失信，暫且少陪。」滑鬼對著眾鬼將手一拱，徉長⑫出門去了。

且說滑鬼出門，來在街上，正走之間，忽然背後有人叫道：「滑哥慢走，我有話與你說！」滑鬼回頭一看，卻是混賬鬼與討債鬼同來。滑鬼見了，連忙就跑。滑鬼跑得快，混賬鬼與討債鬼身體肥胖，趕不上。滑鬼捨命正往前跑，忽然一人正衝著滑鬼飛奔而來，與滑鬼胸膛相撞，將滑鬼咕咚撞倒在地。討債鬼趕上一步，將滑鬼按住不放。滑鬼道：「欠你的賬目，我就清楚⑬你，你且放我起來。我看是誰撞倒我？」討債鬼鬆手，滑鬼爬將起來，一看，說道：「呀，原來是楞二哥！未知有何要事，這等緊急？」楞睜⑭鬼道：「昨日進城，路遇無二哥，邀我今日到他家去飲酒賞月，我恐到遲，所以誤撞尊駕，得罪，得罪！」滑鬼道：「我方才也在無二哥那裏，因有事回來，到舍下，即刻我也就回去。」討債鬼道：「是踋遍街住的無二哥麼？」楞睜鬼道：「正是。」討債鬼道：「平素與人討賬，無二哥略幫幾句言語，那人就將賬目清楚了。屢次承他盛情，我亦欲到他家去。但今日節間，有些不便。」混賬鬼道：「我們買幾色⑮禮物，登門賀節，豈不兩全？」楞睜鬼指著混賬鬼問道：「這位兄臺尊姓？說話甚是有理。」討債鬼道：「這是舍弟，名混賬鬼。」遂令混賬鬼買了幾色禮物。楞睜鬼將滑鬼抓住，說道：「今日任有

⑩ 金烏：太陽。相傳太陽裏有三足烏。
⑪ 玉兔：傳說月中有白兔，所以稱月為「玉兔」。
⑫ 徉長：即「揚長」，大模大樣。
⑬ 清楚：算清；還清。
⑭ 楞睜：同「楞層」，猙獰；嚴厲。
⑮ 幾色：數種。

甚麼緊事，不准你去。今日也不許討賬，你得隨俺回去！」滑鬼不敢強去，遂同眾鬼轉回踘遍街來。

滑鬼進門，向無二鬼道：「事未得辦，卻給二哥又邀了幾位客來。」眾鬼一齊離坐，只見混賬鬼手裏提著四個甲魚，二三十個螃蟹，討債鬼抱著兩個西瓜。無二鬼叫倂鬼收了。同走到風波亭上，謙讓一回，按次序坐定。滑鬼將路遇楞睜鬼被撞的事，說了一遍，俱各哄堂大笑。又敘了一回寒溫。嗗蕩鬼舉手向眾鬼道：「我們今日不期而會，恰是十位。古人有熱結十弟兄，至今傳為美談。我們今日何不效法古人，也結一個異姓骨肉？不惟物以類聚，常常聚樂，倘事有不測，亦可彼此相助，不失義氣。但不知此言有合公意否？」眾鬼齊聲贊美。無二鬼遂叫倂鬼置辦祭物伺候。

倂鬼出門去，到了街上，也就買了些下作物件。回家即刻排出來了一桌據實供⑯，卻是三碗菜：頭一碗是山草驢子放屁，作孽的螞蜡⑰；第二碗是蒜調豬毛，混賬和菜；第三碗是肝花腸子一處煮，雜碎。買了半捏子沒厚箔，請了一張假馬子⑱，燒了一支訛遍香，奠了三杯嗆⑲酒，行了一龜三狗頭的禮，放了三個滅信炮，一齊發誓已畢。無二鬼年長，坐了第一把交椅，粗魯鬼次之，楞睜鬼為三，排到末坐，卻是倂鬼最幼。倂鬼將供撤在風波亭上，又添了一碗鵝頭燴螃蟹，一碗生炒楞頭鴨子，一碗壞黃子鴨蛋，一碗清水煮瓠子⑳。真個是：

---

⑯ 據實供：行結拜禮的供神物品。

⑰ 螞蜡：即「螞蚱」，蝗蟲。蜡音ㄓㄚˋ。

⑱ 假馬子：巫神的畫像。馬子，方言，謂男巫。

⑲ 嗆：音ㄑㄧㄤ。價格便宜。

月到中秋明似鏡，酒逢知己勝同胞。

眾鬼彼此猜拳行令，不覺三更有餘。正飲之間，忽聞外面叩門甚急。無二鬼不覺失驚落箸[21]，叫倂鬼前去探聽。要知來的是誰，再看下回分解。

---

[20] 瓠子：葫蘆。瓠音ㄏㄨˊ。

[21] 箸：筷子。

第二回　烟花巷色鬼請醫

話說無二鬼同眾鬼飲酒中間，只聞叩門聲急，遂叫伻鬼去門內探聽。這伻鬼來在門內，細聲問道：「外邊何人叩門？」門外答道：「我奉周老爺差來，有急密事，要見無二爺面稟的。」伻鬼回稟，無二鬼令開門引進來。那人來到風波亭上，向無二鬼道：「家爺命小人來面稟密事，不知可有僻靜所在否？」無二鬼遂將那人引到內宅。那人將閻君命鍾馗之事，附耳低言，細細說了一遍，折身就走。無二鬼親送出門去了。

無二鬼回至風波亭上，眾鬼一齊問道：「此係何人？周老爺是誰？來稟何事？」無二鬼嘆了一口氣，道：「今日眾兄弟幸會，又結了生死之交，月下談心，酒逢知己，正可作徹夜之飲。不料想竟是好事不到頭，樂極悲生。」粗魯鬼起身拍掌，大喊道：「到底是為得何事？快講，快講！還有這些咬文嚼字哩。」無二鬼道：「那周老爺住在咱這縣城北黃堂村，幼年也是我輩出身，因才情高超，趁了萬貫家私，改邪歸正，在閻君殿前新幹了一名殿前判官，現在聽用，尚未得缺。來人是他的長班，說周老爺昨日在閻君殿前站班❶，面見閻君將一個不第的進士，姓鍾，名馗，封為平鬼大元帥，領了四名鬼將，前來平除我們。我與周老爺素日相好，叫他偷送信來，令我們躲避躲避。」楞睜鬼道：「二哥放心，料想鍾馗不過

❶ 站班：值班。

是一個文字官耳，能有多大神通？」無二鬼道：「閻君又撥給他四名鬼將，如何敵擋得住？倘有不測，悔之晚矣。」噍蕩鬼道：「兵來將擋，水來土掩，難道說我們坐以待死不成！竹竿巷裏有一位下作鬼哥，與我最好。他的嘴也俐，口也甜，眼也寬，心也靈，見人純是一團和氣，低頭就是見識。將他請來，計議計議，包管這場禍事冰消瓦解。」無二鬼道：「愚兄也與他相好。昨日我也邀他過節，他說家中今日上供祀先，所以未到。」賴殆鬼道：「如此就差滑老七去請他來何如？」滑鬼道：「弟不能去，一者路徑不熟，二來步履艱難，三來我並不認識他。」賴殆鬼道：「要緊事也是如此滑法。」無二鬼道：「不必爭執。今已夜深了，明日我差倈老十去罷。列位明日也要早到。」說畢，俱各垂首喪氣而散。

到了次早，倈鬼奉無二鬼之命，走到竹竿巷裏，來在下作鬼的門首。此時門尚未開，高聲叫道：「下作鬼哥在家麼？」這下作鬼原是湯裱褙❷的徒弟。自從得了湯裱褙的傳授，才學會了這個下作武藝，吃穿二字，俱是從這條下作路上來的。湯裱褙雖死，下作鬼不忘他的恩情。請了一位丹青❸，將湯裱褙的像貌畫了一副影❹，又寫了一個牌位，上題著「先師裱褙湯公之神主」，旁寫「孝徒下作鬼奉祀」。請五浪神給他點了主❺，供在一座房內，諸日鎖著門，即他妻子也不令他看見。每逢初一十五，燒香上供，磕頭禮拜，求他陰靈保佑。昨日八月十五，上供之後，下作鬼夫妻二人散福賞月，多飲了幾杯，夜間未

❷ 裱褙：音ㄅㄧㄠˇ ㄅㄟˋ。裝潢或脩補書畫。

❸ 丹青：畫師。

❹ 影：人像畫。

❺ 給他點了主：稱為死者的靈牌誦經祝頌為「點主」。主，供奉死人的牌位。

免又做些下作勾當，所以日出三竿，尚然酣睡。睡夢中，忽聽有人門外喊叫，遂將二目一揉，扒將起來，披衣開門。往外一看，遂笑嘻嘻的說道：「我道是誰哩。老倂你從何來？因何來得怎早？」倂鬼道：「我奉無二哥之命，特來請你，有要事相商。」下作鬼遂轉身進內，對他妻子說：「無二哥著老倂來請我。倘有人來找，只說我往無二哥家去了。」說畢，遂同倂鬼出門，直往踙遍街而去。這且不表。

再說下作鬼的老婆是個溜搭鬼，善送祟下神，做巫婆。自從再醮❻了下作鬼，實指望做對恩愛夫妻，不料下作鬼拿著老婆竟做了奉承人的本錢，溜搭鬼也樂得隨在風流。聽得倂鬼聲音，遂說❼跟了無二鬼來了，因此也就起來，搽脂抹粉，慌成一片。原來無二鬼素日常到下作鬼家中來，與溜搭鬼眉來眼去，兩下調情，下作鬼只裝不知，久而久之，背著下作鬼，兩人竟勾搭上了。及溜搭鬼出房，見無二鬼沒來，未免淡幸❽。抬頭見下作鬼的祖師堂門不曾鎖去，自言自語的說道：「他的這個牢門，出鎖入鎖，今日我可進去看看。」及至走到湯裱褙的影前，只見他縮著頭，抖著膀，探著腰，笑密唿❾的兩隻眼，伸著四寸長的一條溜滑的舌頭。不覺大怒，氣恨恨的把門鎖了。因想道：「我那情人色鬼哥哥，想他的病今已好了。我今日無事，何不前去一敘舊好。」想罷遂將大門掖上，出門直往烟花巷而來。

及至進了色鬼的大門，來到色鬼的臥房，看見色鬼面如金紙，瘦如乾柴。遂問道：「色哥，你的病

❻ 再醮：改嫁。醮音ㄐㄧㄠˋ。浸。
❼ 遂說：便以為。
❽ 淡幸：無趣。
❾ 笑密唿：笑得合起眼睛。唿音ㄏㄨ。

體好些麼?」色鬼一見溜搭鬼,不覺滿心歡喜,問道:「情人為何許久不來?」溜搭鬼道:「家裏事多,總不得閑。」說著,就在色鬼床沿上坐下。見一個年幼家童,送茶過來,年紀不過十六七歲,白面皮,尖下巴,兩個眼如一池水相似。溜搭鬼接茶在手,遂問道:「這個孩子是幾時來的?」色鬼道:「是前月新覓的,名叫小低搭鬼。」溜搭鬼笑道:「無怪你的病體直是不好。」色鬼道:「實因無人扶侍,並無別的事情。」溜搭鬼目觸心癢,不覺屢將眼去看他。小低搭鬼也用眼略飄了兩飄,只是低著頭微笑不語。溜搭鬼向色鬼道:「病體如此,也該請位郎中看看才是。」色鬼道:「此地並沒位好郎中。」溜搭鬼道:「眼子市裏街西頭流嘴口,胡謅家對門,有一位郎中,是南方人,姓賈,號在行,外號是催命鬼。新近才來,卻是一把捷徑手⑩,何不請他來看看?」色鬼聽說,喜之不盡,遂差小低搭鬼牽了一匹倒頭騾子,前去請催命鬼。

小低搭鬼走到眼子市裏,問著催命鬼的門首,便叫道:「賈先生在家麼?」只見催命鬼穿一領陳皮袍子,戴一頂枳殼帽子,腰繫一條鉤藤帶子,搖搖擺擺走將出來,問道:「那家來請?」小低搭鬼道:「烟花巷裏色宅來請賈先生調理病症的。」說畢,從拜盒內取出一個紅帖來,上寫著「年家眷弟色鬼拜」。催命鬼接帖在手,便長出一口氣,道:「連日不暇,今日更忙,如何能去?」小低搭鬼道:「賈先生不必推辭,今日來請你,是溜搭鬼舉薦的,千萬去走走才好。」催命鬼遲疑多會,將頭點了兩點,說道:「本情實不能去,但溜搭鬼與俺素日相好,且又是隔壁同行,今日不去,異日何以見面?忙也少不得去

⑩ 捷徑手:此指醫術高明的醫生。

走這一遭。」說畢，回家取了葯箱，叫小低搭鬼背著。賈在行上了倒頭騾子，直往烟花巷而來。要知後事，再聽下回分解。

第三回 賈在行❶誤下絕命丹

話說賈在行同小低搭鬼來到烟花巷內，下了倒頭騾子，進了大門。只見溜搭鬼迎出來，說道：「久未相會，聞得賈先生醫道大行，逐日忙迫。今日光臨，不勝歡躍。」賈在行道：「多蒙薦引，感謝不盡。」二人到了客舍，吃過茶，領至色鬼房內。色鬼一見賈在行來，意欲起身施禮。賈在行急向前按止道：「開口神氣散，閉目養精神。不要妄動，在下好與尊駕評脈。但牛馬驢騾脈在頭上，所以獸醫攢角摸耳朵，人的脈在腳上，須從腳上看的。」遂一伸手，抓住了色鬼的腳鴨子❷，閉著眼，低著頭，沉吟了片時，撒了手，總是一言不發。溜搭鬼問道：「此病吉凶何如？」賈在行長出一口氣，道：「厲害，厲害！這脈如皮條一般，名為皮繩脈。那脈書上說得明白：

硬如皮繩脈來凶，症如泰山病重重。
若是疼錢不吃葯，難吞陽間餅捲蔥。」

色鬼道：「既請先生評脈，那有不吃葯之理。」溜搭鬼道：「先生有好葯只管用，葯資斷無不從厚

❶ 賈在行：假裝內行的意思，諷刺庸醫。賈，「假」的諧音。
❷ 腳鴨子：腳。也作「腳丫子」。

的。」賈在行遂將藥箱打開，取了一個小磁瓶出來，說道：「此瓶名為『掉魂瓶』，裏面盛❸得是『絕命丹』。藥書上說得明白：

絕命丹內只五般，牛黃狗寶❹一處攢，
冰片人參為細末，斗大珠子用半邊。
王母❺取下天河水，老君❻房內煉成丹。
靈芝仙草作引子，吃上三服病立痊。
若問修煉多少日？手忙腳亂八百年。

這藥一治胸膈飽滿，二治內熱外寒。可惜你把病害錯了，空有好藥，用他不著。」小低搭鬼在藥箱內，拿出一瓶，道：「這裏邊是甚麼藥呢？」賈在行接在手內道：「不可亂動，倘然弄錯，性命相關。」遂用手倒出瓶中的丸藥來一看，說道：「此丸名為『九蒸八曬的癘瘩❼丸』。一治癬瘡疥瘡，腳雞眼茨猴子，又治腰疼腿酸，勞傷失血。色爺，你若將此藥用滾白水❽送下，穩穩的睡倒，藥力行開，便能串腸

❸ 盛：裝。
❹ 牛黃狗寶：兩種中藥石。牛黃，牛膽囊中的結石。狗寶，生於癩狗腹中，狀如白石，帶青色。
❺ 王母：西王母的略稱。傳說中天上長生不老的女神。
❻ 老君：即太上老君，道教對老子的尊稱。
❼ 癘瘩：癘，惡瘡疾。瘩音ㄉㄚˊ。瘩背，即背痛。
❽ 滾白水：煮沸滾燙的白開水。

過肚，滋陰降火，寧吐止血，不日即可痊愈。」小低搭鬼又插口道：「先生有痔瘡葯否？」賈在行道：「可是足下？」小低搭鬼道：「正是。」賈在行道：「若是酒色過度，饑飽勞碌得來，不治久則成漏。足下是因聚精養銳上得來的，不早治恐成終身之累。」小低搭鬼道：「如何成終身之累呢？」賈在行笑而不答。溜搭鬼道：「求明白賜教。」賈在行笑著向溜搭鬼耳邊說道：「恐成髒頭風。」溜搭鬼用手中扇子，在賈在行頭上輕輕打了一下，說道：「他是真心求教，你偏有這些胡言亂語的！」賈在行此時與溜搭鬼眉來眼去，與小低搭鬼言語勾搭，久已神魂飄蕩，心不在焉矣。遂手包了三包丸葯，交與溜搭鬼，叫他給色鬼服用。又道：「若用此葯，必須忌口，還須尋一僻靜所在靜養才好，不然恐不效驗。」說罷，色鬼遂照著小低搭鬼遞了一個眼色，小低搭鬼就會意了，用一個小金漆茶盤，端了二兩重的一個紅封，送于賈在行面前。賈在行收過，背了葯箱去訖。不題。

且說溜搭鬼用滾白水將葯研開，叫色鬼吃了，用被給他蓋好，就要回去。色鬼道：「蒙情請了郎中來。今已服葯，俟我出了汗，你日夕回家去罷。」小低搭鬼也苦苦的相留，溜搭鬼就應允了。色鬼睡熟之後，小低搭鬼雖不曾親近女人，年已十六七歲，又常被這些好南風❾的戲弄，那床第上的風月，久已純熟。溜搭鬼這日原是來尋色鬼，以敘舊好，及見色鬼病重，未免淡幸。幸遇著這個小低搭鬼，柳眉杏眼，唇紅齒白，處處可人。溜搭鬼一見，早已心許。今乘色鬼睡熟，四目相視，欲火動心，遂向小低搭鬼丟個眼色，令他將大門關上。兩個攜手到了小低搭鬼的房內，摟抱相親，各自解帶寬衣。忽聽得色鬼大喊了一聲，如霹雷一般，嚇得二人慌忙整衣，來到色鬼房內。只見色鬼面如紫茄，七竅流血，即刻嗚

❾ 南風：即「男風」，男性間的性行為。

呼哀哉了。溜搭鬼對小低搭鬼道：「我與色鬼雖然相好，並無親戚。聞得他有一個親哥，名叫酒鬼，住在杏花村裏。他若來了，我卻不便，不如早走為妙。」說罷就走。小低搭鬼拉住，道：「可憐我幼失父母，又無家室，你去我可如何？倘蒙見憐，我隨你去，我就在你家早晚服侍你，豈不是好？」溜搭鬼道：「我固願意，但恐怕俺家那個下作東西見了你，未必肯饒你。」小低搭鬼道：「就是一身充二役，也說不得了。」說罷，二人急忙去訖。不題。

及至到了第二日早晨，賈在行便道從色鬼門前經過，意欲進門看看色鬼的病勢如何。及至走到色鬼房內，見色鬼已死，溜搭鬼與小低搭鬼俱無踪影，回身就走。忽見桌上有剩的丸葯一包，賈在行一看，方知昨日錯留了「絕命丹」，色鬼必因此丹而死。若是有人知覺，這庸醫殺人的罪，穩穩的落在頭上。遂急忙回到家中，背了葯箱行李，逃往陰山，投尖腚鬼去了。

話說色鬼，被賈在行的「絕命丹」治死，陰魂不散，飄飄渺渺，各處隨風閑遊。一日，不修觀內針尖和尚正在蒲團上打坐，忽被一陣腥血衝撞元神⑩。針尖和尚輪指一算，知是色鬼的遊魂，從此經過，遂掏訣⑪將他魂魄拘回。色鬼就在蒲團邊雙膝跪倒，把他屈死的原由訴說了一遍。針尖和尚知他的陽壽未盡，遂命短命鬼到三更時候，至烟花巷內將他屍首盜來。針尖和尚在葫蘆內取出一粒仙丹，用露水和開，灌在色鬼的口內。不片時，魂魄復體，睜眼一看，知是重生，遂向和尚謝了活命之恩。針尖和尚道：「你平生淫人婦女過多，應有此症。你如肯改悔，拜我為師，我教你些兵法武藝，可以保護你的身體。

⑩ 元神：道教以人的靈魂為元神。

⑪ 掏訣：運用秘訣。

不知你意下如何？」色鬼道：「俺的欲心未靜，恐怕難以學道。」針尖和尚道：「色即是空。這個色字，我們空門原是離不了的。」色鬼遂向針尖和尚拜了四拜，又合短命鬼敘了師兄師弟。短命鬼遂領了色鬼觀中各處閑玩觀看。色鬼問道：「此觀因何名為不修觀呢？」短命鬼道：「這村名為大撒村，開山師祖名喚不害，發了善念，要修一座觀，一則為四方祈福之所，二則為自己栖身之地。不料想天意該成，就有一位施主，情願將磚瓦木料等物，自己通捐送來，並不用募化眾人，所以名為不修觀。山門內豎了兩統⓬石碑，一碑下是一個土龜，一碑下是一個烏龜，這二龜俱是不害修的。二門內有七十五司，司中有上刀山的，有下油鍋的，有變驢馬禽獸的，這俱是不害修的。」二人正在觀看，忽見針尖和尚命麥王童兒來喚，二人急忙走至方丈。針尖和尚吩咐道：「方才我默運元神，忽然心血來潮，輪指一算，算知我們這不修觀內，不久就有大禍臨門，你二人有刀劍之厄。須當準備方好。」要知觀內有何禍事，他二人如何準備，再聽下回分解。

⓬ 兩統：兩座。

第四回　下作鬼巧設連環計

話說針尖和尚知不修觀氣數將盡，鍾馗不日即到，一人逃避不難，奈與短命鬼、色鬼有師徒之情，不忍恝然❶。令短命鬼將山門扁❷額除下，把「不修觀」三字塗去，改成「大放寺」，仍掛在山門上。又令將前後山門緊閉，教短命鬼學了些五行土遁，教色鬼學了些兵法武藝。習成之後，針尖和尚領了麥王童兒，于半夜時候，駕起一片妖雲，飛到狼牙山黑水洞修真養性去了。這且不表。

再說下作鬼那日同了倂鬼，到了躧遍街，進了無二鬼的大門，見粗魯鬼、懶怠鬼❸、噍蕩鬼、滑鬼、楞睜鬼、討債鬼、混賬鬼俱早在風波亭上，團團坐著。一見下作鬼到，一齊離坐相迎，下作鬼與各鬼敘了寒溫。及見討債鬼與混賬鬼，遂向無二鬼道：「這二位不得認識。」無二鬼道：「這位是討債鬼弟，這位是混賬鬼弟，素日相好，昨日也與俺拜了異姓兄弟了。」下作鬼道：「久仰，久仰！弟在家日多，出門日少，所以未得識荊。得罪，得罪！」討債鬼與混賬鬼也與他上了一會親熱。下作鬼道：「早知昨日有此勝會，無二哥既邀我，任憑有甚大事，斷無不來的，可惜不知道，錯過了。」說著，彼此又謙讓

❶ 恝然：淡然不理。恝音ㄐㄧㄚˊ。

❷ 扁：即「匾」。

❸ 懶怠鬼：即「賴殆鬼」。

了一會，方按長幼坐下。

粗魯鬼忽大聲喊道：「我們有塌天大禍，絕不提起，只弄假謙恭，算得甚事？」無二鬼遂將閻君命鍾馗平鬼，及周判官差人送信的事，細細說了一遍。下作鬼躊躕了半日，道：「素日瑣屑小事，弟還有些小見識。如今性命相關，事大責重，小弟一人如何敢當？」眾鬼道：「不必推辭，倘鍾馗來時，不惟我們束手待斃，即尊駕恐亦有未便。」下作鬼道：「既蒙眾位不棄，在下就要抖膽❹了。但人微言輕，恐令不行，終屬無益。」無二鬼遂取了一個黑碗，在階前摔碎，道：「有不遵令者，即如此碗！」下作鬼道：「我們今日共有十餘位，其餘凡與我們同類者，若不盡行連成一氣，惟恐寡不能敵眾。」無二鬼道：「須俱糾合前來才好。」下作鬼道：「其餘俱好糾合，惟有墻縫里住的那個窮鬼，有點子❺難說話，一貧如洗，偏要咬文嚼字，甚不隨和。」討債鬼道：「天地間沒有不上竿的猴，不過是多打會子❻鑼。這窮鬼從前我卻與他甚相熟，我去尋他何如？」眾鬼道：「甚好。」下作鬼又道：「還有牛角衚衕❼住的一個累鬼，他與窮鬼是親表兄弟，人甚骨氣，且有膽略，這也是個要緊的。」混賬鬼道：「小弟從前與他有些連手，待我去尋他。」眾鬼大喜，二鬼遂出門分路去了。下作鬼道：「小弟從前有一家人，名叫勾死鬼，因弟家中無甚出息，去投賭錢鬼了。若是此人在此，不消三日，這萬人縣裏鬼，皆可以齊了

❹ 抖膽：「斗膽」的諧音。「斗膽」形容膽氣豪壯。此處借諧音成諷刺。
❺ 有點子：有一些。
❻ 多打會子：多打一會兒。
❼ 衚衕：音ㄏㄨˊ ㄊㄨㄥˋ。小巷。

來。」無二鬼道：「這賭錢鬼我與他極相好，明日寫封字去，借來使喚何難！」下作鬼道：「既然如此，蛇無頭不行，人無位不尊，無二哥須登了王位，方好發號施令。」眾鬼齊道：「有理。」遂將無二鬼擁在上面炕上坐定。下作鬼又道：「有王必有徽號❽，今無二哥既以炕為壇基，即號為炕頭大王何如？」無二鬼甚是得意。眾鬼齊道：「有王就有軍師。」遂將下作鬼擁在無二鬼的左首坐定，齊道：「看軍師頭平耳尖，就呼軍師為狗頭軍師罷。」下作鬼謝了眾鬼，遂大聲喝道：「聽俺號令！」

未及開言，只見討債鬼回來了。眾鬼齊道：「無二哥已正王位，須要跪下回話。」討債鬼遂跪下，稟道：「小弟到了墻縫里，進了窮鬼的大門，院內養了許多的眼前花。窮鬼正在那裏栽培觀玩，見了我，他拿了一個小低杌子❾，叫我坐下。我就把二哥邀他結義的事，說了一遍。他就把窮眼一瞪，窮牙一咬，罵道：『無知之徒，休要胡言亂語。我這條堂堂窮漢，豈肯合你們這些五不五，六不六，七青八黃，不堪的東西，呼兄喚弟嗎！再要順口胡放，即便裏耳之敬。』我又說目下閻君命鍾馗前來，平除我們，還是隨伙的好。他又說：『爾等罪惡滔天，俟鍾馗來時，我必幫助他，將爾等斬盡殺絕，方稱我意。』看來那窮鬼是終不能入伙的了。」下作鬼見混賬鬼也站在旁邊，問道：「你尋的累鬼呢？」混賬鬼也跪下，稟道：「小弟到了牛角衚衕問他，他鄰家說他往躲莊去了，不定幾時才回來。我問躲莊在于何處，旁人俱說不知道，惟累鬼自己明白。所以沒尋著他。」下作鬼道：「這也由他。起列兩旁，聽俺吩咐！凡用兵之道，未知天時，先明地理。萬人縣城郭完固，南有奈河之險，奈河迤❿南，三十里之遙，左有蒿里

---

❽ 徽號：美好的稱號。

❾ 杌子：凳子。杌音ㄨˋ。

山，右有望鄉臺，中有鬼門關。再南九十里有子母山一座，高可插天，長可塞路。這幾處險要地方，我們兄弟分兵把守。處處招軍買馬，積草屯糧。他雖有陰兵百萬，戰鬼千員，其奈我何？」遂令討債鬼、混賬鬼前赴子母山鎮守，又令粗魯鬼把守鬼門關，懶怠鬼副之；冒失鬼把守望鄉臺，滑鬼副之；楞睜鬼把守蒿里山，噍蕩鬼副之。「大王與俺，親在奈河督修戰船。㑊鬼為前部先鋒，隨班聽用。」分派已定，又吩咐討債鬼與混賬鬼道：「子母山孤立南方，最關緊要，須差妥當人遠去打探，一有信息，即報大王知道！倘子母山有失，須向鬼門關奔走。俟鍾馗追來，粗魯鬼、冒失鬼、楞睜鬼等，各守營寨。若攻蒿里山，山上須塞斷去路，多用灰瓶滾木，從上打下。望鄉臺的人馬即鳴鑼擂鼓，擊其後陣。若鍾馗回兵來戰，即鳴金收軍，退回臺內。鍾馗若攻望鄉臺，臺上多用弓箭火炮，蒿里山的人馬吶喊下山，擾其後陣。若鍾馗回兵來戰，即鳴金退回山上。倘鍾馗直攻鬼門關，則東面望鄉臺、西面蒿里山兩處人馬，齊擊後陣。鍾馗回兵來戰，就各回營寨緊守。如此三日，鍾馗人馬不戰自疲。然後出其不意，合兵夾攻，鍾馗雖勇，一鼓可擒矣。眾家兄弟們不得違令，自取咎戾！」無二鬼撫掌大笑，眾鬼俱各心服。

從此各駐汛地⓫，秣馬厲兵，單等鍾馗到來，一場鏖戰。只苦了萬人縣裏的人家。無二鬼營中用袍甲旗幟，綢緞布匹鋪內遭殃；用糧餉草料，糧食柴薪鋪內遭殃。民間有騾馬的，牽來做坐騎；民間有牛車的，要來拉軍裝；就是民間的櫃箱，也要來喂牲口。真個是：

⓾ 迤：音一ˇ。往；向。

⓫ 汛地：軍隊駐防之地。

天理昭彰終有日，萬鬼性命俱沉淪。

這萬人縣裏的百姓日不聊生，怨氣升天，有冤也無處去訴。這且不表。

再說下作鬼在這躧遍街無二鬼家，一連住了三天，一日遂向無二鬼說道：「啟稟大王，臣來此已數日了，臣妻在家，甚不放心。求大王賞假數日，回家安置妥當，即來襄贊軍情。」無二鬼道：「先生既為入幕之賓，如何一刻可離？此間現有潔淨房舍，先生把寶眷接來，豈不彼此便宜？」下作鬼也知無二鬼不懷好意，但樂得吃些現成茶飯。下作鬼又奏道：「既蒙大王鴻恩，謹遵鈞旨！」遂辭了無二鬼，回奔竹竿巷來。下作鬼一路只想著到家如何誇官，如何祭祖。那知溜搭鬼與小低搭鬼從色鬼家回來，在家晝則挨肩靠膀，夜則交脛疊股，好得如膠似漆一般。及至下作鬼到家叩門，溜搭鬼聞聽是他丈夫聲音叩門，與小低搭不覺大驚。溜搭鬼遂心生一計，如何對答，方才與下作鬼開了門。下作鬼進得門來，一見小低搭鬼，不覺大怒，順手在門後取了一杆頂門鐵槍，照著小低搭鬼的咽喉颼的就是一槍。要知小低搭鬼性命如何，且聽下回分解。

第五回　唐鍾馗火燒不修觀

話說下作鬼見了小低搭鬼，不容分說，舉槍就刺。幸小低搭鬼眼力乖滑，將頭一低，下作鬼用槍過猛，那槍頭直透門扇，急且不能拔出。慌得溜搭鬼向前抱住下作鬼，道：「不問青紅皂白，就弄槍弄刀的，難道殺了人是不償命的嗎？」下作鬼也自知過于鹵莽，轉臉問道：「他是何人？你緣何留他在家？細細講來！倘有半字虛假，我如今較往常大不相同，斷斷不能干休。」溜搭鬼道：「他姓劉，名得柱，是我的同胞兄弟，今日早間才到咱家來的。」下作鬼道：「這就錯了。娘子你姓胡，他姓劉，如何是同胞兄弟？」溜搭鬼道：「其中有個緣故。當初我母張氏，父親胡渾，生俺姐弟二人。父親去世，奴已五歲，這個兄弟尚在懷抱，他隨娘改嫁劉姓，所以姓劉。我來你家，今已三年，若是虛假，你可見過丈人丈母嗎？」下作鬼楞了半日，噗的笑了一聲，說道：「內弟休怪！到是愚姐夫的不是。」遂拉著小低搭鬼的手，讓他坐下。問道：「內弟一向家住何處？因何音信不通？」小低搭鬼也就順著溜搭鬼的話，支吾了一回。下作鬼也就不深究了。

溜搭鬼問道：「你方才說你與往常大不相同，難道今日你有了甚麼下作前程不成？」下作鬼遂將無二鬼為王，封他為軍師，現在來接家眷，同享榮華的話，細細說了一遍。溜搭鬼聽說，喜的嘴也合不上。說道：「各樣俱好，就是在他家同院居住，有些不便。」下作鬼道：「不必撇清❶，速速收拾行李，不時就有人馬轎夫來接。」溜搭鬼道：「俺兄弟亦可同去嗎？」下作鬼道：「這個自然。」

說著，只見從人報道：「人馬轎夫已到門了。」溜搭鬼上了轎子，小低搭鬼緊緊跟隨，下作鬼馬上押著行李，來到無二鬼家中。無二鬼一見溜搭鬼，不勝歡喜，名為下作鬼的家眷，實為無二鬼的壓寨夫人。小低搭鬼也做了無二鬼的親隨伴當❷。下作鬼居心大方，卻也不甚拘滯。這且按下不表。

再說鍾馗自從領了閻君命令，未免曉行夜宿，饑食渴飲。行了一月有餘。一日在路，向大頭鬼道：「吾們一路行來，過了多少城市山林，並不曾遇見一個鬼，倘然當面錯過，大功何日可成？爾等須各要留心！凡有行徑詭譎，踪迹可疑者，即行盤詰，不得有誤！」大頭鬼四人俱道：「遵令！」又走了百餘里路程，忽見一人冒冒失失而來，抬頭一看，回身就跑。伶俐鬼縱步趕上，雙手揪到鍾馗面前，稟曰：「這人行踪可疑，乞元帥盤詰施行❸。」鍾馗問道：「你既悻悻而來，為何見了本帥又回身跑去？其中必有緣故。若不實說，定然斬首！」那人戰栗稟道：「前邊墨松林內，有一不修觀，今改為大放寺。寺內有一短命鬼與一色鬼，這短命鬼甚是不長遠❹。小人方才自寺門口經過，適與短命鬼相遇，恐上了他的短當，有些害怕，所以如此慌張。」鍾馗又道：「短命鬼是如何短法害人？」那人答道：「他不論人之厚薄，也不論事之大小，專以短見害人。哄人上了竿，他就抽了梯；哄人過了河，他就拆了橋。他現

---

❶ 撇清：故意裝做清白。
❷ 伴當：合伙人；伙伴。
❸ 施行：行為；舉動。
❹ 不長遠：心術不正。

燒香現捏佛，燒了香毀了佛；現吃飯現支鍋，吃了飯拆了鍋。他生平說的是短話，做的是短事，專以短見殺人，害人，騙人，哄人，欺人，滅人，所以人叫他為短命鬼。人若撞見他，跑的慢了，就吃了他的短虧。」鍾馗問明，將這人放去，率領鬼卒，直撲墨松林而來。

及到墨松林內，果見一座山門，山門下站著一個短人，生得短手，短胳膊，短腿，短身子，穿著短道袍，短鞋，短襪，短褲子，手中拿著一把短刀子。見了鍾馗，就要使他的短武藝。不料大頭鬼走向前去，給他一個措手不及，攔腰挾將過來。鍾馗叫他跪倒面前，手提青鋒寶劍，望著他的短頸，就是一劍。鍾馗力大身重，反把自己閃倒在地。起來看時，短命鬼踪影全無。原來短命鬼與針尖和尚學了五行土遁，見縫就鑽。鍾馗舉劍砍時，他已借地下蟻穴遁去。遁回寺內，將被獲逃遁的事，向色鬼說知，仍從後門借土遁去了。

色鬼仗著自己法術精通，將衣冠裝束齊楚，托了一杆不倒金槍，來到山門以外，大聲喝道：「何處邪毛外祟，敢在此間放肆！早早前來納命！」鍾馗同大頭鬼等，遍地尋找短命鬼不著，正在納悶，忽聽有人搦戰。大頭鬼與大膽鬼向鍾馗稟道：「末將願往擒此妖鬼。」鍾馗道：「須要小心！」大頭鬼、大膽鬼各執兵器，出得墨松林來，見色鬼耀武揚威，正在那裏索戰。大頭鬼道：「早通姓名。俟俺斬了你，好勾除鬼錄上的名字。」色鬼道：「俺乃針尖和尚的門人，短命鬼的師弟色鬼是也。」大頭鬼聽得「色鬼」二字，不容分說，手執銀錘，直向色鬼的胸前打來。色鬼用槍撥開。錘來槍擋，槍去錘迎，戰了二三十個回合，不分勝敗。大膽鬼見戰色鬼不下，舉起蒺藜㗊嘟❺，踏開大步，直奔前來助戰。色鬼見勢

❺ 㗊嘟：鎗棒。㗊音ㄍㄨ。

頭不好，口中念念有詞，一腔熱血噴出，大頭鬼暈倒在地，渾身血染，如紅花缸內提出的一般。幸大膽鬼敵住了色鬼，精細鬼、伶俐鬼急向前，將大頭鬼救回。大膽鬼抖擻精神，未及十數回合，色鬼已覺招架不住。又口中念念有詞，用手在鼻上連擊三拳，鼻孔內噴出兩道三焦❻虛火。大膽鬼急轉敗走，被虛火炙得的鬚髮俱已蜷曲。色鬼也不追趕，竟回大放寺去了。

且說大膽鬼敗回，將與色鬼如何致敗情由，細細說了一遍。鍾馗道：「吾等奉命而來，初次對敵，如此不利，大功何日得成？」心中甚是焦躁。伶俐鬼向前稟道：「元帥不必愁悶，俺有一計，須如此如此，色鬼定然被擒。」鍾馗聞言，暗暗應許。幸而色鬼的三焦虛火與那一腔熱血，不能傷人性命，大膽鬼不過鬚髮鬈曲，大頭鬼將腥血洗去，依然精神如故。晚膳以後，到了三更時分，伶俐鬼同眾鬼暗暗來到了大放寺的門前。令大頭鬼把住後門，精細鬼把住前門，自同大膽鬼起陣陰風，駕起雲頭，進了寺內。先盜了他的不倒金槍，然後用黑狗血照定色鬼的陰魂噴去，破了他的三焦虛火，遂大聲喝道：「色鬼，還不起來納命！」色鬼從睡夢中驚醒，身不及衣，足不及履，手中又無了槍，口中又噴不出三焦虛火來。沒奈何，從窗洞內跳出，開後門就跑。大頭鬼在門外聽得門響，從旁一錘打倒，又劈面一錘，腦漿崩裂，結果了色鬼的性命。大頭鬼進去會同了大膽鬼等，回至墨松林，稟知鍾馗。鍾馗大喜，遂將平鬼錄上色鬼的名字勾去。

到天明，率領四大鬼卒，到了大放寺內，尋找餘鬼。及至方丈，聞得夾皮墻❼內，似有婦人聲音。

---

❻ 三焦：中醫稱人的身體膈以上為上焦，臍以上為中焦，臍以下為下焦。

❼ 夾皮墻：墻壁夾層。

遂向前打開，見有十餘個少年婦女走出來。鍾馗問道：「爾等何處人氏？在此何幹？」那婦女道：「俺俱是下作鬼的表嫂子，因去年三月三，來廟燒香，被色鬼與短命鬼強留在此的。求爺爺饒命！」鍾馗道：「我把色鬼打死了，你們去罷。」眾婦女叩頭謝恩，各自散去。鍾馗令前後放火，頃刻將不修觀燒成灰燼。鍾馗道：「今滅色鬼，實伶俐將軍之功，記在功勞簿上。但短命鬼不知去向，倘再獲住，即行斬首，方消我恨。」言罷，遂率眾又往前走，尋找短命鬼去了。

第六回　短命鬼被擒子母山

話說短命鬼從不修觀後門，借土遁逃走。在地中行了一日一夜，約略去鍾馗已遠，突從地內鑽將出來。愣了半日，心中想道：「素日我曾聽人說，自我進不修觀為僧之後，我母親家中又生了一弟，混名叫無二鬼，現今長大成人，在萬人縣裏居住，我不如前去尋他。詎奈❶不識路徑，如何是好？」抬頭往北一看，見遠遠的土坡下有數間草屋，傍著溪邊，柳樹上挑出一個酒簾兒。短命鬼料是莊村，定有人家，知道路徑。遂一直奔來。路旁忽見來了一個柴夫，挑著一擔山柴。短命鬼問道：「借問大哥，這裏叫什地名？」那柴夫答道：「你過來的是斷腸嶺，前邊大樹林邊，是有名的斷腸坡。」短命鬼問了，直望著斷腸坡而來。

來到坡邊看時，有一株大樹，四五個人摟不過來，上面都是枯藤纏著。抹過大樹邊，有一個酒家。短命鬼進了酒店，見店內先有四五個大漢在那裏吃酒。一個道：「遠遠望著只說來了一個小孩子，不料想卻是一個三寸釘。」短命鬼道：「我不曾與你相識，因何開口就罵人？」一個立起來道：「罵你還是小事。」遂用手抓住短脖子，將短命鬼翻倒在地，用繩索將他手足捆了。那上面坐的一個大漢道：「不用兩人抬他，只叫一個人用根棍子，將他手足穿了，抉❷上山去就是了。」果然一人用根棍子，將短命

❶ 詎奈：無奈。

鬼抉起。任憑短命鬼怎麼哭叫，誰肯放他？如打狗的一般，抉上山去，綁在將軍柱上。有幾個小嘍囉❸說道：「大王方才酒醉睡熟了，且不要去報。候大王醒了，稟了大王，把這個孩子的心肝扒出來，給大王做碗醒酒湯吃，我們大家也吃塊嫩肉。」短命鬼在將軍柱上，足不連地，欲借土遁走也不能。

約至到了三更時候，只見廳背後走出三五個嘍囉來，說道：「大王起來了，把廳上的燈燭剔得明亮些。」又見那大王走出來，坐在東邊交椅上，問道：「嘍囉們，你們那裏拿得這個小孩子來？」嘍囉答道：「小的們正在咱那酒店門首巡哨，見這個小孩子獨自走來，因此拿來獻與大王做醒酒湯吃。」那大王道：「正好。快去請二大王來。」眾嘍囉去不多時，只見廳側邊走上一個人來，在西邊交椅上坐下。那大王道：「嘍囉們快些動手，扒出這孩子的心肝來，做兩碗醒酒的酸辣湯吃。」只見一個小嘍囉，端一大瓦盆水來，放在短命鬼的面前。又見一個小嘍囉挽著袖子，手中拿著一把明晃晃的剜心尖刀。那個端水的，兩手端起水來，照著短命鬼心窩子就澆。原來人的心，都是熱血裹著，把這熱血用涼水澆散了，然後取出心肝來時，便脆了，好吃。那嘍囉澆水，直澆了短命鬼一臉。那短命鬼仰面嘆了一口氣，道：「無二鬼我那親兄弟呀！你怎知你哥哥死在這裏？」那大王聽得無二鬼三字，便喝住嘍囉道：「且不要殺他，他方才說甚麼鬼？」嘍囉稟道：「他說：『無二鬼我那親兄弟呀！你怎知你哥哥死在這裏？』」大王聞聽此言，慌忙走過來，走至短命鬼面前，問道：「你與無二鬼有甚親眷？」短命鬼道：「無二鬼是我的胞弟。」二大王道：「天下重名姓的無二鬼甚多，問他是在那裏住的。」短命鬼道：「是在萬人縣

❷ 抉：挑。

❸ 嘍囉：強盜的部下。

沒人里跴遍街住的。」大王聞言，吃了一驚，遂奪過那嘍囉手中的剜心尖刀來，便把繩索割斷，扶到廳上，請他坐在正中交椅上，低頭便拜。短命鬼問道：「二位大王何故不殺小人？二位大王高姓大名？與舍弟有何親戚？」那大王道：「此處名為子母山。弟名討債鬼，這一個是我的胞弟，名叫混賬鬼，皆與無二哥是結拜兄弟。今日不知是無大哥到此，以致大哥受驚，得罪，得罪！惟求大哥寬諒。但大哥既與無二哥是一母同胞，為何不同在一處居住？今尊駕卻從此地經過，不知意欲何往？」短命鬼即把年幼而何以至前日被鍾馗擒住，又借土遁逃走，如今要赴萬人縣裏尋找無二鬼去，不識路徑的話，細細說了一遍。討債鬼也將所以在子母山為王，積草屯糧，招軍買馬，全為預備鍾馗的話，也細細說了一遍。一面叫嘍囉擺上筵席，請短命鬼用了飯。又叫嘍囉服侍短命鬼安了歇。討債鬼向混賬鬼道：「幸而俺聽得無二鬼三字，將他放下來，若是殺了他，無二哥知道了，如何是好？」混賬鬼道：「就是將他殺了，無二哥如何得知？」二人說了一會，亦各自去睡了。

次日清晨起來，討債鬼與混賬鬼陪著短命鬼用了早飯。討債鬼道：「大哥難得到此，在此多住幾日，俺再差嘍囉送你去。你若不去，即同愚弟兄在此協守子母山亦好。」短命鬼道：「俺兄弟雖係同胞，數十年來未曾見面，念弟心切，斷難再遲。」討債鬼道：「既如此，俺差人送大哥前去。」遂吩咐嘍囉，預備行李盤費，討債鬼二人親送下山。又囑咐嘍囉道：「無二爺現在奈河督修戰船，你將無大爺送到奈河去罷。」短命鬼一拱而別。

嘍囉背了包裹行李，短命鬼隨後，行了數日，遠遠望見桅墻林立，軸艫橫空。嘍囉指道：「那戰船就是無二爺親自督修的，河邊就是大寨。」說話間來到了轅門。嘍囉與那門軍都是相熟的，向前拱手道：

「借重傳報一聲，只說王爺的親哥，大王爺來了。」門軍進內報知無二鬼。無二鬼聞報，呆了半晌，下作鬼道：「大王前日曾言及有一令兄，自幼入不修觀為僧，或者聞得大王得了王位，前來相投，亦未可知？」無二鬼恍然大悟，遂吩咐有請，將短命鬼迎入中軍帳內。短命鬼遂把他出家為僧的話，說了一遍。問及家事，短命鬼才知他父母相繼而亡，聞言大痛，無二鬼也落下幾點淚來。問道：「大哥離此不得甚遠，為何總不回家來看看？」短命鬼道：「起初不修觀內，只有師父一人，無人照管。及至後來添了色鬼師弟，師父又回山去了，所以未得回家。」下作鬼在旁道：「大哥如今自然是聞得無二哥得了王位，所以前來。」短命鬼道：「並不知二弟在此為王。愚兄只因被鍾馗無故捉去，舉劍就砍，幸俺借土遁逃走。他且說務要將咱這一類鬼輩，盡行斬絕，方消他恨。大約不久就到此了。後又聞得色鬼師弟，已被他擒斬了，把不修觀他也放火燒了。我因無處栖身，所以前來。」無二鬼聞聽此言，心中大怒，向下作鬼道：「不料鍾馗這等可惡！若待他兵臨城下，阻擋就難了。不如俺先殺向前去，給他一個措手不及，殺他一個片甲不歸，方知俺的厲害。」下作鬼道：「不可，倘然失利，悔之無及。不如在此等他，左有望鄉臺，右有蒿里山，還可彼此救應。」無二鬼那裏肯聽，著短命鬼看守營寨，遂帶了大小三軍，騎上了一隻淨街虎，手拿一柄皮錘。下作鬼手使一根竹竿，打著一面順風旗。小低搭鬼騎著一個臭蛆，頭前引路。偢鬼騎著一隻鴞鳥，手使一根喪棒，督催後陣。萬人縣城上放了三聲滅信炮，出了城門，過了奈河，迤邐而來。

行了三五日，忽然劈面迎著鍾馗。無二鬼抬頭一看，遂勒住了淨街虎，大聲喝道：「來者黑頭黑臉的，莫非就是鍾馗？」鍾馗道：「然也。」無二鬼聞聽鍾馗二字，並不再言，舉錘就打。鍾馗舉劍相迎。

戰不數合，被鍾馗回馬一劍，正對無二鬼的臉砍來。誰想那無二鬼的臉，原來是磁瓦子打磨了，又用生漆漆了，至壯不過的一幅子皮臉。一劍砍來，火星亂爆。無二鬼有件法術，名為「黑眼風」。凡和人打仗，必定先使他「黑眼風」嚇人。今被鍾馗砍了一劍，當下他就使起「黑眼風」來。只見無二鬼照著鍾馗把眼一瞪，即刻黑風陡起，烏煙瘴氣，頃刻天昏地暗，日月無光。且是這「黑眼風」裏邊有許多的惡鬼，俱帶著碜款❹，有搖頭的，有跺腳的，有呲牙的，有瞪眼的，有騎馬的，有使槍刀的，有活捉人的，有迷糊人的，種種不一。滑喇喇一聲風響，竟把個鍾馗和四名鬼卒，刮到半懸空中，上不沾天，下不連地，飄飄颻颻，不知刮到那裏去了。要知鍾馗性命如何，再聽下回分解。

❹ 碜款：醜陋兇惡的樣子。碜音ㄔㄣˇ。同「磣」，醜。

第七回　五里村酒店收窮鬼

話說鍾馗被無二鬼的「黑眼風」刮起，猶如駕雲一般，天昏地暗，不辨東西南北。大頭鬼等惟恐與鍾馗失散，緊緊相隨。這且不表。

再說那萬人縣內的百姓，被這些無二鬼、下作鬼等，諸日欺詐誆騙，鬧了一個翻江攪海，雞犬不寧。你說那百姓怎樣受害？下作鬼的武藝，仗著低❶壞邪戳餂❷；無二鬼的武藝，仗著歪賴刁鰐❸嗡❹；倂鬼的武藝，仗著倂氣撲人，令人萬事不利。三鬼之中，惟下作鬼更甚。外面與人相交，卻是極好，他肚裏卻藏著個令人不測的心眼子。不論親疏厚薄，是個人他就低一低；不管輕重大小，是件事他就戳一戳。他心裏不是低壞，就是戳邪。把這低壞戳邪，叫輪流換班伺候，餂之一字，令早晚聽用。更可恨者，幫著有勢的欺人，有力的訛人，惹得萬人縣中，人人穢罵，個個切齒，他卻不理之焉。所以萬人縣裏的百姓，給他起了一個綽號，叫他是「臭鴨蛋」，言其是個壞黃子❺。

❶ 低：「詆」的諧音。
❷ 餂：音ㄊㄧㄢˇ。同「舔」。此指口舌。
❸ 鰐：「訛」的諧音。嚇詐。
❹ 嗡：疑指嘴。

那萬人縣城南有一座山，名為磨天山，離城有百有餘里。那山頂上，下視日月，立數星辰，其高無比。山下有一村，名為慫❻人村。村內有一人，此人姓能，名吃虧，生了兩個兒子，長子名叫能忍，次子名叫能讓。父子三人俱是受氣生理。他父子三人常受下作鬼無數的氣，總是忍氣吞聲，直受而不辭。一日，能吃虧向他兩個兒子道：「咱家一家不知受了他多少氣，何日是個了手❼？」能忍道：「屑小事情，何必較量？常言說得好，省事饒人，過後得便宜。不必理他。」能讓道：「惡人自有惡報，即或不報，亦自不妨，全算咱前世裏少欠下他的氣債，今世還他何妨。」能吃虧道：「雖如此說，到底叫人心中不快。昨日聞聽人傳言說，不久就有一個平鬼大元帥，姓鍾名馗，來斬除他們。但不知為何至今還不見到來？或者鍾馗不知他們在這萬人縣裏，來到半路之間又回去了，也未可知？不如我們虔備金銀香燭供獻，上在咱這磨天山頂上，望空禱告一番，求那位鍾馗老爺，早來斬除他們，絕此大害，豈不是好。」能忍、能讓俱道：「言之有理。」

遂出門傳了許多老老少少，男男女女，各攜著金銀香燭供獻，能吃虧在前，眾人在後，擁擁擠擠，齊往磨天山而來。一路行走，人多嘴雜，這個說：「下作鬼如此害人，一定是個鱉星照命。」那個說：「你看那鱉見了人把頭縮在肚裏，這下作鬼伸著頭去打聽事，如何是鱉星照命？」這個說：「不是鱉星照命，定是兔子下生❽。」那個說：「也不是。你看那兔子，嘴上是有豁的，說話不得爽利。這下作鬼

❺ 壞黃子：壞心眼的人。黃子，蛋黃。

❻ 慫：音ㄙㄨㄥˇ。驚懼；膽小。

❼ 了手：結束。

能把個滾圓的葫蘆，說的長出個把來，如何是兔子下生呢？」又一個說：「你們俱說錯了，他原是個狗星臨凡。你看那狗不論大小，總是誰家喂他，他就給誰家看家。這下作鬼誰家給他點子吃，便替誰家瞎啲啲❾，不是個狗種是甚麼？」眾人齊道：「或者❿，或者。」一路胡言亂語，不多時來到了磨天山頂上。一齊擺上供，焚上香，燒了金銀，倒身下跪，各人把那受害的情節，訴了一遍，齊聲叫苦連天。只見一股子冤氣，直往上升。

不料想這股子冤氣，正衝著無二鬼刮鍾馗的那一股子「黑眼風」。那「黑眼風」原是邪風，那冤氣原是直氣，以正直之氣而衝邪術之風，焉有不沖散之理？故「黑眼風」被冤氣沖散，將鍾馗與四名鬼卒，從半懸空中掉將下來，正落在那磨天山山頂上。眾人一見，吃了一驚，齊往山下就跑。鍾馗喝住道：「爾等在此何幹？速速供來，免汝不死。」能吃虧有些年紀，抖了抖精神，壯著膽子走向前，跪下稟道：「俺是萬人縣裏的子民，因無二鬼和下作鬼作踐⓫的難堪，聞得鍾馗老爺要來平他，總不見到來，俺眾人無奈，在此燒香上供，禱告求鍾馗老爺早到，以除此一方之害。不料衝撞了尊神，只求尊神老爺饒命！」說罷，只是磕頭。鍾馗道：「爾等不必驚慌，俺便是平鬼的鍾馗。」眾人聞聽是鍾馗的駕到，只說眾人虔誠感了來的，齊上前重複磕了頭，都把那受害含冤的情由，又訴了一遍。鍾馗道：「此山去萬人縣有

❽ 下生：降世；轉世。
❾ 瞎啲啲：同「瞎嚷嚷」。
❿ 或者：或許如此。
⓫ 作踐：欺淩；迫害。

幾里路程？」能吃虧道：「只有百十餘里，但中間尚有兩座惡山，爺爺須要小心。」鍾馗道：「不妨。爾等且自散去。」能吃虧和眾人謝了鍾馗，個個歡喜，人人念佛，俱各下山去了。

鍾馗率領著四名鬼卒，也下得山來。只見前邊山腳下有一座酒店。鍾馗道：「我們用些酒飯，再往前行。」及至進了酒店，鍾馗與四名鬼卒用了酒飯。鍾馗問店小二道：「這裏叫甚麼地名？」店小二道：「這村去磨天山有五里之遙，此處故名五里村。」鍾馗正與店小二說話，忽見店外一人在前行走，後邊一人拉著衣裳，寸步不離，嘴裏咕咕噥噥，說了許多不中聽的話，前邊那人，卻是一言不發。鍾馗問店小二道：「這店外兩人是做甚麼的？」店小二道：「那前邊走的是俺這村東頭住的憂愁鬼的女婿，叫做窮鬼。他原在萬人縣城裏居住，聽得人說無二鬼與下作鬼邀他合伙，他執意不從。後來便罵他，又要尋事打他。他在那城裏住不的了，所以暫住在他丈人家。那後邊的那個人，是這西北子母山上住的。那山上有一座寨，名為閻王寨，寨主名叫討債鬼。此人是討債鬼的兄弟，名叫混賬鬼。他說窮鬼欠他的賬目未清，窮鬼說久已清楚了，他不欠他的，故此混賬鬼拉著他吵鬧。」鍾馗聞言大怒，喚大膽鬼吩咐道：「方才過去的那兩個人，前邊是個窮鬼，後邊是個混賬鬼。趕上去，將混賬鬼斬了，將窮鬼帶來回話。」大膽鬼手提蒺藜啃嘟，趕上前去，大聲喝道：「混賬鬼那走？」混賬鬼見來勢不善，遂從懷裏摸出了一面算盤來，舉起算盤，迎將前來。大膽鬼手舉蒺藜啃嘟，劈面相迎。兩個戰了三兩個回合，那混賬鬼只有招架之功，並無還手之力，幸而腿腳利便，且戰且跑，頃刻間跑出了百步之外。

大膽鬼也不追趕他，遂捉了窮鬼來見鍾馗，稟道：「混賬鬼戰敗逃走，捉得窮鬼當面⑫。」鍾馗抬

⑫ 當面：在面前的意思。

頭一看，只見那窮鬼頭戴一頂愁帽，身披一領破蓑衣，手裏拿著一塊麻糝，心廣卻是體瘦，瘦的只落了一張皮，包著一把窮骨頭。鍾馗問道：「你叫甚麼名字？」窮鬼見問，遂躬身行了一套窮禮，答道：「晚生名叫窮鬼。」鍾馗聽說一個鬼字，怒從心生，拔劍就砍。窮鬼慌忙跪下磕頭，道：「有下情稟上：晚生本來不是窮鬼，昔日也有幾畝田地，也有幾間宅房。只因晚生素性迂拙，把幾畝田地被混賬鬼混去了一半，又被下作鬼奉承去了一半，只落得上無片瓦，下無錐扎。沒奈何，千方百計又湊了幾串銅錢，做了一個小小生意，以為養家之資。不幸又遇著倂鬼。這倂鬼更是可惡，早晚在我鋪裏，死沒眼色⑬，貧嘴寡舌，覷烟吃，騙茶喝，誇他的兒子俊，說他老婆好，沒上半年，倂了我個本利淨光。我才成了個窮鬼。」鍾馗道：「店小二說無二鬼和下作鬼邀你合伙，你執意不從。卻是為何？」窮鬼笑道：「無二鬼與下作鬼也是該當天敗，恰好叫晚生遇著尊神。若是尊神肯納晚生之言，那無二鬼與下作鬼旦夕可破。」鍾馗聞聽不覺大喜。畢竟窮鬼說出甚麼言語，用何方法破敵，再聽下回分解。

---

⑬ 死沒眼色：厚顏無恥。

第八回　溜子陣戰敗遇窮神

話說窮鬼對鍾馗道：「俺如今雖窮，幼年也曾使槍弄棒，舞劍輪刀，十八般武藝件件都會。就是這塊麻糝，也是仙人傳授的，打人于百步之外，百發百中，餓時又可充飢。只因人窮智短，彼眾我寡，故此暫且躲避于此。即這混賬鬼，晚生非不能敵他，實是不屑與他較論。尊神如肯將俺收用，凡破無二鬼與下作鬼並倂鬼的法術，與往萬人縣裏去的路徑，俱各純熟。」鍾馗聞言大喜，說道：「本帥收你為破鬼前步先鋒，你可願意嗎？」窮鬼叩頭謝恩道：「既蒙收用，衝鋒破敵，死而無怨。」鍾馗當下就令與四大鬼卒相見了，又吩咐店小二，拿酒飯來與窮鬼吃。這且不提。

再說那混賬鬼逃回子母山，把戰敗的情由，細細說了一遍。討債鬼聞聽，氣得三屍暴跳，七竅生烟。遂升了流水大帳，聚將鼓響，眾嘍囉身披鎧甲，手執兵刃，俱赴大帳伺候。號令一聲，三聲炮響，討債鬼出了大帳，上了銅法馬，手使一根逼命杖，下了子母山，吶喊搖旗，殺奔五里村而來。來到村外，列開陣勢，聲言不尋別個，單叫窮鬼出來算賬。那窮鬼此時正在店中吃飯，忽見店小二跑來說道：「不好了！今有子母山寨主討債鬼大王，領兵前來，聲言叫窮鬼出來算賬。你快快出去，不可連累我們。」窮鬼聞聽此言，來到鍾馗面前，稟道：「小將蒙元帥收用，願擒此毛鬼，以為進身之階。」鍾馗許諾。窮鬼又稟道：「小將的坐騎，現在丈人家中，回去取來，即便出戰。」說罷，遂從店中後門出去，到了憂愁鬼家中，騎上他的瘦骨驢，手拿麻糝，來到兩家陣前，與討債鬼正撞個滿懷。那討債鬼並不問話，手舉逼命杖，劈面就打。不料這窮鬼臉皮嘴巧，心機靈動，不用思索，隨機應變，善于支吾，緊來緊支吾，慢來慢支吾，左來左支吾，右來右支吾，未來先支吾，不來預支吾，千方百計，支吾的個討債鬼，汗流浹背，無計可施，賣了一個破綻，敗陣就走。窮鬼不知死活，見討債鬼敗去，滿心歡喜，兩腿將瘦骨驢一磕，隨後趕來。討債鬼聽得鐵鈴響亮，回首一看，見窮鬼趕來，隨將銅法馬勒住，遂下了銅法馬，左手執著虎頭藤牌，右手提著短逼命杖，就地一滾，轉瞬之間，已滾到窮鬼的面前。窮鬼見他滾來得厲害，駁❶驢就跑，討債鬼緊緊的滾來追趕。他的杖也重，力又大。這窮鬼腰裏又沒勁，隨戰隨跑，窮鬼只有招架之功，並無回手之力。窮鬼正在危急之際，心生一計，用手將瘦骨驢勒住，向討債鬼道：「你這等滾戰，俺死不甘心，我擺一陣，你若破得，我即死而無怨。」討債鬼道：「俺被你支吾怕了，倘我一退，你若脫逃，豈不便宜了你。」窮鬼道：「我雖窮，豈是脫逃之輩？俟我擺就陣勢，即請尊駕進陣來打。尊駕倘打不開，若被俺擒獲，也不可後悔。」討債鬼道：「我看你擺甚麼陣？」遂吩咐三軍，暫將人馬退後，且看窮鬼擺陣。

再說這窮鬼並無人馬，如何擺得成陣勢？那知道窮人自有窮人的武藝。那窮鬼在五里村前地下，用鞭杆頊刻間畫成了一個陣圖，名為「溜子陣」。內邊暗藏著七閃八躲、九跑十藏四般妙用。周圍門戶生剋，閃出一條盤香路來，內有無窮的變化。窮鬼將陣擺完，來到陣前，大聲喊道：「討債鬼進陣打陣！」討債鬼聞聽此言，帶了幾名貼身的嘍囉，闖進陣來。窮鬼一見，先將七閃八躲的法兒施展出來。討債鬼這

❶駁：「撥」的諧音。掉轉。

根逼命杖，自東打來，他往西閃，自西打來，他往東閃，自後打來，他往前躲，自前打來，他往後躲。窮鬼只這幾閃幾躲，閃躲的個討債鬼杖杖落空。戰了百十回合，討債鬼總不能取勝。此時討債鬼十分焦躁，眉頭一皺，計上心來。也使了一個法術，將他胸前獅頭帶子，略鬆了一鬆，口中念動咒語，喝聲道：「出！」只見從袍甲內嘖嘖有聲，飛出來了一些餓皮虱子，大如飛蝗，黑白兩種，直向窮鬼身邊飛來。不論頭面身上，見肉就叮，叮的個窮鬼其疼鑽心刺骨，甚是難當。此時窮鬼閃也不能閃，躲又不能躲，跑也跑不了，藏也藏不清，又被逼命杖逼的上天無路，入地無門，少不得順著那條救命的盤香路，敗將下去。討債鬼見窮鬼敗走，也催動他的銅法馬，隨後趕將下來。窮鬼見陣內不能藏身，將瘦骨驢一領❷，從「溜子陣」後宰門裏逃出陣來。

正然❸捨命逃走，忽見一人面黃肌瘦，身高八尺，頭戴烏紗破帽，身穿狗皮亮紗蟒袍，足登粉底盆靴，攔住去路，大聲喝道：「窮鬼還不下驢！」窮鬼道：「俺和你無冤無仇，為何擋住俺的去路，致俺于死地？」那人道：「賢契❹不必害怕，俺乃窮神是也。知你有難，特來相救。」窮鬼聞聽此言，下驢倒身下拜，道：「求尊神速速救命！那討債鬼後邊追趕下來了。」窮神道：「賢契莫慌，我自有寶貝擒他。你仍回陣去，將那討債鬼引到此處來。」窮鬼聞言，又上了瘦骨驢，回到陣中。只見討債鬼正在陣中，東張西望，尋窮鬼不著。遂大聲喝道：「討債鬼休走，看我擒你！」討債鬼一見窮鬼，並不答話，

❷ 領：將牲口往某個方向驅趕。
❸ 正然：正在。
❹ 賢契：知己的尊稱。契，投合。

舉杖就打，窮鬼用麻糝隔開，又一杖打來，窮鬼回驢就跑，討債鬼那裏肯鬆，一直趕出後宰門來。窮神看得親切，遂從囊中取出來了一件寶貝，名為「法網」，照著討債鬼撒去，把一個討債鬼罩在網內，左衝右突，總不能出來。窮鬼一麻糝，將討債鬼搭❺下銅法馬來。窮鬼遂下了驢，用腳踏住後心❻，腰裏抽出來一把空錢串子，將討債鬼捆住。

才要來謝窮神救命之恩，只見混賬鬼又殺奔前來。窮神道：「你再將混賬鬼引來，我另有法術擒他。」窮鬼聞言，仍回陣去。這窮神又從囊中取出六塊骨頭來，按上下四方擺定。只見那混賬鬼追趕窮鬼前來。窮神一見，急將六塊骨頭，照著混賬鬼一擲，那混賬鬼一陣眼黑，跌翻在地。窮鬼上前踏住，也用空錢串子捆了。走近窮神面前，叩頭謝道：「若非恩師大展神通，如何能成此大功！但不知恩師擒他，是何法寶？」窮神道：「這兩件寶貝是俺一生得心應手之策，也不知救了多少窮人。頭一件名為法網，又名為絕命網。第二件名為救命骰，又名為搖會。這兩件寶貝，正是治討債鬼與混賬鬼的對頭。他倆既入其中，如何能逃？你解他兩個前去請功，異日自有好處。」說罷，遂化陣清風而去。窮鬼又望空拜謝了，將討債鬼、混賬鬼押赴酒店，來見鍾馗。

鍾馗一見大喜，即命大頭鬼將討債鬼與混賬鬼斬首，就把這兩顆鬼頭，掛在店外樹上，號令示眾。這五里村中，老傳少，男傳女，東傳西，近傳遠，大大小小，男男女女，都知道鍾馗斬了討債鬼、混賬鬼，除此大害，齊來店內叩謝鍾馗。鍾馗道：「爾等素日如何受害？」內中一人道：「自從這子母山上，

---

❺ 搭：打。

❻ 後心：後背的心口。

來了他兩個在此為王，欠他少的，他偏說多。還了他的，他說賬尚未清。真真受他無窮之害。」又一老人道：「俺這村中有一童謠，待念來與老爺聽，老爺便知俺這附近之民受害之大。」那老者念道：

北山揭❼來東山賭，個個賣了墳頭土。
人若識破此中趣，氣死頭家❽喜死祖。

鍾馗道：「此童謠如何講解？」那老人道：「北山，就是子母山，這村內不肖的子孫，到那裏揭了錢來。東山賭，俺這東山之東，有一個賭鬼，專做頭家，開賭博廠，引誘好人家兒孫在他家賭錢，不過幾年，輸的墳地都賣了，所以造出這個謠言來。」鍾馗道：「如此說這賭錢鬼，比那討債鬼、混賬鬼為害更甚了。爾等指明去向，俺也與你們斬除了何如？」眾人歡天喜地的指出地方來。有分叫：飛蛾接火身傾喪，怒鱉吞鉤命必傷。要知賭錢鬼的性命如何，且聽下回分解。

❼ 揭：舉；取。
❽ 頭家：抽頭聚賭的人。

第九回　桃花山收服兩兄弟

話說當日金烏西墜，玉兔東升，鍾馗就在五里村店內，宿了一夜。次早起來，眾鄉民送出村外，指明去路。窮鬼在前引路，鍾馗同四大鬼卒在後，迤邐行來，不覺又是巳牌❶時分。遠遠望見前面滿山遍野，一片紅光。鍾馗向窮鬼道：「前面不知是何地方？因何這等光景？打探明白，再往前進。並問明去賭錢鬼那裏，還有多少路程？」窮鬼去不多時，回報道：「山上山下都是桃樹，現在三月天氣，桃花盛開，所以紅光奪目。昨日鄉民說道：去桃花山三十五里，便是賭錢鬼窩賭之處，想必這就是桃花山了。」鍾馗道：「不料此地卻有此美景！我們緩緩而行，大家觀玩一番。」鍾馗和四大鬼卒，說說笑笑，不多時已離桃花山不遠。窮鬼忽指著那桃樹林內，稟道：「看那林內有人伸頭探腦，此處莫非有歹人嗎？」鍾馗笑道：「總有幾個毛賊，諒他也不能成其大事。」說猶未了，只見前面山嘴上，鑼鳴鼓響。窮鬼道：「不好了，速速快作準備！」鍾馗拔出青鋒寶劍，窮鬼舉起麻糝，大頭鬼四個亦各持兵器，一齊催馬向前。

只見山坡邊閃出三五十個小嘍囉，當先簇擁出一條大漢，高聲喝道：「是何處惡鬼，敢從此經過？識時的，速束手受縛，以供俺兄弟早晚食用。倘敢遲疑，定先斬首，用鹽醃了，以備俺零碎受用。」鍾

❶ 巳牌：巳，十二時辰之一，上午九時至十一時。牌，時牌，古時揭報時辰的牙牌。

馗聞言，抬頭一看，只見那人身高丈二，膀闊三尺，金盔金甲，手使一根齊眉九節桃木棍，不像綠林❷中朋友。鍾馗出馬喝道：「看你堂堂一表人物，正該給皇家出力，為何在此落草為寇，擄將行人，是何道理？」那人並不回言，舉棍就打，鍾馗用劍相迎。你來我往，戰了十數回合，不分勝敗。窮鬼見鍾馗戰那人不下，看的親切，從後一痲糝打去。那人往前拾了兩拾❸，仍然舉棍鏖戰。眾嘍囉見主人吃虧，一齊向前。大頭鬼四人，接住撕殺，如風卷殘雲，頃刻將三五十個嘍卒捌死一半，其餘盡皆逃散。大頭鬼等乘勢一齊助戰。那人雖勇，如何敵當❹得住？窮鬼瞅空，一痲糝打去，那人往左邊一歪，大頭鬼趕上一錘，打翻在地。鍾馗道：「不要傷他性命，且將他綁起來。」大膽鬼、精細鬼將他兩手綁縛，擁至鍾馗面前跪倒。鍾馗道：「你姓甚名誰，何方人氏？緣何在此落草❺？講得明白，饒你性命！」那人叩頭稟道：「俺名鬱壘，胞兄神荼，祖居東海度朔山大桃樹下。因性好食鬼，每獲一鬼，用葦索繫之，終不能去。倘若不服，鞭以桃條。二十年來，東海之鬼被俺食盡。因于去歲，就食此山。方才鬼卒誤報，說是有惡鬼經過，小人所以持兵器前來。不知尊神降臨，多有衝撞，望乞饒恕！」鍾馗道：「吾乃鍾馗是也。奉閻君之命，封俺平鬼大元帥，往萬人縣斬鬼除害。尊駕素好食鬼，何不隨俺前去，平鬼立功，將來好成正果。」鬱壘叩頭道：「願隨鞭鐙。」鍾馗令解其縛，正要細問，忽聞山下人喊馬嘶，旗幡招

---

❷ 綠林：聚集山林的強盜。

❸ 拾了兩拾：跌跌撞撞走了兩步。

❹ 敵當：抵擋。

❺ 落草：稱依傍木林，打劫行人為「落草」。

展，有一二百嘍囉，擁簇著一條大漢殺奔前來。鍾馗合眾鬼卒，各執兵器預備迎敵。鬱壘上前阻道：「元帥暫息虎威，這必是胞兄神荼聽俺被擒，領嘍囉殺下山來。俺去說他前來，拜見元帥。」說罷，趄身❻便走。不片時，鬱壘領那人來鍾馗面前，將兵器撇下，納頭便拜，道：「不知元帥駕臨，多有得罪。方才聽兄弟說，已蒙元帥不棄愚賤，收錄麾下。元帥請上，愚兄弟情願以弟子之禮相拜，伏乞容納！」鍾馗聽罷大喜，道：「如此深合愚意。」神荼二人拜了四拜，從此即以師弟相稱。神荼呼眾嘍囉，都來磕了頭。上前稟道：「請老師合眾兄弟到山寨，歇息兩日，再往前行。」鍾馗許諾。神荼二人，與眾鬼都相見了。令鬱壘頭前引路，神荼就伏侍鍾馗上馬，在旁隨行。

及到山頂，將鍾馗讓在草堂正中坐下，神荼兄弟，又行過大禮，在兩旁陪侍，令小頭目陪窮鬼四眾，在廂廳坐了。吩咐嘍囉，看酒擺筵。鍾馗細看神荼與鬱壘漢仗❼無異，但只見神荼是銀盔銀甲，手使一杆渾鐵點鋼叉，惟面龐與鬱壘不同：鬱壘生得面如銀盆，圓眼長鬚；這神荼面如生漆，兩眼接耳，兩眉朝天，海下一部落腮鬍鬚，切如鐵線。鍾馗看罷，問道：「二位賢契性好食鬼，還是將鬼獲住，擇其不循理者食之，還是每獲一鬼，不論賢愚，一例食之？」神荼道：「那有工夫辨他的賢愚。」鍾馗道：「陽則有人，陰則有鬼，以後還該分別善惡為是。」二人同聲道：「謹遵師訓！」小嘍囉報酒到，鬱壘執壺，神荼把盞，酒過三巡。碗如黃盆，盤似鍋蓋，端上菜來：頭一盤是炮炒鬼肚，第二盤是白湯炖肥鬼頭，第一碗是紅燒鬼肘子，第二碗是炮腌❽鬼腿，末了一盤是醋溜鬼肝腸。當日直吃至半夜方散。

---

❻ 趄身：轉身。趄音ㄒㄩㄝˊ。盤旋。

❼ 漢仗：指體貌雄偉。

次早起來，鍾馗催趲❾要行。神茶道：「此離萬人縣不過百里，何必急急。」鍾馗道：「若直赴萬人縣，就不用從此經過了。聞得這桃花山迤東，有一賭錢鬼，也是鬼錄上有名的。滅了此鬼，然後西行。」神茶道：「小徒也聞得有這個人，專引誘良家子弟來此耍賭，破家蕩產，人人痛恨。更有一種下愚不移的，老死不悟，豈不可笑。老師若滅得此人，真為民間除害，人人感激。」一面吩咐嘍囉，將山寨內一切細軟，裝載車上，又將吃剩的鹹鬼肉，還有兩隻炮腌鬼腿，都載在車上，以備零星路菜之用，放火焚了山寨。又吩咐嘍囉道：「願隨者同往，不願者回家安業。」眾嘍囉磕頭，散去大半，有二三十個無家可歸的，情願跟隨使用。下得山來，擺開隊伍，吶喊搖旗，較從前大不相同。鍾馗在馬上甚覺得意，催動人馬，往前進發。

正行之間，遠遠望見一隻死綿羊❿，自南跑往北去。後有一人追趕，一隻手牽著一頭牛，一隻手拿著一根釣魚杆子，還攢著一把牌，搖著頭，直往前跑。鍾馗指道：「這必不是好人，誰替我擒來？」言猶未了，鬱壘舉起桃木棍，大撒步趕上前去。那人見勢不好，撒了牛，捨命就跑。跑至一家門首，推門鑽進去了。鬱壘趕至門首，想道：「初次奉命而來，不好空回。」也只得進門尋找。及進了門，見一敞棚，內有數十人，裏三層外三層的擁在那裏。鬱壘走至跟前，眾人一哄而散。只剩下土炕上一個人，還在那裏蹲踞著，氈帽掩著眼，兩手插在腰裏，在那裏做寶⓫。旁邊一人大怒道：「你是何人？敢將俺的

---

❽ 炮腌：給鮮魚肉擦上重鹽，使其在短時間內即變鹹。也稱鮑腌、暴腌。

❾ 催趲：催促。趲音ㄗㄢˇ。趕行。

❿ 死綿羊：罵綿羊的話。

寶局撓散⑫，也要知道俺替死鬼不是好惹的！」鬱壘道：「適才有一人，左手持竿，右手拿牌，進的門來，為何不見？」替死鬼道：「那是俺這後莊上住的名賭錢鬼張二哥。他從前門進來，就出後門去了。找他自有住處，緣何將俺的寶局撓散？」鬱壘知他不是一人，不如暫且將他拿去頂缸⑬。遂用皮繩把替死鬼並炕上那人，一齊拴起，來見鍾馗。將賭錢鬼如何逃走，這個叫替死鬼，和這個人如何做寶的事，說了一遍。鍾馗道：「這個名叫替死鬼。那個是甚麼名字？明白供來！」那人跪倒稟道：「小人專門做寶，人都說明人不做暗事，給我起了個綽號，都叫小人暗鬼。」鍾馗聽罷怒道：「開廠賭博，例同一罪，推去斬首。」眾嘍囉應了一聲，將替死鬼和暗鬼綁將出去。要知二鬼性命如何，且聽下回分解。

---

⑪ 做寶：在賭局裏做莊家。

⑫ 將俺的寶局撓散：寶局即「賭局」。撓散，擾亂；衝散。

⑬ 頂缸：代人受過。

第十回　五里村斬燒一全家

話說鬼卒將替死鬼、暗鬼綁赴法場，才要開刀，大頭鬼向前道：「不必斬他，且叫他吃俺一錘。」手起錘落，替死鬼腦漿迸出，又一錘，暗鬼也喪了殘生。

鍾馗道：「此去北村不遠，我們就此尋找賭錢鬼去。」行不多時，遠遠望見那村中，倒有三四百家烟戶❶。但不知賭錢鬼住居所在？將及村邊，村前有一道大溪，溪邊一人，有三十多歲，一手拉著一人，劈面用吐沫啐著，百般辱罵，那人不敢回言，只是陪笑。鍾馗一見不平，著神茶、鬱壘將二人拿來。便問：「所為何事，如此辱人？」這人跪下，稟道：「他在長不理里耳門子後頭居住，名喚喇嗎鬼。頭兩個月裏，借了小人的衣服去，至今未還，催之再三，只是不肯送來。小人今日遇見他，不好打他，只唾他兩口羞辱他，使他早些還我的衣服。不知爺爺駕臨，望乞寬恕饒命！」鍾馗道：「這等人廢時失事，甚是可惡，留在世間無用，大頭鬼與我殺了。」大頭鬼近前一錘，將喇嗎鬼打死。唬的那個拉他的人，只是磕頭求饒！鍾馗道：「你有衣服肯借與人，自是好人，你只將賭錢鬼的門戶指清，俺便饒你。」那人起身，唬的抖成一片的，回手指道：「過去此溪，那莊西頭，兩邊兩株大槐樹，中間那座門樓裏，便是賭錢鬼家。」鍾馗道：「你去罷！」那人一溜烟的跑了。及至來到賭錢鬼的門首，看了看大門早已緊

---

❶ 烟戶：人家。一處炊烟代表一戶人家，故稱「烟戶」。

閉了。

且說那賭錢鬼從前莊後門出來，跑到家裏，先將大門關好。到內宅見了老婆女勾死鬼，大兒順子，次子二巧、三巧、四巧、五巧、六巧，女兒穿花，戰兢兢的說道：「我自欠戶家討賬回來，路過替家屯，遇著一群五六十個人，俱是鬼頭怪腦，黑眉狐眼，也不知是過往神道❷，也不知是無主冤魂，見我就趕。幸而我跑的快，跑回家來，略再一遲慢，性命休矣。至今我心裏猶如養著小鹿的一般，撲撲在這裏跳哩。外門我已關了，我要到灌鉛房裏去藏躲，諸事不可來驚唬我。」女勾死鬼道：「青天白日，有這些見神見鬼的？你去罷。」賭錢鬼隨往灌鉛房裏去了。這且不題。

且說鍾馗見賭錢鬼將大門緊閉，無可如何。大頭鬼向前稟道：「俺用錘將大門撞開，進內看了動靜，出來再以便行事。」鍾馗許諾。大頭鬼揀了八名雄壯鬼卒，只用打了兩錘，大門已開。大頭鬼領著八名鬼卒，進了大門，走至客舍一看，卻是靜悄悄的。再往後進，見左邊一屋，房門緊閉，呼么喝六，甚是鬧熱。將門打開，是幾個少年子弟，在內擲骰賭博。吩咐鬼卒逐名❸綁鎖而去。西側也有一屋，卻無聲嚷。及至走近前去，窗洞中似有人往外張看的。及進內看時，又是一場牌局，也令鬼卒綁鎖出去。大頭鬼自覺有功，揚揚得意，雖落❹孤身一人，並不害怕，提錘又往後走。正走之間，忽聽得腳下「噶咚」一聲響亮，不料身已墜落坑中。原來賭錢鬼家有一陷人坑，從旁看去，無異平地，人若到此，墜落坑中。

---

❷ 神道：神靈。
❸ 逐名：一個接一個。
❹ 落：剩。

坑深不過丈餘，愈顧突❺愈深，久後就成一個無底坑。這坑卻與他家的剝皮廳相近。女勾死鬼邀了幾位女親眷，正在那裏碰骨牌壺❻，忽聽得坑內響亮，都手擎著紙牌，走近前來，往坑中瞧看。內中一個白髮老婦，面帶眼鏡，站在坑邊，往下一看。大頭鬼把頭一晃，錘一舉，大喝了一聲，老婦一陣心驚，立腳不牢，「撲咚」也跌入坑內。大頭鬼正沒好氣，一錘打為肉泥。眾婦人一哄而散，都從後門去了。女勾死鬼遂喚他兒子，兄弟六人，各執撓勾，將大頭鬼搭❼上坑來，綁到剝皮廳上，將衣服剝去，團團捆住，指著罵道：「你是何處邪毛外祟，敢在這裏作怪？五巧、六巧，速將煮人鍋燒起，好叫他受用。」大頭鬼只不做聲。

忽見鍾馗師徒三人，並窮鬼眾鬼卒，一擁而至，措手不及。神荼一叉先結果了長子大順，次子二巧、三巧，已被桃木棍打倒，鍾馗斬了女勾死鬼。精細鬼先解放了大頭鬼，找衣服與他穿了。大膽鬼活擒了四巧。惟有六巧見勢頭不好，跳墻就跑。伶俐鬼趕上，拉住後腿，就在墻邊活活摔死了。五巧跪下求饒，大頭鬼過來也是一錘打死了。只是不知老賭錢鬼藏在何處。鍾馗吩咐將前後門把守，雞犬不放，嚴嚴細搜。忽聽得窮鬼在後邊大喊道：「在這裏哩。」眾鬼卒聞聽，一齊來到灌鉛房內，將賭錢鬼扭至鍾馗面前。鍾馗道：「且不要殺他，找一輕輕的刑法來，打著細問。」窮鬼找了一根空錢串子，將賭錢鬼拴起來，吊在那門鼻子❽上，使他一把錢比子❾，不打他的短腿，單搗他的丁拐❿。打的個賭錢鬼叫苦連天，

---

❺ 顧突：掙扎。

❻ 碰骨牌壺：擲骰子賭博。

❼ 搭：拉；鉤。

誓不敢再行局賭。鍾馗那裏肯依，道：「你要將煮人鍋燒起，叫大頭鬼受用，你自製的物件，為何便宜外人。找些油來，頃⑪在鍋內，叫他自己受用。」果然尋了半鍋油，頃刻間燒的翻漿冒滾。神茶用叉將賭錢鬼挑在鍋內，其初殺貓似的亂叫，不多時烹成一塊灰炭。鍾馗吩咐道：「他這宅舍俱從不義得來，前後給我放火。」眾鬼卒一齊燃柴點草。可惜賭錢鬼的一個穿花女兒，活活的燒死在床底下。鍾馗師徒人等，仍從舊路而去。這些莊鄉，見賭錢鬼家火起，都說是：「天理昭彰，竟也有今日報應。」及見鍾馗、神茶、鬱壘，又說：「是天神天將下降。」

不說鄉人紛紛議論，且說鍾馗師徒回至五里莊上，只見老少男女，各拿香燭紙花，念佛跪接。店小二仍讓到自己店中。眾鄉人見了神茶兄弟，又添了許多鬼卒，俱各不敢近前。鍾馗把收神茶兄弟，並斬替死鬼滅賭鬼的話，對眾人說了一遍。眾人更加歡喜。鍾馗向大頭鬼道：「把閻君給的鬼錄取出，將已斬之鬼，按名勾除。」大頭鬼取出鬼錄，呈在桌上。鍾馗用筆對眾勾除，色鬼、喇嗎鬼、賭錢鬼都勾了，見替死鬼、暗鬼、女勾死鬼，鬼錄上原有名字，鍾馗也用筆勾了。著大頭鬼將鬼錄收好。窮鬼用手攬住，跪下，雙眼流淚，只是磕頭。鍾馗道：「窮將軍何必如此？上邊雖有你的名字，你既歸正，自可免死，何用害怕？」窮鬼道：「小將還是小事，才見那鬼錄上，有『憂愁鬼』三字，這是小將的岳丈，就在此

⑧ 門鼻子：門框上的橫梁。
⑨ 錢比子：用銅錢串成的鞭子。
⑩ 丁拐：胳膊肘子。
⑪ 頃：「傾」的諧音。倒入。

莊居住，誰知也在鬼錄上，將來也不免刀頭之苦。求元帥看小將面上，免他一死，感恩非淺。」說罷，只是磕頭。鍾馗道：「憂愁鬼雖在鬼錄上邊，本帥料他無甚過惡。你前日說坐驥寄在憂愁鬼家，所以俺聽見也不深究。但不知因甚叫他憂愁鬼？」旁一老人稟道：「這個人說來卻也可笑，買愁買不來，賣愁賣不出，終朝每日不是愁買，就是愁賣，兩道眉毛，終年價⑫擠在一處，從不見他分開，所以叫做憂愁鬼。」鍾馗道：「這也可憐，將他喚來，替他醫治醫治就好了。」窮鬼聞言，遂將憂愁鬼叫至鍾馗面前。鍾馗一見，吩咐道：「將這憂愁鬼給我綁了。」要知如何，且聽下回分解。

---

⑫ 終年價：一年到頭。價，音·ㄍㄚ。助詞，相當於「地」字。

第十一回　奈河關下作鬼署印❶

話說鍾馗吩咐鬼卒，將憂愁鬼背綁起來。憂愁鬼嚇了一身冷汗，只是磕頭求饒。鍾馗自錦囊中取出來了一粒丸葯，名為「寬心丸」，叫使「大膽湯」送下。憂愁鬼恨病吃葯，將「寬心丸」銜在口中，使「大膽湯」惡恨恨的咽將下去。鍾馗著人架起，走了三遭，將綁鬆了。鍾馗道：「你此時心裏如何？」憂愁鬼喜笑顏開，叩頭謝道：「人生在世，何必憂愁，買不來有錢在，賣不出有貨在。天下沒有上不去的涯，就是天塌了，還有四個大漢子撐著哩。」從此竟變成了一個大慢性❷，整日價皮頭夯腦❸的，總不憂愁。這雖是「寬心丸子」的功效，卻也得了「大膽湯」做引子的濟❹。這且按下不表。

再說那無二鬼用「黑眼風」把鍾馗刮去，等了半日，四下一望，渺無踪影，不覺大喜。命跟從人等敲起得勝鼓來回營。不一日，回到奈河大寨，一切將卒，俱各叩頭賀喜。無二鬼叫擺慶功筵席。望鄉臺的冒失鬼、滑鬼，蒿里山的楞睜鬼、噍蕩鬼，聞信亦各陸續到來。惟鬼門關稍遠，所以只少粗魯鬼、賴

❶ 署印：掌印。
❷ 大慢性：凡事不焦躁憂慮、隨遇而安的人。
❸ 皮頭夯腦：嘻嘻哈哈，樂觀隨和。
❹ 濟：幫助。

歹鬼沒到。眾人都叩了喜❺。小卒報道：「筵席齊備。」眾鬼就在大寨中按長幼坐了，大吹大擂，吃將起來。飲酒中間，無二鬼指著下作鬼道：「軍師叫俺不要殺上前去，若聽了軍師話，那得有這場功勞？只恨晚了些，若再早去三五日，豈不省下了討債鬼、混賬鬼兩個兄弟的性命？」下作鬼道：「俺是謹慎小心的意思，倘然有失，眾兄弟營寨甚遠，並無救應，如何是好？昨日不過是僥幸成功，不足為訓。」冒失鬼舉杯大言道：「還便宜了那廝。若兄弟去時，只照頭一棍，結果了他的性命，豈不永絕了後患。」倂鬼嘆了一口氣，道：「大家且不要歡喜的過了頭。鍾馗被大王的『黑眼風』刮去，料不能將他刮死，若刮往南去還好，倘然刮向北來，我們死的日子就快了。」下作鬼喝道：「偏你有這些倂話。」嗻蕩鬼道：「若是日裏來好，若是夜裏來，我們就是滾湯潑老鼠，一窩都是死。」無二鬼道：「這是甚事，你也是這般打嗻蕩？」冒失鬼道：「不妨，不妨，古人說的好，兵來將擋，水來土掩。他若不來便罷，他若來時，我去擋他，難道說我們就怕了他不成。」眾人說說笑笑，飲至二更方散。冒失鬼等告辭，各歸營寨。無二鬼向下作鬼道：「目今鍾馗不知去向，我們不如把人馬撤回城去，在家住著，以逸待勞，有多少便易。」下作鬼早知無二鬼意思，說道：「不可。散將容易聚將難，我們費了若干的氣力，才得成此犄角之勢❻，若是散了，如何一時聚得起來？大王若想家時，自己回去住幾時，有信再來，方得兩全。」無二鬼道：「軍師言之有理。」一夜晚景休題。

到了次早，吃了早飯，將王命旗八杆，令箭十二枝，交與下作鬼暫行掌管，兵符印信，交與下作鬼

❺ 叩了喜：叩頭賀喜。

❻ 犄角之勢：作戰時將一小部分兵力部署在別處，以便與大部隊接應，這被兵家稱為「犄角之勢」。犄音ㄐㄧ。

署理。無二鬼穿一身醬色卞綾海青，頭戴粉紅緞子扎巾，騎了一匹青驄馬。小低搭鬼也騎了一匹紅頭騾子，搭了行李，緊緊跟隨。下作鬼送出營門，無二鬼與小低搭鬼直往萬人縣大路而來。此時五月晝間天氣，薰蒸炎熱，走了二十餘里，遠遠望見官道旁柳蔭樹下，有一座三間的野飯鋪。小低搭鬼指著道：「我們到那邊涼涼，飲飲牲口再走。」說著，到了跟前。無二鬼下馬進店，就在一條板凳上往外坐了。小低搭鬼將馬拴在樹上。店小二拿水桶打了一桶水，小低搭鬼就桶內先喝了兩口，飲了牲口，也在無二鬼的背後坐了。店小二向前問道：「客官還是吃酒？還是用飯？」無二鬼道：「你且將那井水舀一碗來。」店小二舀了一碗水，放在無二鬼的面前。無二鬼正然喝水，見大路上來了一人，頭戴破帽，衣衫襤褸，低著頭往前走。後跟兩個人，用竹筐抬著一個人，繩鎖綁著。抬的人道：「好熱天，涼涼走。」把筐放在路旁，齊往井上喝了水，坐在簷下，摘下草帽來扇風。無二鬼問道：「你們是做甚麼的？」那人答道：「是送伍二鬼的。」無二鬼聞言把眼一瞪，小低搭鬼走近前道：「呔❼！好大膽！敢犯大王的寶號。」那人站起來道：「他是為奸情，與你何干？」兩個正在爭支❽，後又來了一人，汗流浹背，身穿藍布短衫，頭戴烟薰涼帽，走來勸住道：「不要爭支，這是城內的無二爺，你們不認的。」那兩人就知是城裏無二鬼了。無二鬼倒背著手，走至路上，往竹筐內一看，見那人約有十七八歲年紀，黃白面皮，兩截襪子，緞鞾❾鞋，可身海青袖衫，左眼下拳大一塊青紅赤色。無二鬼問道：「這孩子，你們是為的甚麼事？」

❼ 呔：音ㄉㄞ。大聲斥責之詞。

❽ 爭支：爭執。

❾ 緞鞾：繡花的絲織物。鞾，疑「緙」異體字。緙音ㄎㄜˋ。一種絲織手工藝，又稱刻絲，能使絲織品具有刻縷而

伍二鬼道：「爺爺救命！小人姓伍，排行第二，父親名伍玉林。」且說他父親伍玉林萬貫家私，夫妻恩愛，年近四旬，並無子嗣。南寺燒香，北廟念佛，子孫娘娘神前許願，到得四十五上，生了此子，十分珍愛，任他所為。所以他也不好讀書，終日閑遊浪蕩，學了些好拳棒，惹草招風，飲酒賭博，偷香竊玉，無所不會。其初都叫他是浮浪子弟，新近才升了這個伍二鬼的名號。結交的朋友，也都是些幫閑抹嘴，不守本分的人。玉林夫婦見生這樣兒子，教訓不聽，反成仇讎，夫妻因氣，相繼而亡，家業也就好上來了。他卻伶俐善說，向無二鬼說：「那個戴破帽的，名叫倒塌鬼。小人從他門首經過，他因借貸不遂，就說小的和他老婆通姦，將小人打了一頓，如今還要送我到縣裏去問罪。俗語說得好：拿賊要贓，捉姦要雙。若果小人和他老婆通姦，今日他的老婆為何不來？冤屈死小的，求爺爺救命！」無二鬼見他人物乾淨，又言語靈巧，遂大聲喝道：「過來，給他解了繩索！」小低搭鬼和那戴涼帽的地方牛二，連忙給他解了。無二鬼仍坐在店內，小伍二鬼上前給他磕頭。無二鬼道：「明是訛詐不遂，卻賠上老婆，說是姦情。」這時看的人，都團團滿了。倒塌鬼在人空⑩內，低聲咕囔道：「白把老婆叫人姦了，還落了一個訛詐。」無二鬼大怒道：「就是姦了你的老婆，也不是大不了的甚事。你這廝再敢扎掙，這隻手是官，這隻手就是皂隸⑪。」牛二向前拉著，道：「好不識時務，還不快走！」找那抬的兩個人，不知幾時也早已走了。牛二和倒塌鬼見勢頭不好，也遂一溜烟走了。

成的觀感。

⑩ 人空：人群。

⑪ 這隻手是官二句：意思是說：送你入獄，易如反掌。

無二鬼喝散眾人。問小伍二鬼道：「肚內饑否？」小伍二鬼道：「俺從昨晚沒吃飯。」無二鬼見店後面有兩間小屋，就拉伍二鬼到後面。無二鬼上坐，叫小低搭鬼與伍二鬼兩個旁坐。店小二近前問道：「老爺用甚酒飯？」無二鬼道：「有甚酒肉，只管取來，還問甚麼？一總算賬就是了。」店小二唬的連忙去辦酒飯。飲酒中間，無二鬼笑問道：「兄弟不必瞞我，那人的老婆，生的何如？你果然得了沒得？」伍二鬼道：「不敢相瞞。這人不上二十三四年紀，生得長挑身子，黑鬒鬒⓬的鬢兒，彎生生的眉兒，清泠泠的杏子眼兒，櫻桃口兒，嬌滴滴的聲兒，從白裏透出紅來，粉濃濃慢長臉兒，窄星星尖笋腳兒。未從開口，就似笑的一般。無庸妝飾，自然風流，人都稱他是風流鬼兒。小人費了半年工夫，才得到手，只兩次就叫他捉住了。幸虧恩人相救，至死不忘。」無二鬼聽了這番言語，正撓著他心中的癢處，抓耳撓腮，恨不能飛上前去，頃刻到手才好。又問伍二鬼道：「賢弟，可惜怎麼樣⓭一個美人，愚兄沒福，不能一見，奈何？」伍二鬼尋思了半晌，說道：「恩人要見此人也不難。」遂湊到無二鬼的耳邊說道：「只須如此如此，這般這般，包管可得。」無二鬼拍案大叫道：「妙哉，妙哉！好計，好計！」不知伍二鬼說出甚麼計來，且聽下回分解。

⓬ 黑鬒鬒：頭髮烏黑稠美。鬒音ㄓㄣˇ。

⓭ 怎麼樣：這般；如此。

第十二回　吊角莊風流鬼攀親

話說無二鬼聽了小伍二鬼的一番言語，急忙用罷酒飯，算還店賬，出門上了馬，著小伍二鬼騎了紅頭騾子引路，小低搭鬼在後跟隨。

行了十多里路，到了吊角莊一家的門首。小伍二鬼下騾子指道：「此間就是了。」無二鬼下馬，一直進去，見屋內桌上放著一個油燈，有一個年老的婆婆，大門裏罵倒塌鬼。倒塌鬼靠著門扇，嘴裏也咕噥噥的，那少年婦人捂著臉只是哭。無二鬼喝了一聲，自到燈前一條凳上坐下。三個人都唬呆了。無二鬼指倒塌鬼道：「方才你抬去的那小廝，俺好意替你講和，誰知他兩腿青腫，遍體鱗傷，倘有不測，人命官司難打。如今把那廝給你送回來了。」說著只見小低搭鬼攙扶著小伍二鬼，哼哼嘖嘖的進來了。無二鬼氣忿忿的指道：「且在那邊床上睡著。」倒塌鬼跪下道：「還求爺爺主張。小人是倒運❶的人，高抬貴手，小人就過去了；低低手，小人過不去，只求爺爺做主。」風流鬼見勢不好，轉身就走。無二鬼用手攔住道：「講個明白再走！」兩眼不住去看那婦人。倒塌鬼也說道：「全是你惹的禍，你倒要脫乾淨。」風流鬼偷眼一看，見無二鬼好個魁偉人物，向前深深道個萬福，說道：「是奴家一時沒主意做錯了，求爺爺擔待❷擔待。」只這幾句嬌言柔語的話，把一個無二鬼早已魂飛天外，魄升九霄，八尺身

❶ 倒運：運氣不好；倒霉。

軀已酥麻了多半邊，不覺回嗔作喜道：「不是喲，他年幼無知，縱有些不是，也不該將他打的這樣。」老厭氣鬼在旁參透機關❸，大著膽發話道：「俺也是有名有姓的人家，縱然成了官司，找著那親戚，只要他承攬承攬，就沒有大不了的事。」無二鬼道：「你那親戚是誰？」厭氣鬼道：「人的名兒，樹的影兒，說起來誰不知道。他在城裏竹竿巷住，名喚下作鬼。是這婆娘嫡親兩姨姐夫，聞說如今做了大官，俺也是不怕人的。」無二鬼聞說，將機就計，起來施禮道：「不知就是老伯母，多有得罪。」厭氣鬼卻呆了。他將手把倒塌鬼扶起來，說道：「下作鬼與在下八拜為交，做了軍師，現在奈河鎮守。下二嫂溜搭鬼現在我家同居。」厭氣鬼道：「就是這媳婦子的嫡親兩姨姊妹，既是至戚，我廚房去燒茶。」無二鬼問倒塌鬼道：「尊駕請坐。光景為何這等落寞❹？」倒塌鬼道：「不背你老說，起初在府裏開雜貨店，不三五年本利虧折，將鋪面倒塌了。後將地土變賣，弄些貨物趕集上店，只二三年又倒塌了。所以人都叫我是倒塌鬼。」無二鬼道：「不妨。既是至親，明日隨俺進城，也封一官半職，吃穿都在小弟身上。」風流鬼答道：「若得如此照應，閤家❺感恩不盡。不知官人貴姓大名，說了奴好稱呼。」無二鬼道：「俺姓無，綽號二鬼。」婦人道：「無怪乎，這床上的敢是一家？」無二鬼道：「音同字不同。」隨掏出五兩銀子來，叫倒塌鬼去買酒肉。倒塌鬼道：「這村裏沒有，還得往午間那個飯店裏去買。」向婦人笑道：

❷擔待：寬恕；開恩。
❸參透機關：識透其用心。
❹落寞：冷落；寒酸。
❺閤家：全家。閤，當作「闔」，全。

「二爺不是外人，娘子暫陪一陪，這去有好大一時耽擱。」婦人道：「你只管去，有這些話說。」倒塌鬼才出門，又轉回來道：「門外兩頭牲口，著他們牽到東園去，叫他吃些青草也好。」小伍二鬼一咕嚕扒將起來，同小低搭鬼去了。無二鬼一雙眼只看著那婦人，那婦人也眼裏偷晙無二鬼，旋又把頭低下。無二鬼道：「不敢動問，娘子青春多少？」婦人低頭應道：「二十四歲了。」無二鬼道：「小俺四歲。」又問道：「你和這小伙兒，從幾時認識的？」婦人笑著瞅他一眼，一面低著頭弄衣裳衿兒，又一回咬著衫袖兒。無二鬼按納不住心猿意馬，走近前，一手將他脖子摟過來，就要親嘴。婦人扭頭道：「被人看見，又要弄出事來了。」無二鬼道：「婆婆廚房烹茶，丈夫出去買酒肉，這兩個都是我的心腹。」一面便伸手去摸他那褲子中的東西。婦人也有些納不住，叉開手道：「你這歪廝纏，奴的住房就在這屋後，我去去就來。」婦人頭前走，無二鬼隨後跟到房內，不及掌燈，就黑暗中春風一度。及整衣來到前邊，剛剛厭氣鬼烹了茶來，倒塌鬼也買來許多酒肉。風流鬼到廚房內收拾酒飯。無二鬼高談闊論，及至飯罷，雞已報曉。又給了倒塌鬼十兩銀子，叫他送家眷進城。無二鬼遂同小低搭鬼上牲口同行，小伍二鬼和倒塌鬼在家收拾行李，雇車輛起身。

再說無二鬼到了城邊，剛開城門，進城到了跴遍街自己門首，門尚未開。門首站著一個黑長漢子，手拿一封書信，見無二鬼納頭便拜，說道：「小人是賭錢鬼那邊來的。只因到家病了月餘，所以來遲，望乞寬恕！」無二鬼道：「你名喚勾死鬼麼？」答道：「正是。」短命鬼開門，無二鬼進內，來到溜搭鬼房內。溜搭鬼方才起來，與他敘了寒溫，回到風波亭上坐下。把勾死鬼喚至跟前，問道：「昨日聞得一信，說你主人賭錢鬼被鍾馗全家斬戮，你知道否？」勾死鬼道：「小人在家病了月餘，一直來此，沒聞此信。」無二鬼道：「想是傳言之誤。」短命鬼走來請安，小低搭鬼乘空就往溜搭鬼屋內去了。無二鬼向勾死鬼道：「只因有一鍾馗，奉閻君命令，前來斬除我們，俺預先得了這信，就現在的十人，結成生死兄弟，分兵把守。這萬人縣地方，究是人多鬼少，十人之外，我輩尚多，一時不能齊集。知你眼也寬，也能說，務期都勾來入伙。倘有緩急，以便協力堵擋。」勾死鬼道：「這個容易，不是誇口，只消半月限期，包管盡行羅致麾下。」無二鬼聽了大喜，隨叫短命鬼管待酒飯，給了他十兩盤費去訖。

無二鬼回到後宅，與溜搭鬼同席，離別許久，分外親熱。飲酒中間，門軍來報：「門首有兩輛車子，女眷二人，還有兩個男人，說是大王叫他來的。」無二鬼吩咐小低搭鬼照應，著他進來，隨將前事對溜搭鬼大略說了一遍。風流鬼跟著厭氣鬼已進內宅，溜搭鬼迎著道了萬福。風流鬼道：「姐姐得了好處，如今不認得人了？」溜搭鬼睜一睜，說道：「你可是陶家大妹子嗎？」厭氣鬼道：「正是。」溜搭鬼道：「有十多年沒會，一時如何想得起？方才大王和我說，我只是不懂。」從新又道了萬福，問了好，就讓了屋內坐下。無二鬼不好同坐，往外陪倒塌鬼、伍二鬼去了。伍二鬼也帶了自己的行李，還有兩個箱子。無二鬼不勝歡喜，說道：「行李且放在廳上，吃了飯緩緩的安置。」無二鬼讓倒塌鬼上坐，倒塌鬼再三推讓，仍是無二鬼坐了首座，短命鬼等兩旁陪著。酒至三巡，無二鬼就封倒塌鬼為督總管，掌收內外一切銀錢，出入買賣事務。倒塌鬼就席前磕頭謝恩。命他在風波亭側三間房內，與短命鬼同住。飯後，倒塌鬼將自己應用物件，搬在房內東側，與短命鬼聯床鋪。西一間收銀錢，中間安頓算盤、賬目。倒塌鬼原是買賣人出身，收拾無一而不在行。後邊厭氣鬼自住一處，風流鬼又是一處。用過晚膳，無二鬼卻在溜搭鬼房內歇了。溜搭鬼是明來，風流鬼房中是暗去，輪流取樂，已非一日。這一日無二鬼正在溜搭鬼房內，令他坐在懷中，一遞一杯，飲酒嗑牙❻。風流鬼不知，從門前一溜過去。無二鬼趕上，兩手抱回，要他同在一處玩耍。起初假作扭揑，微有慚色，三杯酒落肚，本面目出現，謔浪笑語，真真撓❼到那極情盡致。

那知樂極悲生。只見短命鬼忙忙來到跟前，急且話也說不出了。無二鬼道：「所為何事，這個模樣？」短命鬼喘息定了，方才說道：「下作鬼差人來說，鍾馗斬了替死鬼，油炸了賭錢鬼，並他的六個兒子、老婆，還有一個暗鬼，目今離望鄉臺只有半日的路程。請大王即速起身前去！」無二鬼聞報，身子往後一仰，昏倒在地。要知性命如何，且聽下回分解。

❻ 嗑牙：講閒話。

❼ 撓：攪；胡鬧。

第十三回　冒失鬼酒裏逃生

話說無二鬼聞鍾馗不久即到，嚇得昏倒在地。溜搭鬼、風流鬼慌成一片，手足無措。倒塌鬼、小低搭鬼、小伍二鬼聽見，俱各跑來，救了半日，方得甦醒。睜了一睜眼，長出一口氣，道：「不料應了㑳鬼的言語。」厭氣鬼勸道：「不知是真是假，慢慢的打聽明白，再從長計議，大王何必這等光景？」無二鬼起來，往前廳坐定，著短命鬼喚報子❶進來。無二鬼又細問了一番，吩咐道：「回去報知軍師，叫他傳令各營，加意防守，我這裏不日就到。」報子去了。無二鬼仍回後宅，飲酒作樂，和溜搭鬼你恩我愛，和風流鬼如膠似漆，那裏肯去？

那下作鬼在奈河寨中，各處告急文書，如雪片相似，又催了數次，無二鬼絕不見來。又怕又急，虛火上升，不覺二目昏花。適催命鬼、賈杏林，被勾死鬼勾得到寨，用了一劑葯，頃刻紅腫起來。下作鬼不敢再用他的葯了，只買些杭菊熏洗。一日，泡了一碗滾燙燙的菊花水，在那裏熏眼。忽報：「望鄉臺冒失鬼要見。」傳令就在後堂相會。冒失鬼來到後堂，見是三間敞廳，中間放一張沒棱角的圓桌子，兩旁兩根調角❷板凳，後面擺著十二幅不公屏。冒失鬼打恭，下作鬼道：「在下現有眼疾，不能還禮，請

❶ 報子：報信的人。

❷ 調角：缺角。調，「掉」的諧音。

坐罷。」冒失鬼就坐在靠桌的板凳上，問道：「正在用人之際，軍師如何害起眼來？」下作鬼低頭熏著眼，答道：「這也是為軍機起見。」冒失鬼又道：「聞得鍾馗離此不遠，還該請大王來才是。」下作鬼道：「不要說起，請了五次，只不見來。」冒失鬼將桌子一拍，說道：「這就奇了！」下作鬼正低著頭熏眼，一碗滾菊花水，都濺在下作鬼臉上。下作鬼跳起來，抱著頭大喊道：「殺了我了！燙死我也！」冒失鬼道：「俺來大寨，茶也沒吃一杯，誰知你那水是熱的？」下作鬼道：「給我滾出去。」冒失鬼走著道：「這等無用，還來作軍師，還敢署印！」說著出轅門去了。

再說鍾馗那日離了五里村，行了半日，見前面一帶瓦房，俱是五脊六獸❸，扁磚到頂，寬只丈餘，高不滿三尺，內中往來者頗具人形。鍾馗猜疑，差窮鬼打聽回報。窮鬼探明，回報道：「此係小廟子鬼。其風俗從不進城，也不趕集上店，為人也小，行事也小，處處好佔小便宜，是最為人害的。」鍾馗大怒，遂令：「神荼、鬱壘率領鬼卒，團團圍住，務期斬盡殺絕，不得遺漏一個。」神荼向前稟道：「祈老師息怒。現已日落西山，待等夜靜時候，小徒自有擒拿之法。這樣小鬼，最好食用，或用火烤，或用籠蒸，猶如奶豬❹一般，就是白煮，亦肥嫩異常。」鍾馗許諾。到得定更❺以後，神荼兄弟各取桃條一根，到廟前將門踢開，遂❻摸遂穿，或穿其腮幫，或穿其肋把，兩根桃條，尚未穿滿，即已盡絕。零碎啖食，

---

❸ 五脊六獸：飾有獸形的屋脊稱「獸脊」。

❹ 奶豬：吃奶的豬崽。

❺ 定更：開始打更，即入夜。

❻ 遂：邊。

甚是甘美。次日早膳，一頓就用了十二三個。

鍾馗師徒三人，帶領著眾鬼卒，又往前行。只見窮鬼向前稟道：「此地去望鄉臺只有一里之遙，打探得有冒失鬼同滑鬼在臺上把守。元帥須在此少待，商量了攻取之策，再往前進。」鍾馗吩咐，就在此高阜之處，下寨安營已定。鍾馗見天氣尚早，獨自一人悄悄步至望鄉臺前，相其形勢，觀其路徑，以便明日前來攻打。

誰知此時早有細作報知冒失鬼。冒失鬼聞得鍾馗自來探聽，遂騎上一頭直腸子驢，手使一根青頭八棍子，把臺門一閃，一驢當先，就竄將出來，喊道：「吾乃冒失鬼是也。你敢自來送死？」舉棍照鍾馗便打，鍾馗拔劍相迎。戰了五七回合，冒失鬼自覺招架不住，將驢圈回，大敗而逃，鍾馗緊緊追趕。冒失鬼不敢仍回望鄉臺，直奔素常飲酒的杏花村去。將到村邊，那驢一個前失，把冒失鬼掉下驢來。

鍾馗將及趕上，不料村內有兩個人，正在那裏抱罎而飲，一見鍾馗，不問姓名，不問是非，跑過來一把拉住，就讓酒讓坐，手也不鬆。這個說：「何必如此，所為何事？吃三杯再講。」那個說：「天下何為樂事，吃酒；世上誰是神仙，醉漢。請坐請坐，今日幸遇老哥，千萬擾❼俺一盅。」兩個人將鍾馗拉住，拿起杯來，說道：「老哥你立飲三杯。」舉杯就灌，一連灌了七八杯。一個拿起壺來，說道：「鬍子哥哥，你也擾弟三杯。」舉起杯又灌了八九杯。灌的鍾馗著了急，問道：「你係何人，這等無理？」一個說：「鬍子哥，你不認得兄弟麼？我是酒鬼。」那個說：「我是醉鬼。」鍾馗聞言大怒道：「你將我拉住，叫冒失鬼逃走，即先斬了你兩個，再尋冒失鬼去。」遂將酒鬼、醉鬼，按倒在地，舉劍就砍。

❼擾：受人敬酒。

忽聞空中大叫道：「劍下留人！」鍾馗抬頭一看，見一人頭帶青絲雙翅軟巾，身穿淡紅雲緞圓領，足登皂靴，白面長鬚，飄飄而來。近前拱手道：「弟是元宗年間，楊貴妃捧硯，高力士脫靴，醉答番書的李白是也。獨飲不樂，求老哥免他二人一死，賜于小弟，作一酒友，早晚同飲，共取樂事，未知肯否？」鍾馗答道：「不知前輩老先生降臨，有失迎迓，得罪，得罪！既是老先生見愛，他二人不過好酒貪飲，情尚可原，領去何妨。」太白長揖謝了鍾馗，遂帶領酒鬼、醉鬼而去。正走之間，忽從酒館內跳出一鬼，身高八尺，渾身紫肉，將太白拉住，說道：「詩翁，既將酒兄、醉兄討饒領去，俺也是個飲者，求攜帶攜帶！」太白睜開醉眼一看，說道：「你與他二公大不相同。他二公醉了，或是話稱❽，或是肝眼❾。你吃醉了，不是罵街，就是鬧禍。你原是無二鬼的門人，如何也算酒中知己？」這鬼見李白不肯救他，就要動起粗❿來。鍾馗遠遠望見那鬼拉住李白不放，趕上前去，背後一劍，將這鬼分為兩段。太白重覆謝了，帶酒鬼、醉鬼去訖。不題。

且說冒失鬼得了性命，一直跑了二十餘里，見柳蔭樹下，有堆衣服，慌忙坐在上邊，歇歇再跑。只聽腚下一聲大叫，冒失鬼起來又跑，那人趕上一把抓住，罵道：「俺好好在此睡覺，緣何坐俺這麼一腚？」舉手就打，冒失鬼回手招架。那人說道：「且住，你好像冒失鬼姊丈。」冒失鬼道：「喲，你不是嘮叨鬼表舅嗎？」嘮叨鬼道：「正是。為何這般光景？」冒失鬼將戰敗之事，說了一遍。嘮叨鬼道：「勝敗

❽ 話稱：話多。
❾ 肝眼：合眼睡覺。
❿ 動起粗：動武。

兵家常事，何必如此？昨日勾死鬼到來，邀俺前去入伙。不知鍾馗這等可惡！吾二人到望鄉臺去，待我堵擋他一陣，以報姊丈戰敗之仇，未知意下如何？」冒失鬼大喜，情願引道。二人憤憤的直撲望鄉臺來。

正行之間，遇了兩個敗殘小卒，一見冒失鬼，放聲大哭，說道：「滑將軍聞得將軍戰敗，不知逃往何處去了。鍾馗到來，把守臺的兵卒十殺八九，小的二人從刀槍林內逃得性命。今遇將軍，實屬天幸！」嘮叨鬼道：「望鄉臺已失，今又天晚，不如暫宿旅店，來日黎明，前去殺他一個湊手不及⓫，奪回望鄉臺，方顯俺的手段。」二人宿了一宵，次日來到臺前罵陣。鬼卒報入中軍，鍾馗上臺一望，見那鬼頭上無盔，身上無甲，且無坐驥，手內只拿著一柄鋸。鍾馗口中不言，心內想道：「從來臨陣對敵，或是槍，或是刀，有應手的兵刃，方能取勝成功。這鬼拿鋸而來，明是輕生送死，殊覺可笑。」遂提了青鋒寶劍，下臺來獨自臨陣。那知嘮叨鬼的這柄鋸，是費了工夫，得了傳授，祖孫父子世世相傳的一件奇寶。到得跟前，通了姓名，便使起鋸來，照著鍾馗頭上一鋸，腳上一鋸，前一鋸，後一鋸，左一鋸，右一鋸，上一鋸，下一鋸，東一鋸，西一鋸，一頓好鋸，鋸的個鍾馗頭暈眼黑，淨發噁心，晃了兩晃，墜下馬來。冒失鬼見了，只說鍾馗已死，向前就要擒拿。那知鍾馗心裏明白，將寶劍往上一綽⓬，正中冒失鬼的心窩。冒失鬼來的勇猛，那劍直從脊背上透出來。嘮叨鬼來救時，神荼也剛剛趕到，只聽「吃嗑」一聲，又倒了一個。要知生死如何，且聽下回分解。

⓫ 湊手不及：猶「措手不及」。

⓬ 綽：「戳」的諧音。

第十四回　粗魯鬼夢中喪命

話說嘮叨鬼見冒失鬼被刺身死，急忙來救，不料神茶趕到，照後心一叉，嘮叨鬼往前一搶，把嘴還張了五六張，也嗚呼哀哉。神茶扶起鍾馗，往望鄉臺而去。這且不題。

且說那滑鬼見勢不好，一溜烟就跑了，直跑到萬人縣裏，見了無二鬼，說道：「冒失鬼被鍾馗戰敗，不知去向。小弟也與鍾馗前後打了七八仗，互相勝負，究竟眾寡不敵，望鄉臺被鍾馗占去。小弟無奈，才跑進城來。」無二鬼只因諸日有人到來，不是說鍾馗厲害，就是說被鍾馗殺敗，聒的耳朵都將聾了。所以聽滑鬼這番言語，也不以為事，仍回後宅，著溜搭鬼、風流鬼一個彈琵琶，一個唱曲，暫且飲酒散悶。滑鬼又與倒塌鬼、小伍二鬼都敘認了，小低搭鬼、短命鬼也湊來一處閑談。這倒塌鬼終是做過大買賣的，為人老幹❶，向眾人道：「弟有一拙見，未知眾位以為何如？現在鍾馗打破望鄉臺，與大寨相去咫尺。蛇無頭不行，奈河關上屢次差人來請，大王只是不聽。倘然奈河關一破，我們是燕雀處堂，死亡立至。以小弟愚見，今晚將大王請出來，總不要提起鍾馗一事，只是歡樂飲酒，輪流把盞，破命❷相勸，俟大王大醉之後，用車偷將大王送到奈河關去，到那裏和軍師言明此事，大王難說❸又回來不成？俟滅

❶ 老幹：精明老練。
❷ 破命：拼命。

了鍾馗，然後大家長遠歡聚，豈不是好。」眾人齊聲贊道：「好計！」到得晚間，果然把無二鬼用酒灌醉，暗暗駕車送去，抬到寨中。

無二鬼飲酒過多，直至次日午間方醒。呆了一會，說道：「昨晚明明在家飲酒，今日為何卻在寨中？」只見下作鬼走向前道：「大王一向安好？」無二鬼道：「莫非我是做夢嗎？」下作鬼笑道：「青天白日，為何說起夢來？」無二鬼起來，前後走了一會，說道：「奇事！」下作鬼道：「果是奇事。俺在內寨議事，忽家人來報，說並無動靜，于三更時分，只聽一陣風響，大王已臥在寨中。只見大王酣睡，未敢驚動。大約是大王洪福齊天，大王該興，鍾馗該滅。或是黃巾力士❹，或是四大揭諦❺，將大王送來的。」說猶未了，只見門軍來報說：「有一人騎著一隻沒皮虎，要見軍師。」下作鬼道：「命他進見。」小伍二鬼下虎進見，對著無二鬼故作驚慌之狀，說道：「家中于半夜三更，忽說大王不見了。小人們那裏不尋到，卻在這裏？」無二鬼疑是真有神助，遂高興起來。下作鬼交還兵符印信。小校報道：「探得鍾馗人馬在望鄉臺歇了一日，今日午刻❻起營，要去爭蒿里山哩。」無二鬼道：「再去打探！」遂向下作鬼商議道：「鍾馗既知俺的厲害，將聚將鼓打起，凡營中大小將佐，都跟俺前去。一面通知蒿里山的楞睜鬼、噍蕩鬼知道，殺他一個裏應外合，必獲全勝。」下作鬼道：「此計甚妙。」遂令寨中舊有鬼卒，俱

---

❸ 難說：難道說。
❹ 黃巾力士：道教傳說中在上界值勤的神將。
❺ 四大揭諦：指佛教的護法神。揭諦，佛教中護法神之一。
❻ 午刻：中午時候。

各頂盔貫甲，勾死鬼新請來的鬼卒，亦各使槍弄刀。無二鬼上了淨街虎，率領著眾鬼卒，直奔蒿里山來。

行至半途，正與鍾馗人馬相逢。鍾馗見是無二鬼出馬，吩咐將人馬暫退一舍❼之地，安營下寨，掛出免戰牌去。窮鬼向前問道：「元帥並無對陣，勝負未分，為何將免戰牌掛出？豈不長他人的志氣，滅自己的威風？」鍾馗道：「窮將軍有所不知。」遂將從前用法術將他吹去緣由，說了一遍。窮鬼大笑道：「他的武藝，俺卻盡知，有何懼哉？那陣風名為『黑眼風』，這風卻是有眼珠的，看人下菜碟❽；且是有前勁沒後勁，刮起風來，人若往後退，其風愈大，他便得一尺進一尺，得一寸進一寸，若抖抖膽迎著風往裏一鑽，鑽到『黑眼風』裏頭去，卻是稀鬆平常。無二鬼還會打沒底子筋斗，雲裏來，霧裏去，甚難捉他，元帥也要留心！」

正說之間，大頭鬼報道：「外有二鬼，前來討戰。」命神茶、鬱壘出營迎敵，鍾馗隨後掠陣。來到陣前，只見：一個少年人，自稱為小伍二鬼，坐下騎著一隻沒皮虎，手內拿著一杆三股子叉；一個年老的，自稱為老尖腚鬼，坐下騎著一匹伶俐猴，手裏使著一把短錘。神茶、鬱壘一見，並不答話，各執兵器，殺上前去。戰未數合，老尖腚鬼早被鬱壘一桃木棍打下伶俐猴來，又復一棍，結果了性命。小伍二鬼一見心慌，也被神茶一叉，死于沒皮虎下。無二鬼見傷了他兩員大將，把眼皮一翻，又使起「黑眼風」來，照著鍾馗陣裏便刮。頃刻烏煙瘴氣，黑風抖底，其中搖頭晃膀，咬牙跺腳，五馬長槍，各樣磣款，又使將出來。那知窮鬼早把破他的方法對鍾馗說了，鍾馗師徒率領鬼卒，大著膽子，不往後退，直往前

❼ 一舍：古時稱行軍三十里為一舍。

❽ 看人下菜碟：意思為根據具體情況行事。

鑽，鑽將進去，果是稀鬆平常。無二鬼此時便沒了局，害了怕，鬆了勁，叫了一聲「不好！」就要想跑。早被鍾馗趕將上去，劈頭一劍。無二鬼眼力乖滑，把頭往後一歪，只聽「噶嚓」一聲響亮，把無二鬼的左耳砍將下來，滿臉流血，抱頭狗竄，敗將下去。鍾馗隨後追殺，忽從樹林內鑽出一鬼，騎著一頭發之豹，手舉一杆沒星子秤，大呼道：「毋傷吾主！俺火炮將軍粗魯鬼在此。」鍾馗撇了無二鬼，前來迎敵。這鬼果然的粗魯，掄起秤來，沒斤沒兩，沒輕沒重，照著鍾馗亂打。又聽蒿里山上鳴鑼擊鼓，吶喊搖旗，塵頭起處，又來一彪人馬，神荼接住廝殺。這粗魯鬼戰了五六個回合，覺得沒了後勁，圈回發之豹，不論東西南北，不顧前後左右，亂跑了一回，直敗回鬼門關去。

鍾馗鳴金收兵。鬱壘斬了咧呹⑨鬼，神荼活擒了噍蕩鬼，都來獻功。噍蕩鬼在鍾馗的面前跪倒，說了許多乞憐討饒的話。鍾馗問道：「你和楞睜鬼在蒿里山把守，楞睜鬼為何不見？」噍蕩鬼道：「楞睜鬼救了無二鬼，送往奈河去了。爺爺如肯饒了俺的狗命，赴湯蹈火，萬死不辭。」鍾馗被他纏擾不過，說道：「給他鬆了綁，帶至後營，賞他酒飯。」噍蕩鬼飽餐了一頓，不勝感恩戴德，叩頭謝恩。鍾馗道：「俺欲用你如此如此，這般這般。若得成功，不惟饒你性命，還可論功升賞。」噍蕩鬼道：「粗魯鬼與小的不對，素日俺一開口，他就打俺的話靶⑩。和他同守關的賴殆鬼與小的臭味相同，小的到那裏相機而動，元帥只看關內火起，只管殺人，小的自當接應。」鍾馗吩咐還了他的甲馬，出營門而去。

鍾馗叫人用戰飯，馬加飽草，起更⑪之後，率領大隊人馬，直望鬼門關來。到得關下，正是三更，

---

⑨ 咧呹：音ㄌㄧㄝˇ ㄧˋ。齜牙咧嘴，形容兇惡的樣子。

⑩ 打俺的話靶：與我頂嘴；找我岔子。

命將紅燈高挑。沒有半個時辰，見關內火起，關門大開。鍾馗一擁而進，此時粗魯鬼在睡夢中聞得喊殺之聲，一咕嚕扒起，往外就跑。不料跑的猛了，留腳不住，一頭碰到南墻上，碰了個腦漿崩裂，喪命而亡。鍾馗命救滅了火。嗚蕩鬼率領著賴殆鬼前來求見，鍾馗從重賞訖。就在鬼門關安營下寨。這且不題。

且說那無二鬼回到奈河大寨，滿臉是血，疼痛難忍。催命鬼說道：「大王放心，俺內科雖是平常，外科卻得了名人傳授，不惟止疼，頃刻間，包管大王的耳朵長一個復舊如初，能大不小。」無二鬼道：「你有何法？快著，快著！」催命鬼取出一捏靈丹，照著無二鬼頭上一吹，即刻長出來了一個耳朵，約有三寸多長，上尖下齊，裏外有毛。無二鬼用手一摸，滿心歡喜。忽聽探馬來報說：「嗚蕩鬼裏應外合，賴殆鬼投降鍾馗，粗魯鬼自己碰死，盡節而亡。鍾馗兵屯鬼門關了。」無二鬼向眾人計議道：「今各營俱失，奈河關孤立難守，不如退回城去，或者尚可保全。」眾人應允。才要拔寨起營，忽門軍稟道：「外有兩個高人，前來助陣，請大王軍令定奪！」要知來者是誰，且聽下回分解。

⑪ 起更：開始打更。

第十五回　耍乖山勾兵取救

話說無二鬼正欲拔寨進城，有小校來報，說有兩個高人，前來助陣。無二鬼令請到大寨，行禮已畢，無二鬼還禮讓坐。只見左邊那人，身披一領敗人甲，頭戴一頂吃人盔，坐騎是一匹活獸，兵刃是一柄空錘。自通姓名，就叫累鬼，能爭慣戰，有萬夫不當之勇。右邊一人，兩眼朝天，一鼻高頂，出口傷人，古來名將，名為輕薄鬼。下作鬼道：「現今鍾馗甚是猖狂，二位若能得勝，自當重用。若敗陣回來，我們進城未晚。」累鬼二人齊道：「今日正是黃道吉日，大王即將俺送過奈河，與他見個高低。」下作鬼遂著糊塗鬼撐過一隻順水船來，二人上去，糊塗鬼在後推著，橫行一回，豎行一回，隨風倒舵的過了奈河。下作鬼騎了一個臭蛆，無二鬼上了淨街虎，楞睜鬼騎一頭順毛驢，使一根沒把子的流星❶，頭前引路，領著一群鬼兵鬼將，擺開陣勢，來給累鬼與輕薄鬼助威。輕薄鬼與累鬼商量了一會，輕薄鬼遂藏在門旗以內，累鬼單身獨騎，跑到陣前搦戰。

鍾馗在中軍帳內，先吩咐了嗚蕩鬼帶領著鬱壘，叫他如此這般行事去了，然後喚窮鬼前來迎敵。窮鬼聞令，遂按了按愁帽，抖了抖蓑衣，掂了掂麻糝，單人獨步來到兩家陣前，對了頭，卻不廝殺。兩個俱把兵刃放下，四根胳膊往上一伸，扣住手，彼此支了一會空架子，抱頭大哭。哭了一會，窮鬼開口叫

❶ 流星：古寶劍名。

道：「累鬼表兄，我的窮是一言難盡，上無片瓦，下無錐扎，還是小事。最可惱的，四鄰給我在縣公衙門裏打了一張報單，說我是家產盡絕了。人情來往，盡皆抛棄，親戚朋友，皆下眼子❷看我。你的累強似我的窮，我的窮還不如你的累哩。」累鬼聽說，也叫了一聲：「窮表弟，說起人情往來，捨又捨不了，隨又隨不起，少不得盡力扒揭❸，累的我齜牙扭嘴。你說你的窮不如我的累，殊不知我的累還不如你的窮，窮的倒直捷了當❹。」說罷，又哭將起來。窮鬼哭窮，累鬼哭累，只哭的天愁地慘，還不住聲。不料大頭鬼用撓勾從後面將累鬼搭住了大腿，橫拖倒拽的捉過陣去。

窮鬼才要回營，只見無二鬼陣內門旗開處，一鬼大喝道：「爾等不得無禮，俺輕薄鬼來也！」窮鬼看見那鬼時，卻與眾大不相同，只見他搖搖擺擺，兩道擠眉，一對弄眼，一個嗤鼻子，一張咧嘴，騎著大馬，使著金刀，直奔窮鬼而來。窮鬼抖了抖精神，劈面迎將上去。這輕薄鬼眼裏卻看不見窮鬼，窮鬼讓他過去，暗暗的從背後一麻糝，將輕薄鬼砸下馬來。輕薄鬼把眉一擠，眼一弄，鼻子一嗤，嘴一咧，就要想跑。早被窮鬼抓將過來，攢了幾攢，掂了幾掂，竟是比燈草還輕，空有一身軒肉，並無一點子骨頭。輕薄鬼問道：「你是何人，這等無禮？」窮鬼答道：「我是你窮爺爺。」輕薄鬼嘆道：「我自幼眼裏不曾見你。」窮鬼道：「我在你眼角裏住了多年，你還不覺麼？」輕薄鬼用兩手將眼揉了揉，說道：「我這眼角裏，何嘗有你？」窮鬼道：「你再細揉揉看。」輕薄鬼果然用兩手把眼又細揉，窮鬼趁著輕

❷ 下眼子：用鄙視的眼光。
❸ 扒揭：即「巴結」，極力奉承。
❹ 直捷了當：即「直截了當」。

薄鬼揉眼，照頭一痲糝砸去，輕薄鬼倒仰在地，又復一痲糝，結果了性命。

鍾馗見窮鬼得勝，號令一聲，一擁殺上前來。無二鬼這邊分頭迎敵，兩下裏混殺一陣，直殺的鬼哭神號。鍾馗陣內個個英勇，人人爭先，大膽鬼刺死了雜毛鬼，神荼立劈了滑鬼，鍾馗生擒了腌臢❺鬼。大膽鬼活捉了調鬼、弄鬼，俱用桃條穿了，送回後陣。伶俐鬼率盾牌手滾過陣去，正與下作鬼相遇，把他馬腿砍倒，下作鬼翻筋斗撞下馬來。併鬼輪喪棒來救，被大頭鬼一錘打傷左臂，幸無二鬼合楞睜鬼殺到死救，方得出陣，不敢復戰，奪船渡河而走。及鍾馗人馬趕到河邊，只剩了糊塗鬼、迷瞪鬼撐著船接應敗殘鬼卒。糊塗鬼被伶俐鬼一戟，刺中左腿，翻身落入奈河。迷瞪鬼急欲撐船逃命，用力過猛，拔不出篙來。神荼將身一縱，跳上船去，把迷瞪鬼一叉杆打在河內。鍾馗鳴金收軍，就在奈河邊安營下寨，神荼人等，都來報名獻功。嶕蕩鬼道：「惟懶怠鬼被亂軍殺死，現剩了他騎的一匹懶貓子在此。」鍾馗道：「甚是可惜。」這且不題。

且說無二鬼同下作鬼、楞睜鬼收聚敗殘人馬，直奔萬人縣來。及到城邊，見城門緊閉，門樓上高掛六顆人頭，細看時，男頭三顆，是短命鬼、倒塌鬼、低搭鬼；女頭三顆，是厭氣鬼、溜搭鬼、風流鬼。無二鬼看罷，放聲大哭，就欲拔劍自刎。楞睜鬼上前抱住，說道：「大王何必如此？有我三人，倘得資助，還可再圖恢復。」下作鬼道：「此去城北五十里，有一枉死城，城內有一胡搗鬼。我們若投他去，兔死狐悲，必然見納。俺又聞得小尖腚鬼在耍乖山弄巧洞聚了許多人馬，與大王素稱世交，寫書前去勾兵取救。倘鍾馗趕來，內外夾攻，殺他一個片甲不歸，有何不可？」無二鬼尚在猶疑未決，只見城上鬱

❺ 腌臢：音ㄤ ㄗㄤ。不乾淨。臢，即「髒」。

壘和噍蕩鬼大喝道：「無二鬼還不下馬受縛！」無二鬼方知是他二人將家眷殺害，隨率殘兵敗將，直撲枉死城來。

那胡搗鬼果然一見即行收錄。下作鬼叫無二鬼削去王號，自己也不稱軍師，分兵兩處，名為前後兩部，前部以胡搗鬼為主，後部也以胡搗鬼為主。賈杏林是個斯文之人，著他寫書一封，叫勾死鬼揣在懷內，跑到耍乖山，進了弄巧洞，上了荊棘寨，見了小尖腚鬼，將書呈上。小尖腚鬼拆書一看，只見上寫著：「萬人縣沒人里跴遍街狗頭大王愚仁叔無二鬼頓首謹啟耍乖山弄巧洞尖腚大王老仁侄麾下：前者鍾馗猖獗，陰山一戰，令尊大人死于非命。今愚仁叔三戰三北❻，現在被逼枉死城內。聞老仁侄兵多將廣，速于興兵前來，一則報老仁侄不共戴天之仇，二則救愚仁叔旦夕必斃之命，豈非兩全？老仁侄素秉大義，諒不見阻。望速！望速！」小尖腚鬼看罷，氣得把尖牙一齜，說道：「不及回書，你回去說，俺就到，斷不有誤！」勾死鬼去後，小尖腚鬼整頓人馬，即刻起程。只見他帶領著萬人怕、人不惹、風快、吳不精四員大將，放了三個棗核子炮，直撲枉死城而來。到了城下，安營下寨，城內無二鬼差人出城犒軍，自不必說。

到了次日巳牌時分，鍾馗人馬也到，兩邊擺成陣勢。營門開處，只見萬人怕手擎著三尖兩刃刀，人不惹使著渾鋼打就的透甲尖錐，風快並吳不精俱使著筋纏鐵裹的皮笊籬❼，小尖腚鬼騎著一隻小伶俐猴，使一柄小短錘，通了姓名，直撲鍾馗殺來。後有許多精兵，每人手拿一根鐵錠杆子，一擁齊上。那枉死

❻ 三戰三北：三戰三敗。

❼ 笊籬：用竹篾編成的杓形漉器。笊音ㄓㄠˇ。

城裏無二鬼等，又領著無數鬼卒，鑽將出來，兩路夾攻。鍾馗措手不及，大敗而去。小尖腚鬼也不追趕，揚揚得意，同無二鬼入城，飲酒賀功去了。

鍾馗跑了一舍之地，見眾鬼不追，遂收敗殘人馬，扎住營寨，說道：「來到此間，不料有此大敗，如何是好？」窮鬼道：「他這裏兵多將廣，不可力敵，只可智取。」遂在鍾馗耳邊說道：「如此如此，這般這般，未知如何？」鍾馗大喜，隨依計而行。

且說小尖腚鬼進城參見了胡搗鬼，到無二鬼寨內大吹大擂，擺上筵宴，飲酒賀功。無二鬼舉杯向小尖腚鬼道：「若非老仁侄這等英勇，如何得此大勝？可慶可賀！」小尖腚鬼道：「這還是小事，明日擒住鍾馗，請老仁叔到小侄山上走走，就知小侄訓練的功夫了。」大杯小盞，上下兵將都吃了一個酩酊大醉，方告辭出城，回到本寨。將寨門閉上，也有卸甲解袍的，也有和衣而睡的，直如一窩憨豬相似。那知鍾馗人等，早已偷入寨內隱藏，見眾鬼睡熟，遂吶喊一聲，猶如削瓜切菜一般，可憐大小鬼卒，一個不留。又放上一把無情大火，就有未死的，也燒成一堆飛灰了。

次日，鍾馗自為前部，神荼、鬱壘分為左右，窮鬼斷後，又來城下搦戰。門軍報知城內。賈杏林道：「小將自進營來，並無寸功，今日情願獨戰鍾馗，方顯俺的手段。倘有不測，有小尖腚鬼在外，亦可救應。大王只在城頭觀陣便了。」無二鬼大喜，城門開處，只見賈杏林騎著一隻瞎貓，使一柄兩家斧，披一身殺人甲，戴一頂無人不吃盔，打著兩杆望風撲影的旗，自名為催命鬼，威風凜凜的，殺出城來。鍾馗見是賈杏林臨陣，向神荼、鬱壘說道：「他若動手，咱就不好了，不如暫退為上。」賈杏林見人馬退去，那裏肯放，緊緊追來。鍾馗陣內一聲鑼響，人馬分為兩處，讓賈杏林進陣，周圍一裹，將賈杏林裹在垓中❽。要知賈杏林的性命如何，且聽下回分解。

❽ 垓中：「垓中」意指「垓下」。垓下，地名，在今安徽靈璧縣東南。漢劉邦曾將項羽圍困在此。這裡指將之圍困住。垓音ㄍㄞ。

第十六回 森羅殿繳冊復命

話說鍾馗把催命鬼圍在陣內，東是苦海，並無去路，西有人馬把守，又難衝出。鍾馗著神荼、鬱壘輪流和他接戰，戰了幾個回合，遂鳴金回營，埋鍋造飯，料他插翅難飛。那知道海邊有一島，島後有一峪❶，名為地峪。催命鬼今日上天無路，只得入地峪藏身。及到十八層之內，見有咳嗽鬼合他妻子癆病❷鬼在內養病。見催命鬼來，只說替他醫病，不勝欣幸。且說鍾馗用過戰飯以後，遍營尋找，絕不見催命鬼的踪影。及到海邊，聽的地內有咳嗽之聲，知是催命鬼在內躲藏。著撓勾手從洞內鉤了一回，不見動靜。窮鬼道：「何須如此？」遂尋了一堆乾草枯柴，將峪內塞滿，焚將起來。催命鬼自不必說，可憐咳嗽鬼夫妻二人，醫生不來還可苟延性命，醫生一到，就嗚呼哀哉了。

鍾馗料催命鬼已死，領兵仍要去城下搦戰。忽鬼卒報道：「此間有大字兩行，啟元帥知道。」鍾馗上前一看，見是「皮鍾島」三字，旁有一行小字，寫道：「官怕大計❸吏怕考，光棍❹最怕皮鍾島」。看

❶ 峪：音ㄩˋ。山谷。

❷ 癆病：即「癆病」，中醫指結核病。

❸ 大計：明、清考核外官的制度。考核優者升遷，劣者受處分。

❹ 光棍：地痞；流氓。

罷，轉瞬一字全無。鍾馗道：「必是那家神聖指點于俺，無二鬼應喪在此島之內。」遂吩咐鬱壘和窮鬼道：「本帥埋伏在此，你二人前去誘敵，只許敗，不許勝，引無二鬼到此，俺自有擒他之法。」鬱壘二人領命，到了城下，百般的辱罵。內邊胡搗鬼甚是著急，屢次使人催無二鬼、下作鬼出城迎敵。無二鬼和下作鬼計議道：「我們兄弟十人，已死多半，今小尖腚鬼又為我們全軍盡喪。胡搗鬼屢次來催出戰，我們若怕死不出，不惟無以謝眾相好于地下，恐也在此站腳不牢。」楞睜鬼道：「就是活著亦難見人。」下作鬼無奈，上了他的臭蛆，無二鬼跨上淨街虎，楞睜鬼騎上順毛驢，勾死鬼在前打著丈二大的一杆靈幡，倂鬼騎著鴟鳥，手執喪棒，在後督陣。放了三個起靈炮，城門一開，殺奔前來。鬱壘上前迎敵，戰了五六個回合，真正招架不住，虛晃一棍，敗下陣來。窮鬼也隨著就跑，跑了十數里地，將近趕上。鬱壘恐窮鬼被擒，回頭又戰，戰了三五個回合，折身又跑。及至到了皮錘島，下作鬼遲疑不前，窮鬼站住大喊道：「不來不算好漢！」無二鬼將虎一縱，跳上島去，眾鬼卒緊緊跟隨。趕了半里多路，就看不見鬱壘、窮鬼二人了。下作鬼大聲喊道：「不好，中了計了！」回頭一看，只見島口已被堵絕。無二鬼道：「此地卻也有山，也有嶺，也有洞，也有塔，也有鳥，也有樹，可惜此地不知叫甚名色❺？」勾死鬼道：「我昨前曾到此，卻頗曉得。這山名為巴掌山，嶺為抓住嶺，洞名不能洞，塔叫按住塔，樹是親柏樹，鳥名鳥眼雞，那崖叫做情著崖，這島名為皮錘島。」無二鬼自知到了絕地，長嘆一聲。只見鍾馗人馬圍將上來，無二鬼往前一跳，被三尖瓦拌倒，神荼趕上又一叉叉住。鍾馗先叫將他心肝取出，然後割了首級。楞睜鬼被大頭鬼打倒，復又兩錘結果了性命，勾死鬼被亂軍殺死。下作鬼見前邊一溝，

❺ 名色：名字。

溜著溝子前進。鬱壘正在溝邊等候。下作鬼見他兩根粗腿，抱住手也不放，鬱壘就用亂棍搠死。惟倂鬼倂氣撲人，是人不能近他的。窮鬼取了一把乾草來，燎散倂氣，正待要斬他，卻被他父親喪門神救了去了。鍾馗大喜，取出鬼錄，按名勾除。見胡搗鬼也有名字，隨率眾人到枉死城來尋找胡搗鬼，已不知去向了。只落了他妻子偷生鬼和兩個跟班的，一個叫屈死鬼，一個叫眼子鬼，還有一個買辦❻名稔纏鬼，俱皆斬訖。鍾馗道：「胡搗鬼既然跑了，咱暫且在此歇馬。」遂在枉死城歇了一日。

鍾馗駕起祥雲，神荼搖身變了一隻蝙蝠在頭前引路，鬱壘化了一把寶劍，伏在鍾馗背上，眾鬼跟隨，齊赴幽冥地府森羅殿，求見了閻君，將鬼錄呈上。閻君一見大喜，又將斬鬼的緣由細問了一遍，遂命擺筵慶功。飲酒中間，這鍾馗把窮鬼、累鬼引到閻君面前，叫他跪下，代他稟道：「這窮鬼自投降以後，引路破敵，甚是出力，且是為人正氣，絕不肯與無二鬼為伙。這累鬼亦是一見就投降的。求閻君慈悲。」閻君吩咐判官：「給他生死簿上注定，每人紋銀五萬，良田千頃，當鋪一座，捐四五百銀子的一個小前程，著輪回司領他二人托生去罷。」二人叩頭而去。神荼從桃條上又捋下來了一個弄鬼，一個調鬼，叫他跪下。閻君問道：「這二鬼有何好處？」鍾馗答道：「只有壞處，並無好處。」閻君吩咐：「推出斬首示眾。」鬱壘又捋下一個鬼來，叫他跪在閻君殿前，道：「這是死鬼。」閻君道：「他生平所為如何？」鍾馗稟道：「他卻並無惡處，只見逐日死眉不瞪眼，並無一點精神，所以叫他是死鬼。」閻君吩咐道：「把他浸在曲泉裏。」原來森羅殿前有一水泉，名為曲泉，水深一丈，廣有八尺，專管這泉的即名為曲泉鬼。曲泉鬼應了一聲，將死鬼拉去，推在泉內。又捋下一個，叫做瞎鬼。閻君道：「他生平如何？」

❻ 買辦：家裏購貨辦雜事的僕人。

鍾馗稟道：「他別無不好，只是雖有眼珠，並無眼色❼，也看不出人的喜怒，也看不見人的好歹，東西放在目前，他如不見的一般。」閻君吩咐：「只把他兩眼浸在泉內。」曲泉鬼過來，提其兩腳，把他的頭倒浸入泉中。又帶過一個邋遢❽鬼來，鍾馗道：「這鬼終年不知淨面洗手，渾身油污俱滿，齷齪不堪。」閻君也令浸在泉內。又帶過了一個寒磣鬼來說道：「此鬼不過其貌不揚，別無不好。」閻君也叫浸在曲泉。又帶過一鬼。鍾馗道：「這是覷烟吃的鬼，他專好吃烟，絕無烟具，逢人即要烟吃，逐日在烟鋪外蹲踞。」閻君道：「這是小事，吩咐掌嘴❾。」站班的皂隸過來了兩個，把他打了二十個嘴巴。覷烟鬼遂制買了烟袋，烟荷包，買了好烟，到處還席去了。又帶過了腌臢鬼來，卻與邋遢鬼不同，渾身上下都是豬狗屎屎，那張臉自從他娘給他洗過三朝之後，至今從沒見過水，手是更不消說了，臭魚爛蝦，人人棄之如遺，他卻親之如蜜，甚至與豬狗同器而食，恬不為怪，然而卻無心病。閻君命曲泉鬼給他內外收拾乾淨。曲泉鬼領命，把他衣服剝去，放在一條剝人凳上，用個竹吹綽❿，上下刷了五六水，又叫他喝了口水，把吹綽給他舒⓫在嘴內，刷洗一番，又叫他多飲泉水，給他刷洗腸子，他卻哭叫的不肯，曲泉鬼用麻繩將他捆在凳上，口內塞上一個接口，如殺豬使水的相似，灌了六七桶水，下邊屎屎交流，又將

---

❼ 眼色：眼光。

❽ 邋遢：音ㄌㄚ ㄊㄚ。不整潔。

❾ 掌嘴：打嘴巴。

❿ 竹吹綽：一種竹子製成的刷子。

⓫ 舒：張大；塞。

肚腹給他揉了一回，然後將他放起，給他兩件乾淨衣服穿了。遂變成了一個假清客，也養花草，也貼字畫，也會吹笛唱崑曲，拿著白面扇子，逐日搖搖擺擺，居然像個斯文模樣了。又帶過瞧蕩鬼來，鍾馗道：「這鬼嘴雖不好，卻抄殺⑫無二鬼的家口⑬有功。」閻君吩咐：「把嘴給他治好。」曲泉鬼叫他喝了一口水，他嘴裏噴出來了許多的糞來。曲泉鬼給他刷洗乾淨，他說話再不瞧蕩了，就是還有點子好嘬文⑭。曲泉鬼用鉤子從泉內搭出死鬼來，變成了一個一時不閑的活鬼。瞎鬼變成一個夜辨五色的精明鬼，寒磣鬼平頭正臉，邋遢鬼變成了一個乾淨鬼。重賞了大頭鬼四個。

閻君率領鍾馗並神荼、鬱壘來到南天門上，先見了南極仙翁，稟明此事。仙翁帶領到昊天金闕，正值玉帝登殿，金童對對執幡幢，玉女雙雙捧如意，瑞雲繚繞，祥光氤氳。玉帝問當駕官：「有奏章者出班，無事散朝。」言未畢，只見一人俯伏金階，高擎牙笏，口稱：「臣五殿閻羅，有本奏聞：落第進士鍾馗，臣見他為人正直，命他斬鬼除害。他率領門徒神荼、鬱壘，半年之間，按冊斬盡殺絕，實屬有功于百姓，理合奏聞。懇恩論功封賞，睿鑒施行。」遂將鬼錄呈上。玉帝鋪在龍案上，看了一會，旨下：「宣鍾馗帶神荼、鬱壘見駕！」鍾馗在前，神荼、鬱壘隨後，跪在丹墀之下。山呼已畢，玉帝前後問了一遍，鍾馗對答如流，又見神荼、鬱壘像貌非凡，龍心大悅。旨下：「鍾馗斬鬼有功，封為翊正除邪驅魔雷霆帝君。神荼、鬱壘從師平鬼，甚屬可嘉，封為巡行天下驅魔使者左右門神將軍。」三人叩頭謝恩，

⑫ 抄殺：暗中包抄、剿滅。

⑬ 家口：眷屬。

⑭ 嘬文：咬文嚼字。嘬音ㄔㄨㄞˋ。咬；吃。

到殿下，又與眾星官都相見了。閻君領回森羅殿，留住三日，然後臨凡，各赴任所去了。

至今元旦令節，家家畫鍾馗神像，目睹蝙蝠，手持寶劍，懸掛中堂，戶戶寫神荼、鬱壘名字，供奉大門。自此鬼魔消除，四海永清，萬民安樂，共慶太平，千萬斯年矣。

中國古典名著

專家校注考訂　古典小說戲曲大觀

世俗人情類

紅樓夢
脂評本紅樓夢
金瓶梅
老殘遊記
平山冷燕
品花寶鑑
野叟曝言
綠野仙踪
禪真逸史
海上花列傳
九尾龜
醒世姻緣傳
三門街
花月痕
孽海花
魯男子
遊仙窟　玉梨魂（合刊）
浮生六記
玉嬌梨
好逑傳
啼笑因緣
歧路燈

公案俠義類

水滸傳
兒女英雄傳
三俠五義
七俠五義
小五義
續小五義
蕩寇志
綠牡丹
羅通掃北
楊家將演義
萬花樓演義
粉妝樓全傳
七劍十三俠
海公大紅袍全傳
施公案
乾隆下江南

歷史演義類

三國演義
東周列國志
東西漢演義
隋唐演義
說岳全傳
大明英烈傳

神魔志怪類

西遊記
封神演義
濟公傳
三遂平妖傳
南海觀音全傳　達磨出身傳燈傳（合刊）

諷刺譴責類

儒林外史
官場現形記
文明小史
鏡花緣
二十年目睹之怪現狀
何典　斬鬼傳　唐鍾馗平鬼傳（合刊）

擬話本類

拍案驚奇
二刻拍案驚奇
喻世明言
警世通言
醒世恒言
今古奇觀
豆棚閒話　照世盃（合刊）
石點頭
十二樓
西湖佳話
西湖二集
型世言

著名戲曲選

竇娥冤
漢宮秋
梧桐雨
琵琶記
第六才子書西廂記
牡丹亭
荊釵記
荔鏡記
長生殿
桃花扇
雷峰塔
倩女離魂

兒女英雄傳

文康／撰　饒彬／標點

繆天華／校注

《兒女英雄傳》是平話體的小說，作者摹擬說書人口吻，用鮮活的北平話書寫，使得小說中的對話特別流利、漂亮、詼諧多趣。此書內容旨在揄揚勇俠，贊美粗豪，以智勇兼具的十三妹為主角，前段行俠仗義，英姿煥發，義救為解父難的公子安驥及姑娘張金鳳一家，同時綰合二人結成連理；後天作姻緣亦成安驥之婦，始顯出其兒女情態，英雄與兒女之概，備於一身。是一部難得的俠義寫實、才子佳人小說。

國家圖書館出版品預行編目資料

何典、斬鬼傳、唐鍾馗平鬼傳合刊／張南莊,劉璋,東山雲中道撰;鄔國平校注;繆天華校閱.——二版三刷.——臺北市：三民，2024
面；　公分.——(中國古典名著)

ISBN 978-957-14-2712-6（平裝）

857.44

中國古典名著

何典、斬鬼傳、唐鍾馗平鬼傳合刊

撰　者　張南莊　劉　璋　東山雲中道
校注者　鄔國平
校閱者　繆天華

創辦人　劉振強
發行人　劉仲傑
出版者　三民書局股份有限公司(成立於1953年)

三民網路書店
https://www.sanmin.com.tw

地　址　臺北市復興北路386號　(復北門市)　(02)2500-6600
臺北市重慶南路一段61號(重南門市)　(02)2361-7511

出版日期　初版一刷 1998年1月
二版一刷 2007年10月
二版三刷 2024年5月
書籍編號　S853700
ISBN　978-957-14-2712-6